KB052339

콜 드   스 토 리 지

COLD
Storage

COLD STORAGE

by David Koepp

콜드 스토리지

데이비드 켑
이정아 옮김

COLD
Storage

황금가지

"그럼요, 물론이죠!"라고 해 준

멜리사에게 이 책을 바칩니다.

차례

  세상에서 가장 큰 단일 생물은 꿀 버섯으로 더 유명한 잣뽕나무버섯(Armillaria solidipes)이다. 얼추 8000살 먹은 이 잣뽕나무버섯은 오리건 주에 자리한 블루마운틴 산맥을 약 10제곱킬로미터 정도나 뒤덮고 있다. 8000년 동안 땅속에서 거미줄처럼 얼기설기 퍼져 나가면서 땅 위로는 삿갓 모양의 자실체[1]들이 돋아났다. 비교적 무해한 잣뽕나무버섯이지만 관목이나 덤불이나 초본 식물에게는 대량학살자나 다름없다. 이 진균은 식물의 뿌리계를 서서히 장악해 말라 죽이고 지상계로 올라가서 결국 모든 수분과 양분을 없애버린다.

  해당 지역 전체로 1년에 약 30~90센티미터씩 퍼져 나가는 잣뽕나무버섯은 30~50년이 지나면 평균 크기의 나무 한 그루를 죽일 수 있다. 만약 이 진균이 훨씬 더 빠르게 퍼질 수 있다

---

1 字實體, 우리가 흔히 버섯이라고 부르는 부분.

면 지구 식물의 90퍼센트는 죽어 나가고 대기는 독가스로 바
뀌어 동물도 더 이상 살아가지 못할 것이다. 하지만 이 버섯은
천천히 움직이는 진균이다.

다른 진균들은 그 속도가 더 빠르다.

그것도 엄청.

1987년 12월

<u>1</u>

로베르토 디아즈와 트리니 로마노는 입었던 옷가지를 태우고 머리털을 민 뒤 피가 날 때까지 온몸을 문질러 씻고 나서야 복귀 허가를 받았다. 그렇게까지 했는데도 완전히 깨끗해졌다는 느낌이 들지 않았던 두 사람은 할 수 있는 모든 조치를 마친 후 나머지는 운명에 맡기는 수밖에 없었다.

로베르토와 트리니가 탄 관용차가 애치슨 광산의 저장시설에서 겨우 몇 킬로미터 벗어나 73번 주간(州間)고속도로를 내달렸다. 바로 앞에는 천막을 덮은 화물 트럭이 달리고 있었다. 두 차는 중간에 민간 차량이 한 대도 끼어들 수 없을 만큼 바짝 붙어서 이동했다. 트리니는 발을 계기판에 올려 놓은 채로 조수석에 앉아 있었다. 운전을 하는 로베르토는 늘 그렇듯 속이

끓어올랐다.

"발자국 생깁니다."

로베르토가 백번도 더 했던 말을 내뱉었다.

"먼지 때문에 그래."

트리니의 대꾸 역시 매번 똑같았다. 그녀는 계기판에 남은 발자국을 건성으로 지우는 시늉을 하며 말했다.

"봐, 금방 없어지잖아."

"그러시겠죠. 하지만 중령님, 그건 없어진 게 아닙니다. 중령님이 대충 손으로 사방에다 문질러 대서 결국 수송부에 반납할 때 제가 닦게 된답니다. 그마저도 제가 깜박하면 다른 누군가가 해야 하고요. 전 말입니다, 남에게 폐 끼치기 정말 싫습니다."

트리니는 로베르토를 쳐다보았다. 눈꺼풀이 무거워 반쯤 감은 듯한 그녀의 두 눈은 본 것들 중 절반밖에 믿지 않았다. 그런 눈과 그에 따른 분별력 덕분에 마흔 나이에 중령이었지만 자신이 본 것들에 대해 '입조심' 할 줄 모르는 탓에 더 이상의 진급은 없을 듯싶었다. 그녀에게는 걸러 말하는 능력도, 그러고 싶은 마음도 없었다.

트리니는 잠시 생각에 잠긴 채 로베르토를 빤히 바라봤다. 들고 있던 뉴포트 담배를 한 모금 길게 빨아들였다가 입을 비틀어 연기를 내뿜었다.

"받아 줄게, 로베르토."

"예?"

로베르토가 쳐다보며 물었다.

"사과 말이야. 거기서 있었던 일. 그거 때문에 나한테 투덜대는 거잖아. 어떻게 죄송하다고 해야 할지 몰라서 괜히 툴툴대잖아. 자네 사과를 받아 줄게."

트리니 말이 맞았다. 언제나 옳은 말만 하는 사람이었기 때문이다. 로베르토는 한참 동안 아무 말도 하지 않은 채 앞쪽 도로만 응시했다.

마침내 입이 떨어진 로베르토가 웅얼거리듯 말했다.

"고맙습니다."

트리니가 어깨를 으쓱해 보였다.

"거봐, 별거 아니잖아."

"제가 막돼먹게 굴었습니다."

"거의 그랬지. 하지만 뭐 또 그렇게까지 말할 건 아니었고. 지금 생각해 보면 별거 아닌 것 같단 말이지."

두 사람은 해당 사건이 벌어진 이후 나흘 내내 쉴 새 없이 그 일을 입에 올렸더랬다. 하지만 가능한 모든 각도에서 매순간을 기억해 내서 되살펴봤더니 이제 말하는 게 지칠 지경이었다. 딱 한 순간만 빼고 말이다. 지금까지 말하지 않았던 그 순간이 이제야 화제에 올랐던 터라 로베르토는 그 정도로 끝내고 싶지 않았다.

"그 여자 얘기 말고요. 그때 제 말본새 말입니다."

"알아."

트리니가 로베르토의 어깨에 손을 얹으며 말했다.

"너무 마음 쓰지 마."

로베르토는 고개를 끄덕이고 정면을 응시했다.

로베르토에게 '마음 쓰지 않기'란 쉽지 않았다. 서른 중반이지만 개인적으로나 직업적으로 또래보다 성공한 축에 들 수 있었던 것은 무슨 일이든 그냥 넘기는 법이 없고 할 일은 어떻게든 해내는 성격 덕분이었다. 로베르토는 목표를 세워 실천하는 사람이었다. 공군사관학교 수석? 완수. 서른에 공군 소령? 완수. 육체적으로나 정신적으로 무결점에 가까운 최상의 상태? 완수. 완벽한 아내? 완수. 완벽한 사내아이를 갖는 것? 완수. 이 중 그 어떤 것도 참을성이나 소극성으로 성취할 수 있는 게 아니었다.

로베르토는 스스로에게 이렇게 묻곤 했다.

'다음 목표는? 그다음은 무엇을 해야 하지? 그다음은?'

로베르토의 생각과 계획과 강박은 오직 미래에 관한 것들이었다. 그의 삶은 일정에 맞춰 빠르게 굴러갔으며 그의 일 처리는 공정했다.

물론, 대부분이 그랬다는 말이다.

한동안 두 사람 모두 앞쪽에서 달리는 트럭 꽁무니만 빤히 쳐다봤다. 뒷문에 씌운 천막 덮개 사이로 그들이 지구 반대편에서 수송해 온 철제 상자의 윗면이 보였다. 트럭이 움푹 파인 곳을 지나면서 상자가 뒤로 30센티미터가량 미끄러지자 둘 다

저도 모르게 숨을 들이켰다. 그러나 철제 상자는 그 자리에서 그대로 가만히 있었다. 몇 킬로미터밖에 남지 않은 동굴에 도착하면 그 짓도 끝날 터였다. 90미터 깊이의 땅속에 영원히 안치될 테니까 말이다.

애치슨 동굴은 1886년에 석회석 광산이자 거대한 채석장이었던 곳으로 미주리 강 절벽 아래로 45미터나 내려간 지점에 자리하고 있었다. 당시 근처 기찻길에 쓰일 잡석을 생산하기 시작한 이들은 신의 가호와 물리학의 허용치까지 최대한 깊이 파 내려갔다. 결국 정신이 온전한 기술자라면 누구라도 광산을 떠받치고 있어서 파지 않았던 암석 기둥들의 안전을 더 이상 보장할 수 없는 한계까지 다다르고 나서야 채굴이 중단됐다. 그 후 32만 3750제곱미터 넓이에다 천연의 냉난방 설비가 갖춰진 쾌적한 지하 공간이 된 이 빈 동굴은 2차 세계 대전 중에 전시 식량 관리국(War Food Administration) 주도로 상하기 쉬운 식품들을 보관하는 곳으로 쓰였다. 그러다가 결국 해당 광산 회사가 2만 달러를 받고 전체 공간을 정부에 팔았다. 이후 200만 달러를 들여 수리를 마친 동굴은 보안이 철저한 정부 저장 시설로 탈바꿈해 재난 대비용이나 정부 존속 계획[2] 시설로 활용돼 왔다. 그렇다 보니 신의 명령에 따라 부디 핵전쟁이 터져 이제껏 쏟아부은 돈이 아깝지 않도록, 이곳에는 완벽하게

---

2 continuity of government planning, 핵전쟁이나 천재지변 같은 재난이 발생했을 때에도 정부가 지속적으로 운영될 수 있도록 수립된 계획.

조립된 기계 장비들이 언제 어디든 수송될 준비를 마친 채 최상의 상태로 보관돼 있었다.

그리고 마침내 돈값을 할 날이 왔다.

맨 처음 호출을 받았을 때부터 이상했다. 사실, 트리니와 로베르토는 국방부 핵무기국 소속이었다. 나중에 핵무기국은 방위위협감소국으로 편입되지만 1997년에 국방부 조직이 개편될 때까지 이와 같은 뒤죽박죽의 정부 기관들이 난립했다. 개편되기 10년 전인 1987년에 핵무기국이었던 이 기관의 업무는 간단하고 명료했다. 바로 '다른 누구도 우리가 갖고 있는 것을 보유하지 못하게 하는 일'이었다. 이들은 핵무기의 낌새를 알아채면 찾아내서 박살내 버렸다. 그래도 누구 하나 비용을 청구하거나 이의를 제기하지 못한다. 요원들은 2인 1조로 각자 할 일을 나눠 움직이는 것을 좋아했지만 필요하면 언제나 지원을 받았다. 트리니와 로베르토에게는 지원이 필요할 때가 거의 없었다. 두 사람은 7년 동안 저마다 다른 열여섯 군데의 분쟁 지역에 파견되어 자신들의 이름으로 열여섯 건의 매끄러운 격파 성과를 올렸다. 사실 '격파'는 정확한 용어가 아니었다. 핵무기 개발과 관련해 중화시킨 정부기관용 표현이었다. 하지만 이런 격파 과정에서 사상자가 발생돼 왔다. 그래도 누구 하나 이의를 제기하지 않았다.

열여섯 차례나 임무를 수행했지만 이번 같은 임무는 처음이었다.

* * *

　기지에서 공군 수송기가 벌써 이륙 준비를 하고 있었기에 두 사람은 계단을 뛰어 올라가 탑승했다. 다른 탑승객은 딱 한 명밖에 없었다. 트리니는 그 여자 바로 맞은편에 앉았다. 로베르토는 통로 건너편의 뒷좌석에 자리를 잡았지만 눈이 초롱초롱하고 낡은 사파리 복장을 한 그 젊은 여성과 마주 보는 위치이긴 마찬가지였다.

　트리니가 손을 내밀자 젊은 여성이 맞잡았다.

　"트리니 로마노 중령입니다."

　"히어로 마틴스 박사입니다."

　트리니는 그저 여자를 쳐다보며 고개를 까딱한 뒤 금연껌 하나를 얼른 입에 넣고서 탐색에 나섰다. 아무 말 없이 상대가 어떤 사람인지 따져보는 중에도 조금도 시선을 피하지 않았다. 당황스러운 태도였다. 로베르토는 히어로에게 어중간하게 경례만 했다. 상대의 속을 꿰뚫어 보려는 기 싸움에는 원래 흥미가 없었다.

　"로베르토 디아즈 소령입니다."

　"만나서 반가워요, 소령님."

　"어느 분야 박사님인가요?"

　"미생물학자예요. 시카고 대학에 있고요. 전공은 역학 감시예요."

여전히 히어로를 쳐다보고 있던 트리니가 물었다.

"히어로가 진짜 이름인 겁니까?"

히어로는 애써 한숨을 참았다. 34년 동안 귀에 딱지가 앉도록 들은 질문이었다.

"네, 제 진짜 이름 맞아요."

"슈퍼맨 같은 히어로인가요, 아니면 그리스 신화에 나오는 히어로(헤로)인가요?"

로베르토가 물었다.

그녀가 눈길을 돌려 로베르토를 쳐다봤다. 그런 질문은 그다지 듣지 못했기 때문이다.

"후자예요. 어머니가 고전학과 교수셨거든요. 그 이야기를 아시는군요?"

로베르토가 시선을 들더니 왼쪽 눈을 가늘게 뜨고 바로 위 허공을 바라봤다가 시선을 자신의 머리 오른쪽으로 향했다. 뇌 깊은 곳에서 선명하지 않은 사실을 끌어내려고 할 때면 으레 그런 식이었다. 마침내 깊은 수렁에서 의미 있는 정보를 찾아낸 로베르토가 입을 뗐다.

"헤로란 인물이 어떤 강에 있는 탑에서 살았죠?"

히어로가 고개를 끄덕였다.

"헬레스폰투스 해협이었죠."

"어떤 남자와 사랑에 빠졌고요."

"레안드로스요. 레안드로스는 매일 밤 해협을 헤엄쳐 건너

탑에 가서 헤로와 사랑을 나눴죠. 헤로는 레안드로스가 잘 찾아올 수 있게 탑에서 횃불을 밝혀 줬고요."

"하지만 어쨌거나 그 남자는 물에 빠져 죽잖아요, 그렇죠?"

트리니는 고개를 돌려 로베르토를 째려보면서 대놓고 언짢아했다. 로베르토는 짜증이 날 정도로 잘생긴 남자였다. 멕시코인 아버지와 캘리포니아 출신의 금발 미녀였던 어머니 사이에서 태어난 그는 건강미를 내뿜었고 영원히 줄어들지 않을 풍성한 머리숱을 뽐냈다. 또한 트리니도 꽤 괜찮게 생각할 만큼 영리하고 재미있는, 애니라는 이름의 아내까지 있는 아주 복 많은 남자였다. 그런 그가 수송기에 오른 지 고작 30초 만에 젊은 여자의 관심을 끌려고 뻔히 애쓰고 있었다. 지금껏 한 번도 얼간이를 파트너로 둔 적이 없었던 트리니는 로베르토가 부디 그런 자로 밝혀지지 않기를 바랐다. 트리니는 금연껌에 화가 난 사람처럼 껌을 짝짝 씹으며 로베르토를 지켜봤다.

하지만 이미 넘어간 히어로는 트리니를 무시한 채 로베르토와 대화를 이어 갔다.

"두 사람의 사랑을 질투한 아프로디테가 어느 날 밤 헤로의 횃불을 꺼 버리는 바람에 레안드로스가 길을 잃었죠. 그가 물에 빠져 죽은 것을 본 헤로는 탑에서 몸을 던져 뒤따라갔고요."

로베르토는 잠시 생각에 잠겼다가 입을 열었다.

"그 이야기의 교훈은 뭔가요? 해협 이편에 있는 사람을 만나도록 하라는 건가요?"

히어로가 피식 웃으며 어깨를 으쓱하더니 답했다.

"신들을 열 받게 하지 말라는 거겠죠."

두 사람의 시시껄렁한 농담에 넌더리가 난 트리니가 뒤쪽의 조종사들을 힐끗 돌아보면서 손가락 하나를 허공에 대고 빙빙 돌렸다. 곧바로 엔진이 요란한 소리를 내더니 수송기가 덜커덩하고 활주로를 이동하기 시작했다. 그제야 화제가 바뀌었다.

걱정스러운 표정으로 두리번거리던 히어로가 물었다.

"잠깐만요, 지금 출발하는 거예요? 나머지 요원들은 어디 있는데요?"

"당신 눈앞에 있잖아요."

트리니가 대답해 줬다.

"두 분요? 그러니까 제 말은, 정말 두 사람뿐이냐고요? 이번 일은 우리 힘만으로 처리할 수 있는 게 아닐 듯해서요."

로베르토는 날을 세우지 않으면서 트리니의 자신감을 대신 전달하고자 했다.

"무슨 일인지 말씀해 주시면 우리가 처리할 수 있을 것 같은지 아닌지 알려 드리죠."

"아무 말도 못 들은 거예요?"

"호주에 가야 한다는 말만 들었는데 나머지 내용은 그쪽이 알겠죠."

트리니가 끼어들었다.

히어로는 고개를 돌려 창밖으로 비행기가 이륙하는 모습

을 지켜봤다. 그렇게 시선을 고정한 채 머리를 가로저으며 말했다.

"군대는 영영 이해 못 할 데예요."

"동감입니다."

로베르토가 끼어들었다.

"우린 공군인데 핵무기국 근무를 명 받았지요."

"이번 건 핵무기가 아니에요."

"그쪽을 보낸 걸 보면 생화학 무기로 의심되는가 보군."

트리니가 찌푸린 얼굴로 그렇게 말했다.

"아니에요."

"그럼 뭔데요?"

잠시 생각에 빠졌던 히어로가 짧게 대답했다.

"질문 잘했어요."

이어서 자기 앞쪽 탁자 위에 있던 파일을 연 히어로는 본격적으로 이야기를 풀어 놨다.

이후 여섯 시간이 지나고 나서야 이야기가 그쳤다.

로베르토가 서호주에 대해 알고 있는 내용이라고 해 봐야 코딱지만 한 책 한 권에 충분히 담길 정도였다. 사실 더 정확히 말하면 큰 활자로 된 전단지 한 장 분량이 다였다. 히어로의 말에 따르면 그들은 깁슨 사막의 한가운데, 포트헤들랜드에서 동쪽으로 1200킬로미터가량 떨어진 오지에 자리한 키위르쿠라 공동체에 가고 있었다. 이 원주민 지구는 호주 정부가 원주민 집단들이 조상 대대로 살아왔던 땅에 다시 이주할 수 있도록 지속적으로 장려해 온 사업의 일환으로 10년 전 조성한 핀투피족 거주지였다. 이들 원주민들은 이런저런 이유들 때문에 수십 년 동안 홀대당하고 오랜 삶의 터전에서 내쳐졌다. 가장 최근의 사례로는 1960년대에 실시된 블루스트리크 미사일 실험을 들 수 있다. 누군가 날려 버리고 싶어 하는 땅에서 살아갈 수는 없는 법이다. 건강에 해로울 게 뻔하니까 말이다.

하지만 이런 미사일 실험들이 끝났던 1970년대 중반쯤에 정치적 민감성이 새롭게 떠오르면서 마지막 남은 핀투피족은 트럭에 실려 아주 멀고 외지다 못해 은하 외곽에서도 바깥쪽으로 수 킬로미터나 떨어진 곳 같은 키위르쿠라로 다시 옮겨 오게 되었다. 그래도 스물여섯 명이 전부였던 이들 핀투피족은 숨이 턱턱 막히는 그곳 사막에서 전기나 전화도 없고 현대 사회와 완전히 단절된 상태에서도 나름 평화롭고 행복하게 살았다. 사실 이들 부족은 고립돼 살아가는 것을 좋아했던 터라 노인 세대는 조상들의 땅으로 되돌아온 것을 유독 더 기뻐했다.

그런데 어느 날 하늘이 무너졌다.

히어로의 설명에 따르면 하늘 전체가 아니라 딱 한 덩어리가 떨어졌다.

"그게 뭐였는데요?"

로베르토가 물었다. 히어로가 핀투피족의 역사를 간추려 설명하는 내내 그녀와 눈을 마주 보고 있던 그를 트리니가 눈치 못 챌 리 없었다. 정말이지 트리니는 초능력이라도 써서 막으려는 사람처럼 로베르토를 노려보고 있었다.

"유인 우주실험실이었어요."

이번에는 트리니가 고개를 돌려 히어로를 쳐다보며 물었다.

"그 사건, 79년도에 있었던 거죠?"

"네."

"인도양으로 떨어졌다고 생각했는데."

히어로가 고개를 끄덕였다.

"대부분은 그랬죠. 몇 조각만 육지로 떨어졌는데 거기가 바로 같은 서호주에 위치한 에스퍼런스라는 동네 외곽이었어요."

"키위르쿠라에서 가까운 데예요?"

로베르토가 물었다.

"키위르쿠라와 가까운 동네는 없어요. 에스퍼런스는 약 2000킬로미터나 떨어진 데다 주민 수도 1만 명이나 돼요. 키위르쿠라와 비교하면 대도시라 할 만하죠."

"에스퍼런스에 떨어진 조각들은 어떻게 됐습니까?"

히어로는 파일의 다음 내용으로 넘어가 설명을 이어 갔다. 에스퍼런스에 떨어진 조각들은 주민들이 다소 기업가적인 판단에 따라 주워 담아서 시립 박물관에 가져다놨다. 사실 그 박물관은 댄스홀이었던 공간을 발 빠르게 '에스퍼런스 시립 박물관과 유인 우주실험실'로 개조한 곳이었다. 입장료 4달러를 내면 우주선에서 떨어져 나온 가장 큰 산소 탱크, 우주 정거장의 음식 저장용 냉동고 같은 물품들, 자세 제어용 추력기에 쓰이는 질소 탱크, 그리고 우주비행사들이 머무는 동안 기어서 오고 갔을 승강구의 파편을 볼 수 있었다. 그 외에도 어느 부분인지 알아볼 수 없는 여러 다른 잔해들도 전시돼 있었다. 그 중에는 한가운데에 새빨간 페인트로 '유인 우주실험실'이라는 글자가 벗겨진 데 없이 말끔하게 쓰여 있는 다소 수상쩍은 철판 조각도 있었다.

"몇 년 동안 나사(NASA)는 그게 그때까지 발견된 전부고, 나머지는 재진입 때 다 타 버렸거나 인도양 바닥에 있을 것이라고 추정했죠. 그러다 5~6년이 지나서야 추락 당시 육지 어딘가 사람이 거주할 수 없는 곳에 다른 파편이 떨어졌을 것이라고 판단했어요."

"키위르쿠라 같은 데."

로베르토가 거들었다.

고개를 끄덕인 히어로가 페이지를 넘기며 설명을 이어 갔다.

"사흘 전에 나사의 우주생명과학 연구부에서 전화를 했어요. 각기 다른 여섯 군데의 정부 기관을 거쳐 정보 하나를 전달받았는데 어떤 사람이 서호주에서 전화를 걸어 '그 탱크에서 무언가 나왔다.'고 신고했다는 내용이었어요."

"어떤 탱크요?"

"여분의 산소 탱크요. 키위르쿠라에 떨어진 거."

트리니가 앞으로 나와 앉으며 물었다.

"서호주에서 전화를 건 사람은 누구죠?"

히어로가 파일을 내려다봤다.

"에노스 나마치라란 이였어요. 그 사람 말로는 자기가 키위르쿠라에 사는데, 5~6년 전에 삼촌이 흙 속에서 그 탱크를 발견했더랬대요. 삼촌이란 분은 추락한 우주선 이야기를 들었던 터라 그걸 집 앞으로 옮겨 와 기념품처럼 간직했고. 하지만 이후 그 탱크에 뭔가 문제가 있는지 그분이 병에 걸렸대요. 순식간에 말이죠."

로베르토가 그 사연의 앞뒤 정황을 맞춰 보려는 듯 얼굴을 찡그렸다.

"그 사람은 어떻게 그런 정부 기관에다 전화해야 한다는 걸 알았을까요?"

"몰랐어요. 제일 처음에는 백악관에다 했대요."

"그 뒤에 여기저기를 거쳐 나사에 이른 거군요?"

트리니는 믿기지 않았다. 듣도 보도 못한 비효율의 사례였다.

"열일곱 번이나 전화를 걸었대요. 그때마다 전화기가 있는 곳까지 가기 위해 48킬로미터를 운전해야 했고. 뭐, 물론 그렇게 해서 결국에는 나사에 연락을 했지만요."

"의지가 굳은 사람이었군요."

로베르토가 말했다.

"그랬죠, 그즈음 사람들이 죽어 가고 있었으니까요. 마침내 하루 반나절 전에 저와 나사 사람들이 함께 그분을 만났어요. 제가 가끔 나사의 일을 하거든요. 우주선 같은 지구 대기권 재진입체에 어떤 외래 생물 형태는 없는지 꼼꼼하게 검사하는 일인데, 이제껏 그런 사례는 한 번도 없었어요."

"하지만 이번에는 뭔가 붙어 들어왔다고 보는 거군요?"

트리니가 물었다.

"거기까지는 아니고요. 좀 흥미로운 데가 있어서요."

그러자 로베르토가 구부정하게 앞으로 나서며 말했다.

"이미 아주 흥미로운 일이 벌어진 것 같은데요."

히어로가 그를 보고 싱긋 웃었다. 트리니는 눈을 희번덕거리지 않으려고 애썼다.

"탱크가 밀폐된 걸로 봐서는 우주에서 난데없는 무언가를 묻혀 들어왔을 가능성은 거의 없다고 생각해요. 제가 유인 우주실험실 파일을 전부 살펴봤는데, 마지막 재보급 때 이 특수 산소 탱크는 산소 순환을 위한 게 아니라 단지 우주선 외부의 분리 가능한 기다란 부분 중 한곳에 부착하는 용도로 올려 보낸 것 같아요. 탱크 안쪽에 오피오코르디셉스 곰팡이의 사촌쯤 되는 곰팡이 유기체가 있었어요. 이 진균은 한 종에서 또 다른 종으로 옮겨 가서도 잘 적응할 수 있는 작고 멋진 기생 곰팡이예요. 극한의 환경에서도 살아남는 것으로 알려진 진균인데 클로스트리듐 디피실리균 포자와 약간 비슷해요. 이게 뭔지는 다들 아시나요?"

두 사람은 히어로를 멀뚱멀뚱 쳐다봤다. 클로스트리듐 디피실리균은 그들의 업무에 필요한 지식이 아니었다.

"그게 그러니까, 치명적인 균이에요. 어디에서나 살아남을 수 있어요. 화산 안쪽이든 바다 밑바닥이든 우주 공간이든 안 가려요."

트리니와 로베르토는 그저 히어로를 바라보며 그녀의 말을 그대로 믿을 뿐이었다. 히어로는 설명을 이어 갔다.

"어쨌든요. 그 탱크 안에 있던 시료는 연구 과제로 넣어 놨던 거예요. 관련 학계에서는 이 균류가 약간 독특한 성장 속성을 지닌 터라 우주 환경에서는 어떤 영향을 받는지 알고 싶었거든요. 그런데 여기서 기억해야 할 건 당시는 70년대였고 우주정거장이 차세대 유행 사업이 되려는 시점이었다는 거예요. 그러니 나사에서는 거기에 가 보려고 할 수백만의 사람들을 위해 효과적인 항진균제를 개발할 필요가 있었어요. 하지만 영영 그런 기회를 잡지 못했죠."

"유인 우주실험실이 추락했으니까."

"그렇죠. 결국 그 탱크는 에노스 나마치라 씨 삼촌분네 앞마당에서 5~6년 동안 방치되다시피 있다가 녹슬기 시작한 거죠. 그 양반은 탱크를 조금 모양내서 다시 반짝거리는 새것처럼 만들고 싶어 했어요. 사람들이 돈을 내고 보러 올지도 모르겠다 싶었겠죠. 그래서 녹을 없애려고 해 봤지만 도무지 제거되지 않았어요. 에노스 씨에 따르면 삼촌분이 세제를 바꿔 가며 수차례 닦아 내려 한 끝에, 민간에 전해 내려온 해결법까지 써서 감자를 반으로 자른 뒤 단면에 주방세제를 들이부어 탱크 표면을 박박 문질렀대요."

"효과가 있었대요?"

"네. 녹이 쉽게 벗겨져서 반짝반짝 윤이 났대요. 그런데 며칠 지나서 삼촌분이 병에 걸렸어요. 그분이 상식 밖의 행동을 하면서 괴상하게 변하기 시작했대요. 지붕 위에 올라가서 내려오지 않겠다고 버티더니, 조금 후에 몸이 심하게 부어오르더래요."

"대체 뭔 일이 있었던 거죠?"

트리니가 물었다.

"지금부터 말하는 건 순전히 제 추측이에요."

히어로는 잠시 말을 멈췄다. 트리니와 로베르토는 잠자코 기다렸다. 마틴스 박사는 자기가 의식했든 안 했든 이야기하는 법을 제대로 알고 있었다. 두 사람은 얼어붙은 듯 꼼짝도 하지 않았다.

"제가 보기에는 삼촌분이 섞어 쓴 화학물이 탱크 겉면에 미세하게 갈라진 틈으로 스며들어 가, 탱크 안쪽에서 생장이 멈춰 있던 코르디셉스 진균에 다시 수분이 공급된 거예요."

"그 감자 때문에요?"

로베르토는 믿기지 않는 모양이었다. 물기라고는 전혀 없는 목소리였다.

히어로가 고개를 끄덕였다.

"보통의 감자는 78퍼센트가 수분으로 이루어져 있거든요. 하지만 그 진균은 수분만 다시 공급받은 게 아니에요. 펙틴[3]과 섬유소와 단백질과 지방도 공급받았죠. 장소 또한 생장하기 딱 좋은 곳이었고요. 이맘때 서호주 사막의 평균 기온은 38도가 족히 넘어요. 탱크 안쪽은 아마 거의 54도에 가까울 거예요. 우리에게는 살인적인 온도지만 진균한테는 완벽한 환경이죠."

트리니는 얼른 본론을 듣고 싶었다.

"그러니까 그 곰팡이가 되살아났다, 그 말입니까?"

"꼭 그렇지도 않아요. 이것 또한 제 추측이긴 한데요. 감자속 다당류가 주방세제의 팔미트산나트륨과 결합돼 생장에 좋은 환경이 만들어진 것 같아요. 보통은 커다랗고 따분하며 비활성 상태인 이들 두 분자를 합쳐 놓으면 예측할 수 없고 꽤 재밌는 일이 벌어질 수 있어요. 삼촌분이 잘못한 게 아니에요. 무슨 말이냐면, 그 양반이 하려던 게 바로 화학 반응을 일으키려던 거니까요."

히어로는 이제 점점 신이 나는 모양이었다. 전문 지식을 발휘하면서 눈이 반짝반짝 빛났다. 로베르토는 어쩔 도리가 없었다. 그런 그녀의 두 눈에서 시선을 뗄 수 없었다.

"그래서 그 양반이 해냈다?"

"정말이지 젠장, 그 양반이 해낸 거예요!"

---

3 pectin, 과일 속에 들어있는 다당류의 하나로 세포를 결합하는 작용을 한다.

맙소사, 그녀도 욕을 할 줄 알았다. 로베르토는 씩 웃었다.

"하지만 제가 보기엔 다당류나 팔미트산나트륨은 근본적인 변화 매개체가 아니란 말이죠."

히어로는 모두가 좋아하지 않고는 못 배길 촌철살인적인 대목을 말하려는 듯 몸을 숙였다.

"그건 바로 녹이었어요. 산화철수화물."

트리니는 씹던 껌을 휴지에 뱉고 얼른 새 껌을 입속에 집어 넣었다.

"마틴스 박사님, 박사님 몸 안 어딘가에 간추려 말할 수 있는 능력이 숨어 있긴 한 겁니까?"

히어로는 시선을 돌려 트리니를 바라보며 다시 사무적인 태도로 말했다.

"물론이죠. 우린 강한 열기와 우주 진공은 잘 견디지만 추위에는 민감한 극한 미생물을 쏘아 올렸어요. 그런데 이 미생물이 우주 환경 탓에 생장은 중단된 상태에 있었지만 지나치게 잘 받아들이는 속성은 그대로 남아 있었죠. 당시에 분명 이 미생물에는 무임승차한 다른 유기체가 있었을 거예요. 어쩌면 태양 복사에 노출됐을 수도 있어요. 혹은 재진입 때 포자 하나가 탱크의 미세 균열을 뚫고 들어갔을 수도 있고요. 어느 쪽이든, 그 진균이 지구로 돌아왔을 때 되살아나서 뜨겁고 안전하며 단백질이 풍부한 성장 친화적인 환경에 놓이게 된 거죠. 게다가 '무언가'가 이 진균의 상위 유전자 구조를 바꿔 놓았어요."

"어떤 걸로 바꿔 놓았는데요?"

로베르토가 물었다.

히어로는 두 사람을 차례로 쳐다보았다. 그 모양새는 마치 누구나 다 아는 것을 알아듣지 못하는 약간 아둔한 두 명의 학생을 바라보는 교사 같았다. 이윽고 히어로는 두 사람을 위해 간단히 설명했다.

"우리가 새로운 종을 만들어 낸 것 같아요."

잠시 침묵이 흘렀다. 그건 히어로의 생각이었기 때문에 이름을 지을 권한 또한 그녀에게 있었다.

"코르디셉스 노부스(Cordyceps novus, 신종 코르디셉스)."

트리니는 그저 히어로를 쳐다보며 물었다.

"나마치라 씨에게는 뭐라고 말했고요?"

"몇 가지 확인할 게 있으니 여섯 시간 후에 꼭 다시 전화하라고 했어요. 그런데 영영 안 오는 거예요."

"그래서 박사님은 어쨌는데요?"

"국방부에 전화했죠."

"그랬더니 그쪽에서는 어찌 하던가요?"

로베르토의 물음에 히어로는 두 사람을 가리키며 말했다.

"두 분을 보내 줬죠."

2

이후 여섯 시간 동안의 비행은 비교적 조용하게 지나갔다. 수송기가 서아프리카 해안 위를 날아가고 밤이 되자 트리니는 임무를 수행하러 갈 때면 늘 그랬듯 시간이 날 때마다 눈을 붙였다. 또한 화장실이 비었다 싶으면 어김없이 다녀오곤 했다. 욕구를 통제하기 위한 사소한 행동들이었다. 히어로는 옆자리에 떡하니 올려진 트리니의 부츠를 쳐다보다가 지쳐 버렸다. 그래서 비행기 안이 대부분 어두워지자 자리에서 일어나 트리니를 타고 넘어서 로베르토가 앉아 있는 통로 맞은편으로 갔다.

"앉아도 될까요?"

히어로가 비어 있는 옆자리를 가리키며 속삭이듯 물었다. 로베르토는 마다하지 않았다. 눈곱만큼도 그럴 생각이 없었다. 그녀가 비집고 들어갈 수 있는 틈을 확보해 주기 위해 잽싸게 다리를 옮겨 주었다. 히어로는 최대한 편하게 그를 지나 옆자리에 안착했다. 그녀가 그렇게 자리를 바꾼 표면적 이유는 자신도 다리를 올려놓을 공간이 필요했기 때문일 터였다. 하지만 로베르토가 생각하기에 그런 이유라면 다른 자리로 가도 될 일이었다. 어쩌면 히어로의 간단한 설명이 끝난 후 그녀와 주고받고 있는 조금 은밀한 눈맞춤과 관계가 있을 수도 있었다. 설령 그런 게 아님을 잘 안다고 해도, 분명 그럴 것이라고 생각하는 편이 로베르토에게는 심리적으로 더 편했다.

믿는 대로 된다고 하지 않던가.

확실한 진실을 말하자면 상황이 그렇게 된 데에는 로베르토의 탓도 어느 정도 있었다. 그는 히어로 마틴스 박사를 보자마자 매력을 느꼈다. 결코 그런 식으로 행동하면 안 되는데도 로베르토는 정말 필요한 순간에 아직도 자신이 예전처럼 매력이 있는지 꼭 알아야만 했다. 그와 애니는 얼추 3년 전에 결혼했는데 그 출발이 쉽지 않았다. 결혼 첫해에 두 사람 모두 일에 치였고, 계획보다 훨씬 빨리 임신이 된 데다 조산의 위험까지 있어 출산 전 마지막 네다섯 달 동안 애니는 침대에만 있어야 했다. 그런 상황에 처하면 누구나 견디기 힘들겠지만 끊임없이 움직이는 기계나 다름없는 애니는 특히 힘겨워했다. 기자로서 이곳저곳을 돌아다니는 삶이 배어 있던 그녀에게 집 안에 갇혀 지내는 생활은 형벌처럼 느껴졌다. 마침내 아기가 태어났고 이후의 삶은 다들 아는 대로였다.

그때부터 로베르토와 애니에게 편안한 결혼 생활은 거의 끝이 난 셈이었다. 둘만의 오붓한 시간은? 젊음과 아름다움과 자유와 서로를 마음껏 즐기는 더없이 행복한 신혼은? 그리고 우리가 알고 있는 그 섹스는 어디에 있는 걸까? 로베르토는 이와 같은 케케묵은 타령의 주인공이자 아기가 태어난 후 성생활이 완전히 사라졌다며 한탄하는 기혼자 신세를 싫어했지만 '여전히 그 신세'였다. 혈기가 왕성한 시기의 남자인 그가 자신과 애니가 함께 육아 권태기에 접어들었다고 상상하기란 어려웠다.

더구나 이런 상황에서는 더욱 어려운 일이었다.

하지만 로베르토는 아내를 사랑했다. 그리고 바람을 피우고 싶지도 않았다.

그래서 그는 추근거렸다. 사실 지금껏 중요할 때 그런 일을 제대로 해 본 적이 없었지만 딱히 더 바라는 것 없이 추근거리다 보니 오히려 술술 풀려 갔다. 로베르토는 그와 같이 인생의 전성기에 매력적인 여자들에게 쉽게 말을 걸고 긍정적인 반응까지 받자 정말 깜짝 놀랐다. 삼십 대 중반에 직업적으로 안정되고 도달하기 어려운 위치에 있는 남자와 시도 때도 없이 발기하고 말주변도 없는 스물네 살의 졸병은 많이 달랐다.

이와 같은 로베르토의 조건은 히어로 개인의 취향과 기호와도 잘 맞아떨어졌다. 그녀는 거의 자기 나이 또래이자 몸만 어른인 박사과정 학생이었던 맥스와의 너무 길고도 몹시 고통스러웠던 관계를 끝낸 이후로 결혼한 남자들에게 몹시 끌렸다. 그렇다고 유부남을 좋아한다는 말은 아니었다. 그 말에는 확실히 어떤 부도덕한 갈망이 들어 있기 때문이다. 나쁜 짓임을 알면서도 저지르는 게 아니라 나쁜 짓이기 때문에 해 보는 그런 갈망 말이다. 정말이지 히어로는 어느 모로 보나 장점인 게 분명한 기혼 남성들이 갖고 있는 나름의 규칙 혹은 지침을 좋아했다. 어느 날 유난히 지루했던 레이저 미세가공 수업 시간에 공책에다 장점인 이유들을 정리해 놓기까지 했다. 중요한 순서대로 살펴보면 다음과 같다.

1. 그들(기혼자들)은 결혼하고자 하는 의지를 내보임으로써 삶의 변화를 받아들였을 뿐만 아니라 당연히 타협과 타인 지향적인 사고가 포함된 공존의 개념을 수용했기 때문에 어른스럽게 처신하는 편이다.

2. 대개 잠자리 기술이 뛰어나다. 이는 경험이 풍부해서가 아니라 같은 여성과 반복해서 관계를 맺기 때문이다. 한 여성과 되풀이해서 사랑을 나누다 보면 전적인 자아도취자가 아닌 이상 쾌락을 주고받는 법을 터득할 수밖에 없다. 더구나 1번의 내용을 고려하면 유부남이 전적인 자아도취자일 가능성은 크지 않다.

3. 예의 바르고 감사할 줄 알며 적어도 몇 년 동안 엄마가 아닌 성인 여성에게 배변 훈련을 받았기 때문에 똥오줌을 가릴 줄 안다.

4. 기혼자들에게는 섹스를 나눈 후에 적당한 시간 내에 돌아갈 곳이 있기 때문에 상대 여성은 저녁에 홀가분하게 휴식을 취하고 다음 날 출근할 수 있다.

5. 기혼자들은 당연히 독점적인 관계에 이를 수 없기 때문에 상대 여성에게는 원하는 만큼 자유가 보장되고 더 나은 사람이 생길 수 있다.

히어로는 기혼자들이 불리한 입장에 놓이고 유부남 애인이 좋은 소리를 못 듣는 데에는 여러 가지 이유가 있다는 것을 아주 잘 알고 있었다. 그래서 장점을 열거한 일기의 맞은편 페이지에 그 이유들을 다음과 같이 깔끔하게 단 한 문장으로 요약해 적어 두었다.

1. 그들은 불륜남이다.

물론 히어로 역시도 불륜에 동참하는 입장이었고 스스로도 그 사실을 잘 알고 있었다. 하지만 그녀는 애인을 속이고 바람을 피우지는 않았다. 결코 여러 명의 애인을 동시에 만난 적은 없었다. 살면서 낭만적이고 복잡한 관계는 한 번에 한 차례씩만 맺어도 과분했다. 또한 그녀가 보기에 안 그래도 불행한 그 남자들의 배우자들을 속이고 있지도 않았다. 그 여자들을 알지도 못하는 데다 그들의 남편들에게 어떤 약속도 한 적이 없기 때문이다. 히어로가 속이고 있는 이가 있다면 자기 자신뿐이었다. 부부 관계의 속성 때문에 사랑하는 법을 모르는 것 같은 남자들을 잇달아 사귀었으니까 말이다.

그러나 하필 그런 때에 그녀와 로베르토가 수송기에서 만났고, 이제 두 사람이 나란히 앉게 되었으니 그들의 운명은 정해진 게 아닐까 싶었다.(합리화가 지나친가?) 그러니 히어로가 확실하게 호감을 갖고 있는 삼십 대 중반의 잘생긴 군인과 조금 유쾌하고 낙관적인 대화를 나눈다고 해서 분명 해가 될 리는 없었다. 로베르토가 결혼반지를 끼고 있다는 사실은 전적으로 우연의 일치였다.

트리니가 잠든 동안 로베르토와 히어로는 좌석을 최대한 뒤로 젖히고 다리를 쭉 펴 앞좌석에 올려 놓은 채 속닥거렸다. 두 사람은 피곤하지 않았다. 둘 사이에 감도는 떨림 덕분에 기운이 펄펄 솟구쳤다. 그래서 두 사람은 서로의 삶을 화제로 소곤소곤 대화를 나눴다. 다만 로베르토는 아내와 아이 이야기를 하지 않았고 히어로는 유부남들과의 연애사를 입에 올리지 않았다. 또한 서로의 일을 화제로 삼았을 때는 로베르토가 맞닥뜨렸던 위험천만한 일들과 히어로가 새로운 미생물을 찾아 가 봤던 이국적이고 놀라운 장소들을 이야기했다. 대화가 무르익을수록 두 사람의 자세는 점점 더 눕는 모양새가 되었고 서로의 머리는 아주 조금씩 가까워졌다. 비행기가 케냐 상공의 약간 쌀쌀한 구역에 진입하자 로베르토가 자리에서 일어나 근처 물품 보관장에서 꺼칠꺼칠한 모직 담요 두 장을 찾아와서 두 사람은 담요 밑으로 바싹 파고들었다.

잠시 후 히어로가 코를 긁적였다.

이어 다시 손을 내렸을 때, 손의 위치가 두 사람 사이에 있는 좌석으로 가는 바람에 히어로의 새끼손가락이 로베르토의 오른쪽 허벅지 바깥쪽을 스치게 되었다. 로베르토가 그 순간을 느꼈고 히어로는 손가락을 거두어들였다. 이후 20분이 흘렀고 자연스럽고 숨소리가 섞인 대화가 또 20분 동안 이어졌지만 이번에는 부적절한 귓속말 같은 것은 전혀 없었다. 이어서 다음 행동에 나선 이는 로베르토였다. 이론상으로는 뻣뻣해진 다리를 펴기 위해 자리에서 움직인 것이었지만 다시 앞좌석에 다리를 뻗어 올릴 때 로베르토의 다리가 히어로의 다리에 완전히 밀착되었고, 그녀 역시 거의 곧바로 똑같이 반응했다. 두 사람 모두 이 접촉에 대해 아무 말도 하지 않았고 어떤 식으로도 그 일을 아는 척하지 않았다. 누군가 둘의 대화를 듣는다면 분야가 약간 다른 동료 둘이 업무와 관련된 비밀 회의에서 만난 후 세상에서 가장 순수하고 고결하고 조금 지루한 대화를 나누고 있다고 생각할 터였다.

그러나 히어로는 끝까지 손을 움직이지 않았고 밀착된 다리도 떼지 않았다. 두 사람은 알고 있었다. 말을 하지 않고 있었을 뿐이다.

잠시 후 히어로가 기지개를 켜며 자리에서 일어섰다.

"화장실에 가야겠어요."

로베르토가 뒤쪽을 가리켰다. 생긋 웃는 얼굴로 감사 표시를 한 히어로는 좁은 좌석 틈을 비집고 나와 비행기 뒤편으로 걸어갔다.

로베르토는 멀어져 가는 그녀의 모습을 지켜봤다. 마음이 쿵 내려앉았다. 몇 시간 전부터 그랬다. 그 상황이 도저히 믿기지 않았다. 이제껏 비교적 악의 없이 추파를 던졌던 경우 그렇게까지 멀리 나간 적이 없었는데 이번에는 기어 나올 수 없는 미끄러운 진흙 구덩이에 빠져드는 것 같았다. 움직일 때마다 더

깊이 빠져들 뿐이라서 꼼짝 않고 있었더니 설상가상으로 중력
이 덮쳐 끌어내리는 듯했다.

그런데 로베르토는 그런 느낌이 싫지 않았다. 자신이 집에서
원하거나 누려야 할 것을 받지 못해 화가 나 있었다. 이렇게 멋
지고 아름다운 여성이 자신에게 바라는 것도 거의 없는 데다
몹시 반하다 못해 진심으로 관심이 있는 게 확실한데 뭐가 문
제인가 싶었다. 완전히 부도덕한 일이라는 사실 외에 뭐가 잘
못이란 말인가? 아니, 그런 일이 벌어지지 않을 수도 있었다.
그녀가 손과 다리를 밀착했다고는 하지만 그 이면에 쉽게 설
명 가능하고 순수한 이유가 있을 수도 있었다. 맙소사, 어쩌면
자신이 그랬는지조차 '모를' 수도 있었다. 로베르토는 여느 때
처럼 이성적인 사고로 과도한 성욕을 물리치고 있었다.

아니, 어쩌면 벌써 그런 일이 벌어지고 있는지도 몰랐다. 어
쩌면 그 자신이 그렇게 되기를 간절히 바랄 수도 있었다. 벌떡
일어나 비행기 뒤편으로 가서 그녀와 좀 더 이야기를 나누다
가 그녀의 눈이 선을 넘어 그의 눈을 좀 더 오래 바라본다면 그
가 그녀에게 입을 맞추게 될지도 모를 일이었다. 정말이지 로
베르토가 꼭 그렇게 할 수도 있었다. 자리에서 일어나 당장 실
행에 나설지도 몰랐다.

로베르토는 가슴속 모든 응어리와 불만스러운 3년간의 결
혼 생활 동안 쌓여 왔던 정당한 모든 울분을 불러 모은 끝에 자
리에서 벌떡 일어났다.

그 순간 팔에 손의 감촉이 전해졌다.

로베르토는 몸을 돌렸다. 잠에서 깬 트리니가 노려보듯 올려다보면서 오른손 손가락에 힘을 주어 로베르토의 왼쪽 팔뚝을 꽉 잡고 있었다.

로베르토는 트리니를 내려다보았다. 그리고 재빨리 어설프게나마 세상 결백하다는 표정을 지어 보였다. 트리니는 가만히 로베르토를 쳐다만 보았다. 비행기 안의 흐릿한 조명 속에서도 마음속을 꿰뚫어 보는 듯한 그녀의 눈빛이 빛났다.

"앉지, 로베르토."

로베르토가 입을 벌렸지만 아무 말도 나오지 않았다. 그는 거짓말에 서툴렀다. 대량으로 지어내는 거짓말에는 훨씬 더 재주가 없었다. 더듬거리며 멍청한 소리를 늘어놓느니 그저 입을 다물고 '당신이 무슨 말을 하는지 도통 모르겠다'는 듯이 어깨를 으쓱해 보이는 게 상책이었다.

"앉으라고."

로베르토는 순순히 따랐다. 몸을 기울인 트리니가 그의 뒷목에 손을 갖다 대며 말했다.

"자긴 그런 사람이 아니야."

로베르토의 뺨이 확 달아올랐다. 분노와 창피함과 좌절된 욕망이 몸에 남아 있던 피를 급히 얼굴로 보내고 있었다.

"관심 꺼요."

"내 말이 바로 그거야."

트리니가 계속해서 빤히 쳐다봤다.

로베르토는 시선을 피했다. 굴욕감이 밀려들자 그녀 역시 똑같이 느끼게 해 주고 싶었다. 그는 다시 트리니를 바라봤다.

"질투 나요?"

쭉 대들고 싶었기에 그렇게 말했다. 상처를 주고 싶었던 터라 정곡을 찔렀다. 트리니의 낯빛이 아주 살짝 어두워졌다. 자존심이 상한 것보다 실망감이 더 큰 듯했다.

트리니에게는 10년 전에 처음으로 딱 한 번 결혼했던 전력이 있다. 그녀가 애당초 결혼을 했다는 사실 자체가 놀랄 일이었다. 결혼 생활이 결딴난 이유는 업무상 어쩔 수 없는 출장과 비밀 유지 때문이 아니라 다른 인간들을 싫어하는 타고난 성향 때문이었다. 사람들이 이상해서 그런 게 아니었다. 다들 괜찮은데 그냥 꼴 보기 싫거나 이야기를 듣는 게 싫을 뿐이었다. 이제 10년째 혼자 지내는 그녀는 그렇게 사는 게 좋았다.

트리니는 속으로 늘 자신이 로베르토의 과대평가된 잘생긴 외모에 대한 순수한 화학 반응 탓에 이따금 그에게 매력을 느낀다고 생각했다. 물론 로베르토가 꽤 마음에 들었고 함께 일하는 게 즐거웠으며 그의 투철한 직업의식과 그가 시시껄렁한 이야기에 환장하는 사람이 아니라는 사실을 높이 평가했다. 하지만 어떤 식으로든 그에게 연애 감정을 느껴 본 적은 결코 없었다. 로베르토는 함께 일하는 동료였다. 믿기지 않을 만큼 잘생긴 동료 말이다. 단 것을 좋아하지 않는 사람들도 가끔은 초코 케이크 한 조각에 탄복하지 않던가. 그게 바로 초코 케이크의 존재 이유다. 그러니 좋아 보일 수밖에 없다. 로베르토도 마찬가지였다. 그래서 대개 좋아 보였던 것이다. 별일 아니다. 트리니는 이 말을 마음에 새겼다.

그러나 그게 다가 아니었다. 그녀는 83년도에 지프차를 타고 가다가 사고로 등 아래쪽의 뼈가 두 군데나 부러지는 굉장히 고통스러운 부상을 입은 탓에, 기지 내 의사가 대충 처방해 준 진통제에 중독되고 말았다. 트리니가 가장 좋아하는 진통제 복용 시간대는 잠잘 때였다. 잠자리에 들기 1시간 전에 한 알을 먹고 나서 약에 취해 멍한 상태로 깜빡 잠이 들면 아픈 데가 전혀 없는 느낌이 들었다. 더 나아가 앞으로도 두 번 다시 아무 데도 아프지 않을 것 같았다. 살면서 또 어디서 이런 확신을 얻을 수 있을까 싶었다.

갑자기 시작된 중독은 점점 심해졌다. 거의 6개월 동안 지속됐지만 로베르토를 빼고는 아무도 눈치 채지 못했다. 그는 이 문제를 두고 트리니와 맞서며 엄청난 시간과 기운과 정서적 지지를 쏟아부어 친구가 털고 일어날 수 있게 도왔다. 트리니가 어떤 외부의 도움 없이 벗어나겠다고 고집하자 로베르토도 그렇게 해 보라고 찬성했다. 치료 초기였던 가장 힘든 시절에 트리니가 몸을 떨고 땀을 흘리며 밤잠을 못 자면서 공황 상태에 빠졌을 때 로베르토는 침대에 함께 올라가 그녀를 잡아 주며 그저 그 과정을 이겨 낼 수 있게 애써 줬다. 그러다가 어느 순간 트리니는 로베르토를 올려다보며 자신이 그를 사랑하고 처음부터 늘 그래 왔다고 말하면서 키스까지 하려고 했다. 로베르토가 피하면서 입 다물고 잠이나 자라고 하자, 트리니는 그 말을 따랐다.

두 사람은 그런 식으로 밤새 자다 깨다 했고 아무 일도 일어나지 않았다. 로베르토는 애니에게 이 일을 말한 적이 없었다. 사실 로베르토와 트리니 자신도 두 번 다시 그때의 일을 입에 올리지 않았다.

지금까지는 그랬다. 로베르토가 그녀에게 상처를 주고 싶은 순간이 오기 전까지 말이다.

그런데 그 순간이 오고야 말았다.

수송기 저 뒤편에서 화장실 문이 딸가닥, 하고 조용히 닫혔다. 모습을 드러낸 히어로가 자리로 걸어왔다.

트리니는 반대쪽으로 몸을 돌려 구부정한 자세로 다시 잠을 청했다.

로베르토는 창가로 자리를 옮겨 창문에 베개를 밀어붙이고서 턱까지 담요를 끌어당긴 뒤 히어로가 돌아왔을 때 곯아떨어진 척했다.

이런 식으로 세 사람은 각자 지니고 온 것보다 더 많은 짐을 떠안은 채 호주까지 날아갔다.

3

생화학 방호복은 지독하게 불편했다. 트리니가 보기에 최악은 총을 꽂을 데가 없다는 점이었다. 그녀는 자신의 지크자우어 P320을 엉덩이 근처의 허공에서 흔들어 대면서 안면 보호구의 유리 너머로 들리지 않는 무슨 말을 지껄였다.

히어로는 그저 그녀를 바라볼 뿐이었다. 그러고 있는 두 군인의 모습도 그렇고 그들이 조사 임무를 맡고 파견되었지만 그런 사건에 전혀 경험이 없다는 사실이 아직도 이해가 안 가는 모양이었다. 히어로가 보호구 옆쪽에 있는 단추를 톡톡 두드렸더니 트리니의 헤드셋에서 그녀의 목소리가 지지직거렸다.

"무선장치를 쓰세요."

트리니는 머리 옆면을 더듬거린 끝에 해당 단추를 찾아서 눌렀다.

"이 빌어먹을 것에는 주머니가 없어요?"

키위르쿠라 외곽에서 세 사람은 화학물질이 유입돼도 완벽히 보호해 주고 자가 호흡 장비까지 부착된 A급 위험물질 방호복으로 갈아입었다. 또한 방호복 바깥으로 통이 길고 발가락 부분은 강철로 된 장화를 신고 특별히 엄선된 내화학성 장갑도 꼈다. 그런데 정말이지 어디에도 주머니는 없었다. 어떤 일을 겪을지 모르는 상황에서 총을 넣어 둘 주머니가 없으면 방호복을 그렇게 챙겨 입은들 무슨 소용일까 싶었다.

히어로는 트리니의 짜증 섞인 질문에 간단히 "없다"고 대답하면 충분하다고 판단했다. 트리니는 땅에 내린 뒤 담배를 연달아 세 개비나 피워 댔다. 비행기를 타고 오는 내내 금연껌을 씹는 것도 모자라 신종 니코틴 패치까지 붙이고 있었다. 그녀는 꽈배기보다 더 배배 꼬인 사람이었다. 히어로는 트리니와 거리를 두는 게 최선이라고 단정했다.

로베르토는 뒤돌아서 방금 지나온 광활한 사막을 바라봤다. 세 사람이 탄 지프가 거대한 부채꼴을 그리며 먼지를 일으킨 데다 탁월풍[4]이 저마다의 방향으로 불고 있었다. 그 말은 수백 킬로미터에 달하는 퇴적물이 공중에 떠서 소용돌이치며 그들에게 다가오고 있다는 뜻이었다.

"앞이 보일 때 출발하는 게 좋겠어요."

로베르토가 말했다.

세 사람은 몸을 돌려 마을 쪽으로 걸어갔다. 지프를 세워 두고 800미터가량 걸어온 데다 방호복까지 입고 있어 속도는 느렸지만 저 멀리 수평선 위에 점점이 박혀 있는 구조물들이 보였다. 키위르쿠라는 단층 건물들이 모여 있는 마을이었다. 기껏해야 열두 채 정도인 집들은 페인트를 칠하지 않은 상태였지만 재정착 위원회가 주민들에게 나눠 준 낡은 목재와 조각난 압축 합판 때문에 색색의 판자를 이어 붙인 효과가 났다. 계획 공동체가 무색할 정도로 계획의 흔적은 별로 보이지 않았

---

4 prevailing wind, 한 지역에서 일정한 시기에 특정한 방향으로 우세하게 부는 바람.

다. 달랑 대로 하나에다 양쪽 대로변에 구조물들이 있고 아마도 나중에 이주한 이들이 이웃집과 조금이나마 간격을 두고 싶어 서둘러 지은 듯한 별채가 몇 채 있을 뿐이었다.

세 사람은 마을 밖으로 약 50여 미터 떨어진 지점에서 처음으로 이상한 물건을 보았다. 도로 한가운데에 짐이 가득 찬 채로 닫혀 있는 여행 가방이 놓여 있었다. 그 모양새가 마치 공항으로 실어다 주길 바라면서 진득이 기다리고 있는 것 같았다. 주변에 사람이나 다른 물건은 전혀 없었다.

잠시 서로를 쳐다보던 세 사람은 그쪽으로 걸음을 옮겼다. 그리고 여행 가방 주위에 서서 가방이 스스로 내력과 의도를 밝히길 기대하기라도 하듯 그것을 뚫어져라 쳐다봤다. 하지만 아무런 소득이 없었다.

트리니는 총을 앞으로 내민 채 나아갔다.

세 사람이 첫 번째 건물에 도착해 앞쪽으로 돌아 나가고 나서야 그 집의 벽이 네 개가 아니라 세 개뿐임을 알았다. 몹시 건조한 환경에서 공기의 흐름을 최대화하기 위해 그런 방식으로 지은 것이었다. 그들은 잠시 멈춰 서서 인형의 집을 들여다보듯 안을 들여다보았다. 그 집에는 내부가 보이는 구역들이 있었다. 부엌과 침실과 욕실(이곳에는 문이 달려 있었다.)이 그랬고 맨 끝에 있는 또 다른 작은 침실도 마찬가지였다. 부엌 식탁에 음식이 있어 파리들이 윙윙거리며 날아다녔지만 사람은 전혀 눈에 띄지 않았다.

로베르토가 둘러보며 말했다.

"다들 어디 간 거지?"

그건 질문이었다.

트리니는 뒷걸음질 쳐 다시 도로로 나가 조심스럽게 반원형을 그리며 돌아서서 주변을 살폈다.

"차들은 아직 여기 있는데."

로베르토와 히어로도 트리니의 시선을 따라 돌아봤다. 정말로 차들이 있었다. 지프나 오토바이나 픽업트럭이나 구형 세단 등등 진입로마다 거의 한 대씩 주차돼 있었다. 주민들이 어떻게든 가고자 하는 곳에 갔지만 차를 몰고 가지는 않은 모양이었다.

세 사람은 계속 나아가 마을 중앙쯤에 한때 놀이터였지 싶은 곳을 지나갔다. 쇠사슬에 매달린 오래된 쇠그네가 바람에 흔들리며 삐걱거렸다. 사막의 모래와 먼지가 바람에 실려 마을로 쏠려 들어왔다. 로베르토는 고개를 돌려 실눈을 뜨고 몰려오는 구름을 바라봤다. 모래가 안면 보호용 유리판에 타다닥 거리며 부딪치는 통에 그럴 필요가 없는데도 자꾸만 눈을 깜박거렸다.

30미터쯤 더 걸어갔을 때 마을 건너편이 나왔다. 그곳에서 가장 큰 집의 정문이 약간 열려 있자 트리니가 권총 총열로 밀어서 마저 다 열어젖혔다. 로베르토는 히어로에게 현관에서 기다리라는 손짓을 한 뒤 트리니와 한 줄로 서서 능숙한 몸놀림으로 집 안으로 들어갔다.

히어로는 현관에서 기다리면서 열린 문과 더러운 창문으로 두 사람의 움직임을 지켜봤다. 그들은 방마다 살펴보며 샅샅이 수색했다. 그러는 내내 권총을 든 트리니가 언제나 앞장을 섰다. 둘 중 더 철두철미하고 어쩌면 더 주의 깊은 로베르토는 신중하고 흔들림 없이 움직이면서 사방을 살피며 한시도 경계를 늦추지 않았다. 히어로는 거추장스러운 방호복을 입고도 기품 있고 여유롭게 움직이는 로베르토의 모습에 감탄했다. 하지만 그녀 역시 그곳에 두려워할 만한 게 전혀 없다는 점을 알고 있었다. 지금까지 키위르쿠라를 살펴본 바에 따르면 유령 도시라는 사실밖에 없었다. 몇 분 후 트리니가 나와서 결과를 알려 주기 전에 히어로는 이미 그 사실을 확신했다.

"집은 열네 채, 차량은 열두 대, 주민은 0명."

로베르토는 양손으로 엉덩이를 받치며 경계를 조금 풀었다.

"젠장, 뭔 일이래?"

바로 그때 히어로의 눈에 자신들이 그 멀리까지 찾으러 온 그 물건이 보였다. 마을 저 끝에서.

수수한 가옥들 가운데 가장 유지가 잘된 어느 집 앞마당에 은빛의 금속 탱크가 있었다. 겉칠이 된 부분을 최근에 닦았는지 빛이 반사되어 반짝거렸다.

"저건 여기 물건이 아닌 거 같은데요."

세 사람은 경계하며 탱크 쪽으로 걸어갔다. 바람이 더욱 세차게 휘몰아치면서 집 주위로 흙먼지가 밀어닥쳤고, 모래 바람이 회오리치면서 눈앞에서 기둥처럼 솟구쳐 올랐다가 다시 땅으로 내려왔다. 시야를 확보하기가 점점 더 어려워졌다.

"여기서 멈춰요."

탱크까지 아직 3미터가량 남았을 때 히어로가 손을 내밀어 제지했다. 그녀는 소용돌이치는 모래 바람 속에서 최대한 자세히 주변 지면을 살피고 나서 한 발을 내딛었고 계속해서 발걸음을 옮기기 전에 주의 깊게 땅바닥을 훑어봤다.

"내 발자국을 따라와요."

트리니와 로베르토는 한 줄로 서서 조심스럽게 히어로의 장화 발자국 위에 똑바로 발을 내디디면서 그녀를 뒤따라갔다.

히어로는 탱크 앞에 도착하자 쪼그리고 앉았다. 그녀가 곧바로 탱크 겉면에서 곰팡이 층을 알아본 것은 오로지 경험이 풍부한 눈 덕분이었다. 비전문가의 눈에는 둥근 탱크 표면에 있는 그저 작은 초록색 부분이자 녹슨 동전과 조금 비슷해 보였을 뿐이다. 어쨌든 그 탱크는 원래의 상태로 있지는 않았다. 결국 통제 없이 지구 대기권으로 재진입했기 때문에 몇 군데 움푹 들어가 있었다. 하지만 히어로에게 그 특별할 것 없는 초록색 부분은 어떤 신호로 해석되었다.

트리니는 주위를 둘러봤다. 만일에 대비해 언제든 쏠 수 있도록 여전히 총을 내민 채 말이다. 그녀는 어디로 걸을지 주의를 기울이면서 집 쪽으로 몇 발짝을 옮겼다. 그리고 다시 멈춰 서서 다른 건물들과 별반 다르지 않은 그 집을 자세히 살펴봤다. 결국 한 가지 다른 점을 발견했다. 바로 이상한 각도로 주차돼 있는 자동차였다. 구형 닷지다트의 보닛이 현관 기둥을 거의 곧장 치받은 모양새로 있었다. 현관은 지면에 아주 가까운 데다 골이 진 지붕은 비스듬히 굽어 있어 자동차가 주차돼 있는 위치로 볼 때 보닛에서 그다지 어렵지 않게 지붕에 올라갈 수 있었다. 트리니는 지붕을 올려다보며 생각에 잠겼다.

은색 탱크가 있는 쪽에서는 히어로가 몸을 수그린 채 샘플 채취용 상자를 자기 앞쪽으로 끌어당기고 있었다. 곧이어 딸깍하는 소리와 함께 상자를 열고 부리나케 20배율 확대경을 꺼낸 뒤 손으로 압력을 가하자 경사진 렌즈 가장자리에 빙 둘러 LED 조명이 들어왔다. 히어로는 확대경을 통해 곰팡이를 더 자세히 관찰했다. 그 진균은 살아 있고 상태도 괜찮았으며 화려한 데다 20배율 확대경 속에서도 들끓는 게 뚜렷하게 보였다. 히어로는 대담할 정도로 가까이 들여다보며 분열이 왕성하게 일어나고 있는지 살폈다. 분열이 포착되자 배율이 더 높은 확대경 생각이 간절했지만 현장 장비로는 20배율이 최고였기에 더 가까이 들여다볼 수밖에 없었다.

히어로는 어깨 너머로 로베르토를 뒤돌아봤다.

"제 어깨뼈 사이에 있는 방호복 고리에 손을 밀어 넣어 봐요."

로베르토가 아래를 내려다봤다. 정말로 방호복 뒷면에 천으로 된 세로 모양의 덮개 같은 것이 단단히 꿰매진 채 붙어 있었다. 손잡이 비슷했지만 사이 공간이라고 해 봐야 다섯 손가락을 겨우 집어넣을 수 있을 정도였다. 아무튼 로베르토는 히어로가 부탁한 대로 그곳에 손을 밀어 넣었다.

"이제 꽉 잡아요. 몸을 반대로 끌어당길 거니까 절대 놓치면 안 돼요. 제가 앞으로 넘어지려거든 확 잡아당겨요. 조심할 필요 없어요. 제가 저 탱크에 닿지 않게만 해 줘요."

"알았어요."

로베르토는 잡은 손에 힘을 주었다. 히어로는 탱크에서 겨우 30센티미터 떨어진 지점에서 발로 버티며 몸을 앞으로 숙였다. 그리고 확대경과 안면 보호구를 탱크의 중앙 표면에 최대한 가까이 들이밀었다. 로베르토는 히어로가 겉보기처럼 자신을 전적으로 믿을 것이라는 기대는 안 했던 터라 그녀가 정말로 체중에 못 이겨 고꾸라졌을 때 살짝 흔들렸다. 하지만 힘이 셌던 그는 재빨리 중심을 잡고 다시 발을 고정해 그녀가 흔들리지 않게 잡아 줬다.

방호복에 장착된 안면 보호구에서 탱크 표면까지 8센티미터도 안 될 만큼 근접하자 히어로는 렌즈의 확대치를 최대한으로 올리고 근접 초점을 잡은 뒤 LED 조명의 밝기를 최대로 높였다.

히어로는 숨이 턱 막혔다. 확대율이 미미한 그 확대경으로도 균사체에서 자실체들이 자라나고 있는 게 똑똑히 보였다. 자실체의 줄기 끝에 있는 포자낭이 곧 포자를 퍼트릴 기세로 터

질 듯 부풀어 오른 모습도 볼 수 있었다. 균사체의 성장 속도는
눈에 띌 정도로 아주 빨랐다.

"세상에!"

부피가 큰 히어로의 방호복에 가려 보이지 않아서 로베르토
는 궁금해 죽을 것 같았다.

"뭔데요?"

히어로는 눈길을 돌릴 수 없었다.

"뭔지 모르지만 엄청 크고 '빨리' 자라요. 게다가 종속영양성
이라서 닿는 것마다 거기서 탄소와 에너지를 빼내 와야 해요.
안 그러면 도저히…….."

히어로가 말꼬리를 흐리며 무언가를 뚫어져라 쳐다봤다.

"도저히 뭐요?"

히어로는 대답하지 않았다. 자실체 중 하나에 넋을 빼앗겼
다. 확대경 아래에서 그것의 포자낭이 부풀어 오르더니 탱크
표면에서 떨어져 공중으로 떠올랐다.

"이렇게 공격적인 포자율은 생전 처음……."

순간 펑 하고 날카로운 소리가 나면서 자실체 전체가 터져
버려 확대경 렌즈에 찐득거리는 미세한 입자들이 점점이 붙어
버렸다. 히어로는 비명을 지르면서 자기도 모르게 뒤로 휘청
하며 탱크에서 물러났다. 겁먹었다기보다는 깜짝 놀란 것뿐이
지만 잠시 균형을 잃었던 터라 몸을 가누기 위해 오른발을 옆
으로 내밀었다. 장화가 탱크 옆의 단단한 땅을 짚기 전에 물컹

한 데를 통과하면서 구겨졌지만 영향은 미미했다. 히어로는 이미 급변점을 지나서 방금 내디딘 곳으로 곧장 발을 내리는 중이었다. 그녀는 지면이 슬로모션으로 자신을 향해 올라오는 것을 빤히 쳐다봤다.

곧이어 히어로는 다시 위쪽으로 움직이고 있었다. 로베르토가 힘을 조절하며 히어로의 방호복 뒤쪽에 붙은 고리를 한 차례 세게 잡아당겨서 그녀를 일으켜 앉혔다.

히어로가 고마운지 그를 올려다봤다.

로베르토가 씩 웃으며 말했다.

"조심해요."

"어이."

근처에서 부르는 소리가 났다.

로베르토와 히어로가 돌아봤다. 트리니가 얼추 3미터 위쪽인 그 집 지붕에 서 있었다.

"삼촌 찾았어."

방호복을 입고도 올라가는 게 별로 어렵지 않았다. 먼저 자동차의 보닛을 밟고 서서 멀리뛰기 하듯 한 번에 성큼 현관 지붕 위로 올라선 뒤 집 지붕까지 쭉 올라갔다. 로베르토는 필요할 때 히어로를 지붕 위로 밀어올려 줄 수 있게 그녀 뒤를 따라갔다. 히어로가 떨어지지 않게 지켜 줘야 한다는 생각에 너무 몰두한 나머지, 그녀의 장화 밑창이 코앞에 있는 것도 모르고 지나쳐 버렸다. 문제의 그 물질이 많이 있던 게 아니라서 시력이 아주 좋지 않은 한 보기 어려웠겠지만 장화 밑창에 분명 그것이 있었다.

뒤꿈치 근처, 더 정확히는 오른쪽 장화 밑창의 열네 번째와 열다섯 번째 골 사이에 초록색 곰팡이가 묻어 있었다. 아까 탱크 앞에서 히어로가 균형을 잃었을 때 묻은 것이었다.

히어로가 마저 기어올라 지붕 끝으로 올라서자 로베르토가 휙 뛰어올라 그 옆에 섰다. 두 사람은 몇 걸음을 옮겨, 트리니가 무언가를 내려다보는 곳에 다다랐다. 모래 바람과 흙먼지가 거세게 몰아쳤던 탓에 시야가 다소 흐렸지만 트리니는 자신이 본 게 시체임을 알았다. 시체의 형체는 온전치 못했다. 그렇게 오래전에 죽었을 리 없는데 시체가 광범위하게 훼손된 것으로 보아, 죽은 뒤에 그리 된 게 아니었다. 살이 심하게 훼손된 건 짐승들이나 날씨 같은 외부 요인 때문이 아니었다.

"몸이 터져 버린 거예요."

히어로가 말했다.

맙소사, 폭발하다니. 한때 삼촌이었던 그것은 겉과 속이 뒤집혀 체내에 있던 모든 게 체외로 나와 버려서 이제는 한낱 껍질이 되어 버렸다. 흉곽은 마구 비틀려 벌어져서 흉골이 훤히 드러나, 마치 옷 주인 없이 정장 외투만 마룻바닥에 누워 있는 모양새였다. 팔다리는 살이 벗겨진 상태였고 팔다리뼈에는 속에서 아주 작은 폭발들이 있었던 것처럼 얽은 자국들이 나 있었다. 또한 두개골판은 여덟 개의 접합선을 따라 빠개져 있는

54

게 흡사 접착제로 붙여 놓았던 그가 갑자기 와르르 무너져 내린 것 같았다.

그동안 험악한 꼴을 많이 봐 왔던 로베르토도 그런 건 난생처음이었다. 그는 고개를 돌렸다. 그때 바람이 한풀 꺾이면서 잠시 흙먼지가 걷히자 세 사람이 지나온 길이 훤히 보였다. 마을의 모든 건물이 거의 같은 높이였다. 삼촌네 지붕 꼭대기에 서 있으니 다른 건물들의 옥상이 전부 다 보였다.

"맙소사."

트리니와 히어로도 고개를 돌려 그가 보고 있는 광경을 쳐다봤다.

옥상마다 시체들로 뒤덮여 있었고, 하나같이 삼촌의 사체와 똑같이 터져서 벌어진 상태였다.

로베르토는 굳이 세어 보지 않아도 시체가 모두 스물네 구라는 것을 알 수 있었다.

세 사람이 삼촌네 지붕 위에 서서 저주받은 마을의 주민들에게 무슨 일이 있었던 것인지 꿰맞추고 있는 순간에도 문제의 진균은 히어로 마틴스 박사의 골 진 고무 밑창 틈에서 부지런히 제 할 일을 하고 있었다. 이 신종 코르디셉스는 장화와 히어로의 발 사이에 있는 경질 고무 밑창이라는 장애물에 부딪혔다. 이 곰팡이가 한 가지 싫어하는 게 있다면 그건 바로 장애물이었다. 하지만 유능한 악당에게는 으레 똘마니가 있지 않던가.

돌연변이 상태에서 이 곰팡이는 상호 공생 관계로 체내에 서식하는 유기체인 내생공생생물의 숙주가 되었다. 이 내생공생생물은 신종 코르디셉스가 할 수 없는 일을 해낼 수 있었다. 다름 아니라 장벽을 뚫고 나갈 수 있도록 새롭고 특수한 구조를 지닌 뜬금없는 화학물질의 합성을 촉진하는 것이었다.

연한 빛의 형태로 곰팡이 표면에 서식하는 그 내생공생생물은 히어로가 걸음을 내딛을 때마다 공기에 노출됐다. 그때마다 이 생물은 최대한 많은 산소를 빨아들인 뒤 밑창에 달라붙은 흙먼지 입자에서 배출된 탄소와 화합시켜 탄소와 산소의 촘촘한 이중 결합망을 만들었다. 이제 활성 케톤이 된 이와 같은 카르보닐기는 발바닥을 향해 위쪽으로 밀고 나아가다가 딱딱하고 뻣뻣한 고무 덩어리에 막혀 멈춰 버렸다.

그래서 이 유기체는 또다시 잡종 번식을 감행했다. 새 케톤인 이것은 고무와 흙먼지에서 쓸 만한 성분들을 표본 추출했고 다양한 탄소 골격을 따라 순환했다. 그리고 그것은 옥살로아세테이트로 돌연변이를 일으켰다. 옥살로아세테이트는 당(糖)의 대사 작용을 원하는 이에게는 정말 좋지만 장화 밑창을 뚫는 데에는 전혀 쓸모가 없다. 이에 굴하지 않고 그것은 다시 돌연변이를 일으켜 나일론을 만든다면 유용했을 시클로헥사논이 되었다가, 그다음에는 폐렴에 맞서 싸우는 이에게는 더할 나위 없이 좋은 테트라사이클린이 되었다. 그리고 마침내 대단히 해롭게도 스스로 재구성해 플루오로안티몬산이 되었다.

이 강력한 공업용 부식제는 히어로가 신고 있는 장화의 고무 밑창을 파먹어 들어가기 시작했다.

그때까지의 돌연변이 과정은 채 90초도 걸리지 않았다.

물론 히어로는 무슨 일이 벌어지고 있는지 몰랐다. 세 사람이 지붕에서 내려와 서둘러 탱크가 있는 곳으로 돌아왔을 때, 그녀는 방금 다 같이 목격한 상황을 설명해 내느라 정신이 하나도 없었다. 히어로가 짐작하건대 문제의 곰팡이는 오피오코르디셉스의 번식 양식을 비슷하게 따라하고 있었다. 이 균류는 140여 가지의 서로 다른 종으로 구성된 데다 이들 종은 각각 다른 곤충에 대량으로 서식했다.

"어떻게 그리 하죠?"

다 같이 자동차 지붕 위로 내려올 때 트리니는 또 총을 들고 사방을 살폈다.

히어로의 설명이 이어졌다.

"가령 이 균류가 개미를 표적으로 삼았다 쳐요. 개미가 숲 바닥을 기어가다가 이 균류의 아주 작은 포자 위를 지나가요. 그럼 그 포자가 이 개미에 달라붙은 뒤 개미의 외피를 뚫고 들어가서 그 안에 보금자리를 만들어요. 그리고 최대한 빠르게 개미의 몸통을 통과해 뇌까지 이동해요. 그런 다음 그곳에서 풍부한 영양분을 섭취해 급격한 생장기에 접어들어서 몸의 다른 부위에 침투했을 때보다 열 배까지 빠르게 번식하게 되죠. 그러면서 이 진균은 뇌 전역으로 퍼져 나가 움직임과 반사 작용과 충동은 물론 개미가 생각할 수 있다면 그들의 사고까지도 통제해요. 그러면 사실상 개미가 아직 살아 있다 하더라도 침입자에게 몸 전체를 강탈당한 채 그 곰팡이의 욕구를 채워 주는 신세일 뿐인 거죠."

히어로가 땅으로 뛰어내렸다.

"그리고 곰팡이의 유일한 욕구는 더 많은 곰팡이를 만들어 내는 거고요."

로베르토는 주위를 둘러봤다. 마을이, 아니 주민들이 왜 그렇게 됐는지 이제는 잘 알 것 같았다. 세상에, 마을 주민들이, '전부' 다 그랬다니.

히어로는 탱크로 빠르게 걸어가서 그 옆에 꿇어 앉아 또다시 샘플 채취 상자를 홱 열어젖혔다.

"그 개미는 더 이상 자기 마음대로 못해요. 오로지 움직여야 한다는 것만 알아요. '위'로요. 그래서 제일 가까운 풀줄기에 기어 올라가 턱을 최대한 단단히 박고 기다려요."

"뭘 기다려요?"

트리니가 물었다.

"곰팡이가 자신의 체강에 가득 차서 터져 버릴 때까지요."

로베르토는 건물들 지붕 쪽을 올려다보면서 몸서리를 쳤다.

"그래서 사람들이 저기로 올라간 거군요. 최대한 멀리까지 곰팡이를 퍼뜨리려고."

히어로가 고개를 끄덕였다.

"여긴 나무가 없는 황무지잖아요. 지붕이야말로 그들이 찾을 수 있는 제일 높은 곳이죠. 궁여지책이란 말이 있잖아요."

히어로는 장갑 낀 손으로 상자에서 날카로운 금속 도구들을 조심스럽게 골라냈다. 곧이어 고리 손잡이가 달리고 날이 납작한 기구를 집어 오른쪽 집게손가락에 끼운 뒤 왼손으로 시료 채취통을 열었다. 그리고 정성 들여 최대한 많은 곰팡이를 채취통에 긁어 넣었다.

"아직까지는 굉장히 왕성한 기생종이란 것 밖에 몰라요. 액체 색층 분석으로 단백질을 분리해 내서 그 DNA의 배열 순서를 밝힐 수 있어야 좀 더 알지 싶어요."

로베르토는 그녀가 능숙한 동작으로 시료통을 탁 닫는 모습을 빤히 쳐다봤다.

"그걸 가져가게요?"

히어로는 이해가 안 간다는 듯 그를 올려다봤다.

"그럼 뭐 하려고 이러겠어요?"

"그냥 놔둬요. 어차피 여길 다 태워 버려야 해요."

"그렇게 하세요."

히어로가 받아쳤다.

"하지만 이것도 꼭 가져가야 해요."

그러자 트리니가 로베르토를 쳐다봤다.

"박사님 말이 맞아. 자네도 다 알면서, 대체 왜 그래?"

로베르토는 좀처럼 겁을 먹는 사람이 아니었다. 하지만 불쑥 어린 아들이 떠오르면서 그 아이를 영영 못 볼 수도 있다는 생각이 들었다. 그는 자식이 생기면 우유부단해지고 자신의 안위보다 더 큰 목적을 위해 일한다는 것을 깨닫게 될 것이라는 말을 들었더랬다.

'전 세계가 어찌 되든 말든, 이제 내 피붙이가 생겼으니 그쪽을 지켜야지.'

그 밖에 다른 건 중요하지 않았다. 그리고 애니도 있었다.

'내겐 아내가 있어. 이번처럼 배신할 뻔했지만 내가 끔찍이 사랑하는 여자야. 정말이지 이제 집에 돌아가면 무엇보다도 먼저 아내에게 보답해 주고 싶어. 우리 생이 다할 때까지.'

로베르토의 관심은 오직 그것뿐이었고 그 생각만 하고 있었지만, 그런 얘기는 입도 뻥긋 못 했다. 대신 이렇게 말했다.

"맙소사, 중령님, 이 곰팡이는 기초 감염 재생산 지수가 1이라고요. 접촉하는 사람은 다 죽고요, 싹 다 말이죠. 2차 발병률은 100퍼센트고, 세대 시간[5]은 바로 직후고, 잠복률은…… 우리야 모르죠. 하지만 24시간 이내일 게 우라질 확실하다니까요. 그런데 '그런' 걸 문명사회로 가져가고 싶다고요? 지금껏 엇비슷하게라도 이 정도 치사율을 보이는 생물 무기는 본 적이 없다고요."

"그러니까 가져가서 조사해 봐야지. 왜 이래, 잘 알면서. 여

---

5 generation time, 미생물이 두 배로 늘어나는 데 걸리는 시간.

기 일이 계속 비밀로 남진 않을 텐데, 우리가 가져가지 않으면 다른 사람들이 가지러 오겠지. 그런데 그게 우리와 다른 편 사람일 수도 있다고."

타당한 논쟁이었다. 세 사람이 계속해서 토론을 벌이는 동안에도 히어로의 장화 뒤꿈치 속에 들어간 부식제는 여전히 오직 한 가지 목적에 매진했다. 알고 보니 플루오로안티몬산은 딱딱한 고무 밑창을 부식시키는 데 안성맞춤이었다. 하지만 이 부식제는 일을 할수록 구멍을 뚫고 있다기보다 오히려 장화 자체의 화학 성분을 바꾸고 있었다. 장화의 화학 결합력이 달라지자 실험 정신이 발동됐는지 자잘한 돌연변이들이 일어났다. 적응력이 뛰어난 이 물질은 자기가 찾고 있는 화합물을 정확히 찾을 때까지 빠른 속도로 벤젠 층을 거의 다 훑었다. 마침내 밑창의 반대편에 다다른 해당 물질은 진화해서 장화 안쪽 표면, 즉 히어로의 오른 발바닥 한가운데 바로 밑까지 갔다. 벤젠엑스(Benzene-X, 이즈음 이 물질은 아주 여러 번 잡종을 만들었기 때문에 현재 알려진 화합물에 따라 분류하기는 어렵다.)가 분자의 크기가 월등하게 큰 그 곰팡이를 위해 히어로의 방호복 안으로 뚫고 들어가도록 문을 열어 준 셈이었다.

그리고 바로 그곳에서 신종 코르디셉스는 극락을 발견했다. 방호복과 마찬가지로 장화 또한 착용했을 때 과열을 방지하기 위해 공기 순환이 되도록 헐렁하게 제작됐다. 호흡 장치에는 산소가 재순환되도록 작은 팬이 들어 있었다. 이 말은 곧 신선

한 산소가 계속해서 방호복 안에 공급되어 흐르고 있다는 뜻이었다. 감지덕지한 곰팡이 가닥들에서 갈라 나온 살랑살랑한 덩굴 모양의 오라기들이 공기 중으로 떠올라 솟아오르는 한 줄기의 따뜻한 이산화탄소를 타고 위를 떠다니다가 히어로의 오른발 맨살에 살포시 내려앉았다.

그러나 히어로는 방호복 안에 적이 침입하고 있다는 것도 모른 채 시료통에 뚜껑을 씌워 꽉 닫은 뒤 옆에 붙어 있던 봉인지를 뜯었다. 그러자 아주 작은 질소 알갱이들이 시료통을 급속 냉동시키면서 쉬익 하는 소리가 났다. 그렇게 하면 실험실에서 시료통을 다시 열어 문제의 물질을 액체 질소에 영구 저장할 수 있었다. 히어로는 이어 시료 채취용 상자 속 발포 완충제로 된 자리에 시료통을 다시 꽂고 상자를 닫은 뒤 일어섰다.

"다 됐어요."

다음에 해야 할 일을 놓고 다시 논쟁이 벌어졌지만 늘 하던 방식대로 트리니가 설득하면서 해결되었다. 트리니는 로베르토의 주장을 듣다가 핵심을 살짝 빗나가는 순간 두 사람의 계급 차이를 고려하면 꼭 짚어 줘야 할 것 같아도 내버려 뒀다가, 마지막에 자신의 친구를 똑바로 쳐다보며 약간 목소리를 깔아서 딱 한 마디만 했다.

"소령."

그것으로 대화는 끝났다. 트리니가 책임 장교였기에 과학이 뒷받침된 충고를 할 때 유리할 수밖에 없었다. 이제껏 결과가 뒤바뀐 적이 없었지만 로베르토는 어떻게든 반대하고픈 인도주의적 충동을 느꼈다. 만약 이번 한 번만 그들이 절차를 정면으로 어기는 한이 '있더라도' 확실하고 올바른 결정을 내린다면? 정말 그런다면?

하지만 세 사람은 접점을 찾지 못했다. 결국 로베르토는 한발 물러서 다음과 같은 보장을 받아 냈다. 시료를 '한 개'만, 그것도 생물재해용 통에 단단히 밀봉해서 가져가고 호주와 미국 정부가 이 마을에 유지(油脂) 소이탄을 억수같이 퍼붓는 데 합의할 때까지 서호주를 떠나지 말 것. 어떤 소이탄이든 상관없었다. 백린이 가득 든 구닥다리 엠식스티나인(M69)이나 엠포티세븐(M47)이어도 충분할 터였다. 어쨌든 이곳에서 건질 게 아무것도 남지 않을 테니까.

세 사람은 마을을 떠나 지프를 세워 둔 곳으로 걸어갔다.

4

히어로의 방호복 안에서 신종 코르디셉스는 내내 찾아다니던 것을 발견했다. 그건 바로 종아리 표면에 생긴 아주 살짝 긁힌 상처였다. 히어로의 혈류에 침투하려는 이 신종 곰팡이에게는 지나치게 넓은 땀구멍 하나도 넉넉한 입구가 돼 줬을 텐데, 살이 두 겹이나 갈라진 긁힌 상처는 활짝 열린 대문이나 다름없었다.

히어로는 노출된 상처가 있는지도 몰랐다. 자기도 모르게 생긴 상처였는데, 세제 때문에 생긴 가려움증에 대처했을 뿐이었다. 지난주에 바지를 세탁해 달라고 호텔에 맡겼을 때 평소 그녀가 사용하던 세제보다 고농도의 표백제가 들어 있는 싸구려 형광 발광제를 쓴 모양이었다. 그래서 종아리가 가려웠고 그 때문에 계속 긁었다. 그리하여 곰팡이가 그녀의 혈류에 들어갔다.

"이 냄새는 뭐죠?"

히어로가 물었다. 세 사람은 지프가 있는 곳에서 46미터쯤 떨어진 지점을 걷고 있었다.

로베르토가 그녀를 쳐다봤다.

"뭔 냄새요?"

히어로가 또 코를 킁킁댔다.

"토스트 타는 냄새요."

그러자 트리니가 어깨를 으쓱했다.

"아무 냄새도 안 나는데."

트리니는 마을을 벗어난 게 기뻐서 뒤돌아봤다.

"하긴 오늘 안에 여기 온 사방에서 토스트 타는 냄새가 진동하겠지."

하지만 로베르토는 어리둥절한 표정으로 여전히 히어로를 쳐다봤다.

"방호복 안에서 난다는 말입니까?"

히어로가 한 팔을 들어 올리더니 자신이 밀폐된 생물재해 방호복을 입고 있다는 것을 깨달은 사람처럼 요리조리 살폈다.

"그러니까요. 말이 안 되죠, 그죠?"

사실 말이 되고도 남았다. 신종 코르디셉스는 정말로 천천히 열을 내면서 히어로의 표피 바로 안쪽에서 전분과 단백질에 열을 가하고 있었다. 이에 대한 반응의 부산물로 아크릴아미드에서 가스가 방출되어 토스트 탄내와 똑같은 냄새가 났다. 이 과정에서도 열이 생성되고 있었기에 히어로의 피부 온도가 갑자기 높아지면 그녀가 곧 신경을 쓸 게 확실했다. 하지만 이 진균은 그런 일이 벌어지지 않도록 주의하면서 빠르게 혈류를 헤쳐 나가 뇌까지 내달렸다. 히어로의 뇌에서 그녀의 통증 수용기[6]가 전달한 메시지를 가로채기 위해서 말이다. 이런 속임수는 본래 대단한 게 아니었다. 진드기도 똑같은 속임수를 쓴다. 피를 빨아먹으면서도 가능한 오래 들키지 않기 위해 제물의 피부를 파고 들어가자마자 표면마취제를 내뿜는다. 그러나 신종 코르디셉스는 갈 길이 멀었고 차단해야 할 수용기들도 많았다. 빨라지는 심장 박동은 피를 더 빠르게 돌게 하면서 그녀를 죽이려는 곰팡이만 도와주는 꼴이 되었다.

히어로는 걸음을 멈췄다.

---

6 pain receptor, 자극에 반응하는 세포나 구조를 수용기라고 하며 강한 압력이나 열 또는 화학물질 같은 것들에 자극되어 통증이 발생되는 수용기를 '통증 수용기'라고 한다. 이 경우 피부의 통증 수용기에서 통증을 뇌로 전달함.

"방호복 안에서 냄새가 날 리가 없잖아요, 밀폐된 데다 압력도 무척 높잖아요. 이 안에 산소와 깨끗한 이산화탄소 말고는 아무것도 없어요. 그런데 왜 제 방호복에서 냄새가 날까요?"

히어로는 극도로 겁에 질리기 시작했다. 진정시켜 보려고 트리니가 나섰다.

"거기엔 배꼽 잡을 만한 여러 이유가 있을 거 같은데……."

"젠장, 재미없거든요."

히어로가 말허리를 잘랐다.

"그래요, 중령님, 제발 입 좀 다무세요. 뭔가가 박사님 방호복을 뚫고 들어갔다고요."

"그럴 리 없어요."

히어로는 누구 못지않게 자신에게 확신을 주려는 듯 말했다.

트리니가 권고했다.

"그럼 계속 움직일밖에. 지프 있는 데 가면 방호복을 벗을 겁니다. 어쨌든 여기서 방호복을 가져갈 순 없어요, 태워 버려야죠. 터진 데가 있나 우리가 살펴볼게요."

이어서 트리니는 히어로를 쳐다보며 진지하게 물었다.

"무슨 느낌이 있나요?"

히어로가 생각해 본 뒤 대답했다.

"아뇨."

이번에는 로베르토가 끈질기게 물었다.

"잠깐 더 생각해 봐요. 몸 구석구석 잘 느껴 보라고요. 뭐 다른 거 있어요?"

히어로의 호흡이 차분해졌다. 로베르토가 한 말을 생각하면서 발바닥부터 머리끝까지 찬찬히 살폈다.

"아뇨, 다른 거 전혀 없어요."

그녀의 몸 안에서는 얘기가 달랐다. 신종 코르디셉스는 히어로의 뇌를 뚫고 들어가 악몽 같은 속도로 번식하면서 침략군이 인터넷을 정지시키고 방송국을 폐쇄하듯 그녀의 통증 수용기를 찾아내서 차단하고 있었다. 히어로의 뇌에서 적색경보가 발령되고 깃발이 흔들리고 경종이 울리고 있었지만, 감각신경 세포의 축삭돌기 끝부분이 점령당해 해로운 자극에 대응하지 못했다. 축삭돌기는 더 이상 히어로의 시상하부와 피질하부에 잠재적 위협 메시지를 전달할 수 없었다. 허공에 대고 비명을 지르고 있는 형국이었다.

히어로 마틴스는 죽어 가고 있었지만 그녀가 뇌에서 받은 신경 메시지는 다 괜찮고 별일 없으니까 걱정 말라는 것뿐이었다.

"전 괜찮아요."

"정말 괜찮아요?"

로베르토가 물었다.

히어로는 고개를 끄덕이며 말했다.

"빨리 여길 벗어나자고요."

세 사람은 다시 걷기 시작했다. 이제 지프까지 36미터가량 남았다. 히어로의 뇌는 방호복 안쪽에서 낯선 냄새가 날 수밖에 없었던 납득 가능한 이유들을 곰곰이 따져봤다. 그럴듯한 이유는 전혀 떠오르지 않았다. 입고 있는 방호복을 폐기하지 말아야겠다고 마음먹었다. 끝까지 입고 가서 방호복을 반납할 작정이었다. 해체해서 안쪽에 찢어진 데나 이물질이 없는지 구석구석 살펴볼 기회를 갖고 싶었기 때문이다. 개인 보호 장비 팀 사람은 절차를 들먹이며 잔소리를 늘어놓을 테지만 말이다.

지프까지는 이제 27미터쯤 남았다. 히어로는 약간 어지러웠다. 그러고 보니 마지막으로 뭘 먹은 게 아홉 시간에서 열 시간 전이었다. 또 한편으로는 삼촌의 훼손된 시체를 본 탓에 딱히 식욕이 당기지도 않았으려니 싶어 어지럼증과 별 상관이 없어 보였다. 그래서 다시 한 번 자신의 몸에 이상이 없는지 빠르게 살폈지만 심박동수가 올라가고 호흡이 약간 빨라진 것 외에는 별다른 차이가 감지되지 않았다. 히어로는 눈을 가늘게 뜨고 태양을 올려다보았다. 한 가지 생각이 내내 머리에 맴돌았다.

'하지만 여기에 전화 시설이 전혀 없어.'

그래, 맞다, 전화가 없었다. 근데 그게 뭔 상관이람? 히어로는 손에 든 시료 채취함을 내려다보며 자신이 시료통에 채취한 것을 떠올렸다. 사람들은 이 진균 때문에 미쳐 가고 있었다. 과연 질병관리센터가 이런 사실을 믿기나 할는지 궁금했다.

'그래서 전봇대가 하나도 없었던 거야.'

히어로는 이런 생각을 떨쳐 버리려고 고개를 가로저었다가 다시 꼬리를 물고 이어지는 생각에 빠져들었다. 서반구에 생물안전도 4등급의 병원균을 보관하도록 설립된 실험실은 단 몇 곳밖에 없었다. 그런데 애틀랜타와 갤버스턴 쪽은 이 진균이 지구 대기권 밖에서 왔다는 점을 들어 외계 병원체로 분류해 단칼에 거절할 가능성이 높았다.

'아마 송전탑도 없을걸.'

군에서는 보나마나 이 진균을 확보하려고 적극적으로 나설 테지만, 포트 데트릭 연구소가 18개월 전에 법을 위반했다가 적발됐던 터라 누구도 선뜻 나서지 않을 텐데……

'주민들이 전기를 써야 했을 텐데, 가만, 전기도 안 들어오는 건가?'

히어로는 잽싸게 목을 옆으로 꺾었다. 자자, 집중. 지프까지는 9미터쯤 남았다. 히어로의 눈에 갑자기 지프의 모습이 마구 흔들리더니 똑같이 생긴 열여섯 개의 직사각형 상자로 나뉘고 있었다. 곧이어 반듯하게 잘라 내어 복제한 듯 지프가 열여섯 개로 보였다. 쉬이 무시하거나 허기 탓으로 돌릴 수 있는 정도가 아니었기 때문에 히어로도 자신의 피부가 차가워진다는 것을 느꼈다. 하지만 또 한편으로는 '어렸을 때 가끔 조회 시간에 실신하곤 했는데 그때는 이런 느낌이 아니었지?'라고 생각했다. 두피가 따끔거리지도 않았다. 시야가 이상해지면서 사물이 둘로 보이다가 곧바로 쓰러졌더랬다. 아마 저혈당 때문이었겠지 싶었다.

'무선탑, 후방 50킬로미터 지점, 뭘 보지 않았나? 무선탑 아니었나?'

무선탑 모습이 머릿속에서 아른거리다가 선명해졌다. 사막 한가운데를 지날 때 바로 길가에 무선탑이 있었다. 높이는 족히 100미터는 될 법하고 맨 아랫부분에 작은 검정색 다용도함이 있었다.

"그게 바로 그거였는데."

히어로가 마지막 부분을 큰 소리로 말하는 바람에 로베르토와 트리니가 돌아봤다.

"뭐가요?"

로베르토가 묻자 히어로가 그를 쳐다봤다.

"네?"

"'바로 그거'가 뭐냐고요?"

히어로는 그가 무슨 말을 하는지 알아들을 수 없었다. 로베르토가 어찌어찌해서 곰팡이에 감염됐을 가능성이 있을까? 제 기능을 못하는 건 로베르토의 방호복이었던 걸까? 그래서 미쳐 가기 시작한 걸까? 히어로는 당연히 그러지 않기를 바랐다. 로베르토는 아주 좋은 사람이었다. 물론 바람기가 다분했지만 말이다. 히어로는 이제 정말로 유부남을 그만 만나야 했다. 당장 지금부터 두 번 다시 절대 그러지 않겠다고 맹세했다. 앞으로는 알맞은 상대를 찾거나 그냥 현재에 만족하고 살아야겠다고 생각했다.

'올라가는 게 어렵진 않을 거야.'

이런 젠장. 그녀는 이 문제를 고민해야만 했다.

'올라가기. 무선탑. 측면 지주가 1미터 좀 넘게 떨어져 있지만 구조물 안쪽에 정비 사다리가 있을 거야, 안 그럼 꼭대기 부근이 고장 났을 때 어떻게 수리하겠어? 난 올라갈 수 있을 거야.'

마지막으로, 히어로의 뇌에서 건강하고 제 기능을 다하는 신경세포들이 신종 코르디셉스가 소비하고 파괴하거나 기능을 정지시켜 버린 신경세포들을 무게와 압력으로 눌러 버렸다. 추론과 정교한 인간 상호간의 사고력을 관장하는 히어로의 전전두엽 피질이 갑자기 명석함과 통제력이 살아나면서 다시 영향력을 발휘해 그녀에게 다음과 같은 정황을 바탕으로 아주 분명하게 말해 줬다.

A. 그녀의 무질서한 사고 과정.

B. 그녀의 방호복 안쪽에서 외래 오염물질을 암시하는 토스트 타는 냄새가 나는 것.

C. 트리니와 로베르토의 표정에서 그녀에게 심상치 않은 일이 생겼다는 게 분명하게 드러나는 점.

D. 그녀가 갑자기 이성을 잃은 사람처럼 '빌어먹을 무전탑을 올라갈 수 있는지'에 집착하는 점. 하느님 맙소사, 히어로는 신종 곰팡이에 감염된 탓에 잠시 후면 순식간에 자기복

제를 하며 인류에게 멸종 수준의 위협이 되는 진균의 지배
를 받게 될 것이라는 메시지를 받았다.

히어로는 여전히 걸어가면서 오른편을 힐끗 쳐다봤다. 트리
니가 허리에 찬 권총이 헐거워 보였다. 로베르토와 트리니는
히어로와 서로를 번갈아 쳐다보면서 그녀가 솔깃할 무선탑 이
야기는 하지 않고 말없이 서로의 걱정을 나누고 있었다.

'지프를 몰고 무선탑으로 가라.'

히어로는 걸음을 재촉해 지프가 있는 데로 갔다. 트리니와
로베르토는 뒤처져 그녀를 계속 감시할 수 있어서 다행이다
싶었는지 히어로가 앞서가게 내버려 두었다.

'탑에 올라가라.'

히어로가 지프에 거의 다 오자 자동차 열쇠가 보였다. 햇빛
을 받아 점화장치에 꽂아 놓은 열쇠가 반짝거렸다. 자신이 그
쪽으로 끌려가는 느낌이 들었다.

'탑에 올라가라.'

히어로의 전두엽은 지배력을 두고 패배할 수밖에 없는 싸움
을 하고 있었다. 전두엽은 그녀의 뇌 면적의 3분의 1을 차지하
고 있었지만 이제는 화려하고 건강한 신종 코르디셉스 군체
가 들끓는 곳이 되었다. 히어로의 지력은 더 이상 독립적으로
기능하지 못했다. 하지만 그녀의 의식적 사고는 굴복하지 않
았다. 단지 이미 정복당해 황폐해진 측두엽을 잽싸게 빠져나

와 아직까지 점령당하지 않은 마지막 기관인 두정엽으로 필사적으로 도망쳤을 뿐이었다. 그곳에서 히어로의 생각의 흐름은 불안정하게나마 그녀 자신의 것이었지만 몹시 제한적이었다.

'이제 그냥 수학을 해 보자, 수학하고 해석학, 건강한 뇌 조직의 재생을 X라 할 때 재생될 확률은 0X, 이번에는 회복률을 따져보자, 채무불이행시 회복률.'

히어로는 이제 신입생 때 들은 경제학 수업을 끄집어내 봤지만 머릿속에서 자유롭게 떠다니는 유용한 지식은 그것밖에 없었다. 또한 그녀에게 열려 있는 단 하나의 추론의 길이었기에 계속 나아가야만 했다. 그렇다면 함께 계산을 해 볼까? 등식이 성립하려면 '그녀가 살아남을 수 있을까?'라는 단 한 가지 물음에 답해야 할 것이다.

'회복률[RP]이 높을지 부도시 손실률[LGD]이 높을지는 매개 유형(여기서 매개 유형[IT]은 엄청나게 효과적으로 돌연변이를 하는 진균)과 기업의 문제(여기서 기업의 문제[CI]는 건강한 뇌 조직의 50퍼센트 이상이 중대한 채무 불이행 상태에 놓임.) 그리고 현재의 거시경제 상태(여기서 현재의 거시경제 상태[PMC]에 이 진균을 접한 사람은 모두 죽는다.)에 따라 결정된다. 따라서 RP=IT/CI×PMC= 어떻게 해도 회복될 가능성은 꽝이다.'

답은 '아니다'로 나왔다. 히어로는 회복될 수 없었다. 죽을 터였다. 다만 문제는 그녀가 죽을 때 얼마나 많은 사람들을 감염시키느냐는 것뿐이었다.

'탑에 올라가라.'라고 히어로의 뇌가 말했다.

히어로 마틴스 박사는 아직까지 눈곱만큼 남아 있던 자유의 지로 대답했다.

"싫어."

히어로는 지체 없이 돌아섰다. 트리니는 히어로의 얼굴을 보고 기절초풍한 나머지 미처 대응할 틈이 없었다. 얼굴은 부풀어 올라 넓어진 데다 변색된 채 불룩거렸고 너무 팽팽하게 당겨지다 못해 살갗이 갈라지고 있었다. 트리니가 사태를 파악하기도 전에 일이 벌어지고 말았다. 히어로가 트리니의 손에서 권총을 낚아챘다…….

"총을 들었어!"

트리니가 소리쳤다. 하지만 로베르토는 벌써부터 보고 있었다. 그가 히어로에게 그러지 말라고 외쳤지만 히어로는 이미 두 사람에게서 뒷걸음치고 있었다. 계속 뒷걸음질을 하던 그녀가 총부리를 자신에게 돌렸다. 곧이어 왼손을 위로 올리더니 방호복의 지퍼가 달린 산소 접속구를 덮고 있던 찍찍이를 뜯어내서 쭉 찢은 뒤 방호복 안쪽으로 권총을 찔러 넣었다. 이어 찍찍이 덮개에 가려진 총열을 가슴팍으로 밀어붙였다.

"안 돼!"

로베르토는 그렇게 외치는 순간에도 너무 늦었다는 것을 깨달았다.

히어로가 방아쇠를 당겼다.

총알이 그녀의 살갗을 찢고 가슴뼈를 뚫고 나가면서 가슴팍에 25센트짜리 동전만 한 구멍이 생겼다. 그러자 바늘에 찔린 풍선처럼 갑자기 뺑 하는 소리와 함께, 남은 신체 부위가 한 번에 모두 터져 버렸다. 트리니와 로베르토가 본 것은 히어로의 머리밖에 없었다. 그러나 그것도 잠시 후에 훼손되면서 사람의 머리라는 것만 겨우 알아볼 수 있었다. 다음 순간에 히어로의 안면 보호구 안쪽으로 초록색의 끈적끈적한 물질이 한가득 밀려들었다.

히어로는 죽어서 쓰러졌다.

하지만 그녀의 방호복은 멀쩡하게 그대로 있었다.

그로부터 72시간이 채 지나지 않은 시점에 트리니와 로베르토는 차를 타고 애치슨 광산에서 겨우 5킬로미터 남짓 떨어진 지점을 달리고 있었다. 두 사람 모두 앞서 달리는 트럭의 뒤 칸에 실린 상자에서 눈을 떼지 못했다. 히어로의 현장 시료 채취함은 열리지 않게 꽁꽁 싸맨 뒤 더 큰 상자에 넣고 드라이아이스를 꽉 채워 밀봉해 두었다.

지금까지는 일이 순조롭게 진행됐다. 방위위협감소국 국장인 고든 그레이는 트리니와 로베르토가 최고의 요원이었기에 이들의 말을 한 치의 의심 없이 믿고 이들이 명시한 지침을 철저히 따르라고 지시했다. 고든 그레이의 지시가 떨어지자 사람들도 '그대로' 따랐다. 마을 주민들이 모두 죽고 그곳 땅도

값어치가 전혀 없었기 때문에 반대하고 나설 사람도 이유도 없었다. 해당 정부들도 키위르쿠라를 소이탄으로 불태우는 데 즉시 동의했다. 그렇게 불운한 마을은 불타면서 신종 코르디셉스도 히어로의 생물 채취통에 들어 있는 시료를 빼고는 모두 불에 타 버렸다.

문제의 시료관을 어떻게 처리해야 할지를 놓고는 쉽게 답을 내리지 못했다. 히어로가 짐작했던 대로 질병관리센터는 우주에서 태어났거나 일부라도 외계 공간에서 자란 것들을 보관하는 일에 관여하고 싶어 하지 않았다. 국방부는 기꺼이 맡으려 했으나 딱 하나 있는 적합 시설이 포트 데트릭 연구소라서 소용이 없었다. 18개월 전에 이곳 연구소가 법을 위반하면서 상의하달식 검토가 시행된 탓에 이제 겨우 2단계 검토에 들어간 상태였다. 그렇다고 치사율이 전례 없는 미지의 증식물을 보관하기 위해 안전성 분석을 단축한다는 것도 말이 안 됐다.

애치슨 광산은 트리니가 생각해 낸 곳이었다. 그녀는 80년대 초반에 국가핵안전국에서 일하며 핵무기 해체와 배치 준비 태세 임무를 수행했다. 당시 레이건 행정부가 중거리핵전력 조약을 구상하면서 핵무기 감축이 정치적 관심사로 떠올랐다. 애치슨 광산의 4번 중단갱도(中段坑道)는 팬텍스 플랜트와 Y-12 국가안보복합시설의 대안으로 착안해 파낸 곳이었다. 두 곳 모두 이미 전면 가동 중인 폐기물 시설로 40년대 말과 50년대 초반에 생산되어 더 이상 쓸모없는 핵분열장치를 처리하고 있었다. 하지만 중거리핵전력 협상이 지지부진하면서 레이건 대통령의 전략이 사실상 '상대측'의 군축을 이끌어 내는 것이라는 게 분명해지자, 애치슨 광산의 가장 얕은 중단갱도는 빈 채로 철저히 보안이 유지되면서 한 번도 사용되지 않았다.

갱도의 위치는 더할 나위 없이 좋았다. 애치슨 광산은 특이하게도 2급수 지하 냉천 위에 자리 잡고 있었다. 이 냉천의 암반에서는 얼음장같이 차가운 물이 초당 2800리터씩 솟아올라 광산의 가장 얕은 수평갱도도 섭씨 3.3도 이상으로 오르는 법이 없었다. 그럴 리야 없겠지만 혹시 모를 장기간의 정전 사태에도 신종 곰팡이 균이 보관될 갱도의 온도는 안정적으로 유지될 게 확실했다. 따라서 만에 하나 격납 용기에서 빠져나오더라도 변함없이 영구적인 저성장 혹은 성장 억제 환경에 놓이게 될 터였다. 정말 완벽한 계획이었다. 이렇게 집이 생긴 신종 코르디셉스는 생물 시료관 안에 밀봉된 채로 공식적으로 존재하지 않는 지하 90미터 공간에 자리하게 되었다.

시간이 흐를수록 방위위협감소국 내에서 신종 코르디셉스의 파괴력을 두고 트리니와 로베르토의 불필요한 우려를 자아내는 견해에 동조하는 이들은 점점 줄어들었다. 어떻게 그럴 수 있냐고? 그들은 못 봤으니까. 사진 기록물도 전혀 없었다. 문제의 오지 마을은 불타 없어졌고 유일하게 남아 있던 진균 시료는 눈과 마음에서 멀리 떨어진 곳에 안전하게 보관돼 있었다. 사람들은 잊어버렸다. 그렇게 다들 다른 일을 시작했다.

16년이 흐른 2003년에 방위위협감소국은 애치슨 광산의 복합시설을 없애도 되는 냉전의 유물로 판단했다. 이에 그곳을 싹 비우고 깨끗이 치운 뒤 페인트까지 칠해 '스마트 웨어하우징'이라는 민간 기업에 팔았다. 거대 물품 보관업체인 해당 기업은 서둘러 건식 벽체를 짓고 호르만 사에서 천장 높이의 잠금장치가 달린 차고 문을 650개나 구입한 뒤 일반에 공개했다. 그에 따라 쓸모없는 쓰레기가 담긴 1만 5000개의 상자들이 깨끗하고 건조한 지하 공간에 영구적인 보금자리를 얻게 되었다. 한 번도 쳐 보지 않은 30년 된 드럼 세트는 이제 핵전쟁이 일어나도 거뜬히 살아남을 수 있었다.

신종 코르디셉스 보관 계획은 완벽했다.

고든 그레이가 조기 퇴직을 하지 않았다면 말이다.

후임 국장은 4번 중단갱도를 봉쇄하고 잊는 게 더 낫다고 판단했다.

그런데 지구의 온도가 높아졌다.

하지만 상황이 이렇게 돌아갈 줄 누가 알았겠는가?

2019년 3월

<u>5</u>

"알겠습니다, 존경하는 재판장님. 그러니까 제 말은, 재판장님이 보고 있는 사람이 '알아들었다'는 뜻입니다."

티케이크는 아무 말도 준비하지 않았지만 그러고 싶든 말든 스스로를 옹호하는 말이 그냥 나와 버렸다. 그러다 보니 티케이크 자신이 선고공판에서 변론을 제일 잘할 사람이 아니라는 것을 알면서도 즉석에서 말하는 일에는 자기만 한 적임자가 없다고 생각했다.

"알겠습니다, 그러니까 우리가 지난번에 만났을 때 말이죠, 여기 존경하는 재판장님의 법정에서 몇 년 전에요. 재판장님께서 대단한 제안을 하셨습니다. 그때 재판장님께서는 '이봐요, 내가 피고인을 엘스워스 교도소에 보내는 대신 피고인이

군에 입대하면 어떨까요?'라고 말씀하셨지요. 참 좋은 제안이었어요. 고맙게 생각합니다. 저는 존경하는 재판장님의 제안을 전적으로 따랐답니다. 해군에서 2년 복무했죠, 잠수함 부대에서요. 그래서 한 말씀드리자면 압력 시험은 장난 아니랍니다. 하지만 정말 좋은 경험이었어요. 명예제대 했고요."

판사는 앞쪽 탁자에 놓여 있는 판결문을 내려다보았다.

"여기 보니까 '일반제대, 준명예제대'라고 써 있군요."

"예, 맞습니다. 정확히는 그렇지요. 그거나 저거나 비슷한 거긴 하지만요."

티케이크에게 배정된 국선변호인이 '그러는 게 도움이 안 된다'는 눈짓을 보냈다.

하지만 티케이크 계속 밀어붙였다.

"제 말의 요지는, 제가 그때도 알았고 지금도 안다는 겁니다. 그러니까 저도 부적절한 시간에 부적절한 장소에 있는 피해자이기에 판사님에게 그 정도로는 어림도 없을 테지만 이번에는 정상 참작의 여지가 아주 크다는 걸 안다는 거죠. 제가 귀가 얇은 게 문제지만 그렇다고 그걸로 징역을 살아서는 절대 안 된다는 게 제 개인적인 생각입니다. 원래 차에 타고 있던 게 아니라면 말이지요. 제 말인즉슨 무엇보다도 퇴역군인을 그렇게 대하면 안 된다 그거죠. 허나 판사님께서는 저를 슥 한 번 보고 '또 너야?'라고 하시겠죠. 그러니 알겠다 이 말입니다."

"할 말 다한 겁니까?"

"예, 이제 닥치고 있겠습니다. 마지막으로 한 말씀만 드리자면, 만약 판사님에게 고주망태로 통하는 친구가 있는데 그놈이 자기 차를 기똥차게 빨리 달리게 하려고 길들이는 동안 차에 계속 있어 달라고 부탁했고 판사님은 이미 캔자스의 포타와토미 카운티에서 왕따 비슷한 걸로 찍혔다면 분명 사전에 한 약속을 기억할 수밖에 없을 겁니다. 제가 드리고자 하는 말은 이게 답니다."

그는 앉으려다가 다시 일어섰다.

"죄송합니다만, 하나 더요, 진짜 빨리 말할게요. 전 또 미안스럽게도 백인 특권이라는 현대병에 걸렸답니다. 그런데 말이지요, 그런 병에 안 걸렸대도 제가 백인인 건 어쩔 수 없잖습니까. 뭐, 어쨌든, 감사합니다."

티케이크는 자리에 털썩 앉더니 변호사 쪽으로는 눈길도 돌리지 못했다. 그도 법정의 분위기를 파악할 수 있었다. 판사는 안경을 쓰고 판결문을 집어 들어 다음과 같이 말했다.

"감사합니다, 미챔 씨. 19개월 형을 선고합니다."

출소 즈음에 티케이크의 고졸 이력서에는 정확히 두 가지 항목이 추가되었다. 바로 일반제대 기록과 엘스워스 교도소 복역 전과였다. 따라서 그에게는 애치슨 저장시설의 시간당 8.35달러짜리 일자리도 감지덕지였다. 회사 측은 쫓아다니면서 살펴야 할 일꾼들이 많은 것을 달가워하지 않았기 때문에 직원 전원이 12시간 교대로 1주일에 4일 동안 6시에서 6시까지 일했다. 신참이었던 티케이크는 야간조로 목요일에서 일요일까지 근무했다. 사실 그는 그즈음 사귄 몇 안 되는 친구들을 별로 좋아하지 않았던 터라 운명의 여성이 아닌 한 더 이상 새로운 친분을 맺을 생각이 없었다. 그래서 사교에 치명적인 야간조를 맡겠다고 말하는 게 크게 어려운 일은 아니었다. 어쩌면 그렇게 말한 덕분에 일자리를 얻은 것인지도 모른다. 거기다가 그의 치아가 모두 멀쩡한 것도 한몫했다. 그만큼 상당히 청결하다는 뜻이었기 때문이다. 그쪽 업계에서는 이를 드러내고 활짝 웃는 얼굴은 한밤중에 접수처에 앉아 자물쇠가 채워진 650개의 지하 보관소를 관리하는 사람에게 필수인 유일한 신원 보증서나 다름없었다. 소문대로 그 일은 그렇게 어렵지 않았다.

티케이크는 목요일에 항상 일찍 출근하려고 했다. 그리핀이 미리 주말 기분을 내기 위해 교대 근무를 몇 분 먼저 끝내는 것을 좋아했기 때문이다. 그리핀은 티케이크에게 그 일자리가 얼마나 절실한지 꿰고 있었기에 일찍 퇴근해도 아무런 문제가 없음을 알고 있었다. 아니나 다를까, 티케이크가 깎아지른 절벽 밑에 길게 굽이진 길을 돌아올 때 땀이 맺힌 그리핀의 민머리가 지는 해에 반짝거렸다. 목통이 굵은 그는 680밀리리터 팹스트 블루리본 맥주를 따던 참이었다. 그가 타고 다니는 할리데이비슨 팻보이의 안장 주머니에는 그 맥주가 늘 두세 캔씩 들어 있었다.

그리핀은 맥주를 다 마신 뒤 빈 캔을 옆으로 툭 던져 놓고 오토바이 시동을 켠 뒤 티케이크에게 가운뎃손가락을 올려 보이고 자갈을 날리며 출발했다.

그리핀이 재수 없는 놈이라는 데는 모두가 동의할 터였다. 그 시점에서는 티케이크도 약간 친근한 손짓으로 손가락 욕을 맞받아 줬다. 그것은 일종의 사람 간의 소통인 셈이었다. 티케이크의 혼다 시빅이 그리핀의 오토바이를 지나쳤을 때, 그는 상사가 자신을 내버려 둬서 또 백날 천날 똑같은 그 빌어먹을 대화를 나누지 않아도 되겠거니 싶어 안도의 한숨을 내쉬었다.

그러나 그렇게 운이 좋을 리 없었다. 후방 거울에 그리핀이 원을 그리며 오토바이를 되돌리는 게 보였다. 팻보이가 시빅을 몰다시피 한 끝에 운전석 문 옆에 멈춰 서서 공회전을 했다. 결국 티케이크가 차에서 내렸다.

"할 거지?"

그리핀이 물었다.

그렇게 또 그 대화를 할 모양이었다.

"말했잖아요, 도와줄 수 없다고요."

"네가 멍청한 건 알았어도 그렇게까지 멍청한 줄은 몰랐군."

그리핀은 똑똑 단어를 끊어서 내뱉는 데다 어떤 건 너무 빨리 말해 서로 부딪쳤고 또 다른 걸 말할 때는 구두점이 아직 발명되지 않은 듯이 중간에 이상한 데서 멈춰 버렸다.

"난 멍청하지 않습니다. 전혀 안 그렇다고요. 알겠어요? 할 수만 있다면 도와주고 싶습니다만 알다시피 내 개인 사정상 그랬다가는 인생 망치고 마니까 그냥 안 하겠다는 겁니다."

"좋아, 그래서 생각해 보겠다?"

"아뇨! 괜히 들었다고요."

사실 티케이크가 들은 내용은 극히 일부로, 그리핀이 삼성 55인치 평면 티브이 스물네 대를 하나씩 싸게 팔아 치우고 있다는 것이었다. 하지만 티케이크가 짐작하기에 훔친 물건일 가능성이 높았기 때문에 일생에 가장 멀리해야 할 일이었다.

그리핀은 포기하지 않았다.

"가끔 내 친구 한둘만 들여보내 달라고 부탁하는 거잖아. 마스터키를 이용하는 게 젠장 대체 뭐가 어렵냐고."

"그 사람들은 우리 거래 업체가 아니잖아요. 거래처가 아닌 사람들은 누구도 들여보낼 수 없어요."

"누가 안다고?"

"전에도 했던 말인데 본인이 하지그래요."

"난 못 해."

그리핀이 어깨를 으쓱해 보였다.

"왜 못 해요?"

"낮에는 우라질 아무도 안 올 건데 난 밤 근무가 아니잖아."

다 끝난 얘기였다.

"아니 그냥 좀 해, 그럼 너랑 나랑도 문제가 없어진다고."

"우리가 왜 문제가 있어야 합니까?"

"너는 일의 내용을 알고 있고, 가담은 안 했고, 네가 가담을 안 하고 알고 있으면 문제가 되지. 너도 알잖아."

그리핀을 제거할 수는 없는데 놈은 절대 그만두지 않을 테니 지난 6주 동안 티케이크는 내내 이런 식으로 대응해 왔다. 지쳐서 나가떨어지길 바라면서 말이다. 작전상 아주 눈곱만큼이라도 도와주는 척해 볼까 생각해 봤다. 그러기는 싫었지만 안 할 이유는 없었다.

"그래요, 뭐, 그렇게 말하니 난 이 일에 대해 혹은 이런 비슷한 일들에 대해 아무것도 모릅니다. 그러니까 그냥 그게 뭐가 됐든 모른다, 이 말입니다. 이제 됐죠?"

법학 학위도 없고 수십 년간 의회 청문회에서 증언한 경험도 없는 사람이 그보다 더 어떻게 모호하게 말할 수 있을지 상상이 안 갔다. 티케이크는 제발 효과가 있기를 바라면서 몸을 돌려 일터가 있는 건물 쪽으로 걸어갔다.

그리핀은 다시 오토바이의 시동을 걸고 고글을 내려 썼다. 오토바이 기어를 낮추면서 티케이크에게 몇 마디를 외쳤다. 하지만 이때도 그는 본질적으로 재수 없는 놈답게 굴었다. 요란한 소음을 내 온 동네 사람들을 괴롭히기 위해 오토바이의 배기관을 불법으로 개조한 터라 정말이지 무슨 말인지 알아듣기 힘들었다. 티케이크의 귀에는 "월요일이 피를 흘리고 있다."라고 들렸지만 사실 그의 상사는 "뭔가 뼈 소리가 난다."라고 소리쳤다.

티케이크의 힘으로 그 소리의 정체를 곧 알아낼 터였다.

뭐가 됐든 그리핀이 그 일의 책임자라는 사실은 웃기는 소리였다. 멍청하고 인종차별주의자이며 폭력적인 데다, 아주 심각한 알코올 중독자였기 때문이다. 알코올 중독자 중에서도 본래의 일을 하는 이들이 있었는데 그리핀도 엄격한 음주 통제 계획을 세우고 올림픽에 출전하는 선수처럼 처방 계획을 철저히 따르고 있는 덕분에 직장에 다니고 있었다. 그는 일주일 중 월요일에서 수요일까지 사흘하고 반나절 동안은 아주 말짱했다. 일주일에 네 번의 12시간 교대 근무 중 세 번째 근무 날까지 출근했기에 목요일 오후 6시 직전까지는 술을 입에 대지 않았다. 그러나 안달복달하며 공들여 원칙을 만들고 지켜온 술고래에 걸맞게 그리핀은 이제부터 술을 마시기 시작해 일요일 밤에 곯아떨어질 때까지 긴 주말 내내 계속 부어라 마셔라 할 터였다. 정말이지 월요일의 숙취가 유일한 난관이었지만, 너무나 오랫동안 느껴 온 터라 그런 숙취는 이제 그저 정상적인 월요일 아침의 일부 같았다. 토스트와 커피처럼 뻘겋게 충혈된 눈 또한 일터에서 새로운 한 주가 시작되는 신호였다.

그리핀은 아이오와 주 카운슬블러프스에서 태어나서 캔자스 주 살리나의 맥도날드 매장에서 교대 근무조 책임자 자리까지 올라갔더랬다. 그 정도면 낮은 직급이었지만 꽤 폼나는 자리였다. 특히 그가 채용하고 해고할 수 있는 권한을 갖고 있고 일을 마친 뒤 함께 주차장에서 마약에 취하는 이들이 돈도 없고 힘도 없는 고등학생들이었기 때문에 더 그랬다. 그리핀은 볼품없는 남자였다. 그건 객관적인 현실이었다. 그는 소화전처럼 통통했고 유독 머리만 빼고 몸 전체에 군데군데 울긋불긋한 털이 덤불처럼 덮여 있어 등짝이 마치 긴 하루를 마친 이발소의 바닥 같았다. 하지만 아직 이십 대 중반도 안 된 나이에 누군가에게 생애 최초의 유보수 일자리를 하사하고 이따금 마리화나를 제공할 수 있는 힘이 생기자, 적어도 열여섯 살 청소년들에게는 출세한 사람이 된 듯했다. 머지않아 그 열여섯 살짜리들은 세상물정에 눈 뜨게 될 테고, 그의 마지막 남은 머리칼은 사라질 테고 '단단한 체격'은 온데간데없이 오직 '비곗살'로만 불릴 수 있는 것만 남게 되겠지만 그즈음 몇 년 동안 그 매장에서만큼은 그리핀이 왕이었다. 그는 1년에 2만 4400달러를 벌었고 목표인 맥도날드 대학의 고위 관리자 연수 프로그램에 참여할 날을 손꼽아 기다렸다. 그리고 적어도 2주에 한 번 꼴로 아주 섹시한 미성년자 여자애들과 잤다.

그러다가 그런 반반한 어린 년들과 일이 꼭 필요했던 게 아니라 단지 노동의 가치를 배웠으면 하는 부모들의 바람 때문에 알바를 했던 건방지고 재수 없는 애새끼들과 그 너머 공동주택 단지에서 온 얼간이 같은 놈들이 모든 것을 망쳐 버렸다. 그 일이 벌어졌을 당시 한창 바쁠 때라서 그 아이들은 드라이브스루 구역에서 일하고 있었다. 왜 걔들을 그곳에 같이 일하게 배정했는지는 지금까지 그리핀 자신도 이해할 수 없었다. 틀림없이 두 얼간이들을 서로 15미터 이내의 거리를 두고 일을 하게 한 뒤 심한 숙취를 달래고 있었을 것이다. 아무튼 그 애들이 인터컴에 대고 잘난 체를 하며 장난치기 시작했다. 그들은 지어낸 스페인어로 주문을 받고 스피커가 나왔다 안 나왔다 하는 척 굴더니 오늘이 '이벤트 당첨일'이라고 발표하고 무료 식사를 나눠 줬다. 엄마아빠의 전폭적인 경제적 지원을 받고 가을에 캔자스 주립대학에 갈 예정이라 실제 밥벌이를 하는 사람들의 일을 해 보는 게 아무 의미가 없었기 때문에 그 애들에게 그런 짓거리는 아주 재밌는 놀이에 불과했다. 이력서에 그런 데서 일한 경력을 쓰는 이유는 고등학교 시절에 굉장히 근면한 사람이었음을 보여 주기 위한 게 다였다. 게네들은 그런 일을 벌이고도 손님들의 패스트푸드를 만든 노동의 대가를 100퍼센트 지급받았다. 마치 1만 달러를 내고 과테말라로 지역 봉사 활동을 떠나 인스타그램에 올릴 셀카 사진 수천 장을 찍느라 정작 학교 건립은 지연되는 경우처럼 말이다.

그런데 문제의 그날, 맥도날드 지점에서 현장 시찰을 나온 직원이 주차장에 있었다. 드라이브스루 구역을 집중적으로 살펴보던 그는 그곳에서 벌어지고 있던 재미없는 장난질에 대해 자세히 기록했다. 반반한 외모의 그 스파이 녀석은 느끼할 정도로 사근거렸다. 그저 헛소리만 달고 사는 덜떨어진 빨강머리 애송이가 아니라 그리핀이라면 눈길 한 번 받아 보지 못할 세련된 업소 아가씨와 자고 다니는 잘생긴 놈이었다. '그' 고삐리도 그 인간이 주차장에 있다는 것을 알고 있었다. 그런데도 30분은 족히 그런 정보를 뭉개고 있다가 결국 히죽거리며 사무실을 지나면서 이렇게 말했다.

"아 참, 저기요, 저쪽 쓰레기통 옆에 주차돼 있는 차에 맥도날드에서 나온 비밀 요원이 타고 있던데요."

다음 날 그리핀은 그릴 담당으로 좌천됐고 막판에 튀김조로 밀리기 전에 그만뒀다. 그러고 나서 3주 후에 애치슨 보관소에 취업했다. 당시 관리자가 결혼과 동시에 리우드로 이사를 가면서 그리핀이 시급 14달러짜리 일자리를 물려받았다. 따라서 앞으로 절대 한 주짜리 휴가를 내지 않는다면 1년에 3만 4000달러를 벌고 주중 사흘은 진탕 마실 수 있었다. 또한 이따금 임시 보관소가 필요해진 삼성 가전 등 다른 불편한 성질의 제품들을 맡아 주고 현금 1만 달러를 추가로 챙길 수 있었다. 전임자에게 관련 정보를 들은 그리핀은 그와 같은 부업이 물품보관 업계 관리자들이 흔히 누리는 특권임을 알게 됐다. 그런 물건을 계속 보관하고 있다가 사람들이 골라 가게 한 다음 얼마에 팔리든 떡고물만 받아 챙기면 끝이었다. 위험할 게 전혀 없었다. 대체로 번듯하고 수월한 직장이었지만 애초 그가 잡으려다 놓친 좋은 일자리는 결코 아니었다. 그리핀은 관리자, 그것도 '진짜' 관리자의 자리에 오를 뻔했다. 하루 종일 책상 앞에 앉아서 연이어 들락거리는 괴짜들과 촌뜨기들이 각자의 쓸모

없고 변변찮은 물품들을 보러가도록 도와주는 일과 끊임없이 밀려드는 십 대 구직자 계집애들을 통솔하는 일은 하늘과 땅 차이였다. 하지만 더운 밥 찬 밥 가릴 처지가 아니었다. 캔자스주 애치슨은 일자리가 널린 지역이 아니었다.

그동안 살면서 온갖 일을 겪었지만 그리핀이 딱 한 가지 후회하는 것은 여태 누구한테도 그리프(Griff)나 지도그(G-Dog)는 물론 (성이 아닌) 개떡 같은 이름으로도 불리지 못했다는 점이다. 그리핀은 오매불망 별명을 원했으나 그냥 그리핀으로만 불렸다.

티케이크는 접수대 뒤에서 출근 카드를 찍었다. 삐 소리가 났지만 진짜 삐 소리가 나서 들린 게 아니었다. 어쩔 수 없는 일이었다. 낮은 음량으로 90초마다 한 번씩 나는 고음을 기록하는 데가 뇌의 어느 부분인지 몰라도 접수대에 들어서면 처음 30분 동안 계속해서 그 소리가 들렸다. 희미하게 삐 하는 소리가 나면서 마음속 깊은 어딘가에 그 소리가 기록되었지만 이후 다른 더 긴급한 문제에 떠밀려 나가곤 했다.

티케이크는 제일 먼저 열두 대의 모니터부터 살펴야 했다. 깨끗한지, 비어 있는지, 그리고 언제나처럼 황량하고 암울한지 확인해야 했다. 이상 무. 곧이어 빠르게 동쪽 출입구 쪽을 힐끗 보고 그녀가 출근했는지 확인한(출근했다) 뒤 우연히 마주칠 수 있는 그럴듯한 이유가 없는지 생각했다(없었다). 그리고 문제의 악취도 맡아야 했다. 그리핀은 정리정돈과 거리가 먼 사람이었다. 그래서 쓰레기통의 반은 서브웨이 샌드위치 포장지들이 차지했는데 그중에는 왕년에 30센티미터짜리 참치였던 것이 붙어 있는 밀빵도 있었는데 바로 거기서 악취가 났다. 접수대 부근에서는 점심때 먹은 음식 냄새가 풍겼다. 누군가 이 문제에 무언가 조치를 내려야만 했다. 12시간 동안 참치 고린내를 맡으며 근무하는 것은 여간 고역이 아니었다. 마침내 고객이 왔다. 루니 여사가 기진맥진한 채 불쑥 정문의 유리문을 열고 들어왔다.

"오셨어요, 루니 여사님, 잘 지냈죠, 여기 시원하죠?"

"지하 2층 211번 칸에 들어가야겠어요."

티케이크는 그렇게 호락호락 그만두지 않았다.

"밖에 덥죠? 무슨 아프리카 더위 같아요. 3월인데 요상하게 말이죠, 그런데 그 얘기는 이제 그만해야겠네요, 안 그래요?"

"지금 당장 거기 들어가야 한다니까."

메리 루니는 지하 2층 211번 칸에 스물일곱 개의 은행용 서류 상자를 보관하고 있었다. 이들 상자에는 자식들과 손주들의 성적표, 생일카드, 어버이날 카드, 크리스마스카드, 그리고 자식들과 손주들이 문구를 쓸 당시 사춘기 진행 정도에 따라 넘치는 사랑이나 강한 분노를 표현해 놓은 마구잡이 메모들이 가득 들어 있었다. 그녀의 보관품 중에는 1995년부터 관절염이 심해져서 더 이상 나갈 수 없었던 2008년까지 도자기 강

좌에서 만든 마흔두 개의 커피 잔과 연필꽂이도 있었다. 아울러 1984년 로스앤젤레스 올림픽 개막식 같은 세계사의 굵직한 사건들을 보도한 신문들이 빽빽이 들어 있는 나일론 소재의 커다란 원통형 자루가 일곱 개나 있었으며 드라마 「베이워치」 로고가 찍힌 비닐 필통에는 은행들이 진짜로 도산하는 날을 대비해 저축하고 있는 현금 6500달러가 가득 들어 있었다. 그 외에도 (내용물이 뭔지는 오래전에 잊어버린) 밀봉한 이삿짐 상자 네 개와 무게로 가늠되는 아주 많은 헌옷들(140킬로그램), 왕관 따위의 잡동사니들이 산더미처럼 쌓여 있었고, 그 맨 위에는 1979년산 금속제 전기 커피포트가 놓여 있었다.

이번에 루니 여사는 신발 상자 두 개를 겨드랑이에 끼고 온 데다 얼굴 표정도 지쳐 보였다. 그래서 티케이크는 더 이상 인사말을 건네려 하지 않고 보관소로 이어지는 출입구를 열어주었다. 그러나 기록대로라면 그날 더위는 분명 이러쿵저러쿵 말할 만했다. 그날 도심의 기온이 한때 30도까지 올라갔기 때문이다. 하지만 어쨌든 메리 루니는 당장 자신의 물품 보관소에 들어가야 했기에, 그녀와 그녀의 물건 사이에 끼어들지 않는 게 상책이었다.

티케이크는 모니터로 메리 루니가 창고 출입구를 지나 북서쪽 통로로 들어가는 모습을 지켜봤다. 회색 파마머리가 크림색 차고 문들이 끝없이 줄지어 있는 복도를 따라 떠내려가듯 움직였다. 복도 끝까지 죽 걸어간 그녀는 승강기 앞에서 버튼

을 누르고 기다리면서 두 번이나 어깨 너머로 뒤돌아봤다.('그
래요, 메리 여사님, 누군가 당신을 따라가서 헌 양말이 가득 들어 있는 신발
상자를 훔칠 것 같죠?') 티케이크는 그녀가 승강기를 타고 두 층을
내려가 지하 2층에 도착한 뒤 내려서 발을 질질 끌며 코요테처
럼 옆으로 걷는 특유의 이상한 걸음걸이로 지하 복도를 따라
중간까지 걸어가서 211번 칸 보관소 문을 여는 모습까지 계속
지켜봤다. 메리 루니는 안으로 들어가 불을 켠 뒤 문을 쾅 닫았
다. 이제 몇 시간 동안 나오지 않을 터였다.

　나이 든 여자가 시시하기 짝이 없는 자기의 잡동사니 더미
를 향해 칙칙한 백인 전용 지하 보관소를 천천히 신중하게 걸
어가는 모습을 거슴츠레한 눈으로 층층이 쌓인 비디오 모니터
를 통해 지켜볼 때, 더구나 그 여자가 그곳에서 조금이라도 흥
미로운 일을 할 것이라는 기대 따위는 전혀 없이 그러고 있을
때, '그때'야말로 인생의 재미 면에서 바닥을 쳤다는 것을 알게
되는 순간이다. 그리고 바로 티케이크가 그런 순간에 놓여 있
었다.

　그런데 잠시 후 모든 게 바뀌었다.

　층층이 쌓인 모니터들 중에서 시설 동편의 다른 접수대를
비추는 오른쪽 상단 화면에 그의 눈이 쏠렸다.

　나오미가 바쁘게 움직이고 있었다.

　그곳 동굴 복합시설은 어마어마하게 큰 데다 절벽 한가운데
를 뚫어 곧장 길을 냈다. 캔자스시티에서 오는 트럭들이 83번

고속도로를 크게 돌아 18번 고속도로를 지나 동편 고속도로까지 와야 하는 수고를 덜어 주기 위해 육군 공병단이 거대한 암석 덩어리의 동편과 서편에 각각 하나씩 입구를 파 놓았다. 그 때문에 애치슨 광산에는 안내 구역이 두 군데 있어서 접수대에 근무하는 사람은 두 사람이었다. 하지만 관리 구역이 달라 그동안 동료 근무자를 마주치는 일은 거의 없었다.

일부러 마주치게 꾸미지 않으면 말이다. 나오미가 근무하기 시작한 후부터 지금까지 2주 동안 티케이크는 그녀와 마주치기 위해 백방으로 애써 왔다. 나오미의 근무 일정이 불규칙한 탓에 그녀가 언제 근무 중이고 언제 비번인지 정확히 집어낼 수 없어서 그저 모니터만 계속 주시하면서 마주칠 궁리만 했지만 아직까지 그런 일은 일어나지 않았더랬다. 몇 번 나오미가 순찰을 도는 모습이 화면에 잡힌 적이 있었지만 그녀가 어느 쪽으로 가는지 도무지 알 수가 없었기 때문에 아주 자연스럽게 마주칠 수 있는 기회를 만들지 못했다. 워낙 큰 공간이다 보니 우연히 마주치려면 그녀의 위치를 확인해서 잠깐이라도 그 자리에 가만히 있을 때 근처로 쏜살같이 달려가는 수밖에 없었다. 사실 그런 방법은 우연히 만난다기보다 추적하여 잡는 쪽에 가까웠다. 매력적인 여자와 '우연히' 마주치기 위해 가쁜 숨을 몰아쉬고 땀을 뻘뻘 흘리며 나타나면 무섭게 보일 게 뻔했다.

그러나 지금 절호의 기회가 찾아왔다. 나오미가 가득 찬 쓰레기통을 들고 긴 동편 복도를 걸어가고 있었는데 가능한 목적지는 한 곳밖에 없었기 때문이다. 바로 쓰레기 수거함이 있는 하역장이었다.

티케이크는 접수대 옆에서 쓰레기가 넘칠 지경인 쓰레기통을 움켜잡고('고맙다 돼지 그리핀아, 토 나올 것 같은 네 점심 쓰레기를 내가 치워 주마.') 하역장으로 출발했다.

<u>6</u>

나오미 윌리엄스가 엄마에 대해 아는 세 가지 사실은 똑똑하고 운동 신경이 뛰어나다는 것과 남자 취향이 끔찍하다는 점이었다. 설상가상으로 나오미는 자신이 그 세 가지 특징을 똑 닮았다는 것도 알고 있었다. 차이가 있다면 나오미는 엄마의 실수를 목격했고 느린 기법으로 촬영되어 쉽게 예측할 수 있는 자동차 충돌 장면처럼 그 실수들이 차례로 어떤 파국을 맞는지 지켜봤다는 점이다. 그래서 핸들을 틀고 급브레이크를 밟을 때마다 어느 지점에서 엄마의 인생이 곤두박질쳐 회복 불능의 상태로 뱅글뱅글 돌게 됐는지 똑똑히 알고 있었다. 나오미는 세심한 관찰 덕분에 어떻게 하면 인생이 망가지는지 잘 알았던 터라, 엄마처럼 인생을 걸고 가망 없는 도박을 할 생각이 없었다. 그녀는 꾸준히 성적을 유지했고 괜찮은 과외활

동도 했기에 자신이 원하는 것을 잘 알고 있었다. 고등학교를 졸업하고 집을 탈출할 계획을 세우고 자면서도 탈출 경로를 운전해 갈 수 있을 정도로 수차례 연습까지 마쳤다.

그러나 졸업식 날 밤에 임신을 하게 되면서 모든 게 수포로 돌아갔다. 아기를 낳아야 했기 때문이다. 나오미의 가족은 신앙심에 목매는 이들이 아니었다. 그녀와 엄마와 그 당시 계부 모두 주변의 대다수 사람들처럼 크리스마스와 장례식 때 교회에 갔다. 하지만 마이크의 가족은 달랐다. 말장난이 아니라 스나이더 식구들은 하느님 맙소사 소리가 절로 나올 정도로 하느님을 아주 열심히 섬겼다. 그건 특이한 게 아니었다. 1970년대 말에 남부와 중서부 지역을 중심으로 거대한 복음주의 물결이 널리 퍼진 이후 그 동네에는 신도들이 많았다. 하지만 거듭난 신앙인들인 스나이더 일가는 걱정이 가득하고 진짜 침울한 옛날 가톨릭 신자가 아니라, 기쁨에 넘치는 새로운 유형의 가톨릭 신자들이었다. 그들은 모두를 사랑했다. 다시 말하면 그들은 정말로 모두를 진짜로 사랑했다.

스나이더 부부에게는 다섯 명의 자식이 있었다. 이들 모두 처음에는 꽤 정상적인 삶을 살면서 이따금 맥주를 들이켜거나 마리화나에 손댔다가 혼이 나곤 했다. 그러다가 자식들이 열네 살에서 열다섯 살이 됐을 무렵, 부모가 이들을 꼬드겨 가족 신앙 사기단으로 끌어들였다. 그것은 신용 사기단 같은 게 아니라 말 그대로 정말 신앙 사기단이었다. 나오미는 처음에 그런 게 멋지다고 생각했다. 그 집에 가면 자기 집에서 보다 훨씬 많은 사랑과 관심을 받았다. 그래서 중학교 2학년 때 나오미와 타라는 단짝이 되었고 그때부터 나오미는 일주일에 이삼일을 그 집에서 자기 시작했다. 나오미의 엄마는 파경으로 치닫고 있는 세 번째 결혼 때문에 정신이 없어서 나오미에게 갈 데가 있다는 것을 내심 감사히 여기는 듯했다.

이후 몇 년 동안 스나이더 가족에게 하느님의 사랑이 두루 퍼질 때 나오미와 타라는 겨우 그 사랑을 피해 갔다. 모두가 가족 내 역할을 맡았는데 타라는 문제아가 되어서 행복했다. 타라와 나오미는 폭음을 했고 안 가는 파티가 없었으며 불량한 애들과 어울려 다녔다. 하지만 일은 술술 풀리고 있었다. 솔직히 타라보다 나오미가 더 잘 풀렸다. 나오미는 큰 노력을 하지 않아도 대부분의 과목에서 A학점을 받았고, 밤마다 대부분 술을 마시러 나가는데도 여전히 농구 경기에서 득점을 올릴 수 있어서 장학금과 보조금이 합쳐진 굉장한 패키지를 보장받고 이미 녹스빌에 있는 테네시 대학에 합격한 상태였다. 물론 졸업할 때 6만 달러의 빚이 생길 테지만 테네시 대학에는 우수한 수의학 프로그램이 있으니 교육 과정을 이수하고 수의사 면허를 취득하면 5년 반 후에는 1년에 최소 그 정도의 돈을 벌게 될 터였다. 누군가에게 먹고 마시고 놀고 이 남자 저 남자랑 잘 권리가 있다면 그건 바로 나오미 윌리엄스였다. 하느님을 사랑하는 척하는 일은 즐거웠다. 심지어 가끔은 조금 진심일 때도 있었다. 비록 참을 수 없을 만큼 감상적이고 숨이 막히는 방식으로 거부할 수 없이 따뜻하게 품어 주는 스나이더 부부에 대한 감사의 대가로 그랬지만 말이다.

하느님은 문제가 되지 않았다.

마이크 스나이더가 문제였다.

나오미보다 두 살 위였던 그는 그녀가 열다섯 살 무렵이 됐을 때부터 추근거렸다. 마이크는 동네에서 약간 가공의 인물 같았다. 그는 납득이 안 될 정도로 몹시 과분한 명성을 누렸지만, 한 사람이 무비판적인 대가족의 절대적이고 확고한 지원을 받는 어린 시절에는 성취할 수 있는 것에 한계란 거의 없는 법이다. 그러다 나중에 가서는 그 모든 게 등을 돌린다. 하지만 마이크가 어릴 때 스나이더 부부의 눈에는 그가 화가이고 해석에 능한 무용가이자 뛰어난 음악가였다. 한마디로 엄청난 재능을 타고난 하느님의 아이로 우주와 존경과 자유와 돈이 따를 게 분명해 보였다. 마이크 생각에는 거기에 덤으로 구강 섹스까지 누릴 팔자였다. 나오미는 얼마 동안 그 요구를 물리쳤지만 그가 너무나 진심 어린 태도로 몹시 고통스러워하며 애원하고 가족이 보기 힘들어할 만큼 눈에 띄게 망가지자 측은한 마음이 들었다. 나오미는 그게 옳지 않으며 순리에 어긋난다는 것을 알았다. 되돌아보면 자신이 어떻게 그토록 순종적이었는지 믿기지 않을 정도였다. 그녀는 왜 자신에게는 안느끼는 그런 이상한 의무감을 마이크에게 느꼈던 걸까?

하지만 나오미는 마음 가는 대로 했다. 두 사람은 연애의 온탕과 냉탕 시기를 보냈다. 나오미가 그를 사랑한다고 생각할 때도 있었고 몹시 미워하는 게 확실한 때도 있었지만 대체로 그를 막연히 측은하게 여겼을 뿐이다. 드러내 놓고 말할 수는 없었지만 마이크는 자신이 사기꾼임을 알고 있었다. 나오미는 그저 그가 진정되어 자신을 건드리지 않고 가만히 놔두기를 바랐다.

마이크는 나오미가 바랄 때조차도 성관계를 원하는 법이 결코 없었다. 아마 가족이 처음 엄격한 가톨릭 신앙에 귀의했을 때 받았던 교육의 잔재로 마음이 괴로워서 그랬을 것이다. 장남인 마이크는 집안에서 유일하게 가톨릭계 초등학교에 다녔던 터라 죄책감에 철저히 사로잡혀 있었다. 그래서 주체할 수 없는 수치심에 떨지 않아도 되는 성적 접촉도 전혀 하지 못했다. 육체적 관계를 향한 감정이 마이크보다 몇십억 배 덜 복잡했던 나오미는 이 문제로 그를 압박하지 않았다. 스나이더네 지하실 바닥에서 짧고 만족스럽지 못한 성교를 하고 자신의 눈망울에 마이크의 모습이 각인되는 일만큼은 절대 피하고 싶었다. 홀딱 벗은 마이크가 흐릿한 불빛에 푹신한 카펫이 깔린 지하실 구석에서 훌쩍거리거나, 아담스 패밀리 핀볼 게임기 옆에서 웅크리고 앉아 엉덩이를 들썩이면서 하느님께 용서를 비는 모습을 말이다.

하지만 졸업식 날 밤에 바로 그런 일을 겪고 말았다.

마이크는 문화적으로나 생활 연령 면에서 나오미를 종교적으로 수용 가능한 영역으로 끌어들일 수 있는 기준점이 될 만한 일을 필사적으로 찾아냈다. 그리고 마침내 성적으로 흥분한 광신도의 열정으로 나오미의 고등학교 졸업식 날을 디데이로 정했다. 그는 몇 달 동안 유혹 계획을 짰다. 마침내 그 순간이 왔을 때 나오미는 덜 취했고 마이크는 발기가 덜 됐다. 그 결과 실수 연발이었지만 최소한 빠르게 해치웠고 어쨌든 다 끝났다. 나오미는 구석에서 그저 애처롭고 비뚤어진 어린아이처럼 구겨져 있는 마이크를 빤히 쳐다봤다. 여전히 그가 가여웠지만 적어도 그런 일은 두 번 다시 없을 터라서 대체로 홀가분한 기분이었다.

그리하여 당연하게도 나오미는 임신했다.

그즈음 나오미는 삶의 궤도를 바꿔 놓은 큰 실수를 연달아 세 번이나 저질렀다. 첫 번째 실수는 마이크에게 말한 것이었다. 무비판적으로 사랑을 받아 온 예술 천재였던 마이크는 스무 살이었던 당시에도 여전히 부모님 집에서 살면서 아무런 직업도 없었고 진학 계획도 없었다. 이제 세상은 마이크 같은 이들에게 늘 그러하듯 불친절하고 야멸찬 방식으로 사실은 어떤 예술적 재능도 없다는 메시지를 마이크의 이마에 새겨 놓고 있었다. 그렇다고 나오미가 다른 누구에게 말하겠는가?

전략을 짤 때는 마이크에게 임신 사실을 말하는 것이 엄청난 전술적 실수임을 알기 힘들었다. 마이크가 매우 기뻐할 줄은 몰랐기 때문이다. 마이크는 나오미를 사랑했다. 그녀와 결혼하고 싶었기에 곧바로 부모님에게 말했다. 나오미는 정말 크게 당황했다. 인간의 행동을 알아맞히는 일에서는 오판할 때가 거의 없었는데 크게 헛짚었기 때문이다. 그녀는 마이크가 형편없는 섹스를 마치고 알몸으로 훌쩍거렸던 사람답게 후회로 몸부림치며 자신의 추잡한 비밀을 꽁꽁 감추려고 무슨 짓이든 할 것이라고 생각했다. 하지만 그가 길지 않은 인생 동안 받았던 애정이 그렇게 전면적으로 영향을 미치리라고는 전혀 예상하지 못했다. 섬뜩할 만큼 어릴 때부터 죄의식과 고해와 사함을 되풀이하는 가톨릭의 황홀경을 접한데 이어 그런 사랑까지 받은 탓에 마이크는 정녕 어디로 튈지 모르는 사람이 되었다. 임신을 대하는 태도를 보면 마이크에게 보기 드문 재능이 있었다. 다름 아닌 올바른 일을 할 가능성이었는데, 마이크는 하느님께 맹세코 옳은 일을 할 셈이었다. 마이크의 부모도 마찬가지로 크게 기뻐했다. 그들에게는 용서가 필요한 죄인들이 둘이나 생겼으니, 어서 빨리 죄를 용서해 줄 때였다. 더구나 나오미가 애치슨에서 몇백 명밖에 안 되는 아프리카계 미국인이라는 사실은 용서를 더욱 돋보이게 해 줄 뿐이었다. 덕분에 '마이크의 부모'는 더욱 좋은 사람들이 될 테니까.

아울러 그들 가족 모두에게는 키울 아이가 생길 터였다. 결국 모두가 승자였다.

첫 번째 실수 이후 얼마 안 있어 두 번째와 세 번째 실수가 일어났다. 이들 실수는 나오미가 무언가를 한 게 아니라 하지 못해서 발생된 결과였다. 그녀는 곧장 차를 몰고 오버랜드파크의 지역 보건 센터에 가서 낙태를 해야 했지만 그러지 못했다. 타라 스나이더에게 말했다면 차를 몰고 오버랜드파크의 지역 보건 센터에 데려다 주어 낙태를 하게 해 줬을 텐데 말하지 못했다. 대신 마이크의 부모님 앞에 얌전히 앉아서 배 속의 새 생명이 여러 세대의 가족들에게서 얼마나 기쁨에 넘치는 사랑을 받게 될지 자세히 듣고 감동받아 임신 3개월이 지나 5개월이 가까워질 때까지 공모하듯 침묵을 지켰다. 그러다 마침내 5개월째에 열여덟 살의 건강한 자기 몸이 눈에 띄기 시작하고 나서야 엄청난 실수를 저질렀음을 뼈저리게 깨달았다. 하지만 그때는 이미 너무 늦어 아무런 조치도 취할 수 없었다.

세라는 최근에 네 살이 됐다. 그동안 누구에게도 그런 말을 한 적이 없지만 나오미는 어쨌든 그 아이를 낳은 데 대해 하느님께 감사하게 생각했다. 세라의 그 작은 얼굴을 보고 있노라면 다르게 생각할 수가 없었다. 하지만 그렇다고 해서 일이 이런 식으로 풀린 덕분에 나오미의 인생이 조금이라도 더 나아진 것은 아니었다. 단지 달라졌을 뿐이었다. 마이크는 아기가 태어나고 일주일도 지나지 않아 평화봉사단에 합류하기 위해 떠났는데 솔직히 잘된 일이었다. 나오미가 자신과 결혼하지 않을뿐더러 두 번 다시 잠자리를 하지 않을 것임을 깨닫자 마이크는 진짜 골칫거리로 변했기 때문이다. 어차피 남았대도 형편없는 아버지가 됐을 것이다.

스나이더 가족은 애초 제안한 대로 아기 양육을 돕겠다고 나섰다. 하지만 나오미가 하늘에 맹세코 말하자면 그들은 바보 천치들이었다. 그래서 결국 나오미는 최근에 개발된 파인밸리(소나무계곡)라는 거주지의 평범한 방 두 개짜리 집에서 여동생과 함께 살았다. 이름과 달리 단지 내에 소나무 한 그루도 없고 계곡도 없었지만 아파트는 깨끗해서 그럭저럭 괜찮았다. 나오미는 엄마와 살면서 가정 형편이 급격하게 바뀌는 데 익숙했던 터라 안전하면서도 일시적이며 미래가 불확실한 환경이 가장 편했다. 짐 상자들이 그런 환경임을 말해 줬다. 세라가 어린이집에 갈 나이가 되자마자 나오미는 밥벌이에 나섰고, 지역 전문대학에서 수업도 듣기 시작했다. 전부 실수 없이 해내기만 하면 6년 반 후에 수의대를 마칠 수 있을 터였다.

그러나 정작 가장 큰 고충은 누구에게도 결코 말하지 못한 자신의 속내였다. 나오미 윌리엄스는 자기 자식을 좋아하지 않는다는 사실 말이다. 물론 그녀는 세라를 끔찍이 예뻐했다. 당연히 마음속 깊이 아이에 대한 확고한 사랑을 느꼈다. 하지만 솔직해지는 순간마다 자신이 그 아이를 그렇게 '좋아하지' 않는다는 것을 묵묵히 인정하곤 했다. 세라는 세상에 그런 애가 있을까 싶을 만큼 아주 사랑스러운 아이였지만 또한 세상없이 밉살스럽고 화를 돋우고 맥 빠지게 하는 아이였다. 나오미의 아버지가 쉰네 살에 급성 심장마비로 세상을 등진 이후

2년 동안, 이제 막 죽음의 개념을 알아채 가고 있던 세라는 비통해하는 어린 엄마에게 충치처럼 한결같이 고통스럽게 그 민감한 이야기를 꺼냈다. 누군가의 입에서 아버지 소리가 나오면 아이는 "그런데 엄마는 이제 다시는 엄마네 아빠와 말할 수 없는 거죠?"라고 말하곤 했다.

또한 그냥 일반적인 부모님 이야기가 나올 때마다 나오미를 쳐다보며 "엄마는 이제 부모님이 한 명밖에 없으니까 다른 한 명은 영영 돌아오지 않는 거 맞죠?"라고 말하곤 했다.

또는 거지 같게도 사람들이 빌어먹을 전화기에 대고 누군가에게 전화를 걸었다는 말만 하면 "엄마네 아빠는 엄마한테 다시는 전화 못 하는 거죠, 그렇죠?"라고 물었다.

그럴 때면 모두가 움찔하고 놀라서 웃으며 이렇게 말하곤 했다. "가여운 것, 제 딴에는 죽음을 이해해 보려고 그러는구나!" 하지만 나오미 눈에는 앙심을 품고 그런다는 게 보였다. 그녀는 자기 자식이 자신을 좋아하지 않아도 그것 또한 장단점이 있기에 그래도 괜찮다고 생각했다. 물론, 당연히 세라는 그녀를 사랑했다. 하지만…… 그 아이는 그걸 모르고 있었다. 언젠가 알게 되겠지. 지금 당장은 그저 남의 관심을 끄는 짓을 피하고 시간이 될 때마다 이곳 물품 보관소에서 야간 근무를 따내 돈을 조금 모으고 싶을 뿐이었다. 수의과 대학. 그게 인생 목표였다. 그래서 항상 그 목표에 집중했다.

나오미는 하역장 맨 구석에 있는 커다란 쓰레기 수거함에 쓰레기를 버리고 뒤돌아서 안으로 들어가다가 하마터면 티케이크와 몸이 부딪칠 뻔했다. 그곳 복합시설의 반대편에서 막 보안 문을 밀어젖히고 나온 그는 짐짓 무심한 태도로 말했다.

"어, 안녕하세요, 여기서 일하세요?"

나오미는 자신의 근무복 상의를 흘끗 내려다본 뒤 다시 눈을 들어 그를 쳐다봤다.

"다들 이걸 안 입나 봐요?"

티케이크가 하하 웃었다.

"저는 티케이크라고 합니다."

"티케이크요?"

"별명입니다."

"아무렴요. 당연히 그 책을 무척 좋아하겠군요."

"무슨 책이요?"

"『그들의 눈은 신을 보고 있었다』요."

"처음 들어 보는 책인데요."

"그렇다면 누군가 그 책에 나오는 유명한 인물의 이름을 붙여 준 거군요."

"아뇨, 그런 거 아닌데요."

"그럼 어쩌다 그렇게 불리게 된 건데요?"

"말하자면 길어요, 아주 짜증 날 정도로요."

나오미는 그 정도 시간이야 있을 것 같아 그냥 그를 쳐다보면서 기다렸다. 맙소사, 모니터 화면으로만 봤으니 누구라도 그랬겠지만, 티케이크는 나오미의 눈이 갈색인 줄은 전혀 몰랐다. 그 갈색 눈이 피하지 않고 그를 바라봤다. 깜박인 적은 있었나 싶게 나오미의 눈이 계속해 보라고 말했다. 그래서 그는 그 긴 이야기를 시작했다.

"그러니까 그게 열여섯 살 때쯤인가, 왜 한창 사내 녀석들하고 천지분간 못 하고 싸돌아다닐 때 말이에요. 애들이랑 배가 고파서 키카푸족 보호구역에 들어갔죠. 트윙키[7]나 몇 개 사 먹을까 하고요. 하지만 가게에 마지막으로 들어갔더니 자식들이 호스티스 사 제품을 몽땅 쓸어 담아서 남은 거라고는 스노볼[8]밖에 없지 뭡니까. 그런데 내가 코코넛을 먹으면 목이 막힌다, 이겁니다."

"그렇다고 치고요."

"정말이라니까요. 진짜 그래요. 뭐랄까, 내 목을 막아 버린다고나 할까? 왜 그거 있잖아요, 디저트. 위에 초콜릿 가루 묻은 거요. 위치타에 있는 이탈리안 레스토랑에서 먹었는데, 숨을 잘못 쉬면 가루를 전부 빨아 올려 목이 꽉 막혀서 캑캑거리고 숨을 못 쉬게 하는 그거요. 그게 뭐더라?"

"난 그런 경험이 없어 봐서 말 못 하겠는데요."

"아무튼 되게 이상한 거 있어요. 나한테는 코코넛이 그거랑

---

7 Twinkies, 우리나라 '카스타드'와 비슷한 간식으로 호스티스 회사 제품이다.
8 Sno Balls, 같은 호스티스 제품으로 겉에 코코넛 가루가 덮여있는 초코파이류.

비슷하지만 더 덩어리진 느낌이죠. 잠깐만요, 내가 어디까지 얘기했죠? 제가 가끔 이렇게 오락가락한다니까요. 그게 그러니까, 말할 때만요."

"호스티스 사 제품이 몽땅 떨어졌다고요."

"맞아요! 그래서 딱 하나 먹을 수 있는 건 '세라 아줌마의 티케이크'라는 것밖에 없더군요. 그래, 그걸 사서 먹었더니 아주 맛있더라고요. 그런데 몰라서 그러는데, 그게 뭐 죄랍니까? 그래서 다시 가서 하나 더 사 먹고 싶다고 말했죠. 그랬더니 자식들이 그게 그렇게 배꼽 잡게 웃겼는지 '쟤는 티케이크를 먹고 싶대, 쟤는 티케이크를 먹고 싶대, 야, 티케이크, 늬 티케이크는 어디 있냐?'면서 놀리더라고요. 그다음부터는 알다시피 그런 말도 안 되게 멋지고 기발한 별명이 널리널리 퍼지게 됐죠."

"그런 상황에는 곧잘 대마초가 끼어 있다고 들었는데 그런 건 없었나요?"

"무슨 소린지 모르겠는데요. 아무튼 그렇게 해서 제가 티케이크가 됐고 그 이후로 내 진짜 이름은 들어 본 적이 없답니다."

"부모님도 티케이크라고 부르시나요?"

"우리 아버지는 아주 재밌는 별명으로 생각하시죠."

"어머니는요?"

티케이크가 어깨를 으쓱해 보였다.

"이야기가 훨씬 긴데."

나오미가 손을 내밀었다.

"나는 나오미라고 해요."

티케이크는 손을 맞잡으면서 나오미의 손가락 관절에 아름다운 갈색 피부가 부드럽게 감싸고 있는 모양새를 애써 보지 않으려고 했다. 손가락 관절 피부는 징그럽기 십상인데 그녀의 것은 전혀 그렇지 않았다. 손가락 관절의 기묘하고 오독오독한 반원들은 어느 쿠키 광고 같은 데 나왔던 불길한 나무 옹이 구멍처럼 보였다. 하지만 그의 마음속에서는 그 옹이 구멍이 무언가를 확 움켜잡아서 갖고 도망쳐 버렸다. 그런데 맙소사, 티케이크는 손가락 관절 생각을 하느라 나오미의 손을 너무 오래 잡고 있었다.

나오미가 손을 살짝 당기며 놓아 달라는 신호를 보냈다.

티케이크는 할 수만 있다면 어떻게든 그 순간을 늘려 보려 했다.

"여기 오래 안 다닌 거 알아요, 그러니까 무슨 일 있으면, 알죠? 그게 그러니까 당신이 아는지 어쩐지 모르겠지만, 그냥 나한테 부탁하라고요, 알겠죠?"

"생각나는 게 없지만 고마워요. 이제 가 봐야 할 것 같아요."

"예, 저도요, 무지 바쁘거든요. 이곳이 그래요. 항상 뭔 일이 있죠, 다만 그게 늘 별일 아니라서 그렇지만요."

나오미가 그를 보고 미소를 지었다. 티케이크란 사람은 제법 매력이 있었다. 나오미는 그의 오른쪽 이두박근을 휘감고 있는 조악한 뱀 문신을 보았지만 아무 말 않고 눈감아 줬다. 그의 문신은 그가 알아서 할 일이었다. 그리고 그녀는 그런 엉성한 문신을 대충 어디서 했는지 알 만큼 많이 봐 왔더랬다.

티케이크는 나오미가 문신을 본 것을 알아차렸다. 그녀가 자신을 바라보는 모습이 살짝 달라진 점도 포착했다. 나오미의 어깨가 아주 조금 처졌고 머리는 아주 미세하게 그에게서 떨어져 뒤로 젖혀졌다. 항상 그런 식이었다. 그를 알아볼 만큼 똑똑한 여자들은 더 이상 그를 잘 알아보려고 하지 않았다.

제기랄. 괜히 고민했다 싶었다.

"그럼 잘 가요."

나오미가 하역장을 나가는 문으로 향했다. 티케이크도 따라나섰지만 나오미가 따라나서는 그와 그가 들고 있는 반쯤 찬 쓰레기통을 힐끗 쳐다봤다.

"그거 안 버릴 거였어요?"

"아, 참. 아뇨, 버려야죠, 암요."

나오미는 다시 문을 향해 걸어갔다. 딱 걸린 티케이크는 별 수 없이 쓰레기 수거함 쪽으로 향했다. 그가 거의 다 갔을 때 나오미가 큰 소리로 말했다.

"저기요, 일이 하나 있을지도 몰라요."

티케이크가 돌아봤다.

"당신이 있는 쪽에요."

"예?"

"삐 하는 소리 들리죠?"

티케이크는 그녀를 한참 바라봤다. 그동안 그의 머릿속 깊은 곳에서 그의 관심을 끌어 보려고 그토록 애써 왔던 그 목소리가 마침내 터져 나왔다. 그리고 이렇게 말했다.

'거봐, 내가 삐 하는 소리가 난다고 했잖아!'

티케이크는 나오미를 쳐다봤다. 깨달음에 그의 두 눈이 빛났다.

"그쪽에서도 들려요?"

7

티케이크와 나오미는 티케이크가 근무하는 접수실의 바닥 한가운데서 꼼짝 않고 서 있었다. 잠시 후 더 이상 참을 수 없었던 티케이크는 무슨 말이든 해야만 했다. 침묵을 메우지 않는 게 어렵다는 것을 익히 알았지만 그녀와 함께 있자니 더욱 견디기 힘들었다.

"진짜 전에 저기서 났었는데, 아마 우리가……."

나오미가 손을 들어 올려 그의 말을 막았다. 그녀는 끈기 있는 여자였다. 아무 소리 없이 5초가 또 지났다. 그러고 나서 10초가 지나갔고 또 5초가 흘렀다. 그런 다음 그 소리가 났다. 인간의 귀에 들리는 가장 낮은 단계의 소리로 고작해야 0.5데시벨 정도 될까 싶었다. 하지만 그런 수치는 중요하지 않았다. 그곳에서 분명히 그 소리가 확실하게 났다는 게 중요했다.

삐이이.

두 사람의 얼굴이 환해졌다. 빙긋이 웃는 모습이 막 부활절 바구니를 찾아낸 아이들 같았다.

"아하!"

나오미가 외쳤다.

"역시나 이 소리였어!"

티케이크가 이렇게 말한 뒤 두 사람은 서로 반대 방향으로 이동했다. 티케이크는 북쪽 벽 쪽으로 걸어갔고 나오미는 남쪽 벽 쪽으로 향했다.

"뭐하는 거예요?"

접수실 바닥 한가운데서 서로 지나칠 때 나오미가 물었다.

"이쯤에서 났는데."

그러자 나오미가 고개를 세차게 저었다.

"분명 여기에서 났거든요."

이어 그녀는 또다시 꼼짝 않고 서서 남쪽 벽에 귀를 기울였다.

티케이크가 저 반대편에서 큰 소리로 말했다.

"이보세요, 내가 들어오고 나서 1시간 30분 동안 이 소리가 났다고요. 기록은 안 됐지만 난 건 맞아요. 그쪽한테는 가끔 무슨 소리가 들리겠지만 항상 들리지는 않잖아요. 그게 그냥 갑자기 나는 데다……."

"제발 조용히 좀 해 줄래요?"

"그러니까 내 말은 이쪽 벽이라고요."

"말이 정말 많네요."

"알아요. 다들 아는 거예요. 난……."

"쉿."

티케이크는 입을 다물었다. 두 사람은 또다시 가만히 있었다. 그리고 끝까지 기다렸다.

삐이이.

그 소리가 또 들렸다. 마치 출발 신호음 같았다. 두 사람은 자리를 떠 각자 반대편 벽으로 향했다. 또다시 접수실 바닥 한가운데서 엇갈려 지나가던 두 사람은 믿기지 않는 표정으로 서로를 바라봤다.

"지금 뭐하는 거냐고요?"

나오미는 정말로 알고 싶었다.

"그러는 댁은 뭐하는 겁니까?"

"이쪽에서 나요, 그쪽 말이 맞았어요!"

두 사람은 씩 웃으면서 서로의 원래 자리로 갔다. 어쩐지 재밌었다. 어쨌거나 밤새 홀로 앉아 모니터만 뚫어져라 쳐다보는 것보다 엄청나게 재밌었다. 두 사람은 다시 기다렸다. 키득거리지 않으려고 했지만 간간이 웃음이 비어져 나왔다. 자신들에게 30초의 여유가 있다는 것을 알고 있었다. 두 사람의 눈길이 얽히더니, 둘 다 활짝 웃으며 천진한 표정을 지었다. 삐소리가 두 번 다시 들리지 않고 이 순간이 그냥 쭉 지속된다면 좋지 않을까…….

삐이이.

이번에는 아무도 움직이지 않았다. 티케이크가 하하 웃었다.

"왜요?"

"말하기 그런데."

"처음에 그쪽이 했던 말이 맞았다고 생각하는군요."

티케이크가 고개를 끄덕였다. 나오미는 저 위쪽의 시멘트로 된 아치형의 천장을 올려다봤다. 뾰족탑 모양인 게 마치 지붕 같았지만 각도가 완만했다. 삐 소리가 그 시멘트 천장의 돌출부를 통과해 암벽 표면을 따라 빠르게 이동한 뒤 서로 마주 보고 있는 접수실 양편에 떨어졌다.

"우리 둘 다 맞았어요."

나오미는 그렇게 말하고 나서 가급적 소음이 나지 않도록 접수실 바닥의 중심점으로 살금살금 움직인 뒤 기다렸다.

삐이이.

나오미가 고개를 까딱해 소리가 난 방향을 가리켰다. 이제 소리의 진원지가 어딘지 정확히 알았다. 접수대 쪽으로 천천히 움직인 그녀는 계산대 뒤에 도착한 뒤 직접 버저를 눌러 문을 열고 들어갔다. 그런 다음 접수대 뒤로 3미터쯤 걸어가서 벽 앞에 멈춰 선 뒤 벽에 귀를 대고 기다렸다.

삐이이이.

소리는 분명 그곳 벽 뒤에서 나오고 있었다. 하지만 그쪽 뒤

편은 그냥 또 다른 복도로 1층 보관 구역 내에 있는 맨 앞줄 보관소의 내부를 따라 죽 이어져 있었다. 그래서 되돌아가서 접수실 출입구를 나가 멈춰 선 뒤 말하자면 옆으로 그 벽을 쳐다봐야 비로소 그 여분의 공간이 눈에 들어왔다. 접수실 쪽 벽과 그 뒤편 벽 사이에 당연히 있어야 할 공간보다 46센티미터가량이 더 있었던 셈이다.

티케이크가 말했다.

"대체 누가 저렇게 하지? 왜 빈 공간을 저런 식으로 해 놓느냐고?"

"단열 때문에?"

"두 내벽 사이에다요? 단열은 개뿔, 퍽이나 되겠어요."

"이건 뭐예요, 석고 보드인가요?"

"예."

"정말요?"

"그거 바를 때 내 손도 보탰다고요."

삐이이이.

티케이크가 나오미를 쳐다봤다.

"그리핀을 부르면 좋겠어요?"

"하늘이 무너져도 그리핀은 안 부르고 싶어요."

티케이크는 그 말에 숨은 뜻을 알아채고 실망했다.

"그치가 벌써 집적대던가요?"

나오미는 어깨를 으쓱했다.

"돼지 같은 인간이에요."

"그런 인간이라는 걸 알려 줄 수 있었는데."

삐이이이.

나오미가 티케이크를 쳐다봤다.

"그래서 그쪽은 어떻게 하고 싶은데요?"

"음, 나는 말이죠, 저 사진을 떼어 버렸으면 좋겠어요."

티케이크가 동굴의 항공사진이 들어 있는 큰 액자를 가리키며 말했다. 1940년대 무렵에 찍힌 그 사진은 바로 삐 소리가 나고 있는 거의 그 지점에 걸려 있었다.

"저기 저 의자를 들어 올려서요."

이번에는 접수대 뒤에 놓아 둔 지독히 불편한 철제 의자를 가리켰다.

"그걸로 10밀리미터짜리 저 싸구려 석고보드를 구멍 내서 저 뒤에서 대체 뭐가 삐 소리를 내는지 봤으면 좋겠군요."

"그쪽이 할 거라면 난 괜찮아요."

그 말에 티케이크가 푸하하 웃었다.

"내가 하려는 게 아니라 하고 싶은 걸 말한 거예요."

"아하."

두 사람은 잠시 그 벽을 바라봤다. 삐 소리가 또다시 들렸다.

나오미는 이제 더 이상 견딜 수 없었다.

"아, 진짜. 구멍 난 데다 다시 사진을 걸어서 덮고 내일 석고보드를 가져오면 되잖아요. 구멍 때우는 건 내가 도와줄게요.

아무도 눈치 못 챌걸요."

"우리가 왜 그래야 하죠?"

"궁금하잖아요. 심심하기도 하고요."

"심심해서 벽을 때려 부숴 구멍을 내고 싶다는 거예요?"

"아무래도 그런 거 같아요. 그쪽은 아니에요?"

티케이크는 자기도 그런가 생각해 봤다. 딱히 그렇지는 않
았지만 그녀가 묻고 있었다. 왜 항상 사람들은 자기들이 싼 똥
을 나한테 치워 달라고 하고 왜 그때마다 대부분 내가 치울까?
티케이크는 곧 그 질문을 처리할 셈이었지만 먼저 머릿속으로
재빨리 계산부터 했다.

"폭 1.2미터 길이 2.4미터짜리 석고판은 15달러예요. 거기
다가 이음테이프 한 통도 있어야 하는데 그건 따로 8~9달러
해요."

"내가 12달러 낼게요. 페인트 가게에 가면 견본 페인트를 써
볼 수 있어요. 어렵지 않아요."

"그럼 이제 배터리가 방전된 연기 감지기를 볼 수 있겠군요."

"어쩌면요. 아니면 다른 걸 볼지도 모르고요."

"다른 거 뭐요?"

"음, 그거야 모르죠. 봐야 알겠죠."

"난 여기 계속 다녀야 해요."

"여기서 잘리는 일은 없을 거예요."

"그게 아니라 나한테는 직장이 '있어야' 한다고요."

"알았어요."

나오미가 말했다.

티케이크는 슬슬 열이 치받았다.

"아뇨, 당신은 몰라요. 그건 있죠, '전제 조건'이란 말입니다."

"알았다고 말했잖아요. 난 평생 여기서 산 사람이라서 가석
방 조건이 뭔지쯤은 알거든요, 거지 같은 볼펜 잉크로 새긴 거
무튀튀한 문신을 어디서 했는지도 알고요. 엘스워스죠, 그죠?
진짜로 엘스워스였으면 좋겠네요."

"거기 맞아요."

"다행이네요. 그러니까 그쪽은 폭력적인 사람이 아닌 거네
요. 자, 그럼 이제 날 위해서 그 의자 좀 집어 올려서 벽에다 던
져 줄래요? 제발요."

나오미가 갈색 눈으로 뚫어져라 쳐다보자 티케이크는 그 눈
을 빠져들 듯 바라봤다.

의자 다리가 가늘고 기다란 쇠붙이라서 석고보드가 쉽게 뚫
렸다. 티케이크가 박힌 의자를 빼자 가장 큰 석고 덩어리가 떨
어져 나왔다. 진짜 난관은 석고판을 한 개 이상 교체하는 일이
없도록 너무 많이 떼어 내지 않는 것이었다. 철제 의자는 처음
에 벽을 부술 때 말고는 더 이상 쓸 일이 없었다. 두 사람이 손
으로 조심스럽게 좀 더 작은 석고 조각들을 떼어 낸 끝에 티케
이크의 머리와 어깨가 빠져나갈 만한 커다란 구멍이 생겼다.

정말로 거기 뒤쪽에 공간이 있었다. 이쪽 벽과 저쪽 벽 사이에 40센티미터가량의 틈이 있었는데 티케이크의 왼쪽으로 1미터가 조금 못 되는 지점의 눈높이에 있는 빨간색 섬광등을 제외하면 공간 전체가 캄캄했다.

삐이이이.

이제 소리가 훨씬 크게 들렸다. 그런데 그 소리에 맞추어 아주 작은 불빛이 하얗게 번쩍거렸다. 티케이크와 나오미는 감춰져 있던 내벽을 샅샅이 살펴봤다. 그곳은 오랫동안 사용되지 않고 전원도 차단된 눈금판과 계기판으로 뒤덮여 있었다. 그것들은 산업용으로 보이는 골이 진 어떤 금속 골조에 설치된 상태였는데 하필 골조에는 과거 70년대에 일부 연구에서 진정 효과가 있다고 말한 덕분에 널리 쓰였던 규격화된 녹색 페인트가 칠해져 있어 보기 싫었다. 아니, 어쩌면 페인트가 그냥 싸구려라서 그런지도 몰랐다.

삐이이이.

두 사람 모두 다시 그 섬광등에 집중했다. 섬광등 밑에 있는 벽판에 무슨 글씨가 쓰여 있었지만 이쪽에서는 알아볼 수 없었다.

"휴대전화에 손전등 기능 있죠?"

티케이크가 나오미에게 물었다.

나오미는 주머니에서 휴대전화를 끄집어내 손전등 기능을 켜서 구멍 속을 비춰 주었지만 여전히 글씨는 알아보기 어려웠다.

"저거 좀 꽉 붙잡고 있어요."

티케이크는 말을 끝내기 무섭게 대답을 기다리지도 않고 철제 의자에 한쪽 발을 디디더니 구멍 가장자리를 부여잡고 힘껏 일어서서 구멍 안으로 뛰어들었다. 순간 철제 의자가 흔들리면서 넘어지기 시작하자 나오미가 붙잡았지만 이미 의자는 바닥에 부딪치고 말았다. 티케이크는 균형을 잃고 벽 사이 공간에 거꾸로 털썩 떨어졌다.

"꽉 붙잡으라고 했잖아요."

"그랬죠, 나도 '네'라고 말 안 했고요. 자고로 그런 말을 했으면 대답을 기다리는 게 순서죠."

티케이크는 여섯 번이나 재채기를 했다. 그가 다시 추스르고 반쯤 뒤집힌 자세로 올려다보니 나오미가 구멍 안으로 화장지를 내밀고 있었다. 티케이크는 감동받아 그 화장지를 쳐다봤다. 이런 상황에 누가 화장지를 갖고 있단 말인가?

"고마워요."

티케이크는 화장지를 받아서 코를 풀었다. 이어 그 화장지를 무심코 다시 건네려 했다.

나오미가 말했다.

"또 나올 수 있으니 갖고 있어요. 일어날 수 있겠어요?"

티케이크는 엉덩이와 어깨를 이리저리 움직여 똑바로 자세를 잡고 옆으로 서서 재빨리 벽을 따라 빠듯한 그 공간을 통과해 섬광이 있는 벽판 쪽으로 이동했다.

"저쪽에 불 좀 비춰 줘요."

티케이크가 말했다.

나오미는 불빛을 깜박거리는 섬광 밑의 계기판에다 비춰 주었다.

티케이크가 거기에 쓰인 글씨를 읽었다.

"엔티시 서미스터(NTC Thermistor, 부온도계수 서미스터) 브리치. 지하 5층."

나오미가 구멍에 비춰 주던 불빛이 티케이크에게로 집중됐다.

그가 눈살을 찡그렸다.

"그거 좀 내 눈에서 치워 줄래요?"

"미안해요, 서미스터 뭐라고요?"

"'엔티시 서미스터 브리치'요. 여기 뭐가 엄청 많아요."

나오미가 다시 벽판을 비춰 주자 티케이크는 아래 위를 훑어봤다. 거기에는 여러 다른 모니터와 표시장치들이 잔뜩 있었다.

"'밀폐 보전', 여기 '분해능'이라고 쓰인 데에는 플러스 부호에 밑줄 같은 게 붙어 있는데……."

"오차 범위 표시예요."

"그렇군요. '오차범위 섭씨 1도.'"

나오미는 계속 불빛을 옮겨 가면서 작동이 정지된 계기판과 표시장치들 아래에 찍혀 있는 글씨를 읽었다.

"저온 유지 동시성, 데이터 이력 확인, 측정 변위비, 엘지 인터널, 엘지 프로브, 엘이원 프로브, 엘이투 프로브, 엘디 인터널. 세상에, 여기 이런 글씨가 스무 개는 있는 거 같아요."

티케이크는 바로 앞에 있는 측정기에서 또 삐 소리가 나면서 섬광등이 반짝이자 그곳으로 다시 시선을 돌렸다.

"헌데 섬광등이 붙은 건 이거 하나밖에 없군요."

"엔티시 서미스터 브리치."

"예. 이게 무슨 뜻인지 알아요?"

나오미가 잠시 생각에 잠겼다.

"서미스터는 전기 회로 소자예요. 두 종류가 있는데, 온도가 올라가면 저항이 높아지는 정온도계수랑 온도가 올라가면 저항이 떨어지는 부온도계수가 있어요."

"그럼 온도계인 거네요?"

"아뇨. 온도에 반응하는 회로예요."

"온도계처럼요."

"온도계가 아니라니까요."

티케이크가 고개를 돌려 나오미를 쳐다봤다.

"당신, 대체 정체가 뭐길래 그렇게 과학에 우라지게 빠삭한 거예요?"

"나 같으면 '우라지게'라고는 말하지 않겠어요, 어쨌든 과학 수업을 많이 들어서 그래요. 수의대 필수과목이거든요."

삐 하는 경고음이 또 들리자 티케이크가 다시 그쪽으로 화제를 돌렸다.

"이건 30~40년이나 됐는데 어떻게 아직도 작동하는 걸까요?"

나오미가 어깨를 으쓱해 보였다.

"온도를 계속 주시하고 싶었나 보죠."

삐이이이.

티케이크가 물었다.

"왜요?"

"그러게 말이에요. 게다가 지하 5층은 대체 뭘까요?"

나오미가 또 불빛을 그의 눈에다 비추며 말을 이었다.

"지하 2층만 있는 줄 알았는데."

8

무니가 자동차 트렁크에 싣고 이틀 동안이나 돌아다녔던 시체들에서 지독한 악취가 풍기기 시작했다. 처음에는 악취가 안 나는 척하거나, 강 건너편에 있는 양조장 때문이거나, 지난 몇 년 동안 강 계곡 안팎에서 바람에 실려 왔던 괴이한 시럽 냄새인 척할 수 있었다. 심지어 어떨 때는 지금같이 복잡한 기후 변화 시대에 흔히 그러듯 그저 혹서기에 남자 몸에서 나는 냄새처럼 자신의 악취인 척 굴었다.

무니는 늘 더위에 약했기 때문에 그가 우간다를 선택한 것은 아무리 봐도 이상했다. 하지만 살면서 항상 자신의 길을 선택하는 사람이 얼마나 될까? 가끔 그 길이 사람을 선택하기도 한다. 현재 무니도 자신의 차 트렁크에 불행한 두 놈의 사체를 보관하는 신세로 선택당해 지금까지 그 일을 거지같이 수행하고 있었다. (명백한 이유 때문에) 매장의 공식적인 경로는 물론 (망자에 대한 경의의 표시로) 쓰레기장과 (결국 발굴될 게 두려워) 향후 주거지나 상업시설로 개발될 낌새가 보이는 곳들을 전부 배제하자 그들의 마지막 안식처를 찾는 일은 생각보다 어려웠다. 결국 포타와토미 카운티에는 남몰래 사체를 묻을 곳이 별로 없게 되었다. 그러던 중 무니는 티브이에서 물품 보관소 광고를 봤고, 그때부터 차를 통째로 강물에 처박지 않아도 되겠다 싶은 생각이 들었다.

제일 먼저 가장 선명하게 떠오른 생각은, 밀폐된 금고 같은 것을 사서 사체를 그 안에 넣고 밀봉하여 가능한 가장 작은 보관소에 밀어 넣고 문을 잠근 뒤 열쇠를 던져 주고 두 번 다시 이 일을 떠올리지 않겠다는 것이었다. 하지만 오늘 오후 일찍 애치슨 보관소로 첫 번째 사전 답사를 가는 길에 악취가 진동하다 못해 자동차의 각종 금속과 직물과 섬유 조직에 완전히 배기 시작한 탓에, 신이 만들었든 인간이 만들었든 그 악취를 영원히 품게 될 것들은 그 무엇도 눈에 들어오지 않았다. 땅바닥만 빼고 말이다.

한술 더 떠 보관소의 한 달 사용료가 49달러 50센트였다. 어차피 그러든 말든 상관없었다. 먼저 가솔린을 8리터쯤 사서 본가 뒤뜰에서 사체를 소각하자고 마음먹었기 때문이다.

진입로에서 차를 돌려 보관 시설의 동편을 빠져나가던 중, 그곳 절벽 꼭대기 근처의 산비탈에 나무가 우거진 빈터가 보였다. 그 순간 트렁크에서 썩고 있는 사체 두 구에게 마침내 개인 신전이 생겼구나 싶었다. 무니는 절벽 위로 차를 몰고 간 뒤 살랑거리는 소나무 아래에 서서 주위에 펼쳐진 우거진 나무와 풍경을 둘러보며 평화로움을 만끽하며 흐뭇해했다. 그는 가끔 그런 호사를 누렸다. 양팔로 몸을 감싸고 꽉 죄면서 이따금 콧노래를 흥얼거리곤 했다. 무니는 그럴 때마다 그냥 자신이 살아 있음을 느끼고 때때로 혼자뿐이라 해도 사랑받고 있음을 알았다. 하지만 과연 아주 작은 도토리가 거대한 사랑의 떡갈나무로 자랄까?

그 빈터는 묘지로 제격이었다. 그 가련한 죽은 영혼들에게 예를 갖춰 장엄한 데다 헐릴 일도 없고 양쪽으로 각각 강과 바위산이 내려다보이는 절벽 위 바로 이곳, 지하 동결선 아래에 고이 묻어 줄 참이었다. 강과 바위산은 자연의 경이답게 족히 4~5만 년 동안 변하지 않은 채 그 자리를 지키고 있었다. 사체들은 누구의 방해도 받지 않을 터였다.

정말이지 그곳은 명당이 될 터였다.

그래서 무니는 어둠을 틈타 삽을 들고 그곳을 다시 찾았다. 진입로를 벗어나 동쪽 출입구에서 45미터가량 떨어진 곳에 차를 세운 뒤 밤 10시경에 라이트를 껐다. 저 아래 주차장에는 차가 한 대밖에 없었다. 경비원의 차가 아닐까 싶은데 어쩐지 낯익은 듯했다. 하지만 미주리 강 반대편의 불이 켜져 있지 않은 절벽까지 감시할 경비원은 없었다. 그래서 무니는 그쪽에 있는 게 안전하다고 판단했다.

차에서 내린 무니는 트렁크 쪽으로 걸어가다가 금속 테두리를 따라 문틈으로 배어 나오는 역겨운 냄새에 움찔했다. 곧바로 고개를 돌리고 신선한 공기를 한껏 들이마신 뒤 한 번에 잽싸게 트렁크를 여는 순간, 평생 처음 맡아 보는 악취가 확 달려들면서 얼굴을 때렸다. 그것은 단순히 '고약한' 냄새가 아니었다. 단지 고약하다고 말할 수 없는 게, 그런 단어로는 그 냄새를 100분의 1도 표현하지 못했기 때문이다. 그것은 '아프게 하는' 냄새였다. 너무나 강력한 냄새로 두께도 있고 덩어리와 형태도 있었다. 따라서 그 냄새는 전부 손이 되어 그에게 달려들어 얼굴과 목과 콧구멍과 폐를 움켜잡고 두꺼운 손가락들을 억지로 밀어 넣었다.

무니는 최대한 빨리 고개를 휙 돌려 트렁크 안에서 급속히 썩어 가고 있는 내용물을 가까스로 보지 않았다. 이어 삽을 찾으려고 더듬거렸다. 삽은 그가 놓아둔 대로 당연히 맨 위에 있어야 했다. 그런데 맙소사 발이 달린 것도 아니고 빌어먹을 삽이 어디로 갔는지 잡히지 않았다. 화난 아빠가 눈은 계속 도로를 주시하려고 애쓰면서 뒷자리에 탄 아이들을 찰싹 때릴 때처럼 여전히 얼굴을 돌린 채 손바닥으로 트렁크를 찰싹찰싹 쳐 봤지만 손이 닿는 곳마다 앞서 더듬은 데보다 더 고약할 뿐이었다. 이쪽 부분은 젖어 있고 저쪽 부분은 뜨거웠다.(그러니까 따뜻할 뿐만 아니라 '뜨거웠다'.) 그러다가 어느 순간 딱딱하고 나무로 된 무언가가 만져졌다. 삽이었다! 무니는 손가락으로 삽 손잡이를 감싸 쥐어 밖으로 홱 잡아당기고 트렁크 덮개를 탕 하고 닫은 뒤 사실상 주저앉아 거칠게 숨을 쉬었다.

그럴 리가 없었다. 그런 냄새가 정상일 리가 없었다. 하긴 그가 무슨 경험을 했겠는가? 그가 뭘 알았겠는가? 어쩌면 그건 우리가 죽었을 때 일어날 일인지도 모른다. 그렇다면 빨리 이렇게 마음에 새겨야 했다. 지금부터 꼭 더 잘 먹고 일주일에 네다섯 번씩 운동해야겠다. 죽음은 결코 파티가 아니니까. 그래, 그러자. 그런데 그가 마지막 결정탄을 쏜 게 언제였지? 이틀 전이었나? 그보다 덜 된 것 같은데. 무니는 수요일 새벽 2시에 두 사체를 차에 실었더랬다. 그러니까 44시간 전이었다. 사체가 얼마나 빨리 부패하지? 무니는 실제로 휴대전화를 꺼내 바로 그 질문을 구글에서 검색해 보려 했다가 악취로 뇌가 혼미해진 와중에도 가까스로 그게 얼마나 어리석은 짓인지 깨달았다. 휴대전화를 치운 그는 무덤을 파기 위해 삽을 들고 언덕을 올라가기 시작했다.

그렇게 열 걸음 정도 갔을 때 첫 번째 쿵 하는 소리가 들렸다. 무니는 돌아섰다.

그 소리는 자동차 트렁크에서 났다.

9

티케이크는 쓰라린 경험을 통해 사람의 머리는 그 정도까지만 작아질 수 있다는 것을 알았다. 다른 부위는 모두 쥐어짜고 홀쭉하게 만들고 비틀어 구부릴 수 있었다. 그래서 사람들은 그러고 싶거나 그래야만 할 때 꽤 옆으로 잘 움직일 수 있었다. 하지만 머리는 협상의 여지가 전혀 없었다.

고교 시절에 학교 건물 뒤편에 둘러친 담장 덕분에 이런 사실을 직접 터득했더랬다. 당시 담장 가장자리에는 파이프가 설치돼 있었는데 벽돌로 된 담장 표면에서 너무하다 싶을 정도로 겨우 몇 센티미터밖에 떨어져 있지 않아서 학교 건물과 자유 사이에는 23센티미터가량의 틈밖에 없었다. 간 큰 대마초 흡연자들은 아침에 통학 버스에서 내려 학교 정문을 유유히 통과한 뒤 홈룸에 들러 출석을 확인하고 뒤쪽 방화문 손잡이에 하루 종일 쇠사슬이 감기기(그런데 이건 완전히 불법이다.) 전에 방화문을 쪼개고 나오기 일쑤였다. 그런 다음부터는 그저 어깨를 요리조리 움직이고 갈비씨처럼 배를 홀쭉하게 만들어서 양쪽 귀가 쏠리는 걸 감수하고 머리를 건너편으로 홱 내미는 게 문제일 뿐이었다. 이 모든 과정을 해내고 '쿵' 하고 뛰어

내리면 학교 건물 뒤편의 탁 트인 평지에서 마음대로 돌아다니며 평화롭게 대마초를 피워 델 수 있었다. 티케이크가 고등학교 시절에 마약에 취한 중독자임에도 가까스로 평점 3.5를 유지할 수 있었던 것은 대부분 그의 머리 크기 덕분이었다. 티케이크의 머리는 빌어먹게 큰 탓에 담장을 통과할 수 없었다. 그래서 학교 안에 있는 동안에는 한 번도 마약에 취한 적이 없었다. 당연히 집중력 향상에 큰 효과가 있었다. 수학과 과학 과목에서도 일부나마 열심히 듣는 수업이 생겼고 그때 공부했던 내용들을 기억한 덕분에 나중에 해군에 입대했을 때 탄도 미사일 잠수함에 복무할 자격 요건을 겨우 맞출 수 있었다. 수학과 과학 지식은 그에게 도움이 됐다. 적어도 매일 밤 같은 침상에서 잠을 자게 해 줬기 때문이다.

그러나 『파리 대왕』 수업 때 배웠던 내용은 또다시 망할 대두 때문에 곤경에 빠진 현재 상황에 전혀 쓸모가 없었다. 벽 사이 공간에 꽉 끼어 버린 티케이크가 큰 소리로 나오미에게 말했다.

"바젤린을 쓰면 어떨까요? 바젤린 좀 있어요?"

"뭐가 있냐고요?"

"입술에 바르는 기름기 있는 그거요! 여기서 날 좀 꺼내 달라고요!"

"'바셀린' 말하는 거예요?"

"그 망할 이름이 뭐든, 나오미, 로션이든 기름이든 버터든 좀 가져와서 날 좀 빼내 달라고요!"

나오미는 끝까지 웃지 않으려고 죽을힘을 다해 버텼지만 결국 싸움에서 지고 말았다.

"어쭈, 그래, 그래, 당연히 그러시겠지."

티케이크가 식식거리며 말했다.

"그래, 맘껏 웃어요. 이 꼴이 아주 웃기나 보네요."

그는 여전히 벽 사이 틈에 끼어 있었다. 앞서 티케이크는 두 개의 I자형 들보 사이에 있는 23센티미터가량의 공간에 몸을 잘 밀어 넣었더랬다. 이어서 미끄러지듯 몸을 움직이고 비틀고 꼬아가면서 아주 작은 그 공간을 통과해 제어반 벽의 맨 끝에 거대한 지도처럼 보이는 곳을 향해 차근차근 잘 가고 있었다. 틈 안은 캄캄했고 말을 나누기도 어려웠지만 어쨌든 지도처럼 보이는 곳까지 몇 걸음밖에 남지 않은 지점까지 갔을 때 들보 사이 공간에 끼고 말았다. 그러자 고등학교 시절의 경험이 통째로 물밀듯이 떠올랐다. 이제 티케이크는 빌어먹을 머리통을 움직일 수 없었다.

"윤활유! 윤활유는 있을 거잖아요, 그렇죠? 빨리 나한테 던져 줘요."

나오미는 잠시 시간을 갖고 그의 말뜻을 제대로 이해했는지 확인한 다음 벽에 생긴 구멍에 머리를 들이밀었다.

"미안하지만, 방금 말은 내가 늘 윤활제를 지니고 다닐 거라는 뜻이에요?"

"아뇨, 그런 뜻이 아니라, 그게 그러니까……."

"티케이크, 그거 되게 불쾌한 말이거든요."

"미안해요, 다시 말할 테니 못 들은 걸로 해 줘요."

"내 말은요, 잘 모르겠지만, 그쪽은 주머니에 덴탈 댐[9]을 넣어 가지고 다니는지요?"

"아이고, 나오미 씨. 내가 여기 끼어서 머리가 회까닥 돌았나 봐요."

나오미는 한 걸음 뒤로 물러나 벽을 위아래로 훑어보며 길이를 가늠해 봤다.

"12달러 더 낼 수 있죠? 우리가 다시 이음테이프 한 통을 살 필요가 없어지더라도 말이죠."

티케이크는 협상할 처지가 아니었다.

"나오미 씨가 그래야 한다면 그래야죠. 다만 날 끌어당기지 않겠다고만 약속해 줘요. 지금은 각도가 틀어지면 내 왼쪽 귀가 당장 찢겨 나갈 거 같아서……."

순간 석고보드를 뚫은 철제 의자의 다리들이 티케이크의 눈앞에 불과 90센티미터 지점까지 쑥 들어왔다. 소스라치게 놀란 티케이크가 몸을 뒤로 확 비틀다가 끼어 있던 머리가 쑥 빠지면서 그제야 충분히 빠져나오게 된 그 좁은 공간에 또다시 엉덩방아를 찧었다. 티케이크가 일어서자 새로 뚫린 구멍(그런데 '거기' 수리비는 12달러가 넘을 터였다. 나오미가 바로 두 석고판 사이

---

9 dental dam, 구강성교 때 사용하는 성병 방지용 얇은 라텍스 막.

의 이음매를 가격해 폭 1.2미터 길이 2.4미터짜리가 최소 세 개는 필요할 것 같았기 때문이다.)에 서 있는 나오미가 보였다. 그녀는 어이가 없는지 벽 건너편을 빤히 쳐다보고 있었다.

"이런 젠장."

일어선 티케이크는 아픈 귀를 비비면서 서서히 앞으로 이동해 그녀와 나란히 섰다. 벽판들이 박살 나면서 티케이크가 그토록 애쓰면서 다가가고 있던 지도처럼 생긴 물체 바로 앞이 부분적으로 드러났다. 나오미의 휴대전화 손전등으로 비추어보니 더 크고 자세하게 보였다. 그것은 거대하고 극도로 상세한 평면도로, 오래된 군용 저장 복합시설이었음에 틀림없는 곳에 설치된 모든 방과 전선관, 도관, 그리고 배선이 그려져 있었다. 또한 뭔지 모를 것들을 표시해 두려고 지도 전체에 수백 개의 LED등이 공들여 배치되어 있었지만 오래전부터 작동되지 않거나 전구가 나가 있었다.

다만 아래로 죽 내려가 맨 밑의 오른쪽 구석에 있는 등 하나만은 예외였다. 그 LED등의 아주 작은 전구는 근처의 경고판에 붙어 있는 등이 켜질 때마다 하얗게 번쩍거렸다.

티케이크는 지도가 있는 쪽으로 걸어갔다. 부서진 석고판 부스러기들을 발로 쳐 내면서 좁은 안쪽 공간에서 나와 다시 접수대 구역으로 이동했다. 몇 걸음 떨어진 곳에 이르자 지도가 훨씬 잘 보였다. 티케이크는 나오미와 어깨를 나란히 하고 섰다. 나오미가 그를 쳐다봤다.

"귀에서 피 나요."

티케이크가 오른쪽 귀를 만졌다. 하지만 그녀가 말한 데는 왼쪽 귀였다. 나오미는 주머니에 넣어 둔 화장지 갑에서 화장지를 또 한 장 뽑아 그의 귀를 살살 닦아 준 뒤 접어서 귀에 대고 꼭 눌렀다.

"그대로 있어요."

티케이크는 그대로 있었다. 그러면서 그녀를 쳐다봤다.

열한 살 이후로 누구도 손수 티케이크의 상처에 붕대를 대 준 적이 없었다. 감동해서 하마터면 눈물이 날 뻔했다. 정말이지 양쪽 눈꼬리가 따끔거리는 것 같았다. 그녀 앞에서 갑자기 엉엉 우는 일은 결코 없어야 했다. '대체 내가 왜 이럴까?' 싶었다.

"왜 그래요?"

나오미가 물었다. 눈치가 100단인 여자였다.

"예에?"

"괜찮아요?"

"그럼요. 그냥…… 따끔한 건데. 그게 뭐든."

나오미는 시선을 돌려 지도를 쳐다봤다.

"이건 모식도(模式圖)인데."

나오미는 몸을 숙여 벽 속으로 손을 뻗어서 1층이 그려진 지도의 맨 위부터 짚어 내려갔다.

"이곳은 몇 층까지 있다고 되어 있죠?"

"세 개 층요. 1층과 지하 1, 2층."

"예전에는 여섯 개 층이 있었네요. 그런데 군대가 여길 '감시'했나요?"

"그럼요, 2차 세계 대전 이후로 군용 저장시설이었으니까요. 있잖아요, 무기 같은 거 저장하는 데. 그러다가 20년쯤 전에 군에서 싹 다 치우고 팔았죠."

"그럼 이 아래에 있던 것들은 전부 막아 버렸겠군요."

나오미가 지도에 나온 지하층들을 짚으며 말했다.

"여기가 제일 신경 써서 관리했던 데군요. 이 모든 센서들 보여요? 전부 이 아래에 오롱조롱 몰려 있어요."

나오미 말이 맞았다. 단연코 지하 2층에 추가된 맨 아래 3개 층에 가장 많은 LED등이 집중돼 있었다. 지하 3층과 지하 4층은 아무래도 봉쇄됐는지 이들 모니터 조명은 전부 어두웠다. 유일하게 번쩍거리던 흰색 전구는 바로 지하 5층으로 표시된 맨 아래층에 붙어 있었다. 하지만 지하 4층과 지하 5층 사이에 최소한 지도의 60센티미터가량에 해당되는 커다란 빈 공간이 있었다. 아주 작은 돌멩이 모양들을 휘갈겨 그려 놓은 것을 보면 흙으로 된 곳인 듯했다.

티케이크는 그곳을 자세히 들여다보면서 생각을 짜내 봤다.

"누가 다른 지하층들보다 30미터나 아래에 지하 5층을 만들었을까요? 그러려면 몽땅 다 파내고 바닥층을 만든 다음 다시 그 위를 채워야 할 텐데. 그건 말이 안 되잖아요."

"내려가서 직접 보고 싶죠?"

티케이크가 나오미를 쳐다봤다.

"어떻게요? 다 막아 놨잖아요."

"저기로요."

나오미가 모식도의 맨 왼쪽을 가리켰다. 그곳에는 얇은 세로 기둥이 지하 5층에서부터 올라와 흙으로 된 구역을 통과해 나머지 지하층들의 가장자리를 따라가고 있었다. 그 기둥은 좁았고 위로 쭉 올라가는 기다란 평행선들 사이에 고르게 빗금무늬가 그려져 있었다.

"그게 뭐죠?"

"원형 사다리요."

"어떻게 압니까?"

"둥글게 생기고 사다리처럼 생겼으니까요. 그게 아니면 저 아래까지 어떻게 내려갔겠어요?"

나오미가 빗금을 그어 나타낸 것들을 가리켰다.

"봐요, 이게 사다리의 단이잖아요."

티케이크는 감탄했다.

"대학에 다니는 게 틀림없네, 그렇죠? 아니라면 허비하는 건데."

"네, 최대한 많이 출석하고 있어요."

"그렇다면 당연히 저 아래 내려가고 싶지 않을 만큼 똑똑하겠군요."

"에이, 이건 몇 년 만에 누리게 된 최고의 재미라고요. 모처럼 밤 마실 가는 거라고요."

"헐. 그거 참 우울한 소리군요. 외출을 안 해요?"

"딱히 안 해요."

"아니, 그냥 맥주 같은 거 마시러 나가는 거는요?

"술 안 마셔요."

티케이크는 끈질기게 물었다.

"단 한 잔도 안 해요?"

"그러면 술 마시는 게 되잖아요."

"단 한 번도 맥주 한잔 마시러 나간 적 없다고요?"

"얘기가 점점 산으로 가는데요."

하지만 티케이크는 꿋꿋했다.

"그럼 커피 마시러는요?"

"재밌는 사람인 줄 알았더니. 티케이크 씨, 처음에는 재밌었잖아요."

"나요? 난 완전 재밌는 사람이죠. 엄청 재밌어요. 몇 년 만에 맞이한 최고의 밤이 직장 기물을 파손하는 거라고 말한 게 누군데 그래요."

"천성이 궁금한 걸 못 참아서요."

나오미는 휴대전화를 들어 올려 모식도의 사진을 찍었다.

"예, 내 눈에도 그래 보여요, 그게 또 근사하고요, 그러니까 내가 협조하고 있겠죠. 당신이 타고난 그 두 눈으로 나를 보며

'저 의자를 던져 벽을 뚫어 주세요.'라고 말하면 어느새 나도 한 배를 타서 의자를 던져 벽을 뚫죠. 그러고 나서 당신이 '저 이상한 공간으로 기어 들어가서 살펴보세요.'라고 말하면 그래도 좋다고 나는 기어 들어간다고요. 하지만 당신은 또 나한테 와서 '저 원형 사다리를 타고 수십 미터 아래까지 내려가 망할 정부가 막아 버린 곳에 왜 서미스터 경고장치가 울리는지 알아보세요.'라고 말하는군요. 그런데 말입니다, 이 몸은 잠시 시간을 갖고 상황을 곰곰이 따져볼 겁니다, 아시겠어요?"

나오미가 잠시 기다렸다.

"내 눈이 맘에 들어요?"

"사실 뭐, 그렇죠."

"참 자상하군요."

"내 말의 요지는, 내가 뭐랄까, 귀가 얇은 사람이고 그 때문에 말썽을 달고 산다는 겁니다. 사람들은 우습게 '차에서 기다리면서 시동 켜 두고 있어, 난 뛰어 들어가 뭘 좀 해야 돼.'라거나 '두즈먼에 사는 이 친구가 부탁할 게 있다던데.'라고 말하죠. 그러면 나는 '예, 물론이죠, 전 그냥 내 발에다 총을 겨누고 있다가 방아쇠를 당기면 되잖아요, 이렇게 하는 거죠?' 빵! '아우, 깜짝이야, 발가락을 날려 버렸네. 다시 한 번 해야 되나요? 좋아요!'라고 말하죠. 하지만 난 그동안 내 개인적 자아를 나아지게 하고 똑똑한 사람들에게 말을 걸고 내게 좋은 게 뭔지 물어보고 그저 시궁창으로 뛰어들지 않는 법을 배우는 게 일상이었다고요. 지금도 바로 그런 걸 하고 있는 거고요, 알겠어요? 젠장, 잠시 생각 좀 한다고요."

"알았어요. 방해 안 해요."

"전 세계 모든 사람들에게 언제나 꺼지라고 말하는 법을 배우는 게 아주아주 중요하단 말입니다. 그거 배우는 데 엄청 오래 걸렸다고요."

"정확히 하려던 얘기가 그게 아닌 거 같은데……."

하지만 티케이크가 그녀를 노려보자 나오미는 그만하고 다시 자세를 낮췄다.

"미안해요. 본인이 나쁜 일을 자초했다는 거잖아요. 내가 어른답지 못했어요."

"예. 좋아요. 그게 훨씬 낫군요."

티케이크가 숨을 깊이 들이마셨다가 다시 내쉬었다. 그러고 나서 접수대 옆쪽 벽에 붙어 있는 충전지에서 손전등을 빼내더니 건물 내 깊숙한 곳으로 이어지는 문을 향해 움직였다.

"안 갈 거예요?"

10

무니는 분명 5분 동안 계속해서 자동차 트렁크를 주시했다. 처음에는 쿵 하는 소리가 그저 한두 번 터져 나왔다. 그러다가 어느 순간 맹렬하게 엄청 쿵쿵거리다가 급기야 그 안에서 여섯 명의 네덜란드 사람들이 금속성의 트렁크 뚜껑 안쪽을 딛고 나막신 춤을 추는 듯한 소리가 났다. 무니가 트렁크 안에서 벌어지고 있는 믿기지 않는 성질의 일에 대해 곰곰이 생각하는 사이, 자동차는 통째로 미친 듯이 흔들리다가 다시 멈추고 10~15초 동안 모든 게 잠잠해졌다. 그는 그 순간에 자신이 온전한 정신과 판단력을 지녔는지, 현실을 똑바로 인지할 수 있는지 의심하고 과거 마약 사용 및 남용 이력을 따져보았고, 뒤이어 네덜란드인들이 또다시 나막신 춤을 추기 시작했다.

물론 이런 일은 벌어질 수 없었다. 조금도 일어날 수 없는 일이었다. 죽은 생물은 다시 살아나지 않으며 썩어 가는 사체는 되살아나지 않으니까 말이다. 하지만 무니의 트렁크 안에 무언가가 살아 있었다. 어떤 것 두 개가 예비 타이어와 공구함과 총 주머니와 함께 트렁크 안에 처박힌 채 재미라고는 전혀 없는 시간을 보내고 있었다. 결국 무니는 기본적인 예의에 이끌려 트렁크를 열어 보았다. 한 인간으로서 선량함과 친절함을 베푼 것이었다. 1미터나 떨어져 있는데도 악취로 인한 고통이 극심한 수준인데 과연 어떤 사람이 다른 살아 있는 생명체가 그런 극도의 고통을 겪도록 모른 척할 수 있겠는가? 대체 어떤 인간이 가만히 손 놓고 있겠는가? 무니는 멍청하거나 겁이 많아서, 혹은 다시 그들을 죽이려고 트렁크 문을 연 게 아니었다. 그는 우리 모두 신의 피조물이기 때문에 트렁크를 연 것이었다.

그런데 문제는 하느님이래도 그 고양이를 한 번이라도 봤다면 "저 불쾌한 물건은 내 것이 아니오."라고 말했을 것이다.

트렁크가 겨우 15센티미터가량 열렸을 때 고양이가 불쑥 발을 내밀고 발톱을 쫙 펴서 마치 공기 전체를 찢어 새로운 공기를 마시고 싶다는 듯 허공에 대고 휘둘렀다. 그 순간 무니가 뒤로 물러난 탓에 그 고양이가 나머지 일을 모두 떠맡았다. 곧장 뛰어오른 고양이가 트렁크 뚜껑에 쾅 하고 부딪치자 나머지 부분이 활짝 열렸다. 고양이는 여전히 트렁크 안에서 네 발로 선 채 무니를 향해 으르렁거렸다. 표정에 어찌나 깊고 강렬한 증오가 서려 있던지 무니는 생각할 겨를도 없이 전적으로 반사신경에 따라 이렇게 말했다.

"미안해."

그렇다, 무니는 그 고양이에게 사과를 했다. 정말이지 그 상황에서는 당연히 그렇게 반응할 수밖에 없었다. 고양이 꼴이 형편없었다. 그건 전부 그의 잘못이었기 때문이다. 무니는 그 고양이의 옆머리에 22구경 총알을 박았더랬다. 그렇게 작은 총알로도 고양이의 반대편 얼굴이 날아가 버렸다. 이제 반쪽이가 된 고양이는 두 번 다시 암컷들의 환심을 사지 못할 터였다. 거무스름한 털에는 피가 엉겨 붙어 있었고 눈은 역겨운 샛노란 색이었다. 무니가 환각에 빠져들고 있는 게 아니라면(그는 아직도 환각에 빠졌을 가능성이 높다고 생각하다 못해 아예 제발 환각이길 바랐다.) 눈앞에서 고양이의 배 부분이 팽창되고 있었다.

하지만 고양이가 밟고 서 있는 사슴에 비하면 고양이의 몰
골은 좋은 축에 들었다.

무니에게 화요일 밤은 이보다 훨씬 좋게 시작되었더랬다. 48시
간 전에 불과한 그때, 무니는 가볍게 머리를 식힐 겸 영화를 보
러 가다가 먼저 주류 및 치즈 매장에 정말 잠깐 들러서 칵테일
여섯 병을 샀다. 원래는 향이 들어간 술을 좋아하지 않지만 시
원하면서도 플라스틱 병에 들어 있는 칵테일은 그것밖에 없었
다. 플라스틱 병은 뚜껑을 비틀어 열게 되어 있는 데다, 혹시라
도 영화관 바닥에 네 번째 병을 떨어뜨렸을 때 시끄러운 소리
가 나지 않았다. 지난번에 혼자서 영화와 칵테일을 즐길 때 팝
콘 기름이 묻은 손에서 술병이 미끄러져 시멘트 바닥에 쨍강
부딪친 뒤 경사진 영화관 바닥을 덜그럭거리며 굴러갔는데 마
치 그 소리가 30분 동안 계속되는 것 같았다. 영화관에 있던 모
든 관객들이 일제히 고개를 돌렸는데 그런 식으로 집단에게
말없이 못마땅한 시선을 받는 일은 집에 가면 공짜로 겪을 수
있었다.

그러니까 그가 바보가 아닌 이상 플라스틱 병을 살밖에.

칵테일은 술술 넘어갔다. 그 술은 설탕 때문에 머리가 아픈
게 흠이지만 진통제를 대여섯 알 가져가면 문제없었다. 무니
는 비타민A 광팬이었기 때문에 집을 나설 때는 꼭 챙겨 가곤
했다. 그래서 극장을 빠져나와 16번 고속도로를 달릴 때는 신
바람이 났다. 기분 좋게 취기가 돌고 영화 또한 그런대로 괜찮

았다. 중간에 한참을 딴짓해도 무난히 내용을 이해할 수 있을 만큼 머리를 쓸 필요가 없는 영화였지만 나중에 왜 봤을까 자책할 정도로 한심한 수준은 아니었다. 일부 대사가 없었더라도 그가 충분히 이해할 수 있는 영화였다.

하지만 무엇보다도 가장 기분이 좋았던 것은 집에 갈 때 마시려고 칵테일을 한 병 남겨 둔 데다 그 술이 완전히 미지근해지지 않은 점이었다. 인생이 친절할 수도 있구나 싶었다. 무니는 읍내에 있는 정지 신호등 세 개를 모두 통과할 때까지 기다렸다가 술병을 땄다. 그에게는 어떤 경우에도 변치 않는 규칙이 하나 있었다. 그것은 바로 읍내 번화가에서 운전할 때는 절대 술을 마시지 않는다는 규칙이었다. 더구나 운전대를 잡았을 때 정말 귀신같이 빠르게 해치울 게 아니라면 문자나 온라인 접속도 거의 하지 않았다. 무니는 같은 인간에게 마음을 쓰는 의식 있는 시민이었기에 크게 휘어지는 길의 시작점인 16번 도로의 길고 평평하면서도 어두운 직선 코스에 들어설 때까지 여섯 번째 칵테일 병의 뚜껑을 따지 않았다.

그러고 싶은 마음이야 굴뚝같겠지만 사고의 책임을 칵테일 탓으로 돌릴 수는 없는 노릇이었다. 그건 온당치 않았다. 물론 무니의 혈중 알코올 농도는 0.15에 육박했고 그의 반응 시간은 떨어졌다. 하지만 113킬로그램의 사납고 멍청한 짐승이 난데없이 튀어나와 캄캄한 고속도로 중앙대, 그것도 불도 켜져 있지 않은 곡선 한가운데에 얼어붙은 듯 서 있었다. 그러니까 그 망할 놈의 짐승에게도 똑같이 책임이 있었다. 성격은 운명이라서 그 미련한 사슴(하느님의 아름다운 피조물인데, 미안.)의 성격도 놈의 지각력이 없는 뇌의 한계 내에서 그대로 드러났다. 놈은 무니의 차가 15미터 앞까지 근접했을 때 그곳에 꼼짝 않고 서 있었다. 그저 거기 웅크린 채 죽음이 돌진해 오는 것을 지켜보았고 마치, 정말이지 말 그대로 그런 진부한 일을 겪을 수밖에 없는 빌어먹게 타당한 이유가 있다는 듯 자동차를 빤히 쳐다보고 있었다. 그래서 사슴이 맨 먼저 부딪친 것은 전조등이 아닐까 싶었다.

나머지 장면은 참혹한 얼룩으로 남았고 공황 상태에 빠진 무니는 가끔 기이한 상황에 처할 때 그랬듯 사고의 대부분을 기억하지 못했다. 그가 아는 다음 장면은 자신이 어깨를 다친 그 동물을 지키고 서서 손에는 아버지의 22구경 권총을 든 채 부러지고 실룩대고 있는 형체를 빤히 내려다보는 모습이었다. 무니는 꼭 그와 같은 상황에 대비해 권총을 트렁크에 넣고 다녔다. 믿기 힘들겠지만 그 근처에서 그런 사고는 그렇게 드문 일이 아니어서 무니는 자신이 어떻게 해야 하는지 알고 있었다. 짐승에게 총을 조준한 뒤 방아쇠를 당겨 고통을 끝내 주는 것이었다. 제대로 된 인간이라면 그렇게 해 줄 테고 하느님의 법이든 인간의 법이든 그런 행위를 금하는 법은 없었다. 그 동물은 분명히 고통받고 있었다. 소리 없이 입을 벌렸다 다물었고 그날따라 유난한 더위로 아직도 뜨거운 아스팔트로 쏟아져 나오는 그것의 피에서 김이 나고 있었다.

'그냥 빨리 죽여.'

하지만 무니는 여태까지 고의로 살생을 한 적은 한 번도 없었다. 그는 파리를 잡는 것조차 좋아하지 않았고 으스스한 공상의 나래를 펴고 우주에서의 자기 위치에 대해 깊은 생각에 잠기곤 했다. 무니는 늘 자신이 뼛속까지 불교 신자라고 생각했다. 불자들은 늘 환생에 대해 말하는 이들이 아니었던가, 아니 그건 힌두교 신자인가? 어느 쪽이든 배려하고 모든 생물체들을 사랑하는 그런 사람들 말이다. 무니가 바로 그런 사람이었다. 하지만 그날 거기서 그는 죽어 가는 생물체를 맞닥뜨리고 말았다.

빵. 무니가 여전히 생각에 빠져 있는 사이 총알이 발사되어 상처 입은 동물의 배를 명중했다. 사슴이 비명을 질렀다.

'아, 이런, 지금 내가 저 망할 놈에게 총을 쐈어. 어떻게 이런 일이 있을 수 있지? 난 따뜻하고 세심하고 인정 많은 사람인데. 오, 하느님, 이 역겨운 동물이 지금 나를 보고 내지르는 저 섬뜩한 소리는 뭐지? 안 그래도 속상해 죽겠는데 내 마음을 난도질하고 있는 저 소리는 뭐지?'

이런 생각이 들자 무니는 자신을 위해 마음속을 약간 다른 감정으로 가득 채웠다. 죄책감이나 지독히 고통스러운 반성이나 따뜻한 마음이 아닌 새로운 감정.

바로 분노였다. 자신의 밤과 정신 상태를 망쳐 버리고 자동차 정면의 왼쪽 끝부분을 망가트린 그 어리석은 동물을 향한 순수하고 온전한 분노 말이다. 무니는 다시 총을 들어 올려 이번에는 사슴의 뇌를 겨냥해 한 번 이상, 아니 그보다 훨씬 더 많이 총을 쏘아 댔다. 만약 업보를 기록하고 있는 이가 있다면 솔직히 그의 그런 행위는 안락사라기보다 살인에 가까웠다.

그 뒤 무니는 자동차 안에서 족히 10~15분 동안 정신없이 엉엉 울어 댔다. 사실 죄책감이 다시 엄습한 마당에 그렇게 울고 나니 오히려 기분은 한결 좋았다. 앞서 자신의 영혼이 육체를 떠나 지켜보는 듯한 증상을 겪고 있었는데 적어도 그에 비하면 훨씬 좋고 익숙한 감정이었다. 이제 어떻게 해야 하는지 결정해야 했다. 다리 세 개가 부러지고 배에 총알 하나가 박히고 머리에는 총알이 네 개나 박힌 채 죽은 사슴을 도로변에 버리고 갈 수는 없는 노릇이었다. 그러니까 그냥 그렇게 두는 것은 역겹다는 말이었다. 무니는 생각할 시간이 필요했고 결국 그 사슴을 도로변에서 치워 자신의 차 트렁크에 싣기로 했다.

무니가 보기에 82킬로그램이 나가는 자신이 후리후리한 113킬로그램짜리 사슴 시체를 트렁크로 옮기려 했다가는 걸작 무성 코미디 영화가 만들어질 것 같았다. 그마저도 2015년형 렉서스를 모는 토미 세이펠이 없었다면 밤새 걸렸을 게 뻔했다. 토미는 그 광경을 보고 곧장 차를 세우고 한 마디를 물었다.

"신게?"

그러고 나서 무니가 그렇다고 대답할 것을 미리 알고 육중한 몸을 던져 힘을 보태, 짓이겨진 사슴을 들어 트렁크에 넣었다. 이어 트렁크 문을 쾅 하고 닫은 토미는 피 묻은 손을 무니의 티셔츠에 문질러 닦은 뒤 다음과 같이 몇 마디를 더 던졌다.

"내가 너라면 저 빌어먹을 거 갖고 얼른 여길 뜨겠다."

그리고 토미는 다시 가던 길을 갔다. 무니는 간혹 충고를 듣자마자 살이 되는 얘기임을 알게 될 때가 있었는데 그때 토미가 한 충고는 근래 몇 년간 들었던 것 중에서 최고로 영양가 있는 충고였다. 그는 차에 올라타서 문을 세게 닫고 충고대로 트렁크에 죽은 사슴을 실은 채 현장을 떠났다.

그렇게 딱히 어딘지 모를 곳으로 달려가는데 문득 사슴이 마지막 총탄 세례를 받던 순간이 떠올랐다. 사슴이 자신을 모욕하고 있는 듯한 느낌이 되살아나자 다시 분노가 솟구쳤다. 대체 그 상황에 그가 어떻게 해야 했단 말인가? 그 동물이 안락사같이 그렇게 단순한 행위를 제대로 처리하지 못했다는 이유로 그를 비난한다면 너무 뻔뻔스러운 게 아닐까? 그 생명체는 그를 서투르고 무능한 인간으로 보고 맡은 일을 제대로 해내지 못했다고 말하고 있었던 걸까? 무언가가 불을 댕긴 듯 불쾌하고 부적절한 기억들이 밀려왔지만 잘 처리하지 않았던가? 무니는 어떤 질문에도 아주 단호하게 권총 방아쇠를 한두번, 아니 서너 번 힘껏 잡아당겨 명확하게 대답했다.

'아니, 난 할 수 있어. 아주 잘할 수 있어, 고마워. 내가 그 개떡 같은 일을 완전히 해결했어, 근데 이봐, 내가 그 일을 처리

하는 사이 우리 부모님의 빌어먹을 고양이는 어떻게 됐지?'

열네 살 먹은 미스터 스크로긴스는 말하자면 일생의 마지막 12년 동안 병든 고양이로 지냈다. 병들고 비싼 반려동물이었다. 금년도 초만 해도 동물병원에 쓴 돈이 무려 400달러였다. 무니는 아버지야 그 못생긴 고양이를 계속 이승에 있게 하려고 두 번째 저당이라도 잡혔겠지만 그 재정적 부담은 고스란히 어머니가 떠안고 있다는 것을 잘 알고 있었다. 게다가 미스터 스크로긴스에게도 내내 병과 똥으로 범벅된 삶은 어떤 재미도 줄 수 없었다. 무니는 트렁크에 죽은 사슴을 싣고 사용법을 아는 22구경 총을 장전한 채, 정당하면서도 견딜 수 없는 분노에 휩싸여 머리가 터질 것 같은 상태로 집으로 향했다.

무니는 그런 분노가 마음에 들었다.

미스터 스크로긴스는 공공 호수의 입구에 자리한 보트 선착장에서 처형당했다. 그 장소라면 총소리가 들리지 않을 것 같았다. 무니는 쓰러진 고양이를 심하게 훼손된 사슴이 있는 트렁크에 던져 넣었다. 그때부터 무니의 남자다운 자부심과 섬뜩한 후회로 점철된 44시간의 오디세이가 시작되어 결국 그곳 애치슨 물품 보관소의 풀로 뒤덮인 둔덕까지 오게 된 것이었다. 무니가 하고 싶었던 일은 그저 무고한, 죽은 동물 두 마리에게 그들이 받아 마땅한 기독교식 매장을 해 주는 일뿐이었다.

하지만 이제 미스터 스크로긴스가 다시 살아나 자동차 트렁크 안에서 한때 죽었던 사슴 위에 떡하니 서 있었기 때문에 무니는 완전히 열을 받은 것 같았다.

치명상이 더욱 악화된 사슴은 네 발을 동시에 마구 흔들어 대면서 트렁크 안에서 일어서 보려고 했지만 부러진 사지가 버티지 못하고 풀썩 쓰러졌다. 미스터 스크로긴스는 비틀거리며 사슴에게서 물러서다가 트렁크의 뒤쪽 테두리에서 갑자기 멈춰 서더니 그곳에 매달려 쉬익 소리를 냈다. 아마 그동안 오래 함께 차를 탄 탓에 둘 다 서로에게 넌더리가 났던 모양이다.

일반적인 운동 능력이 아닌 다른 무언가가 원동력이 되어 사슴은 스스로 트렁크를 뛰어넘어서 나왔다. 자갈에 엎어지면서 사슴의 네 다리가 밖으로 벌어져 다시 부러졌다. 먼저 부러졌던 부위 어딘가 새로 몇 군데 더 부러진 게 틀림없었다. 그런데 잠시 후 몸을 끌어올려 네 발로 서더니 언덕을 펄쩍 뛰어 올라갔다. 그저 그렇게 계속 위로 뛰어가던 사슴은 캄캄한 밤 속으로 사라져 버렸다.

무니는 트렁크가 처음 열렸을 때 비틀거리며 뒤로 물러나 있었는데 다행히도 고양이와 1~2미터쯤 거리를 둘 수 있었다. 미스터 스크로긴스가 뒤쪽 범퍼에서 폴짝 뛰어내려 발톱을 쫙 펴고 반만 남은 입으로 으르렁거리며 성질을 부리면서 그를 지나쳐 간 덕분이었다.

아무래도 무니의 사과를 받아 주지 않은 것 같았다.

미스터 스크로긴스는 네 발을 전부 딛고 서서 마치 어떤 소리에 반응하듯 돌아서더니 사슴이 간 데와 똑같은 방향으로 언덕을 뛰어올라갔다. 하지만 높다란 소나무 앞에 이르자 멈춰 선 고양이는 몸을 날리듯 달려들어 나무를 타기 시작했다. 자리에서 일어서서 가까이 걸어간 무니는 스크로긴스가 믿을 수 없는 투지로 나무를 오르는 모습을 넋을 놓고 쳐다봤다. 단한 번의 멈춤이나 머뭇거림도 없고 두 번 생각할 것도 없이 오로지 위로 올라갈 뿐이었다. 맨 꼭대기 근처의 가지들은 가늘었지만, 죽은 고양이는 아랑곳없이 계속 올랐고 급기야 이쪽 가지에서 휘청거리고 저쪽 가지를 부러뜨릴 뻔했는데도 속도는 물론 목적의식 또한 잃지 않았다. 그렇게 도착한 꼭대기의 나무통은 막대기 같았지만 3.6킬로그램짜리 고양이를 지탱할 만큼의 힘은 여전히 있었다. 어쩌면 최근에 있었던 사건 이후로 3.4킬로그램으로 줄었을 수도 있었다.

미스터 스크로긴스는 꼭대기에서 더 이상 갈 데가 없자 그제야 멈췄다. 그리고 잠시 쉬며 주위를 둘러보는 모습이 마치 거기가 찾던 곳이 맞는지 확인하는 것 같았다. 어쨌든 고양이에게든 누구에게든 그곳에는 정말이지 오를 수 있는 새로운 산 따위는 없었다. 만족한 스크로긴스는 심하게 훼손된 입을 최대한 크게 벌렸다. 그러고 나서 다시 그 가느다란 중앙 나무통과 그 꼭대기를 쳐다봤다. 곧이어 머리를 앞쪽으로 쑥 내미는가 싶더니 자기 몸을 나무 꼭대기에 푹 찔러 꼼짝 못 하게 한 뒤 무시무시한 힘과 분노를 쏟아 밀어 넣었다. 그런 다음 송곳니를 나무껍질 속으로 최대한 깊이 찔러 넣고 온몸을 옴짝달싹 못하게 만들었다.

밑에서 이 광경을 지켜보고 있던 무니는 놀라 입을 딱 벌렸다. 보통의 집고양이에게서 거의 볼 수 없는 행동이었다.

그렇게 박아 넣은 송곳니와 대의를 위한 헌신에 힘입어 아주 높은 나무 맨 꼭대기에 고정된 미스터 스크로긴스가 커지기 시작했다. 남아 있는 볼이 부어올랐고 네 다리는 사륜구동차의 바퀴처럼 불룩해졌으며 배는 양방향으로 부풀어 올랐다. 다행히 그럴 일은 없겠지만, 가까이 가면 배 안의 엄청난 압력 때문에 그의 아주 작은 갈비뼈가 줄줄이 성냥개비처럼 톡톡 부러지는 소리가 들릴 것만 같았다.

무니는 신종 코르디셉스의 존재조차 몰랐기에 그게 어떻게 자동차 트렁크를 뚫고 들어갔는지 알 턱이 없었다. 그저 어안이 벙벙한 채 나무 꼭대기에 붙어 있는 한때 죽은 동물이었던, 부풀어 오른 고양이를 빤히 쳐다볼 뿐이었다.

"예수님의 이름으로 어찌……."

미스터 스크로긴스가 뻥 하고 터졌다.

놀란 게 당연한 무니가 잘 들리는 말로 심정을 표현할 욕구를 느끼지 않았다면 고양이 내장이 얼굴을 때렸을 때 입을 벌리고 있지 않았을 것이다.

11

애치슨 보관소의 1층을 통과하는 중앙 복도는 길이가 60미터였고 양쪽으로 각각 30개씩 하얀색 미늘살 차고 문들이 늘어서 있었다. 대칭과 소실점에 관심이 있는 사람이라면 그곳에서 원시적인 아름다움을 느꼈을 것이다. 착시 덕분에 끝이 없을 것 같은 한 쌍의 평행선이 멀리 수평선에서 교차하는 듯 보였다. 만약 직업 때문에 매일 밤 그 복도는 물론 그와 비슷한 몇 개의 다른 복도를 열두 번씩 걸어야 한다면 엄청 지루하기 마련이었다.

하지만 오늘 밤 티케이크는 나오미와 함께 그곳을 걷고 있었다. 그들은 어처구니없이 멀리 떨어진 저쪽 편의 승강기 쪽으로 가는 중이었다. 휴대전화로 모식도 사진을 찍어 두었던 나오미는 사진을 요리조리 돌려 본 끝에 지도상에서 승강기의 위치를 찾았고 그 승강기가 원형 사다리의 맨 위 출입 지점이 있을 것 같은 지하 2층까지 내려간다는 것도 알아냈다.

티케이크는 초조해서 계속 떠들었다.

"본론으로 들어가서, 전부 다 그냥 끔찍한 발상이다 이겁니다. 물품 보관소에 돈 쓰지 말아요. 절대 돈 쓰지 말아요. 이곳에 쓰레기가 산더미처럼 들어오는 걸 봤지만 그중에서 초단기 물품 말고는 나가는 게 거의 없었다고요. 사람들은 공간과 실내 공기 조절기 유무에 따라 한 달에 40달러에서 500달러까지 보관료를 지불하지만 100퍼센트가 필요 없는 쓰레기에다 돈을 날리는 거라고요."

"약간 주관적 판단인 거네요, 안 그래요?"

"그럴 리가요. 그게, 여기 오는 사람들은 대부분이 어디가 아픈 사람들이에요. 그리고 이 보관소 시설 관계자들은 알다시피 말을 번지르르하게 하죠. 장삿속으로요. 그 사람들도 자기네가 뭘 하는 건지 잘 안답니다. 마치 자기네가 구석에 바윗돌을 던져 놓고 있는 듯 일을 처리한다고요. 예를 들어, 누군가는 옮겨야 하잖아요, 그렇죠? 그 사람들은 압류당한 거나 마찬가지라니까요. 여기 보관소에서 저들에게 처음 30일 동안 무료 서비스를 제공하죠. 사람들은 '이봐, 멋지군, 난 말이지, 버릴 게 아무것도 없어. 그냥 여기에다 여분의 물건을 몇 개 옮겨다 놓는 것뿐이야. 급할 거 없으니 한 달이면 족해. 그런 다음에는 이베이에서 일부를 팔고 나머지는 추가 비용 한 푼 안 들이고 내다 버리면 돼.'라고 생각할 겁니다. 하지만 그런 일은 절대 일어나지 않죠. 누구도 여기서 가지고 나가지 않으니까요. 그렇다보니 더 이상 좋아하지도 않는 추레한 소파와 오래된 크리스마스 장식품들과 부모님이 '돌아가신' 후 뭔가 이유가 있어 보관하고 있던 그분들의 홑이불 같은 것들이 슬픈 박물관에 전부 그냥 전시돼 있는 꼴이 된다고요. 아이고, 이보시게들, 그러지 마, 절대 그러지 말라고, 에고, 바보 천치들 같으니라고."

티케이크는 갑자기 말을 뚝 멈추고 어느 하얀색 차고 문에 붙은 무언가를 봤다. 곧이어 비품 수납장으로 간 그는 문을 따고 튼튼하게 생긴 볼트 절단기를 꺼내 왼쪽 뒤에 자리한 세 번째 보관소로 돌아왔다. 걸쇠에 놋쇠 맹꽁이자물쇠가 달려 있었는데 비뚤게 불쑥 튀어나와 있었다. 해당 보관소를 빌린 사람이 여분의 자물쇠를 달아 놓은 것이었다. 티케이크는 볼트 절단기로 한 번에 자물쇠를 툭 끊어 버렸다.

"개인 자물쇠를 추가로 채워 놓으면 안 되거든요. 우리 것만 써야지 우리가 드나드니까요. 저 안에 불법적인 물건이 들어 있을 경우를 대비해서 말이죠."

"어떤 불법적인 물건요?"

티케이크는 대답 대신 엉덩이 부근에서 흔들거리는 접이식 열쇠고리에서 곁쇠(마스터키)를 빼내 해당 보관소의 주 자물쇠에 꽂고 딸깍 돌려서 연 다음 차고 문을 밀어 올렸다. 순간 그는 아차 싶었다. 후회가 밀려들면서 '반대편에 뭐가 있는지 모르면 문을 열지 마라.'는 속담의 지혜를 실감했다. 그런 속담이 있는지는 모르겠지만 말이다.

보관소 내부에는 55인치 삼성 평면 티브이 스물네 대가 공장에서 포장된 상태 그대로 줄지어 벽에 기댄 채 깔끔하게 쌓여 있었다.

"내가 착각했네요. 아무 문제 없군요."

티케이크는 다시 문을 닫았고 두 사람은 복도를 계속 걸어

갔다. 나오미가 쳐다보자 티케이크가 어깨를 으쓱해 보였다.

"사람들이 뭘 보관하든 관심 없어요, 다만 나한테는 걸리게 돼 있죠. 규칙은 규칙이니까."

나오미가 티케이크를 쳐다보며 물었다.

"왜 그렇게 얘기해요?"

"그렇게라니, 어떻게요?"

"깡패처럼요."

"내가 아는 이들은 전부 이렇게 말하는데요."

"나도 그쪽이 아는 사람인데 안 그러잖아요."

"내가 그런 사람이 아니라고 생각하는 거예요?"

나오미는 잠시 생각해 봤다.

"아직은 아녜요."

두 사람은 복도 끝에 도착해 승강기 버튼을 눌렀다. 기다리는 사이 티케이크가 나오미를 쳐다봤다.

"말이 별로 없는 편이군요, 그렇죠?"

"그쪽에 비하면 그렇죠."

"나처럼 말 많은 사람은 없죠."

나오미는 다시 휴대전화를 내려다보면서 모식도 이미지를 사다리 아래로 움직여 흙으로 된 부분을 지나 지하 5층으로 향하게 했다.

티케이크는 질문을 더 했다.

"그러니까 당신은 대학에 다니고 있고, 이 일을 가끔씩 한다는 거죠. 그 밖에 딴 거는요?"

"그걸로 충분하지 않나요?"

"별로요. 교대 근무를 많이 안 하더군요."

"어떻게 알아요?"

티케이크가 어깨를 으쓱했다.

"내 일이 모니터를 관찰하는 거라서."

"네, 나도 그쪽을 보니까요."

승강기가 도착하자 나오미가 먼저 탔다. 티케이크가 뒤따라 타고 문이 닫혔다.

"그러니까 일주일에 이틀 밤을 근무하죠?"

티케이크가 물었다.

"지금까지는요."

"그럼 직장이 또 있어요?"

"그런 셈이죠."

"가족들도 있나요?"

"나한테 '가족'이 있냐고요? 당연히 있죠. 티케이크, 당신…… 진짜 이름이 뭐죠?"

"트래비스. 미챔."

"트래비스, 이러는 게 되게 재밌나 보군요."

사실 티케이크는 나오미에게 가족이 있다는 것, 그리고 그 가족과 정확히 어떤 관계인지도 알고 있었다. 하지만 그녀가 기겁할 게 뻔해 그 얘기를 섣불리 꺼낼 수 없었다. 나오미가 첫 야간 근무를 했던 날은 정확히 2주 전이었는데 티케이크는 모니터에서 단번에 그녀를 알아보았다. 나오미가 평상시에 몸무게가 족히 136킬로그램이 나가고도 남을 거구의 사모아 사람인 알파노 칼롤로와 교대로 근무하고 있었기 때문이다.

동편 접수대 구역의 카메라는 책상에 가까이 설치돼 있었다. 그 때문에 알파노가 화면을 꽉 채우고 있어서 하룻밤이라도 그가 결근을 하는 날에는 티케이크가 어떻게 해도 모를 수가 없었다. 정말이지 그런 덩치를 어찌 못 알아보겠는가? 알파노가 작은 철제 의자에 앉아 있으면 마치 인간 산이 궁둥이로 네 발 달린 철제 곤충을 잡아먹고 있는 것처럼 보였다. 문제의 2주 전 목요일에 티케이크가 모니터를 올려다보다가 그 자리에 대신 나오미가 앉아 있는 모습을 봤을 때 그의 머리에서는 천사들의 합창이 울려 퍼졌다.

그날 밤 티케이크는 자신의 페이스북을 실시간으로 들여다보는 십 대처럼 화면 속 나오미의 이미지를 뚫어져라 쳐다봤다. 그녀가 앉았다가 섰고 순찰을 돌았고 언제나 그 밤처럼 아름답게 걸었다. 티케이크는 엘스워스에서 복역할 때 시 하나를 암송했더랬다. 죄수들은 '시 탐험' 행사를 위해 시를 하나 골라 외워야 했는데 그 시는 고를 수 있는 것들 중에서 가장 짧은 것이었다. 그 덕분에 티케이크는 그 시를 알게 됐지만 모니터에서 나오미를 보기 전까지는 정말로 아는 게 아니었다.

이틀 후에 나오미가 다시 근무하러 나오자 티케이크는 몇 시간 동안이나 모니터에서 그녀를 자세히 관찰했다. 그러면서 540화소 이미지에서 될 수 있는 대로 많은 상세 정보들을 입수했다. 나오미는 그날 밤에 책을 한 권 가져왔다. 책 제목까지는 알 수 없었지만 그녀가 중요한 부분을 볼 때 이마를 찡그리는 등 집중하는 모습이 보기 좋았다. 특히 책장을 넘기는 방식이 마음에 들었다. 어쨌든 다른 사람들처럼 그저 휴대전화에 코를 박고 있는 게 아니라 책을 읽는 것 자체가 좋았다. 그다음 주 일요일까지 줄곧 나오미의 모습이 다시 보이지 않자 티케이크는 그제야 그녀가 대타로 시간과 조건이 가능할 때만 근무하고 있었다는 것을 깨달았다. 그렇다면 나오미가 두 번 다시 오지 않을 가능성도 꽤 높았다.

티케이크는 혼잣말로 그래서 자신이 퇴근하고 그녀를 뒤따라갔던 것은 아니라고 말했다. 물론, 그는 절벽 반대편 접수대 쪽으로 빨리 가서 나오미가 일을 마치고 갈 때 그쪽 주차장 근처에 있기 위해 5분 일찍 퇴근했다. 그리고 또 나오미가 주차장을 나선 직후 빙 돌아 고속도로로 나간 뒤 내내 안전하면서도 위협이 되지 않는 거리를 유지하며 그녀의 차를 뒤따라갔다. 물론 그녀가 속도를 내면 그도 속도를 올렸고, 그녀가 속도를 늦추면 그도 속도를 죽였으며, 그녀가 방향을 바꾸면 그 역시 똑같은 방향으로 차를 몰았다. 마침내 그녀의 주거지에 도착하고 나서야 그 모든 게 끝났다. 하지만 티케이크는 내심 이상한 의도를 갖고 그러는 게 아니라고 생각했다. 우연히 마주치는 상황을 꾸미려고 하면서도 말이다.

하지만 의도한 대로 잘 풀리지 않았다. 나오미가 애치슨 주차장을 나서는 순간 모든 게 절망적이었다. 그녀가 사는 아파트 단지에 도착할 때까지 전국의 고속도로를 다 누빌 수도 없는 노릇인 데다 단지를 찾아갔다 쳐도 도대체 어떻게 그녀 옆에 차를 대고 '저, 이봐요! 나랑 같은 데서 일하지 않나요? 왠지 낯이 익어서.'라고 말하겠나 싶었다.(이 말을 길게 풀어 쓰면 '모니터상에서 몇 번 봤는데 그런 당신이 19킬로미터나 떨어진 여기 살고 똑같은 길로 가고 있던 내 차에서 갑자기 이상한 소리가 나서 다른 데도 아닌 바로 여기, 당신이 사는 아파트 단지의 주차장에 서다니 정말 이상하지 않나요? 정말 별나지 않아요?'라는 뜻이었다.)

티케이크는 그렇게 말할 수 없었다. 인류 역사상 가장 붙임성이 좋은 인간 말종(거의 틀림없이 월트 챔벌레인)이라도 그런 말을 아무렇지 않게 해낼 수는 없었을 것이다.

그래서 티케이크는 나오미를 겁먹게 하는 대신 그냥 차에 앉아 휴대전화에 빠진 척하면서 그녀가 집으로 들어갈 때까지 기다렸다. 그런데 그 휴대전화가 플립형이라서, 만약 나오미가 그를 알아봤다면 당연히 저 인간이 대체 뭘 저렇게 뚫어져라 쳐다보고 있나 의아해했을 것이다. 티케이크는 나오미가 안으로 들어가고 나서도 그저 불이 켜지는지 보기 위해 좀 더 기다렸다. 그런 다음에도 자신처럼 수상한 놈이 없나 보려고 잠시 더 기다렸다. 그렇게 조금씩 기다리다 보니 거의 1시간이

나 흘러갔다. 거짓말이 아니라 티케이크는 그때 정말 가려고 했다. 그런데 아파트 문이 다시 열리더니 나오미가 어린 여자 애와 함께 나오는 게 보였다.

그녀의 딸이라는 데는 의심의 여지가 없었다. 어떤 것들은 보는 즉시 그냥 알 수 있다. 우선 두 사람의 외모가 닮았을 뿐만 아니라 나오미가 어린 소녀의 손을 잡고 있는 방식이 남달 랐다. 엄마가 아니면 누구도 그렇게 손을 잡지 않는다.

나오미의 딸은 엄청 귀여웠고 다림질한 옷을 입고 있는 등 차림새가 깔끔했다. 티케이크는 어릴 때 항상 거지같이 더러운 옷만 입고 살았기 때문에 그런 세세한 부분을 알아봤다. 그는 차 안에 있는데도 부끄러워서 얼굴을 붉혔다. 그 가련한 여인을 몰래 따라와 이제 꼬마까지 훔쳐보고 있어서가 아니라, 어릴 때 줄곧 아주 더러운 옷을 입고 안 씻은 얼굴로 학교에 갔던 것 때문에. 하지만 그 어린 소녀는 아이다운 모습과 옷차림을 하고 있었다. 깔끔했고 해맑았으며 엄마가 해 주는 맛있는 아침밥을 먹을 터였다. 티케이크는 나오미가 그러리라는 것을 그냥 알았다. 비록 12시간 교대 근무를 하러 나가고 잠을 못자는 날이 허다하겠지만 말이다. 나오미는 집에 와서 아침밥을 차리고 어쩌면 아이의 토스트에 아이가 좋아하는 방식으로 계피설탕을 뿌려 줬을 것이다.

어린 딸은 쉴 새 없이 재잘거렸고 나오미는 귀 기울여 들어줬다. "으응, 응, 그래, 멋지네."라며 건성으로 듣는 게 아니라 앞뒤가 안 맞을 게 뻔한데도 아이가 하고 있는 말을 정말로 이해해 보려고 애쓰면서 들어 줬다. 말이 나와서 하는 얘긴데 네 살짜리 아이가 말해 봐야 얼마나 중요한 얘기를 하겠는가? 티케이크도 잘 몰랐지만 자신이 들었던 말에 비추어 볼 때 그럴 확률은 매우 낮았다. 대부분 "생크림 더 먹고 싶어요." 같은 유치한 얘기들뿐이었다.

모녀가 차로 갔고 어린 딸은 뒷자리에 있는 카시트에 올라탔다. 딸이 무의미한 말을 마칠 때까지 나오미는 그대로 서서 차 문을 잡고 기다렸다.

티케이크는 자동차 창문을 아주 살짝만 내렸다. 그가 있는 곳에서는 겨우 몇 마디만 알아들을 수 있을 것 같았다. 하지만 어린 소녀의 말은 알아듣지 못했다. 소리가 아주 작고 여자아이 특유의 말투에다 차 안쪽에서 말이 너무 빨리 새어 나오고 있었기 때문이다. 그러나 딸이 숨을 고르기 위해 말을 멈출 때까지 기다린 후에 나오미가 대꾸하는 말은 잘 들렸다.

"정말 그래, 아가. 아쉽겠다."

그러고 나서 나오미는 문을 닫았다.

티케이크는 나오미의 말이 웃겨서 죽는 줄 알았다. 그녀는 '오, 아냐, 그렇게 나쁘지 않아.'라거나 '얘야, 제발, 우리 늦었어.' 혹은 '그런 멍청하고 말도 안 되는 헛소리가 어딨니, 넌 사람들에게 말할 때 입 다무는 법부터 배워야겠다.'라고 말하지 않았다. 나오미는 "정말 그래, 아쉽겠구나."라고 말했다. 티케이크는 여태까지 항상 사람들에게 말할 때 바로 그런 말을 듣고 싶었다. 그런데 그 여인이 밤새 일하고 와서 '네 살짜리'에게 그 말을 해 줬던 것이다.

게다가 어둡고 밝은 최고의 것들이 전부 그녀의 표정과 그녀의 눈에서 만난다.[10]

그래서 티케이크는 그날 밤 함께 승강기를 타고 내려갈 때 '당신은 정말 최고의 엄마예요.'라고 말하고 싶어서 안달이 났다. 하지만 그녀에게 딸이 있다는 사실을 알면 안 되는 사람이 그런 말을 쉽게 꺼낼 좋은 방법이 있긴 할까 싶었다.

그래서 대신 그는 아무 말도 안 했다.

승강기 문이 스르륵 열렸다.

이 복합시설에서 지하 1층 밑에는 지하 2층 하나만 있는 것으로 되어 있어서 누구도 SB(지하 2층을 뜻함) 옆에 1을 붙이고 싶은 욕구에 의문을 제기하지 않았더랬다. 승강기 숫자판에 있는 SB-1(지하 2층) 표시는 그냥 보기 좋았다. 해당 시설이 과거에 정부 시설이었다는 내력은 비밀이 아니었기에 누군가 군이 생각해 내서 한때 지하 2층 밑에 다른 지하층들이 또 있었음을 알게 된다 해도 크게 놀랄 일은 아니었을 터였다. 하지만 지하 2층 밑에 세 개 층이나 더 있으며 그 층들이 치밀하게 설치된 감지기들과 경보기들을 매개로 접수대 뒤쪽에 벽으로 막혀 있었던 제어판과 연결돼 있다는 것을 알게 되면 놀라게 될

---

10 고든 조지 바이런의 시 「그녀는 아름답게 걷는다」 중에 나오는 구절.

터였다.

모식도에 따르면, 원형 사다리의 맨 꼭대기 입구는 승강기 대기 구역에서 30미터쯤 떨어진 짧은 길이의 막다른 복도 끝에 위치해 있었다. 나오미는 먼저 복도 끝에 도착해서 걸음을 멈추고 흰색 페인트가 칠해진 콘크리트 블록 공간을 살폈지만 입구를 암시하는 것이라고는 전혀 없었다. 아니 사실은 그 반대로 그 공간의 모든 것이 '여기가 끝'이라고 말했다.

복도 양편에는 세 개의 대형 보관소가 있었는데 18.5제곱미터 넓이의 그 커다란 보관소들은 주로 공장의 재고 물량을 저장하는 곳으로 쓰였다. 하지만 그 보관소들에는 문이든 승강구든 출입구로 보이는 게 전혀 없었고 단지 두 보관소 사이에 '관계자 외 출입금지'라고 표시된 작고 좁다란 정비실만 있을 뿐이었다.

나오미는 지도에서 눈을 들어 복도를 봤다가 다시 지도를 내려다봤다.

"알 수가 없네."

"여긴 게 확실해요?"

나오미는 티케이크에게 저장된 지도를 건넸다.

"직접 찾아보시든가."

그녀의 휴대전화를 받아든 티케이크는 지도를 이리저리 돌려서 보고 살짝 밀어서 보기도 했다. 나오미는 저쪽 벽으로 가서 막다른 끝에 선 채 손바닥으로 여기저기를 몇 번 세게 쳐봤다. 속이 빈 데가 없었다. 그녀는 주먹으로 때리고 두드려 본 뒤 말했다.

"콘크리트 블록이에요. 출입구가 이 뒤에 있다면 큰 해머가 있어야겠어요. 아니면 휴대용 착암기나요."

"으응, 난 그 생각에 반댈세."

티케이크는 휴대전화를 거꾸로 돌려 다시 모식도를 들여다보았다. 그런 다음 그곳 복도 바닥을 내려다보았다.

'그것참 신기하네.'

티케이크는 다시 열쇠고리에서 열쇠를 빠르게 빼낸 뒤(그가 열쇠들을 빼낼 때마다 나는 쌩 하는 쇳소리를 좋아한다는 것과 이 직장에 다니기 전에는 열쇠를 한 개 이상 지녀 본 적이 없었음을 인정해야만 했다.) 좁다란 정비실로 갔다. 이어 정비실을 열고 공구 선반에서 장도리를 꺼내 조금 전까지 서 있었던, 콘크리트 블록으로 된 막다른 끝에서 1미터쯤 떨어진 자리로 돌아왔다. 그리고 나서 등이 벽에 닿을 때까지 이동한 뒤 엎드려서 장도리로 바닥을 한 번 두드렸다. 그러자 신통치 않은 '땅' 하는 소리가 났다.

"그거 콘크리트예요."

"옙."

티케이크는 앞쪽으로 기어가서 다시 장도리를 내리쳤다. 이번에도 같은 소리가 났다. 계속 기어 다니면서 15센티미터 간격으로 바닥을 두드려 봤지만 매번 같은 소리가 났다.

"트래비스, 그거 다 콘크리트 바닥이라고요."

"진짜 이름을 들으니까 이상하네요."

티케이크는 계속 움직이면서 끈질기게 장도리로 바닥을 두드렸다.

"미안해요. 그게 신경 쓰여요?"

"잘 모르겠어요."

아니, 그는 이미 알고 있었다. 그 이름은 신경에 거슬리지 않았다. 그는 그 이름이 무척 좋았다. 나오미가 이름을 부를 때마다 심장이 콩닥거렸다. 티케이크는 그녀가 다시 불러 줄 때까지 기다릴 수 없었다.

'제발 다시 한 번만 불러 줘요, 딱 한 번만.'

쑤웅. 티케이크가 거의 복도 중앙까지 갔을 때 장도리를 내리치는 순간 속이 빈 듯한 쇳소리가 울려 퍼졌다.

그가 나오미를 올려다봤다. 그녀는 방긋이 웃으며 티케이크 옆에 쪼그리고 앉았다. 티케이크는 휴대전화를 받쳐 들고 이미지의 특정 부분을 확대하기 위해 손가락으로 화면을 문질렀다.

"바로 저기예요. 빗금으로 된 저 반원, 회색 음영 같은 거요, 보여요?"

"네, 간신히요."

"저기가 입구예요. 저기에 그냥 덧칠을 한 거예요."

두 사람은 같이 바닥을 내려다봤다. 티케이크는 손에 쥐고 있던 장도리를 두어 번 빙빙 돌리면서 생각을 정리했다. 이어 그는 등을 기대고 앉았다.

"자, 봅시다. 우리가 이제 하려는 이 미친 짓은 절대 숨길 수 없어요."

"우리가 뭘 하려는데요?"

"기물을 좀 더 파손하는 거요."

티케이크가 말을 이었다.

"하지만 내가 볼 때는 이래요. 우리 업무에는 경비도 있어요. 그런데 경보음이 울리고 있잖아요, 맞죠? 너무 늦은 시간이라 그리핀을 부를 수도 없어요. 그 인간은 지금쯤 뻗었을 테니까요. 그리고 불러 봤자 뭐가 뭔지 쥐뿔도 모를 거예요. 그저 본사에 전화나 하겠죠, 하지만 본사에도 아무도 없긴 마찬가지죠, 물품보관 서비스 비상대응 팀이 있어서 운영자가 대기하고 있을 가능성도 없고요. 무슨 말인지 알겠어요? 내가 생각해낼 수 있는 다른 사람들이란 경찰밖에 없다고요."

"오래된 연기 탐지기 같은 게 지하실에서 울리고 있다고 말하자고요?"

"바로 그거예요. 어이가 없긴 하죠. 하지만 우리가 여기까지 왔고 경보음이 울리고 있잖아요, 이 복합시설 전체가 서까래까지 엄청나게 값비싼 개인 소지품들로 꽉 차 있다고요."

"맞아요! 이 시설은 사람들에게 뜻깊은 곳이에요."

"당신 말이 사실이에요. 나도 항상 그렇게 느꼈거든요."

티케이크는 이제 그곳을 좋아하고 있었으며 누군가와 말을 맞추는 데 창의력이 발동되면서 신바람을 느끼고 있었다.

"'경보기'가 울리고 있고 우리는 '경비원'이잖습니까. 우리는 경비직 종사자들이라고요."

"우린 점원에 더 가깝죠."

"내 말 좀 계속 들어 줘요. 그래요, 이건 거지 같은 일이에요. 하지만 이게 우리 일인걸요."

"우리 책임이고요."

"그렇죠!"

"게다가 우린 궁금한 걸 못 참고요."

나오미가 덧붙였다.

"예, 하지만 그 부분은 제쳐 두자고요."

나오미는 거짓말에 서툴렀다. 그래도 괜찮았다, 티케이크는 두 사람 모두를 위해 그 점에 대해 충분히 알고 있었다.

"됐죠? 들어갈까요?"

"두말하면 잔소리죠."

"눈 조심해요."

나오미는 한 손을 들어 올리고 고개를 돌렸다. 티케이크는 장도리를 휙 돌려서 끝 부분의 못뽑이가 아래를 향하게 한 뒤 바닥을 후려쳤다. 속이 빈 듯한 쇳소리가 탕 하고 더 크게 울렸다, 아래에 무언가 있는 게 틀림없었다, 시멘트 바닥은 아니었다. 바짝 마른 페인트 덩어리들이 튀어 올랐다. 티케이크는 다시 후려쳤다. 빠르게 연이어 두 번 세 번 네 번 내려치자 더 많은 페인트 쪼가리들이 떨어져 나갔다. 마지막 장도리질에 5제곱미터 구획이 쪼개져 흩어지면서 밑에 있던 마무리가 덜 된 표면이 드러났다.

약간 광택이 나는 유성의 회색 바닥용 페인트가 오랫동안 말라붙어 겹겹이 쌓인 곳 아래에, 표면이 온통 옴폭옴폭 들어간 철 재질의 뚜껑 같은 게 있었다. 맨홀 뚜껑이 틀림없었다.

12

5~6년 전부터 로베르토 디아즈는 한밤중에 걸려 오는 전화를 받지 않았다. 그날 휴대전화를 침대 옆 탁자에 놓아두었던 것은 순전히 우연이었다. 은퇴한 후부터 밤 9시께 전화기를 끄면 아침에 일어나 최소한 커피 한 잔을 마시고 나서야 다시 전화기를 켜 두는 게 습관이 되었기 때문이다. 그런 습관을 들인 이후 내내 훨씬 행복했다. 어쨌든 더 여유로워졌다. 애니는 그게 잘 안 됐다. 자식들 중 하나라도 무슨 일이든 도움을 요청할 때를 대비해 늘 휴대전화를 켜 두었다. 하지만 막내가 스물여덟 살이었기 때문에 그럴 가능성은 아주 적었다. 애니는 여전히 아침에 일어나면 제일 먼저 침대에서《뉴욕 타임스》를 확인했다. 지난 8시간 동안 세상이 좋아졌는지 확인하기 위해서 말이다. 이상하게도 그런 적이 한 번도 없는데도 애니는 희망을

놓는 법이 없었다.

그날 밤 로베르토는 휴대전화를 우연히 켜 둔 사실을 모르고 있었다. 한밤중에 전화기가 울렸을 때 오랫동안 몸에 밴 반사작용이 그렇게 발동하다니 우스울 따름이었다. 그는 첫 번째 벨 소리가 사라지기도 전에 잠에서 완전히 깨어나 두 번째 벨 소리가 울릴 때쯤 휴대전화를 집어 들었고 전화를 받을 때는 이미 두 발을 바닥에 대고 앉아 있었다.

"여보……."

로베르토의 말이 목구멍 쪽에서 막혔다.

이런. 목소리가 나오지 않았다. 반사작용이 다 남아 있는 것은 아닌 모양이었다. 그는 목을 가다듬고 다시 말해 보았다.

"여보세요."

"로베르토 디아즈 씨 되세요?"

여자 목소리가 물었다.

"네, 그렇습니다."

"1978년식 플리머스 더스트 판매 건으로 전화 드렸습니다."

로베르토는 한참 동안 대답하지 못했다.

"디아즈 씨?"

"5분 뒤에 제가 다시 걸게요."

그는 전화를 끊고 휴대전화를 다시 화장대에 내려놓았다. 그리고 그냥 그 자리에 앉아서 몇 초 동안 생각해 보았다. 저녁에 와인을 두 잔이나 마신 게 후회됐지만 그 외에는 별다른 느낌이 없었다. 그렇다는 것은 그 전화를 받고도 감정에 아무런 변화가 없다는 뜻이었다. 디아즈는 몇 차례 호흡하고 진정한 뒤 오십 대 초반에 알아낸 불교 진언을 떠올렸다.

'나는 지금 여기에 있다.'

전화를 걸기 전에 차 한 잔을 마시고 싶었다.

애니가 고개를 돌려 어깨 너머로 눈을 가늘게 뜨고 쳐다봤다.

"누구예요?"

"둘째 부인."

"한밤중에 어찌 그리 단박에 웃길 수 있죠?"

"타고난 거지."

애니는 무언가를 찾아 침대 탁자를 더듬거렸다.

로베르토가 그녀를 쳐다보며 물었다.

"뭐 해요?"

"안경 찾아요."

"왜요?"

애니가 돌아누워 그를 쳐다봤다.

"나도 몰라요."

애니는 마치 방 안에 모든 게 그대로 있나 확인하는 사람처럼 둘러보더니 다시 로베르토를 쳐다봤다.

"애들이에요?"

"아니니까, 걱정 마요."

애니는 숨을 돌렸다.

"에구."

자식들 전화가 아니고 지인 중 누가 죽었다는 연락이 아니라면 그 시간에 전화를 건 이들은 '그 사람들'일 수밖에 없었다. 그렇다면 그 전화의 성격은 애니가 걱정 가득한 소리로 내뱉는 '오, 이런'보다는 지긋지긋하다는 뜻의 '아이고'에 더 가까웠다. 예를 들자면 전기가 또다시 나갔다는 것을 알게 됐을 때 나오는 '아이고'처럼 말이다.

"그러게."

"누군데요?"

"처음 듣는 목소리던데. 사람깨나 잡겠더군."

로베르토는 몸을 숙여 애니의 이마에 입을 맞췄다. 그는 아내를 두고 바람을 피운 적이 없었다. 호주에서 그 일을 겪고 나서는 더 이상 추파를 던질 생각조차 하지 않았다. 그는 매일 그 점을 감사하게 생각했고 아내를 고맙게 여겼다.

"다시 자요, 금방 끝낼 테니."

자리에서 일어난 로베르토는 어두워도 쉽게 찾을 수 있게 의자에 걸쳐 둔 깨끗한 셔츠와 바지를 걸쳐 입었다. 그 또한 오래된 습관이었다.

애니는 돌아누워 다시 베개 속으로 파고들었다.

"너무 빨리 끝내지는 마요. 내가 다시 잠들 때까지 기다려요, 알겠죠?"

"내가 그것도 모를까? 사랑스런 마나님."

애니는 뭐라고 사랑스럽게 투덜거렸으나 들리지 않았고 문을 닫을 때쯤 다시 잠들었다. 시간이 많이 흘렀는데도 예기치 않은 일은 여전히 일정하게 발생했다. 그래서 그런지 몇 년 전부터 밤에 전화가 와도 애니는 더 이상 심하게 잠을 설치지 않았다.

로베르토는 그동안 자가나 세를 들어 살았던 집이나 방문했던 다른 어느 데보다 현재 살고 있는 노스캐롤라이나 집에 있는 것을 좋아했다. 그렇다고 그 집이 대궐 같은 곳은 전혀 아니었다. 80년대 말에 건축된 데다 벽도 너무 얇았다. 집 안 어디에 있든 파이프에서 물 내려가는 소리가 들렸다. 10년 전 그 집을 샀을 때 전부 다 허물고 새로 지었어야 했다. 하지만 당시 가진 돈으로는 그 비용을 감당하지 못했을 것이라는 사실과 별개로 허물고 새로 짓는 것은 엄청난 낭비 같았다. 뭐, 거의 그렇다는 뜻이었다. 그 집은 세상에서 제 할 일을 잘 해냈다. 20년 동안 불평은 극히 적게 하면서 요구받은 일들을 해냈기에 불도저보다 더 좋은 대우를 받을 자격이 있었다.

로베르토와 애니는 그 집에 흠이 있음을 받아들이고, 있는 그대로 구입해서 두 단계로 수리하고 개조할 계획을 세웠다. 집을 사자마자 우선 내부를 고치고 페인트를 칠했다. 그러고 나서 삭고 있는 외부는 가능한 오래 미뤄 뒀다. 기둥이 썩어 가는 현관과 물이 새는 지붕과 말벌집투성이라서 누더기 같은 판자벽을 더 이상 방치할 수 없을 때까지. 그러다가 마침내 부부 모두 은퇴하기 직전인 4년 전에야 심호흡을 하고 계산기를 두드려 본 다음 외부 공사를 시작했다. 지붕을 절반쯤 손보자 현금이 다 떨어지는 바람에 현관 쪽은 전혀 손도 못 댔다.

이들 부부가 말 그대로 진짜 돈이 다 떨어진 것은 아니었다. 하지만 오래전에 두 사람은 초과 지출을 하지 않고, 대출을 받지 않으며, 국채를 팔지 않을 것이라는 내용의 재무 방침을 세워 두었더랬다. 그리고 자신들이 세운 규칙을 깨려고 한다면 손자들 각각에게 넉넉한 대학 학자금을 남겨 줄 수 있을 만큼 경제적으로 여유 있는 수준에 근접했을 때여야 했다.

그래서 로베르토는 직접 지붕을 고치고 데크를 짓는 법을 익혔다. 그 과정에서 같은 날 세 번씩이나 철물점을 들락거리며 멍청한 질문들을 해 댈 때 상대편 사내의 우월감을 이를 악물고 참는 법도 배웠다. 그러다가 작년 추수감사절 직전, 마지막으로 전문가들의 도움을 받은 지 2년 6개월 만이자 부부가 외부 공사를 시작한 지 거의 4년 만이며 그들이 집을 산 지 무려 10년 만에 무화과나무길 67번지에 있는 그 집이 완성됐다.

뒷베란다의 칸막이 문 바로 왼쪽에는 로베르토의 시원찮은 허리에 좋은 흔들의자를 두었다. 그 의자야말로 그가 생각하는 이 세상 최고의 낙원이었다. 로베르토는 이 세상에 대해 꽤 많이 알고 있었다. 흔들의자에 앉아서 주전자의 물이 끓기를 기다리고 있노라면 아직 그럴 때가 아닌데도 따사롭고 촉촉한 3월의 공기에 감탄이 절로 나왔다.

부엌으로 돌아간 로베르토는 목이 터져라 지르는 비명 같
은 소리가 나기 전에 주전자의 전원을 껐다. 그리고 찻잎 거르
개에 뜨거운 물을 부은 다음 찻잎이 우러날 때까지 창밖을 응
시했다. 진입로 쪽에서 뒷마당 쪽으로 그 부엌 창을 옮기는 데
6200달러라는 터무니없는 비용을 썼다. 평생 그런 사치는 해
본 적이 없었던 터라 아주 잠깐 후회하긴 했다. 정확히 3분이
지난 뒤 차에 우유를 몇 방울 떨어트렸다. 로베르토는 런던 특
파 부대 시절에 우유를 넣는 습관을 들였다. 알고 보니 우유는
찻잎의 신맛을 살짝 잡아 주었다. 배움에는 끝이 없는 법이다.

차를 한 모금 마시고 저쪽 끝에 자리한 청소도구함으로 갔
다. 그곳은 괴상하게 기울어 있어 청소 도구들을 제대로 올려
놓을 수 없었다. 부엌 수납장 구석에 자신이 직접 그 도구함을
설계하고 만들겠다고 고집을 피웠을 때 곤란한 전기 문제를
해결하기 위해서는 어쩔 수 없이 그런 각도가 나올 수밖에 없
었다. 당시 그곳에서 작업하는 동안에 로베르토는 그 누구의
도움도 허락하지 않았고 누구든 근처에 얼씬도 못 하게 했다.

이제 그는 청소도구함에서 빗자루와 대걸레를 꺼낸 뒤 뒤쪽
에 보관해 두었던 길쭉한 꽃병들과 그곳 말고는 어디에도 어
울리는 장소가 없을 것 같은 작은 믹서기도 끄집어냈다. 그런
다음 감춰 뒀던 열쇠를 이용해 안쪽에 자리한 모난 벽널의 자
물쇠를 따고 벽널을 활짝 열어 젖혀 금고가 설치된 공간으로
들어섰다.

금고 손잡이를 돌리자 둔탁하면서도 만족감을 주는 쿵 하는 소리가 들렸을 때, 아드레날린이 살짝 솟구치는 것 같았다. 흥분해서 그런 것은 아니었다. 그 느낌은 흥분과는 거리가 먼 것으로 자기 보호에 더 가까웠다. 필요할 때를 대비해 옛 체제로 바뀌고 있는 듯한 느낌 말이다. 투쟁 도피 반응이라고나 할까.

금고는 작았다. 넣어 둘 게 많지 않았기 때문이다. 그저 얼마의 현금과 아마 지금쯤 유효 기간이 만료됐을 여권이 전부였다. 금고는 더 이상 귀중품 보관용이 아니었다. 그저 보안 전화와 버몬트의 주유소에서 구입한 스노글로브를 넣어 두는 장소에 불과했다. 조금 싸구려 티가 나는 그 스노글로브는 그들 부부의 자식들과 똑같이 딸 둘과 아들 하나가 썰매를 타고 있는 광경이 들어 있었기에 사지 않을 수 없었다. 로베르토가 비상 전화를 꺼내 전원을 켰더니 화면에 배터리 모양의 흐릿한 빨간색 윤곽선 안에 두툼한 빨간색 선이 표시됐다. 배터리가 그렇게 많이 남아 있을 줄 몰랐던 터라 깜짝 놀랐다. 곧바로 전화기 코드를 움켜잡고 싱크대 옆으로 이동해 전원을 연결한 뒤 창밖을 내다봤다. 그리고 충전이 다 될 때까지 기다리면서 차를 마셨다.

잠시 후 충전이 완료되자 전화기가 저절로 켜졌다. 로베르토는 조금 더 놔두고 전화기를 쳐다봤다. 그렇다고 많은 생각을 한 것도 아니지만 덜컥 전화기를 집어 들지도 않았다. 그저 서두르지 않을 작정이었다. 그가 그렇게 많은 일을 한 지 이제 5분이 조금 넘었을 뿐이었다. 30초 정도 더 끈다고 해서 세상이 끝나지는 않을 터였다. 그런 여유는 나이가 들수록 좋은 점 중 하나였다. 나이가 들면 에너지를 아껴 쓰고 신중한 말씨를 쓰자는 생각이 마음에 들게 된다. 젊었을 때는 헛기운도 많이 쓰고 소음도 많이 만들어 냈다. 그 시절에는 무언가를 하고 있는 것처럼 보일수록 진짜 자신이 그러는 것 같은 기분이 들었다. 사실은 그 반대일 때가 대부분인데 말이다. 더러운 물이 불순물이 가라앉아서 깨끗하게 보일 때까지 참고 가만히 기다릴 수 있는가? 쉰 살이 안 된 사람들은 그러지 못할 것이다.

준비가 다 됐을 때 로베르토는 전화를 걸었다. 신호음이 한 번 울리자 아까와 같은 여자 목소리가 전화를 받았다.

"페늘롱 수입사입니다."

"0, 4, 7, 4 파랑 남색."

"감사합니다, 디아즈 씨."

"무슨 일이죠?"

"캔자스 동부에 위치한 애치슨 광산의 핵폐기물 시설에서 온도 위반 경보가 떠서요."

로베르토는 잠시 기다렸다.

'나는 지금 여기에 있다.'

"디아즈 씨?"

"예. 나도 그게 궁금했답니다. 기후 변화 때문에요."

"그럼 선배님께서는……."

"1997년에 바로 그 문제에 대해 내가 제안서를 썼답니다."

"파일에서 못 봤는데요."

"게다가 그 후 5년쯤 지나서 전화도 했었죠. 그리고 그 뒤 6~7년 후에도요."

"그럼 선배님께서는 그 상황을 잘 아시겠네요?"

"예."

"저희가 걱정해야 할 일인가요?"

"그럼요, 걱정해야 할 일이죠."

"저희 생각에는 핵폐기물 시설이 그렇듯……."

"경보가 언제 들어왔죠?"

로베르토가 중간에 끼어들어 물었다.

전화기 너머로 잠시 통화를 멈추고 컴퓨터에서 확인하느라 자판을 치고 마우스를 클릭하는 소리가 들렸다.

"중부 표준시로 오후 3시 11분요."

"그런데 나한테는 지금 전화한 거고요?"

"전화 드려야 할 분을 알아내느라 시간이 좀 걸렸어요."

"내가 안 받으면 어쩌려고 했어요? 나 다음에 누구한테 전화하라고 하던가요?"

"그런 지시는 없었는데요."

로베르토는 숨을 들이쉬고 창밖을 바라봤다.

"좋아요. 여기서 시모어 존슨 공군 기지까지는 117킬로미터 거리예요. 90분 후면 그곳에 도착할 수 있습니다. 거기서부터는 비행기를 타고 갈 거고 비행기에서 내리면 자동차가 대기하고 있어야 합니다. 운전은 내가 직접 할 거예요. 다른 누구와도 함께 가지 않습니다."

"선배님은 이번 일이 고조된 위협에 해당된다고 보시나요?"

"내 생각에는 오후 3시 11분에 이미 이례적 위협이 됐다고 보는데요."

그러자 여자가 잠시 말을 멈췄다.

"교통편과 관련해 제가 뭘 할 수 있는지 알아보겠습니다."

"내 말 안 끝났소이다. 장비가 하나도 없어요."

"뭐가 필요하세요?"

"목록에 있는 거 전부 다요."

"죄송합니다만 디아즈 씨, 제가 단지 잘 몰라서⋯⋯."

"내가 92년도에 '비상 냉각수 주입 백서'를 썼어요. 그걸 분류해서 깨끗한 지하실에 보관하고 있어요. 그게 25년 전이니 읽으려면 다른 소프트웨어가 필요할 겁니다. 하지만 내가 해당 프로그램과 구동할 플로피 드라이브를 보관해 뒀어요. 승인을 받으려면 고든 그레이 국장에게 연락해 봐요. 고든 그레이한테만 해요. 다른 누구한테도 전화할 필요 없어요. 그 보고서를 읽고 부록A에 열거해 놓은 모든 걸 준비해 줘요. 다시 말하는데 '하나도 빠짐없이 다' 준비해 줘야 해요. 비행기에서 내렸을 때 캔자스에 대기시켜 놓은 자동차 안에요. 알겠어요?"

"제가 그걸 다 하려면 여러 군데서 허가를 받아야 해요."

"이름이 어떻게 돼요?"

"아시다시피 저희는……."

"그냥 이름만요. 가짜 이름이라도요. 호칭으로 쓰게요."

그녀는 망설이다가 말했다.

"애비게일이에요."

실명이 아닌 게 분명했다. 이름을 말할 때 목소리가 살짝 올라가는 게 다 티가 났다. 그녀는 상상의 나래를 펼치길 좋아하는 사람이었다. 그녀에게는 잘된 일이었다. 어쩌면 그 때문에 이 직종에 발을 들였는지도 모른다. 그런데 그런 상상력을 많이 써먹지 못하고 한밤중에 포트 벨부아 기지에서 비사용 파일 문제를 처리하고 있었다.

"좋아요, 애비게일. 고등학교 때 우수한 성적을 받았던 거 기억해요? 잘하기 위해 필사적으로 연습했던 운동은요? 입학하기 위해 안간힘을 썼던 대학은요? 사람들은 나가 놀고 파티에 가고 싶어 하는데 자신은 나가지 않고 공부해야 한다는 걸 알기에 수없이 '아니'라고 말했던 거는? 자신이 어떤 직종에서 일하고 싶은지 말했을 때 가족들의 표정이나 그 부서에서 신입으로 있으면서 참고 견딘 욕설은 기억나요? 그리고 귀관이 지난 세월 동안 포기한 사생활은요? 잘 모르겠지만 목소리를 들어보면 아마 지금 10년 차나 12년 차인 거 같은데?"

"8년 차입니다."

"자, 그럼 이해가 빠르겠네요. 살다 보면 누구나 그런 일을 겪을 수 있죠. 하지만 귀관은 오직 조국을 위해 합당한 일을 하고 싶기 때문에 그 모든 희생과 욕지거리를 감내해야만 했던 거 아닙니까? 애비게일, '이번' 건도 바로 조국을 위한 그런 일인 겁니다."

"네, 알겠습니다."

로베르토는 그녀의 목소리가 살짝 떨리는 것을 느낄 수 있었다. 그렇다면 필요할 때 '우리 이제 큰일 났다.'는 명연설을 더 할 수 있을 터였다.

"목록에 있는 장비를 다 준비해 줘요. 난 동부표준시로 오전 2시 15분에 시모어에 도착할 겁니다."

로베르토는 전화를 끊었다.

애니는 두 시간 후에 자발적으로 일어났다. 금방 깊이 잠들었다가 얼마 후 완전히 잠이 깨었다. 부엌으로 나왔을 때 싱크대 쪽의 전등이 하나 켜져 있었다. 사실 부엌에 들어오기 전부터 애니는 거기서 무엇을 발견하게 될지 알고 있었다. 로베르토는 차를 마시고 찻잔을 씻어 물기를 닦은 다음 제자리에 넣어두고 찻잎 거르개도 같은 과정을 거쳐 치워 두었을 터였다. 부엌은 그들 부부가 자러 갈 때의 모습 그대로 변한 게 없을 터였다. 딱 하나 스노글로브만 빼고 말이다. 스노글로브는 조리대 위에 자리한 커피 추출기 옆에 있을 테고, 스노글로브 밑에는 흰색 무지 종이 한 장이 깔려 있을 것이고, 그 종이에는 로베르토가 빨간색 매직펜으로 그려 넣은 하트 모양이 있을 터였다.

역시나 예상대로였다.

애니는 잠시 스노글로브를 물끄러미 바라봤다. 그런 다음 집어 들어 흔들어 봤다. 눈송이가 아이들과 썰매 위로 떨어졌다. 한편으로는 스노글로브를 다시 보게 되어서 좋았다. 금고에 넣어 두고 못 본 지 3년이 넘었기 때문이었다.

다른 한편으로는 부부가 서로 신호를 주고 받는 용도로 다른 것을 이용하고 싶은 마음이 굴뚝같았다.

그 후 네 시간

<u>13</u>

대부분의 사람들은 맨홀 뚜껑 곳곳에 파인 홈에서 여섯 겹의 바짝 마른 페인트와 얇게 뒤덮인 콘크리트를 쪼아 내려면 시간이 굉장히 많이 걸릴 것이라고 생각하기 마련이다. 그래서 어느 정도 각오를 했는데도 그 일은 티케이크와 나오미가 생각했던 것보다 훨씬 오래 걸렸다. 정비실에서 폭이 넓은 일자형 나사돌리개를 발견하지 못했다면 두 사람은 영영 그 뚜껑을 열지 못했을 수도 있다.

티케이크와 나오미는 서로 번갈아 가며 공구들을 사용했다. 장도리를 연달아 예닐곱 번을 내리치면 마치 배트의 얇은 끝으로 안쪽 직구를 쳤을 때처럼 양손에 찌릿찌릿 하는 고통스러운 진동이 전달돼서 반드시 쉬어 줘야 했다. 티케이크는 나사돌리개를 두 번이나 너무 세게 쳐 버렸다. 그 바람에 장도리와 나사돌리개를 모두 패대기친 뒤 양손바닥을 허벅지 사이에 밀어 넣고 바닥에 데굴데굴 구르며 그가 얼마나 폭넓고 독창적인 욕을 구사할 수 있는지 적나라하게 보여 줬다. 나오미는 보다 체계적이어서 내려칠 때 세심하게 조준하고 충격까지 미리 따져봤다. 그런 다음 흔들림 없고 신중하게 공구를 내리친 끝에 그녀가 친 게 결정타가 되었다. 마지막 남은 페인트와 콘크리트 덩어리가 조금씩 쪼개지면서 맨홀 뚜껑이 아주 조금 움직였다.

"바로 그거야."

"쇠지레 가져와요."

나오미가 말했다.

티케이크는 정비실에서 쇠지레를 꺼내 와서 맨홀 뚜껑 둘레를 빙 둘러 고르게 간격을 두고 뚫려 있는 네 개의 구멍 중 하나에 찔러 넣었다. 둥글넓적한 쇠판이 들리면서 아래쪽의 악취 나는 공기와 위쪽의 깨끗한 공기가 자리를 바꾸면서 압축이 풀리듯 작게 쉭 하는 소리가 났다. 티케이크는 쇠지레를 더 깊이 밀어 넣고 있는 힘껏 내리눌러서 손잡이 끝이 거의 바닥까지 내려오게 했다.

"그 위로 올라서요!"

그가 나오미에게 말했다.

그녀는 한 번에 한 발씩 올라서서 체중을 모두 실어서 쇠지

181

레를 지면에 꼭 눌렀다. 티케이크는 뚜껑과 지면 사이에 생긴 약 8센티미터의 틈으로 손가락들을 꼼지락거려 밀어 넣었다.

"손가락을 거기다 넣지 마요."

나오미가 말했지만 티케이크는 대답하지 않았다. 여기까지 온 마당에 그것보다 쉽고 뾰족한 방법이 없었다. 더구나 나오미는 그렇게 확신에 차서 뜯어말리는 것도 아니었다. 티케이크는 그녀의 실제 말뜻은 '당신 손가락들을 거기에 집어넣어.' 임을 알고 있었다.

하지만 그래도 괜찮았다. 두 사람은 거기까지 내내 함께했던 터라 그 시점에는 이미 이심전심이었다.

티케이크는 죽어라 안간힘을 쓰면서 엘스워스 교도소에서 1년 6개월 동안 운동으로 완성한 가슴과 상체가 아직 남아 있기를 바랐다. 그러면서 나오미가 지금 그 시절 조각 같았던 자신의 모습을 조금이라도 봤다면 얼마나 좋았을까 싶었다. 티케이크는 당시 확 달라진 자신의 몸이 정말로 자랑스러웠다. 그가 기억할 수 있는 시절부터 내내 빼빼 마른 아이였던 터라 더 그랬다. 하지만 거의 출소하자마자 우쭐하고 우스운 생각이 들어서 운동을 그만두었는데 조금의 미련도 남지 않았더랬다. 물론, 출소 직후 모든 게 거침없이 흘러가면서 행복과 분노 같은 감정들을 동시에 느꼈다가 그런 감정이 가라앉았을 때 운동한 몸에 대한 자부심이 그리웠던 것 같기도 했다. 하지만 정말이지 나오미가 당시의 모습을 볼 수 있었다면 '비록 지금의 모습도 그렇게 나쁘지 않다는 것을 알지만, 과연 방금처럼 내 이두박근을 그냥 보고 있기만 했을까? 아니면, 이런 제길!'

티케이크의 마음이 콩밭에 가 있는 바람에 손아귀 힘이 빠지면서 맨홀 뚜껑이 빠져나가고 있었다. 그러다가는 놓치게 될 것 같았다.

티케이크는 꿋꿋이 버텨 금방 힘을 회복한 뒤 무릎을 구부리고 맨홀 뚜껑을 다시 안전한 각도까지 들어 올렸다. 그리고 뚜껑 가장자리에 지레처럼 힘을 가해 들어 올릴 때와 똑같은 방법으로 뚜껑을 내려놓으려고 했다. 하지만 그 순간 근육들이 그에게 소리를 지르고 있었다.

'멍청한 자식, 우리가 탄탄하게 만들어졌을 때 이런 일을 할 것이지!'

티케이크가 맨홀 뚜껑을 가장자리가 버티는 지점까지 쭉 들어 올리자마자 맨홀 뚜껑이 밀어 젖혀져서 벽 쪽으로 굴러가 버렸다.

그나마 멀리 가지는 않았다. 맨홀 뚜껑의 무게는 최소 90킬로그램에서 어쩌면 113킬로그램까지 나갈 게 분명해 보였다. 맨홀 뚜껑은 2미터쯤 굴러간 후 기울어지기 시작해서 뒤로 빙 돌더니 두 사람이 있는 쪽으로 곧장 굴러왔다. 그렇게 맨홀 뚜껑이 편안하게 잠을 자다가 깨어난 데 열을 받아서 1미터가량을 쫓아오자 나오미와 티케이크는 우스꽝스럽게 춤을 추듯 움직여서 피했다. 쇠테가 삐걱거리며 그들의 발가락을 겨우 몇 센티미터 비켜서 바닥을 가로질러 굴러가더니 복도에서 마지막으로 한 번 더 소멸돼 가는 원을 그리고 나서 방금까지 덮고 있었던 그 구멍으로 거의 정확히 되돌아갔다. 그때 무슨 소리가 들렸다면 그것은 바로 비명이었을 것이다.

맨홀 뚜껑은 마치 탁자 윗면에서 뱅글뱅글 돌던 25센트짜리 동전처럼 삐걱거리는 주철의 시끄러운 소리를 내면서 내려앉더니 마침내 두 사람 바로 앞에서 거꾸로 뒤집혀 멈춰 섰다.

요란하게 울려 퍼지던 소리가 잠잠해지자 티케이크가 말했다.

"뭔가 그런 거 있죠, 되돌아보기? 잘하면 내가 옆으로 살짝 밀어뜨려 보낼 수 있었는데."

"음, 그러게요, 우리가 그걸 '이제야' 알았네요."

티케이크가 나오미를 이미 사랑하는 게 아니라면, 그의 아버지처럼 똥멍청이라고 부르지 않은 것 때문에 그녀를 사랑하게 되었을 것이다. 나오미는 말이 많지 않았지만 말을 할 때는 누구에게든 농담으로라도 상처가 되는 말은 하지 않으려고 했다.

나오미는 티케이크가 위층에서 움켜쥐고 있었던 손전등을 집어 들어 불을 딸깍 켰다. 두 사람은 앞으로 걸어가 맨홀 가장자리까지 간 다음 엎드려서 손전등을 맨홀 안으로 집어넣어 아래쪽을 비추었다.

배터리를 새로 끼운 터라 손전등 불빛이 밝았으나 어떤 손전등으로도 지면까지 90미터나 쭉 이어지는 원통형의 수직통로를 환히 비출 방법은 없었다. 철제 사다리는 통로 한쪽 면을 따라 뻗어 있었다. 맨홀 뚜껑이 열릴 때 휘저어져서 새로 올라온 심한 먼지가 퀴퀴한 대기에 떠다녔지만 그 외에는 오직 암흑뿐이었다.

티케이크와 나오미는 서로를 바라봤다. 두 사람 모두 포기하고 싶지 않았고 둘 다 먼저 들어가고 싶지도 않았다.

"15미터쯤 내려간 다음 우리 다시 얘기할까요?"

나오미가 제안했다.

"저 사다리에 붙은 가로대가 몇 개나 될까요?"

나오미가 손전등으로 골이 진 철제 가로대들을 비추었다.

"아마, 쉰 개 정도요. 근데 그건 왜요?"

"모르겠어요, 그냥 그게 도움이 되길 바라는 마음에."

나오미는 다시 수직통로 안을 내리비추었다. 이번에는 손전등을 곧장 암흑으로 들이미는 대신 가장자리를 빙 둘러 가며 비추었다. 약간 먼 아래쪽으로 흐릿하게나마 수직통로의 표면에 찍힌 자국이 보였다. 너무 멀리 떨어진 데라서 명확하게 보이지는 않았지만 거기에 최소한 무언가, 일종의 목표물 같은 게 있었다.

"자, 봐요. 저기로 가죠."

"저기 어디요?"

"이리 와 봐요."

나오미가 옆으로 오라고 손짓하자 티케이크는 그녀 옆으로 바싹 다가갔다. 서로 다리가 스리슬쩍 닿았지만 티케이크는 예민하게 그 순간을 알아차렸다. 나오미는 찍힌 자국의 가장 자리를 빙 둘러 가며 비춰 주었다.

"저기요. 저기까지 9미터 정도 되지 않을까요? 저기까지 내려갈 거니까 저게 뭔지 한번 봐 봐요."

"그런 다음에는 어쩔 건데요?"

"그다음에는 서로 얘기를 해 봐야죠. 그래서 컨디션이 좋으면 계속 갈 거고요. 만약 컨디션이 안 좋으면……."

티케이크가 손사래를 치며 나머지 말을 막았다.

"알았어요."

그는 나오미에게서 손전등을 뺏어 양발을 휙 돌리더니 통로 안으로 내려가기 시작했다.

"그쪽이 꼭 먼저 갈 필요는 없어요."

"난 신사랍니다. 먼저 가서 당신이 볼 수 있게 불빛을 위로 비춰 줄게요."

"이쯤 되면 인정해야 돼요. 지금까지는 꽤 신난다는걸요."

"지금까지는 꽤 신난다는 걸 인정해야 된다!"

"정말 그렇게 생각해요?"

"아뇨, 그냥 당신이 그래야 한다고 하니까 그대로 따라한 건데요. 9미터 아래서 봅시다."

나오미가 깔깔 웃자 티케이크가 수직통로 안으로 내려가기 시작했다.

한 손을 써서 기어 내려가는 일은 생각보다 더 힘들었지만 손전등을 떨어트릴까 봐 너무 불안해서 다른 한 손을 쓸 시도조차 못했다. 한 손으로 손전등을 꽉 움켜쥐고 다른 한 손으로 철제 사다리의 수직봉을 단단히 그러잡았다. 가로대를 열 단에서 열다섯 단도 채 못 내려갔을 때 다른 무엇보다도 두려움 때문에 땀이 흘렀다.

이후 티케이크는 마음을 다잡을 수 없었다. 집중력이 흐트러지기 시작하더니 추락에 대한 생각이 밀려들었다. 먼저 한쪽 발이 가로대에서 미끄러져 떨어지고, 그다음에는 정강이가 가로대에 쾅 하고 부딪치고, 양다리가 따로 나뉘면서 힘줄이 고통스럽게 늘어나고, 봉을 잡고 있던 양손이 마구 흔들리면서 어쩌면 몸이 탄력을 받아 체중이 실려 떨어지려는 것을 버티려하다가 손가락 한두 개가 툭 부러질지도 모른다. 그러고 나서 분리의 순간이 찾아오면 양손이 허공에서 허우적대고, 양발이 갑자기 제멋대로 움직이면서 만화영화의 정지 화면이 연출된다. 그는 비명을 지를까? 아니면 입을 굳게 다물까? 수십 미터 아래의 암흑 속으로 곧장 추락하기 시작하면 눈이 커지다 못해 눈알이 튀어나올 것 같고 입은 겁에 질려 완벽하게 둥근 O자 모양으로 벌어지면서 소리가 몽땅 빠져나가 소리 없이 도와 달라고 간청하게 될까? 그리고 마침내 그가 맨 밑의 시멘트 바닥에 부딪히면서 그 충격으로 제일 먼저 양발과 다리가 몸통으로 납작하게 접혀 들어가고 긴 다리뼈들이 내장으로 쑥

밀고 올라가서 대퇴골이나 정강이뼈 같은 커다란 뼈가 내장 속을 저미고 갈라 창자를 뚫고 심장을 찌른 뒤 두개골 아래까지 빠르게 밀고 들어간다.

공식 사인: 자기 다리뼈에 살해된 남자.

그러고 나서 또 다른 시나리오도 떠올랐다. 이번에는 자유 낙하하는 광경이 아니었다. 사건이 잇달아 일어나는 과정에서 한 발이 미끄러져 깔끔하게 떨어지는 대신 발이 가로대들에 걸리는 그림이었다. 이때도 추락하긴 하지만 왼쪽 무릎이 구부러지면서 몸이 거꾸로 매달려 있을 것이다. 왼쪽 무릎이 부자연스러운 각도로 접질리면서 결코 감당이 안 되는 수준의 무게와 회전력을 견디다가 슬개골 양면의 인대들이 끊어지는 소리가 들린다. 이 시나리오에서는 당연히 그가 비명을 지를 것이다. 그렇게 매달려서는 잘게 조각 난 무릎이 거꾸로 뒤집힌 그를 지탱한 상태에서 머리가 밑에 있는 철제 가로대들에 쾅쾅 부딪칠 때 부상당한 동물처럼 꽥꽥 소리를 지를 것이다. 손전등이 손에서 빠져 추락하면서 빛줄기가 미친 듯이 사방으로 퍼져 나가다가 마침내 저 아래 바닥에 떨어져 산산조각 나면서 수직통로 안쪽으로 빛이 튀어오를 것이다.

나오미는 위에서 소리치며 그를 구하려 할 것이다. 가로대를 세 단이나 밟고 내려와 한쪽 팔을 고리처럼 만들어 사다리를 잡고 최대한 몸을 아래로 숙여 거의 암흑 직전에 있는 티케이크를 위해 팔을 휘두를 것이다. 그러나 나오미는 티케이크가 쭉 뻗은 손에 닿지 못하고 되레 자신이 잡고 있던 사다리를 놓치고 만다. 이제 추락하는 그녀는 아무것에도 걸리지 않고 90센티미터 아래에 있는 티케이크에게로 곧장 떨어질 것이다. 두 사람의 체중이 합쳐지면서 티케이크의 무릎이 탈구되고 가로대에 낀 다리의 정강이뼈가 부러진다.(두 가지 시나리오에서 정강이뼈는 똑같이 큰 부상을 입는다.) 그리고 골절된 다리는 형태가 갖춰지지 않은 상태로 사다리의 가로대에서 스르르 빠져나온다. 결말은 이전 시나리오의 그것과 거의 같아서 마지막에 급정거한 만큼 효과가 큰 추락은 아닐 것이다. 다만 이번에는 바닥에 거꾸로 부딪쳤기 때문에 티케이크의 사인은 '남자는 거꾸로 떨어져 머리를 부딪침'으로 바뀔 테고 나오미의 사인은 '여자는 캄캄한 수직 시멘트 갱도를 한 손으로 기어 내려가는 멍청이와 어울리다가 사망'이라고 기록될 것이다.

티케이크의 마음은 그저 정처 없이 헤매기만 한 게 아니라 잠깐 여행을 떠났더랬다. 하지만 그러면서 적어도 시간을 조금 때웠고 그사이 두 사람은 이미 서른네 개의 가로대를 밟고 내려가 위에서 봤던 회색의 깎인 자국에 도달했다. 티케이크는 한 팔을 구부려 가로대 사이에 걸고 양발을 모은 뒤 몸을 가누고 콘크리트 수직통로의 표면에 손전등을 비추었다.

"이거 문인데요."

나오미가 바로 위에서 내려와 그곳을 쳐다봤다. 글자 네 개가 보였다. 돌이켜 생각해 보니 두 사람이 말한 내용을 확인하기 위해 거기까지 내려갈 필요가 없었다.

지하 3층.

나오미가 고개를 끄덕였다.

"그러네요, 내가 생각했던 대로네요. 계속 가고 싶죠?"

티케이크는 자신이 치른 대가를 아직 보상받지 못했다고 생각했다. 닫힌 문에 빛바랜 검정색 글자로 쓰여진 '지하 3층'을 보려고 고용주네 건물 벽을 때려 부수고 시멘트 바닥을 장도리로 쳐서 뚫고 자신의 죽음을 완전히 다르면서도 처참한 두 가지 광경으로 생생하게 그린 게 아니었다.

티케이크는 나오미의 말에 대꾸하지 않고 손전등을 바지 주머니에 쑤셔 넣었다. 손전등을 그대로 켜 둔 데다 빛줄기가 위쪽을 향하게 넣었던 터라 나오미가 내려오는 길을 밝혀 줄 수 있었다. 양손이 자유로워졌으니 티케이크의 몸놀림은 훨씬 빨라질 터였다.

두 사람은 계속해서 아래로 내려갔다.

14

배기관 뒤편 자갈에 한바탕 토하고 헛기침을 하고 침을 뱉고 코 안쪽이 쓰라릴 때까지 코를 푼 무니는 자동차 뒷자리에서 때 묻은 해변용 수건을 꺼내 얼굴에 남아 있는 고양이 내장

입자를 전부 닦아 낸 뒤에야 제대로 생각할 수 있었다. 어느 정도까지만 말이다. 사실 이해할 수 없는 일이 벌어졌기 때문에 자초지종을 다 알 수는 없었지만 가까스로 호흡을 가라앉히고 심박수를 정상 수준에 가깝게 떨어트렸다. 그제야 몇 초마다 "이런, 세상에, 오우, 하느님 맙소사, 이게 대체." 같은 소리들을 꽥꽥 내지르던 것을 겨우 멈췄다.

오물을 닦아 내자 곧바로 엄청난 갈증이 몰려왔다. 다행히도 한 병 남겨 뒀던 칵테일을 보니 사슴을 치기 직전에 뚜껑만 살짝 따 놓았던 터라 아직도 거의 가득 차 있었다. 무니는 조수석 바닥 매트에 물이 괴어 있는 곳에서 칵테일 병을 집어 들어 한 입에 길게 들이켜 다 마셔 버렸다. 그때쯤 따듯해진 술은 도수가 더 높아진 맛이 났는데 그 순간 무니에게 필요한 게 바로 독한 술이었다. 뇌로 약간의 용기가 밀려들었다. 익숙하면서도 또한 다른 느낌이었다. 무니는 자신이 더 강해지고 침착해지며 더 좋아지고 있음을 느낄 수 있었다.

그는 또한 걸어 다니는 신종 코르디셉스 전파 기구가 돼 가고 있었다. 신종 곰팡이에 감염된 스물여덟 살짜리 인간인 무니에게는 다른 감염자들과 다른 중요한 특징이 있었다. 여러 칵테일과 일반적인 와인 제품처럼 바틀스앤드제이미즈도 FDA 규정에 따라 방부제로 허가된 이산화황을 최대치까지 사용한다. 이산화황은 지구상에서 가장 효과적인 항균물질 가운데 하나로서 생장에 대단히 적대적이다. 기체 형태일 때 이산화황은 공기를 흡입하는 생물체에게 치명적일 수 있어서 실제로 화산 분출 때 주된 사인이기도 하다. 화산이 분출할 때 사람을 죽게 하는 것은 용암이 아니라 바로 유독 가스다.

하지만 액체 형태일 때 적정 농도의 이산화황은 꽤 유익할 수 있다. 액체 형태의 이산화황은 소화기 계통에 침습 미생물의 생육을 막아 줄 뿐만 아니라 발효는 물론 저장 과정 동안에도 유리로 된 와인 용기 자체를 사실상 소독해 주고 보존해 준다.

무니가 마지막으로 마신 칵테일은 맛이 좋고 취기를 돌게 하는 것 외에도 최고의 생장 억제제 역할을 했다. 앞서 신종 곰팡이에 희생당한 사람들은 기습 공격에 속절없이 무너진 데 반해 칵테일을 마시고 취한 무니는 진창 속에서 느리고 꾸준하게 펼쳐지는 보병의 공격을 받고 있었다. 결국 침략군 '신종 코르디셉스'가 승리할 테고 무니는 패배할 테지만 한참이 지나야 끝날 전투였다.

자기도 모르게 이승에서 몇 시간을 더 살게 된 무니는 차에서 물러나서 몇 시간 전에 벌어졌던 사건들을 되새겨 봤다.

많은 장면들이 떠올랐다. 사슴이 '죽었다'는 사실은 의심의 여지가 없었다. 미스터 스크로긴스 또한 마찬가지였다. 더구나 그 고양이는 얼굴과 대가리가 절반이나 없어진 상태였다. 그런 불구가 되고도 살아남았다고 생각하니 어처구니가 없었다. 초자연적이고 불경스러운 일이 벌어지고 있다고밖에는 설명할 길이 없었다. 그게 뭐든 간에 말이다. 세상은 그가 결코 이해하지 못하는 여러 거지 같은 일들로 개판이 돼 버렸다.

'그럼 나는? 구체적으로 나 무니는 이 와중에 어디 있는 거람? 어쨌든 내가 실제로 한 게 뭐냐고?'

가끔 분석적인 사고를 했던 무니는 이번에도 그것을 써먹어 봤다.

'내게 일어날 수 있는 최악의 상황은 뭘까? 물론 내가 사슴을 친 건 맞아. 그래, 그리고 총으로 마구 쏴 죽였어. 또 병든 고양이도 죽였지. 하지만 이런 건 전혀 범죄가 아니야.'

남의 사유지에다 죽은 동물들을 묻는 것은 범죄가 될 수도 있겠지만 무니는 그렇게 하지 않았다. 아니, 그럴 기회가 없었다. 죽은 사슴은 도망쳐 버렸고 반쯤 죽은 고양이는 나무에 기어 올라가 폭발하고 말았다. 그게 전부입니다, 경관님.

그렇게 생각하니 경찰에 대한 두려움을 떨쳐낼 수 있었다. 무니는 불법적인 일은 전혀 하지 않았다. 오직 사회적 비난과 하느님만이 두려울 뿐이었다. 그런데 사회가 그를 비난하려면 그가 괴짜이며 동물 도살자임을 알아야 하는데 자동차 트렁크에 남아 있는 뭔지 모를 것들 외에는 그런 사실을 입증할 만한 증거가 없었다. 무니는 자동차 쪽으로 살살 다가갔다. 탑승했던 동물들이 서둘러 떠난 뒤 처음으로 2미터 안쪽까지 접근했다. 비어 있는 트렁크에는 내장이 전혀 없어 다행이었지만 사슴이 흘린 피가 꽤 많았다. 또한 초록색과 갈색이 섞인 기괴한 분비물이 트렁크 바닥을 절반이나 뒤덮고 있었다. 동물이 죽거나 그럴 때 몸 밖으로 나오는 똥인 게 틀림없었다.

그게 뭐든 말끔히 닦아서 없앨 수 있었고 그 정도의 일은 충분히 할 수 있었다. 정원용 호스와 낡은 수건 몇 장에 20여 분만 투자하면 될 일이었다. 그러면 영영 아무도 모를 터였다. 그러자 사회적 비난을 받을까 두려웠던 마음이 사라졌다.

불행히도 중요한 게 남아 있었다. 하느님이 알고 계신다는 사실이었다. 하느님은 거지 같은 그 모든 일들을 알고 계시니 도저히 기뻐할 리 없었다. 무니는 자신의 영혼이 두려운 게 아니었다. 그가 개인적으로 품고 있는 신에 대한 개념은 약간 바로크 시대의 특징을 띠고 있었고 구약성서에 더 바탕을 두고 있었다. 무니는 하느님이 응징을 굉장히 좋아하며 응징은 메스껍고 모순적일수록 효과가 크다는 것을 알 만큼 충분히 세상을 알고 있었다. 물론 하느님은 친절하고 다정했지만 또한 직장암을 만들어 내기도 했다. 그러니 이보다 더 사악한 인간 살상법을 생각해 낸 초악당이 어디에 있을까? 없으니까 괜히 확인한다고 헛힘 쓰지 마라.

당연히 하느님은 무니가 오늘 밤에 한 일들을 알아채고 못마땅해하면서 정당한 분노를 폭발시키기 시작했을 것이다. 그 첫 단계로 그를 몹시 괴롭히려고 순진한 생물체들을 다시 살려냈고 두 번째 단계에서 그의 얼굴에 내장을 떨어트렸다. 무니는 그 내용이 뭐가 됐든 자신이 세 번째, 네 번째, 다섯 번째 단계를 기다릴 마음이 없음을 확실하게 알고 있었다.

그는 사과해야만 했다.

지난번에 하느님에게 과오를 저질렀을 때에는 인생에서 4년 가까이 그 대가를 치렀지만 이번에는 몇 시간 무릎 꿇는 것으로 끝낼 수 있기를 바라고 있었다. 2번가에 위치한 성 베네딕트 수도원은 밤새 열려 있어서 무니는 이전에 속죄가 필요할 때면 그곳을 이용하곤 했다. 실제로 프란치스코 수도회의 수도사들이 운영하는 그 수도원에 가면 수도사들의 고깔이 달린 검정색 예복에서 정말 진짜 같은 도덕적 판단의 고행이 전해졌다. 나무 재질의 현대풍 신도석은 바티칸의 재가를 받지 못했겠지만 제단 앞에는 바닥을 따라 길게 화강암 석판이 깔려 있어서 무니는 그곳에서 긴 시간 동안 무릎을 꿇고 이런저런 일에 대해 하느님께 용서를 빌었다. 석판은 우묵한 자국이 나 있고 울퉁불퉁했기에 무릎을 꿇고 나서 처음 5분이 지나면 통증이 밀려오기 시작해서 1시간을 꽉 채우고 나면 너무 많이 아파서 집중을 할 수 없었다. 아주 나쁜 죄를 지었을 때는 어찌나 오래 무릎을 꿇고 있었는지 바지 안쪽 피부가 갈려 일어서면 전체 피부층이 벗겨져 떨어져 나가곤 했다. 차에 탈 때쯤에 무릎에서 흘러나온 피가 바지에 배어들면 기도를 제대로 해내 죄를 사함받았다는 신호로 받아들였다.

물론 수도원에서 아무리 많이 속죄해도 충분하지 않을 때도 있었다. 그때 그가 올린 모든 기도들에 대해 하느님은 일관되게 "안 돼."라고 대답했더랬다. 반시간 동안 무릎을 꿇고 그녀를 물리칠 힘을 달라고 빌었지만 안 된다는 대답만 돌아왔다. 그가 그녀와 섹스를 한 후 1시간 내내 무릎을 꿇고 용서를 구하고 더욱 중요한 문제인 그에 따른 결과들을 이번 한 번만 눈감아 주고 그녀가 제발 임신하지 않게 해 달라고 빌었지만 대답은 "안 돼."였다. 두 시간을 더 무릎 꿇고서 하느님의 지혜와 판단으로 그녀를 인도하고 설득해 자신과 결혼하게 해 달라고 간청했지만 대답은 "꿈도 꾸지 마, 멍청아."였다. 그리고 마지막으로 사흘 동안 무릎을 꿇고 기도하는 데 그치지 않고 아주 엄격한 단식도 병행하다가 실신하고 말았다. 그가 너무나 여러 번 실신하자 데니스 수사는 수도원에 그만 오든지 아니면 최소한 무릎 방석을 사용해 달라고 부탁했더랬다.

하지만 그렇게 올린 기도들의 목적 또한 격렬하게 거부당했다. 아기는 자궁에서 죽지 않았고 사산되지도 않았으며 건강한 그의 딸아이로, 아니 그와 나오미 윌리엄스의 사생아 딸로 태어났다. 스나이더 집안 사람들이 모두 그를 용서했지만 하느님은 용서하지 않았고 앞으로도 꽤 오랫동안 용서할 의도가 없는 게 아주 확실해 보였다.

아직도 그때의 마이크 그대로인 그는 나오미가 병원에서 아기를 데리고 집에 온 그다음 날 우연히 루카복음 12장 48절을 보게 되었다. "그러나 주인의 뜻을 모르고서 매 맞는 짓을 한 종은 적게 맞을 것이다. 많이 주신 사람에게는 많이 요구하시고, 많이 맡기신 사람에게는 그만큼 더 청구하신다."

분명 이번에는 하느님이 꾸물대지 않는다는 생각이 들었다. 하느님께서 그에게 이삭이 사막에서 했던 것과 같은 희생을 요구하고 있었기에 마이크 스나이더는 그게 무엇인지 알아내야만 했다.

평화봉사단에 가입하면 좋은 점들은 아주 많았다. 탈출할 수 있고 이웃에게 봉사할 기회가 생기며 현실에서 벗어날 수 있고 하느님과의 거래를 청산하고, 아싸, 도망갈 수 있었다.

그러나 애석하게도 가입을 거절당했다. 알고 보니 평화봉사단은 준수한 이력서와 실전 기술이 있는 대학 졸업자들을 찾고 있었다. 실제로 무언가를 제공해 줄 수 있는 사람들 말이다. 누가 그럴 줄 알았겠나?

그런데 그리스도교 봉사단 주식회사에서는 현재 출생지에서 기소를 당한 상태만 아니면 거의 누구나 받아 줬다. 이 봉사단은 우간다 정부와 접촉해 적당한 수수료를 내고 저렴한 주택을 짓고자 했다. 현지 용어로 수수료라는 것은 굉장히 부풀려진 액수로 수수료를 분배하는 정부 관리들이 엄청난 뇌물을 챙긴다는 뜻이었다. 어떻든 간에 마이크는 난감한 가정 상황을 벗어나야 했다. 봉사단은 그런 그에게 기꺼이 쏠쏠한 사례비를 지급하려고 했으며 마이크의 가족이 그를 성인으로 생각하자, 그는 그 단체에 가입했다.

우간다에 도착하고 몇 주도 지나지 않아서, 함께 일하는 현지의 일꾼들은 그를 무니야가의 줄임말인 무니로 부르기 시작했다. 그 호칭이 마음에 들었던 마이크는 나중에 무니야가가 어느 빌어먹을 아프리카 말로 '다른 사람들을 괴롭히는 사람'이라는 뜻임을 알고 나서도 새 이름을 계속 쓰기로 했다.

그는 그렇게 무니로 새 출발을 했다.

그리고 바로 몇 달 전에 애치슨에 있는 집으로 돌아와 영웅처럼 환대를 받으며 다시 한 번 가족들의 거북할 정도로 꽉 껴안는 인사에 말려들었다. 무니는 집에 도착해서 가족들이 그렁그렁한 눈으로 그를 바라보고 멋대로 재단하며 그의 나약함과 비겁함 그리고 그에게 예술적 재능이 전혀 없는 것으로 밝혀진 일 등을 전부 용서했노라고 말하는 순간 거의 곧바로 집에 돌아온 것을 후회했다.

가족들은 무니가 딸아이에게 관심을 갖게 해서 최소한 세라를 보러 가게라도 하려고 애썼지만 그런 일은 일어나지 않을 터였다. 그 아이의 엄마를 볼 생각을 하면 분명 흥분되지만 아이는 결코 아니었다. 하지만 나오미도 그를 전혀 보려 하지 않을 터였다.

집에 돌아온 지 사흘이 지나자 마이크는 다시 나갈 방법을 궁리하기 시작했다. 어쩌면 부다디리로 다시 가서 친구 대니얼 마파비를 만날 수도 있었다. 마파비는 부다디리에서 건설교통부와 달콤한 거래를 맺고 비용을 두 배로 들여 전국에 학교를 건설하고 있었다. 나카다마가 취임한 뒤부터 예산에서 물 쓰듯 쓰는 우간다 돈이 많았는데 마이크는 관련자들과 안면이 있는 이들을 잘 알고 있었다. 그곳에 다시 2년 동안 가 있으면 가족과 영원히 헤어져 두 번 다시 그를 용서했다는 소리를 듣지 않아도 될 만큼 충분한 현금을 쥐게 될 터였다.

하지만 하느님은 별개의 문제였다. '그분'의 눈은 그가 가는 곳마다 그를 따라다녔다. 그래서 오늘 밤에도 성 베네딕트 수도원에 가서 용서를 구하고 그와 같은 끔찍한 밤을 끝내 달라고 빌어야 했다.

무니는 차에 올라타서 시동을 걸었다, 그런데 딸깍하는 소리가 났다.

그럼 그렇지.

다시 시동을 걸었다.

끽끽 하는 소리조차 나지 않고 그냥 딸깍 하고 말았다. 시동 장치가 작동을 안 했다. 무니는 차에서 내려 있는 힘껏 문을 세게 닫았다. 차 문이 되튀어 열리자 훨씬 세게 쾅 하고 다시 닫고 나서 문 한가운데의 정사각형 부분을 발로 쾅 찼더니 제법 크게 찌그러졌다. 보험 신고서를 쓰려면 한 가지가 더 필요했다. 무니는 주변을 둘러보며 저 멀리 외떨어진 곳을 가늠해 봤다.

언덕 아래에 있는 자동차가 또다시 눈에 들어왔다. 그 차는 물품 보관소 입구 근처에서 주차장을 환히 밝히고 있는 수은 증기등 바로 아래에 주차돼 있었다. 희부연 노란색 불빛 속에서 차의 뒤쪽 끝이 보였다. 10년 된 도요타 셀리카였다. 순간 무니의 마음 깊은 곳에서 뭔가 낯익은 느낌이 들었다. 서둘러

진입로로 내려가 자동차가 있는 곳으로 걸어갔다. 가까이 다가가자 왼쪽 뒤 범퍼에 붙은 스티커가 보였다. 훨씬 더 가까이 가자 스티커 문구를 알아볼 수 있었다.

2012년도 인문계고 우등생의 자랑스러운 부모

믿을 수 없었다. 무니가 아는 차였다. 그것은 나오미 부모님의 차였다. 아니, 과거 한때 그녀의 부모님이 몰던 차였다. 아마 지금은 나오미의 차가 되었을 터였다. 무니는 그 차에서 몇 번 재미를 봤더랬다. 웃음이 번지기 시작하면서 마치 과거 진한 키스의 기억들에 홀린 듯 그 차에 마음이 끌려 걸음이 더 빨라졌다. 나오미가 학교에 다니고 있고 밤에 어딘가에서 일을 하고 있다는 소식을 들었다. 그러니 그곳에서 일하고 있는 게 분명했다. 간절히 필요한 때 꼭 있었으면 하는 바로 그 장소에 나오미가 있었다. 그것이야말로 하느님의 뜻이 아니라면 무엇이겠는가? 마이크는 촉촉한 밤공기를 깊이 들이마셨다. 확실히 기분이 훨씬 좋아졌고 생각도 더 또렷해졌다.

'안으로 들어가서 나오미를 찾아라, 그게 내가 할 일이다, 나오미를 찾아라, 나오미를 찾아.'

몸과 마음이 점점 편안해졌고 시시각각으로 더 나아졌다. 마이크는 목을 쭉 빼고 더 빠르게 걸어갔다.

모든 게 다 잘될 것이다. 나오미는 그를 보면 무척 행복해할 것이다.

모든 게 명확해졌다.

<u>15</u>

티케이크와 나오미는 사다리 맨 아래에 도착했다. 다시 딱딱한 땅을 밟으니 기분이 '째졌다'. 티케이크의 주머니에 들어 있던 손전등이 내내 위를 비춰 주었고 그는 한참 전부터 거의 무아지경에 빠져 있었다. 그의 몸은 기계처럼 한 단을 내려가고 양손을 미끄러지듯 옮기고 또 한 단을 내려가고 양손 옮기기를 반복했다. 저 아래로는 온통 커다란 검정색 잉크 웅덩이뿐이었기 때문에 내려다봤자 아무 소용이 없었다. 한 단 한 단 내려가며 양손을 옮기는 것만이 최선이었다. 티케이크는 지하 4층이 표시된 회색 문에 도착했을 때 잠시 망설였지만 나오미는 아예 아래를 내려다보지도 않았다. 물론 그녀가 내려다봤더라도 두 사람 모두 맨 밑바닥까지 쭉 내려가야만 만족한다는 것을 아주 잘 알고 있었기에 티케이크는 씩 웃고 계속 내려갔을 것이다.

그렇게 두 사람은 계속 아래로 내려갔고 한참이 걸려 맨 밑바닥에 도착했다. 정말 오래 걸렸다. 모식도만 봤다면 티케이크도 지하 4층에서 약 30미터만 내려가면 맨 밑바닥 층이 나오리라 추측했을 터였다. 하지만 막상 내려와서 생각해 보니 모식도에서 맨 밑바닥 층과 그 구역으로 통하는 공간 사이에 들쭉날쭉한 선이 그려져 서로 끊어져 있었는데 많은 흙이 버려져 있다는 것을 뜻하기 위해 그렇게 표시해 둔 게 틀림없었다. 한 단 내려가고 양손을 움직이면서 계속 이동하는 수밖에 없었다. 티케이크의 마음이 살짝 흔들렸다. 이번에는 기분 좋은 흔들림이었다. 내려오는 내내 불빛이 비추는 곳은 자신의 위쪽 딱 한 군데밖에 없었고 그가 그런 위쪽에서 선명하게 볼 수 있는 것은 나오미의 엉덩이밖에 없었기 때문이다. 티케이크는 그것을 그녀의 엉덩이라고 부르거나 엉덩이로 생각하지 않으려고 조심했다. 물론 그것은 나오미의 엉덩이였고 정말 멋진 엉덩이였다. 하지만 정신을 가다듬은 티케이크는 존중의 차원에서 그와 같은 생각을 하지 않으려고 무진 애를 쓰고 있었다.

나오미가 술을 마시지 않는다고 했으니 함께 데이트를 하러 나간다면 무엇을 할지 궁금해졌다. 사실 티케이크도 예전만큼 술을 썩 즐기지 않았다. 술을 마시면 기분을 종잡을 수 없었기 때문이다. 그러면 안 되는 때에 화가 났고 아무 이유 없이 기분이 좋아졌다. 아울러 나이가 들수록 술에 찌든 사람들 때문에 귀찮은 일이 많아졌다. 더구나 술을 마시면 밤에 깨는 일이 자주 있었다. 몇 년 전만 해도 한 번에 12시간을 잘 수 있었지만 이제는 그럴 수 없었다. 애석하게도 맘껏 술을 마시던 시절이 그립긴 했지만 아침에 100퍼센트 맑은 정신인 게 꽤 괜찮다는 것을 알게 됐다. 그러니 뭐 술을 못 마신다 해도 괜찮았다. 하지만 술도 안 마시고 취하지 않으면 이 근처에서 할 게 뭐가 있을까 싶었다.

두 사람이 커피를 마시다가 마음이 통해 흥분하는 장면을 상상해 보았지만 누가 그런 걸 원할까 싶었다. 그래서 이번에는 함께 운동하는 장면을 그려 봤다. 나오미는 땀에 흠뻑 젖어 있고 땀으로 번들거리는 남자가 함께 딱 붙어서 운동을 하는데, 아이고, 잠깐만, 또다시 그림이 요상한 방향으로 그려졌다. 다시 두 사람이 나오미의 딸을 데리고 영화를 보러 가는 장면을 상상해 봤다. 아마 아이는 영화를 보다가 어느 순간 겁에 질려 티케이크의 무릎으로 뛰어들지도 모른다. 그러면 그는 '괜찮아, 얘야, 괜찮단다, 고개를 돌리고 눈을 가리렴, 그럼 아저씨가 귀를 막아 주고 무서운 장면이 다 지나가면 눈을 뜨라고 말해 줄게, 아저씨가 너를 지켜 줄게.'라고 말할 테고 나오미는 그를 쳐다보며 미소를 지을 것이다. 티케이크는 아이들과 잘 지냈고, 아이들을 돌보는 일을 전혀 개의치 않았다. 그러니 아마 실제로도 잘 할 수 있을 텐데…….

마지막에 티케이크는 떨어지고 말았다. 하지만 겨우 한 단 아래로 떨어졌을 뿐이다. 오른발을 바닥에 세게 부딪쳤다. 거기가 바닥인 줄 몰랐던 터라 중심을 잃으면서 왼발이 마지막 단에서 미끄러지면서 떨어졌던 것이다. 티케이크가 으악 하고 소리를 지르자 나오미가 돌아봤다. 티케이크는 나오미를 돕기 위해 손을 뻗어 올렸다.

"조심해요."

나오미가 그의 손을 잡았고 티케이크는 그녀가 마지막 단에서 무사히 내려올 수 있게 도와주었다. 마침내 두 사람은 함께 바닥을 밟고 섰다. 그곳 맨 밑바닥은 15도 정도가 아닐까 싶게 서늘했고 의외로 축축했다. 티케이크는 주머니에서 손전등을 꺼내 위쪽을 비추었다. 이번에는 불빛이 까마득한 위쪽으로 끝없이 이어진 캄캄한 터널 속으로 사라졌다. 티케이크가 손전등의 방향을 바꿔 정면에 자리한 문을 비추자 또 다른 움푹 들어간 회색 문이 모습을 드러냈다. 하지만 이번 문은 먼저 봤던 것들보다 크기가 큰 데다 빗장과 레버를 연이어 설치해 육중하게 보강해 둔 상태였고, 가로로 '디트라(DTRA) 외 출입금지'라고 검정색 스텐실 스프레이 페인트로 표시돼 있었다.

"디트라가 뭐죠?"

티케이크가 물었다.

"같이 알아봐요."

나오미가 구글에서 검색해 보려고 휴대전화를 꺼냈다.

"신호가 안 잡혀요."

"오싹하네요."

티케이크는 잠시 생각을 해 보고 문을 쳐다봤다. 잠수함 승강구와 더 비슷한 문에는 강철 널로 십자 무늬의 복잡한 격자 세공이 들어가 있었는데 모든 무늬가 모서리에서 합쳐져서 커다란 검정색 손잡이로 이어져 있었다. 손잡이를 잡아당기면 경첩이 달린 널들이 맞붙어 끌려 나오면서 문이 열리는 게 아닐까?

"들어가려고요?"

나오미가 물었다.

"저 글자들이 뭔 약자인지 정말 알고 싶은데."

"나도요."

"왠지 내가 더 많은 걸 알고 싶어 할 거 같은데요."

"만약 '만지지마(Don't touch), 방사능이야(Radiation), 멍청아(Asshole)'의 약자면 어쩌려고요?"

"예, 재밌는 헛소리 잘 들었습니다."

"다시 올라가자고 해도 난 괜찮은데."

물론, 그녀의 말이 헛소리만은 아니었다. 정말 그런 일이 벌어질 수도 있었다. 티케이크가 손잡이를 잡으려고 손을 뻗자 나오미가 팔을 잡아 그의 눈길을 끌었다.

"농담 아니에요."

나오미를 돌아본 티케이크는 10억분의 1~2초 동안 그것에 대해 생각했다. 정말이지 그 순간보다 더 완벽한 때가 있을까 싶었다. 드디어 키스의 순간이 다가온 것이었다. 아니 꼭 그래야만 했다. 그게 아니면 적어도 두려운 순간에 서로의 마음이라도 사로잡아야 했다. 나오미 같은 여자와 함께 그런 순간들을 맞이할 기회가 쉽게 생길 것 같은가? 지금껏 척박하고 험난했던 그의 애정 생활을 고려하면 그럴 가능성은 없었다. 그러고 보니 맙소사, 고등학교 중반기 시절 이후로 제대로 된 연애 감정을 키워 본 적도 없었다.

티케이크는 절대 다시 올라가지 않으리라 결심했다. 거기까지 내려온 두 사람은 그 일을 마무리 지어야 했다.

손잡이는 생각보다 훨씬 쉽게 움직였다. 문 열림 기계장치는 공학 천재의 작품임에 틀림없었다. 검정색 빗장을 조심스럽게 잡아당기자 나머지 부분들은 알아서 스르르 움직였다. 각 부분마다 딱 정확한 각도에서 딱 맞는 적정량의 힘으로 다른 부분들을 끌어당겼다. 몇십 년 동안 사용하지 않았는데도 고품질의 쇠문이라서 그런지 습기가 많은 환경에서도 녹이 슬지 않은 상태였다. 십여 개에 달하는 부품이 교향악을 연주하듯 조화롭게 움직이더니 여덟 개의 이중자물쇠들이 지나 30년간 문설주에 묻혀 있던 오목한 쇠 홈들에서 쑥 빠져나왔다. 티케이크는 문을 밀어서 열었다.

무언가가 훅 튀어나와 두 사람을 세게 들이받았다. 하지만 그 실체는 그들의 상상력이 그려 내고 있던 것처럼 끔찍한 게 전혀 아니었다. 그것은 차가운 공기였다. 정말로 서늘한 게 온도가 10도는 될 법했다. 그곳으로 내려온 후 두 사람 모두 적지 않게 땀을 흘렸던 터라 서늘한 공기가 들이닥쳤을 때 정신이 번쩍 들었다.

티케이크와 나오미가 서늘함 다음으로 알아챈 것은 소리였다. 두 사람의 머리 바로 위쪽에서 물이 관을 빠르게 흘러가듯

쉭쉭 하는 소리가 들렸다. 티케이크가 손전등을 들어 올려 소리가 나는 쪽을 비추자 그 소리의 정확한 정체가 드러났다. 두 사람은 다름 아닌 수도관 아래에 서 있었다. 지하 터널의 천장에 나란히 늘어서 있는 열두 개의 수도관 속에서 물이 빠르게 돌고 있었다. 맨 밑바닥 층의 천장은 티케이크가 손을 뻗어도 닿을 정도로 낮았다. 천장을 만진 그의 손이 젖어 있었다. 수도관에서 물기가 새어 나오고 있었다.

나오미가 티케이크를 보며 물었다.

"뜨거워요?"

"차가워요, 얼음장처럼요."

"펌프 소리 같은 건 전혀 안 들리는데."

티케이크가 손에 묻은 물기를 바라봤다.

"하지만 물이 새어 나오고 있어요. 틀림없이 근방이 다 축축할걸요."

"그러게요. 축축한 게 느껴져요."

"지하를 왜 축축하게 해 놨을까요?"

티케이크가 물었다.

"그것 좀 보여 줄래요?"

나오미는 손전등을 말한 것이었다. 티케이크가 손전등을 건네주자 그녀는 그곳을 빙 둘러 비춰 봤다. 두 사람은 또 다른 기다란 터널이자 콘크리트를 바른 거대한 지하 공간에 있었다. 나오미는 물이 세차게 돌고 있는 수도관을 올려다보며 물었다.

"이 물은 어디서 오는 걸까요? 지하 냉천 같은 덴가?"

"그런 것 같군요."

통로 저 끝에서 익숙한 소리가 들려왔다.

삐이이이.

빌어먹을 그 삐 소리가 다시 들렸다. 18미터쯤 떨어진 곳에서 아주 밝게 빛나는 섬광등의 자그마한 하얀 불빛이 반짝일 때마다 동시에 그 소리가 울려 퍼졌다.

나오미가 고개를 돌려 티케이크를 쳐다봤다.

"이봐요, 엄청 가까운 데예요."

삐이이이.

티케이크가 다시 손전등을 들었다.

"내가 들고 갈게요."

그가 먼저 앞장서서 통로를 걸어갔다. 손전등으로 앞쪽을 비추면서 수도관을 따라 이동했고 나오미는 뒤에 바싹 붙어서 따라갔다. 두 사람이 그쪽으로 다가갈수록 삐 하는 소리가 점점 커졌고 섬광등 불빛은 더욱 밝아졌다. 더 가까이 다가가자 다른 출입구들의 형태를 알아볼 수 있었다. 그곳은 그냥 긴 터널이 아니라 보관소 복합시설의 또 다른 층이었다. 통로 양쪽에 여섯 개의 출입구가 있었는데 전부 다 앞서 출입문에서 보았던 것과 똑같은 종류의 복잡한 잠금장치가 설치된 육중한 보강철이었다. 출입구마다 바깥쪽에 계기판과 센서가 부착돼 있었지만 모두 다 정지된 상태였다.

출입구 가운데 두 곳의 문이 완전히 열려 있어서 재빨리 손전등으로 안쪽을 비춰 봤지만 텅 빈 상태로 검정색 콘크리트 벽과 휑한 공간만 보였다. 솔직히 그 보관소들 안에는 보이는 것보다 더 많은 게 있을 수 있었지만 티케이크는 안으로 깊숙이 들어가기는커녕 잘 보려고 아주 길게 앞쪽 길을 비추고 있는 손전등 불빛을 틀어 그 안에 들이미는 것조차 별로 내키지 않았다. 그에게는 계획이 있었다. 아주 확실한 데다 단기간에 할 것과 장기간에 할 것이 모두 포함된 계획이었다. 손전등을 비추며 앞으로 걸어가서 빌어먹을 삐 소리를 확인한 뒤 다시 위로 올라가 나오미한테 전화번호를 따서 밤에 전화를 거는 계획 말이다.

그가 계획한 일들이 1단계와 2단계까지는 잘 되어 가고 있었다. 삐 소리는 계속해서 점점 커졌고 섬광등 불빛은 점점 더 밝아졌다. 그러나 소리가 나는 곳에 가까이 갔을 때 3단계는 완전 실패로 끝날 것 같았다. 두 사람은 오른쪽에 있는 마지막 출입구에 천천히 멈춰 섰다. 그곳에 다름 아닌 위층에서 봤던 것과 비슷하지만 좀 더 상세한 데다 문 너머로 그 방만 엄호하고 있는 세로 표시 계기판이 있었다. 계기판에 붙어 있는 센서들과 장치들 중 상당수가 정지된 상태였지만 아직도 작동 중인 게 하나 있었는데 바로 거기서 경보음이 울리고 있었다. 그리고 그것은 부온도계수 서미스터 브리치였다.

티케이크는 위를 올려다보았다. 그곳 통로 끝에 오자 파형 강관 속을 도는 쉬익 하는 물소리가 훨씬 크게 들렸기 때문이다. 손전등으로 천장을 비추어 보니 수도관들이 전부 그들의 머리 바로 위쪽에서 오른쪽으로 꺾여서 두꺼운 콘크리트 외벽에 특별히 뚫어 놓은 여섯 개의 구멍을 통해 곧장 그 방 안으로 들어가게 설치돼 있었다.

삐이이이.

이제 두 사람 앞에 문 하나만 남아 있었다. 티케이크와 나오미는 서로를 쳐다봤다. 여느냐 마느냐 그것이 문제였다.

나오미가 먼저 입을 뗐다.

"아뇨, 난 됐어요."

"나도요."

두 사람은 한 쌍의 수중발레 팀처럼 거의 동시에 거기서 벗어나기 위해 몸을 돌렸다. 이제 그만할 때였다. 티케이크는 지금까지 즐거웠음을 부인할 수 없었지만 무언가 무시무시한 일이 벌어질 것이라는 생각을 떨치기 힘들었다. 물론 이번만은 안 그럴 수도 있었지만 그들은 여전히 무엇이 녹고 있는지 몰랐다. 어쨌든 두 사람은 알 만큼 알고 있었고, 둘 다 살아 있다고 느꼈으며, 티케이크는 거기서 나가면 틀림없이 나오미의 전화번호를 딸 터였다.

바로 그때 찍찍거리는 소리가 들렸다. 거기서 내내 그 소리가 났지만 티케이크와 나오미가 문에서 떨어지자마자 두 사람의 귀에 그 소리가 들렸다. 그것은 동물 한 마리가 찍찍대는 소리였다. 혹은 여러 마리의 동물들이 내는 소리일 수도 있었다. 티케이크가 손전등을 재빨리 소리 나는 쪽으로 움직이자 두 사람 뒤로 1미터가량 떨어진 바닥에 놓여 있던 털 덩어리 위로 불빛이 쏟아졌다.

처음에는 염소 털이나 동물 가죽 덩어리처럼 보였지만 그 덩어리가 '움직이다' 못해 바닥에서 발버둥치고 있었다. 티케이크와 나오미는 자기도 모르게 조금씩 더 가까이 다가갔다. 두 사람이 마침내 그 덩어리 위로 다가가 서자 손전등의 빛 웅덩이가 점점 작아지면서 더욱 환해졌다. 덩어리가 있는 곳에서는 뭔가 많이 움직였다. 물체의 중심 부분은 거의 꼼짝 않고 있었지만 가장자리 부분 주위는 온통 고르지 못한 형체들이 늘어나고 끊어진 채로 따로따로 움직이고 있었다.

그것들은 쥐의 대가리였다. 열두 개의 쥐 대가리들이 뒤엉키고 상태가 엉망인 연골 덩어리를 중심으로 대충 둥그렇게 정렬돼 있었다. 처음에 봤을 때는 착시인 줄 알고 도대체 저게 뭘까 알아내려고 끙끙댔다.

그것은 쥐였다. 한 마리의 쥐였지만 또한 열두 마리의 쥐였다. 열두 마리가 합쳐져 맨 마지막에 한 마리가 된 셈이었다. 다들 끽끽거리고 으르렁거리며 서로 물려고 덤벼들었다. 두세 개의 머리는 이웃들에게 잡아먹혀 꼼짝도 하지 않았다. 쥐들의 이빨에서는 피가 뚝뚝 떨어졌고 떨어져 나간 귀에서는 피가 줄줄 흘렀다. 우르르 몰려서 으르렁대는 쥐들은 온몸에 뒤집어쓰고 있는 이상한 초록색 수액으로 꼬리들이 붙어 버려서로 옴짝달싹도 못하는 상태였다.

티케이크는 감정을 숨기지 못했다.

"이런 젠장 맙소사!"

나오미는 구역질이 나면서도 혹하는 마음을 감출 수 없었다.

"저건 대왕 쥐예요."

"뭐, 뭐라고요?!"

"대왕 쥐요. 저게…… 음, 그거라고요."

나오미는 그 무시무시한 것을 한 번 획 쳐다보는 것 말고는 대신할 말이 없었기 때문에 쓱 쳐다본 뒤 이어 말했다.

"중세 시대 흑사병이 돌 때 저런 쥐들이 있었다는 기록이 있어요. 사람들이 불길한 조짐으로 여겼대요."

"당연히 불길한 조짐이고말고! 그러니 이름이 우라질 대왕 쥐겠죠!"

나오미는 더 가까이 보기 위해 몸을 기울였다. 그녀에게는 지적 초연함이 있었다. 늘 그 정도로 무심하게 임한다면 유능한 수의사가 될 터였다. 나오미는 고통과 기형을 들여다볼 수 있었고 감정이 아닌 임상적인 측면을 볼 수 있었다.

티케이크에게는 임상적인 측면이 전혀 없었다. 감정으로 똘똘 뭉쳐 있고 질겁하기만 했기에 그는 거리를 유지했다.

"어쩌다 저렇게 된 걸까요?"

"누구도 확실히는 몰라요. 꼬리가 서로 얽혀서 다 붙어 버렸어요. 소나무 송진 같은 게 묻어서요."

나오미는 주위를 두리번거리더니 근처 바닥에서 기다란 고철 조각을 주워 붙어 버린 꼬리 덩어리를 쿡쿡 찔러 보았다.

"그 시대 사람들은 이것들 중에서 죽은 쥐를 발견하면 보존해서 박물관에 가져다 두곤 했어요."

"그래요, 뭐, 그건 죽지 않았잖아요, 젠장 제발 좀 뒤로 물러서 줄래요?"

"애들이 뭘 어쩌겠어요, 내 다리로 뛰어오르기라도 할까 봐요? 움직이지도 못하는걸요."

나오미는 휴대전화의 손전등 기능을 다시 작동시켜 더 가까이 다가가 합쳐진 꼬리들에 불빛을 비추었다. 그렇게 가까이서 보니 초록빛을 띤 노란색의 어떤 생장물이 얼기설기 얽힌 칙칙한 분홍색 꼬리들을 완전히 뒤덮고 있었다.

"이건 소나무 송진이 아닌데요."

나오미가 몸을 더 가까이 숙이며 말했다.

"이건 마치…… 점균류 같아요."

"그래요? 멋지군요."

티케이크는 주위를 둘러봤다.

"올라갈 시간 다 됐어요."

하지만 나오미는 버르적거리는 쥐들에게 아주 바짝 다가갔다. 그녀가 다가오자 쥐들은 더 큰소리로 찍찍거렸다. 몸부림

치는 꼴이 나오미에게 다가오려고 그러는 것인지 아니면 달아
나려고 그러는지 알기 어려웠다.

"음, 당신이 걔들을 열 받게 하고 있는 거 같은데요."

나오미는 얽히고설킨 꼬리들에 불빛을 바짝 비추었다.

"아니네요, 점균류가 아니에요, 거품이 없어요. 게다가 이
게…… 조금씩 움직이는 거 같아요. 마치 곰팡이 분비물 같은
데, 맙소사, 엄청 많은 곰팡이네요."

티케이크는 살살 움직여 아주 조금 가까이 가서 꿈틀거리는
덩어리에 좀 더 센 손전등 불빛을 비추었다. 불빛을 이리저리
움직여 각도를 바꿔 가며 비추자 곰팡이류 생장물이 쥐들의
꼬리에만 있는 게 아님을 알 수 있었다. 대왕 쥐의 한쪽 면 전
체에 얇게 뒤덮여 있어서 엉겨 붙은 두세 마리의 쥐들을 완전
히 덮은 것도 모자라 아래 바닥까지 계속 퍼져 있는 상태였다.
쥐들에게서 시작된 삐죽삐죽한 초록색 띠가 벽 쪽으로 이어져
있었다. 티케이크가 손전등 불빛을 위로 올려 벽으로 이어지
는 그 자국을 따라가면서 비추자 벽 자체에(혹은 벽에서부터 아래
로) 슬금슬금 퍼져서 시멘트 평판 사이의 홈을 가로질러 봉인
된 그 방의 문 모서리까지 죽 이어져 있었다.

티케이크가 더 가까이 다가가서 보았더니 분비물이 흘러나
오는 곰팡이 물질의 초록색 자국이 이중자물쇠 구멍들 중 한
개 안으로 들어가 방 안으로 사라져 버렸다. 그렇게 가까이에
있자니 문에서 무언가가 나오는 게 느껴졌다.

그것은 바로 열기였다.

티케이크는 천천히 손을 내밀어 손바닥을 쫙 펴서 철문에 대 보았다.

삐이이이.

순간 그 소리에 놀란 티케이크는 문에서 손을 부리나케 떼어 내고 펄쩍 뛰다시피 했다. 삐 소리가 울릴 때 서미스터 경보기에서 불과 몇 센티미터밖에 떨어지지 않은 곳에 서 있었기 때문에 그 소리가 귀를 때리는 것 같았다. 어찌나 놀랐던지 저절로 비명이 나왔다.

나오미가 올려다봤다.

"왜 그래요?"

"여기가 뜨거워서요. 그러니까 내 말은, 저 문이 '뜨겁다'고요. 게다가 그 징그러운 초록색 물질은 저 방에서 나오고 있고, 빌어먹을 대왕 쥐도 있잖아요. 궁금증을 갖는 거야 아주 멋지고 중요한 거긴 한데 난 왠지 이 징그러운 게 나한테까지 막 퍼진 거 같단 말이죠."

나오미가 일어섰다.

"나도 그래요."

"여기서 나갑시다."

"하지만 쟤네들을 저 상태로 둘 순 없어요."

나오미가 쥐들을 가리키며 말했다.

티케이크는 그게 무슨 소리인가 싶어 그녀를 쳐다봤다.

"그럼, 뭐, 저것들을 가져가기라도 하겠단 거예요?"

"그야 당연히 아니죠. 하지만 쟤들이 고통스러워하잖아요."

"예, 어련하겠어요. 난 내 코가 석 자예요."

"내가 할 수 있어요."

나오미의 말에 티케이크는 그녀가 쥐고 있는 쇠파이프를 쳐다봤다.

"정말 하려고요?"

"열두 마리의 동물들이 고통받게 내버려 두자고요? 굶어 죽을 때까지?"

"그게 아니라 그냥 여기서 빨리 나가 저것들 생각을 안 하고 싶어요."

"문 옆에서 기다려요, 금방 갈게요."

"좋아요. 멋져요. 당신 참 엄청 이상한 사람인데 난 왜 그런 게 좋은지 모르겠군요."

티케이크는 서둘러 자리를 뜨려고 했다.

"손전등 좀 쓸 수 있을까요?"

"절대 안 돼요."

나오미가 쳐다보자, 티케이크는 그제야 구구절절 설명했다.

"음, 내 말은요, 이게 없는 게 더 낫지 않을까 싶어서요. 알잖아요, 그냥 확 해치워 버리는 거. 이 꼴 저 꼴 볼 필요 없이, 예?"

"난 괜찮으니까 어서 가시죠."

티케이크는 왠지 배신자와 겁쟁이가 된 기분이었지만 인간의 능력으로 할 수 있는 한 그 모든 상황에서 최대한 멀리 떨어져 있고 싶었다. 모순된 욕구가 서로 부딪치는 와중에 그 더운 방과 괴이한 곰팡이 류에서 멀찌감치 벗어나고 싶은 마음이 나오미를 초장에 뿅 가게 감동시키고픈 욕구를 눌러 버렸다. 티케이크는 약 30초 동안 터널의 길이만큼 이동한 뒤 어깨 너머로 딱 한 번 뒤를 돌아다봤다. 몸을 숙인 채 넋을 잃고 대왕 쥐를 뚫어져라 쳐다보고 있는 나오미를 흘끗 한번 쳐다봤을 뿐이었다. 티케이크는 반대편 끝에 위치한 승강구에 도착한 뒤 승강구 문을 열고 원형 사다리의 맨 아랫부분이 자리한 컴컴한 공간으로 나왔다.

90미터짜리 콘크리트 수직통로의 맨 밑바닥에 있는 게 그렇게도 기쁠 일은 평생 결코 없을 터였다. 티케이크는 나오미가 의무감으로 하고 있는 그 일을 보거나 듣지 않기 위해 그 일이 마무리될 때까지만 거의 내내 문을 닫아 둔 채 기다렸다. 잠시 후 지금쯤이면 당연히 끝났겠지 싶었는데 생각보다 오래 걸리는 모양이었다. 살아생전에 붙어 버린 열두 마리의 쥐들을 불행에서 건져 준 적이 없는데, 한 사람이 그 거지 같은 일을 해치우는 데 얼마나 많은 시간이 걸리는지 그로서는 알 턱이 없었다.

몇 분이 지나자 안달이 난 티케이크가 문을 열고 살펴봤다. 하지만 벌써 저쪽에서 나오미가 흐릿한 휴대전화 불빛에 의지에 그가 있는 쪽으로 걸어오고 있었다. 가까이 온 나오미가 휴대전화의 손전등 기능을 끄자 티케이크가 손전등 불빛을 그녀

쪽으로 비추어 걸어오는 길을 환하게 밝혀 주었다. 나오미가 코앞에 도착하자 티케이크는 손전등을 올려 그녀를 비추었다.

"그 징그러운 걸 가져온 건 아니겠죠?"

"그럼요."

"정말이죠?"

"정말이에요."

나오미가 승강구를 빠져나오자 티케이크는 문을 닫고 커다란 검정색 손잡이를 제자리로 밀어 넣었다. 잠금장치가 다시 제 임무를 수행했다. 몇십 년 동안 그저 가만히 문만 쳐다보고 있다가 10분 동안 두 번이나 열고 닫게 되니 잠금장치가 정말 신이 난 게 틀림없었다. 쇠붙이끼리 덜커덩, 하는 든든한 소리를 내면서 터널을 틀어막았다.

티케이크는 사다리 위쪽으로 불빛을 비추며 앞으로 올라가야 할 거리를 가늠해 보았다.

"이번에는 앞장서고 싶어요, 아니면……."

티케이크는 나오미의 입술이 다가오고 있는 것을 보지 못했다. 그래서 그 순간을 처음부터 다시 살게 된다면 당연히 자신의 몫을 멋지게 해냈을 것이다. 어느 순간 위를 올려다보며 말하고 있는데 다음 순간 뺨에 나오미의 입술이 닿았고, 나머지 다른 뺨에서 손길이 느껴지는 찰나에 그녀가 가만히 그의 얼굴을 돌려 자신을 보게 했다. 그러고 나서 두 사람은 키스를 하고 있었다. 더 정확히 말하자면 나오미가 그에게 실제로 키스를 하고 있었다. 부드럽고 달콤하고 도톰한 입술이 느껴지는 바로 그런 키스 말이다. 키스는 티케이크가 자신의 처지를 알 기회를 갖기도 전에 끝나 버렸다. 어쩌면 그래서 더 완벽한 첫 키스가 됐는지도 모른다. 새롭고 생생하게 느껴져 그와 똑같은 것을 또다시 갈망하게 하는 그런 키스 말이다.

어찌할 바를 몰랐던 티케이크가 입을 열었다.

"잠깐만요, 이건 뭐죠?"

나오미가 살포시 웃었다.

"고마워서요. 이상야릇하면서도 멋지던걸요."

나오미는 더 이상의 말은 하지 않고 돌아서더니 다시 사다리를 기어오르기 시작했다.

티케이크는 히죽히죽 웃었다. 딱히 뭐라 부를 수 없는 그런 웃음이었다.

"피장파장이네요, 아가씨."

티케이크는 손전등을 다시 주머니에 찔러 넣고 나오미를 따라갔다. 올라가는 내내 웃음을 머금은 그는 단 한 번도 나오미의 엉덩이를 쳐다보지 않았다.

16

로베르토는 공군 기지에 도착한 순간 결국 애비게일이 고든 그레이에게 전화를 하지 않았음을 알았다. 전화를 했다면 자신을 앤드루스 공군 기지 후문에서 제지하고 포프 기지의 정문으로 보내지 않았을 테니까 말이다. 또한 두 기지의 멍청한 경비원들 때문에 10분이나 기다렸다가 지프를 몰고 활주로로 달려가지 않았을 테고, 전략사령부는 분명 그를 제416 전투비행대대의 보호하에 두지 않았을 것이며, 우선 승인을 해 줄 필요도 없고 오마하의 모든 화면에 뜨는 탑승객 명단에 올리지도 않았을 테니까.

고든이라면 신속하고 은밀하게 움직였을 것이다. 그럼 로베르토는 자식들을 만나러 서부로 향하는 항공기를 공짜로 얻어 타고 가는 그저 그런 퇴역한 장교가 되어, 미리 지정된 제916 공중급유단의 항공기를 타고 15분 전에 이륙했을 터였다. 조종사들이 관심조차 갖지 않는 늙수그레한 얼간이일 테니 탑승객 명단에 오를 일도 없었을 것이다. 그런데 현실은 정체가 뻔히 드러나, 공군이 언제든 추적할 수 있게 혼자서 C-40A 수송기 뒷자리에 타고 있었다.

우라질. 애비게일에게 지나치게 좋게 말해 준 것이 화근이었다. 로베르토는 정말이지 그 정도면 그녀가 잔뜩 겁을 먹을 것이라고 생각했다. 이륙한 지 6~7분이 지났을 때 그가 앉아 있는 황당할 정도로 편안한 가죽의자 옆에 있던 광택이 나는 호두나무 재질의 장식장에서 전화기가 울렸다. 로베르토는 전화를 받았다.

"여보세요."

"지정 부호 말씀해 주시겠습니까?"

"귀관에게 지나치게 큰 기대를 했나 보군요, 애비게일."

"지정 부호를 말씀해 주시겠습니까?"

"나도 귀관 나이였다면 똑같이 했을 겁니다. 괜찮아요, 우리가 원상 복구할 수 있으니까. 모든 걸 조금씩만 견고하게 하면 우리가 수습할 겁니다."

애비게일이 전화를 끊었다.

당연히 로베르토는 그녀가 전화를 끊으리라는 것을 알고 있었다. 애비게일에게 살짝 장난을 치고 있었다. 로베르토는 비록 자신이 지쳐 있고 생각나는 모든 이들의 운명이 위기에 처해 있다고 하더라도 다시 쓸모 있는 사람이 된 듯해 기분이 좋은 것을 인정할 수밖에 없었다. 퇴역하고 지금까지 약간 갈피를 못 잡고 있었다. 수년 동안 퇴역을 고대했지만 실제로는 준비가 안 됐더랬다. 사실 그가 집을 고친다고 벌려 놨던 일들은 전부 일종의 현실 회피였다. 그런데 이제는 그 일마저도 다 끝나 버렸다. 40년 동안 발로 뛰고 몸으로 부딪치면서 일 때문이긴 했지만 전 세계에서 온 믿을 수 없을 만큼 다양한 인물들과 유쾌한 동지애를 쌓아 왔던 사람이 하루아침에 의자에 앉아 있는 게 적응될 리 없었다. 하룻밤 사이에 될 일이 아니었고 움직이다가 갑자기 멈추면 신경 손상이 생기지 않으리라는 법도 없었다. 제아무리 좋은 의자라고 해도 말이다. 로베르토는 아내를 아주 좋아해서 언제라도 아내와 대화를 나누면서 즐거운 시간을 보냈지만 사람은 습관의 동물인지라 움직이는 데 익숙했다.

전화기가 다시 울렸다. 계속 전화기를 들고 있었던 로베르토는 엄지손가락으로 버튼을 톡톡 쳐서 첫 번째 신호음이 울리는 중간에 전화를 받았다. 그쯤에서 그만 애먹여야겠다고 생각했다.

"0, 4, 7, 4 파랑 남색."

"감사합니다."

"애비게일, 어떻게 된 거죠? 아주 구체적으로 말해 줬을 텐데요."

"이동하시는 데 뭐 문제가 있나요? 제 화면에는 선생님이 페이엣빌 상공에 계신 걸로 뜨는데요."

"고든 그레이에게 전화를 안 했더군요."

"그분과는 통화가 되지 않았습니다."

"당연히 안 됐겠지요, 새벽 2시였으니 받을 때까지는 다들 통화가 안 될 수밖에. 날 찾아낸 걸 보면 분명 통화할 수……."

"그레이 씨는 1월에 돌아가셨습니다."

로베르토의 뇌가 그 말을 세 단계로 뚜렷이 구분해 처리했다. 첫 두 단계는 가슴이 저미도록 익숙했다. 지난 10년 동안 그런 일을 너무나 자주 겪었기 때문이다. 나머지 한 단계는 정보 흡수였다. 고든 그레이가 죽었다. 언젠가 카지노 노동자들이 시위를 하고 있자 도의상 카지노 입장을 거부했던 그가 세상을 떠났다. 당시 로베르토는 이렇게 말했더랬다.

"고든, 당신은 곤드레만드레 취했고, 집세로 도박을 하고 있잖아요. 방금은 어떤 놈이 발을 밟았다고 그놈 코를 부러뜨렸어요. 지금 '라스베이거스'에 있는 거라고요. 그런데 왜 여기서 버티고 안 들어가는 건데요?"

그러자 고든이 그를 보고 씩 웃으며 어깨를 으쓱해 보이더니 한다는 말이 이랬다.

"난 모순 덩어리거든."

그 외에도 수많은 추억들이 있는데 대부분은 그보다 훨씬 덜 인자한 내용이었다. 하지만 로베르토는 항상 고든을 모순되는 성격으로 즐거움을 선사해 주는 아주 재밌는 사람으로 기억하곤 했다. 이제는 그토록 특별한 영혼과 어리석음의 분자 결합물이 더 이상 존재하지 않았다. 로베르토가 라스베이거스에서 함께했던 그 정다운 순간을 잊으면 그 순간은 곧바로 하늘로 사라질 것이다. 그리고 그런 순간은 결코 다시 오지 않을 터였다. 1단계에서는 그렇게 죽음이 갑작스럽고 아찔한 공허함을 불러일으켰다.

2단계에서는 그런 공허한 감정에 바로 뒤이어 연민이 밀려들었다. 고든의 죽음으로 남은 가족과 친구들과 전우들에게 빈자리가 생겼을 게 틀림없다고 생각하니 슬펐다. 로베르토는 뒤늦게라도 몇몇 사람들에게 위로를 건네고 전화도 몇 통 걸어야 했다.

그리고 3단계에 이르러서는 전적으로 새로운 생각이 밀려들었다. 그때까지 어느 친구가 죽었을 때도 전혀 해 보지 않았던 생각이었다. 자신도 이제 죽음이 멀지 않은 때가 됐다는 암울한 생각이 들었다. 그에게 전화를 걸어 "고든이 죽었다."고 말해 준 이가 아무도 없었기 때문에 더 그랬다. 젊을 때는 누가 죽었다는 소식을 들으면 "아이고, 아무개가 죽었단다, 너도 안 믿기지?"라고 말한다. 그러다가 나이가 들면 아는 사람이라도 있나 싶어 부고란을 흘끔거리기 시작한다. 하지만 그런다고 해서 놀랄 일은 아니다. 중년에 접어든 이들은 모두 그런 경험이 있기 때문이다. 그러고 나서 훨씬 더 나이가 들면 자연의 저격수가 친구들과 가족들을 차례로 골라 총을 쏘기 때문에 슬프고도 장황한 내용의 전화가 걸려 오기 시작한다. 그럼 장례식 정장을 한 벌 산 뒤 매번 같은 것을 맬 필요가 없도록 그에 맞는 몇 가지 다른 넥타이들도 구입한다.

하지만 이번 부고 소식은 완전히 새롭게 다가왔다. 예순여덟 살이 된 로베르토는 누군가 죽었는데 성의가 없어서가 아니라 너무나 미치도록 울적한 소식이라서 아무도 연락해 주지 않는 나이에 다다른 셈이었다.

그런 경험은 처음이었다.

로베르토는 애비게일에게 이런 심정은 조금도 내비치지 않았다. 그냥 이렇게 말했을 뿐이다.

"그랬군요."

"1월에 그러셨답니다."

애비게일이 다시 한 번 말해 줬다.

"그래서 누구한테 전화했나요?"

그녀를 대신해 남자 목소리가 대답해 줬다.

"수고했다, 벨부아, 이제 나가도 좋다."

로베르토는 애비게일과 단둘이 통화한다고 여겼던 자신을 책망했다. 현장에서 겨우 몇 년 떠나 있었다고 날카롭던 촉이 벌써 무뎌졌던 것이다. 애비게일이 전화를 끊으면서 희미하게 딸깍 하는 소리가 났다. 로베르토는 전화기 너머에서 대령이 숨 쉬는 소리를 들을 수 있었다.

"안녕하십니까, 로베르토."

"어이, 제러벡, 거 뾰루지 난 건 좀 어때?"

"사모님 말씀대로 크림을 조금 발랐더니 지금은 괜찮습니다."

사내들은 왜 서로에게 이딴 식으로 말할까? 그냥 만나서 기분이 풀릴 때까지 서로의 얼굴에 주먹질을 하자고 하면 될 텐데.

제러벡은 역할이 바뀐 게 좋아 죽겠는지 그만둘 생각을 안 했다. 로베르토가 퇴역할 때 제러벡은 대령으로 진급했는데 이제야 으스댈 기회가 왔던 셈이다.

"이건 선배님이 30년 전에 잠재워 둔 거 아닙니까?"

"아무래도 깨어난 거 같네."

"제가 듣기로는 서미스터 고장인 듯싶은데요."

"그렇게 생각해도 좋을 것 같군."

"선배님, 솔직히 말할게요. 고든 국장님에 대한 경의의 표시로 선배님을 그 비행기로 모시는 겁니다. 다른 이유는 없답니다."

또다시 왜 '아무도' 그에게 고든이 죽었다고 연락해 주지 않았을까 의문이 들다 못해 화가 났다. 정떨어지는 인간들.

"위협 평가와 냉철한 보고. 제가 원하는 건 그겁니다. 바라는 건 그게 다라고요. 아시겠습니까?"

"알았네. 그런데 자네 혹시 뢰플러 휴대전화 번호 아나?"

"이것 보세요, 로베르토 선배님. 절 짜증 나게 하려고 그러는 거 압니다, 이해합니다. 저라도 똑같이 했을 겁니다. 선배님과 제가 즐기는 일종의 유머 대결이니까요. 하지만 지금은 장난하는 거 아닙니다. 이 일은 조용하고 신속하게 처리될 겁니다. 평가와 보고. 누락되는 내용이 있으면 안 됩니다."

"필, 알았으니 작작 좀 하지. 이번 건 별일 아닐 걸세. 확인하고 바로 집에 갈 거네. 그나저나 고마워할 필요는 없네. 더 이상 요원도 아니잖나."

제러벡은 로베르토를 믿어야 할지 말아야 할지를 고민하느라 잠시 뜸을 들이다가 반만 믿기로 했다.

"저도 압니다. 시간 내주셔서 감사합니다."

"파일에서 내 이름을 삭제해야 할걸세."

"그러겠습니다. 그럼 또 연락하죠."

통화는 그렇게 끝났다. 로베르토는 전화기를 그대로 든 채 잠시 생각에 잠겼다. 창밖을 내다보니 저 아래로 샬럿의 불빛들이 보였다가 오른쪽으로 사라졌다. 서미스터 고장이라니, 바보 같은 소리.

엿 먹어라, 새꺄. 내가 가고 있는 데가 바로 보고서에 기록되지 않은 곳이다.

로베르토는 2시간도 채 안 되어 캔자스에 착륙했다. 속임수를 쓰기가 만만치 않았지만 트리니가 전화를 받으면 밖에서 시도해 볼 만했다. 전화를 암호화하려는 속임수였는데 비행기 전화로는 분명 할 수 없는 일이었다. 로베르토는 항공 여행 가방을 뒤져 아들인 알렉산더가 크리스마스 선물로 준 맥북에어(너무 비싼 선물은 모두를 불편하게 만든다, 알렉산더, 씀씀이를 좀 줄이렴.)를 꺼내 전원을 켰다. 수송기의 와이파이 신호는 그런대로 잘 잡혔다. 로베르토는 국방부 통신망과 충돌하지 않고도 운 좋게 첫 번에 토르투웹(Tor2Web)을 호출했다. 존더님(JonDonym)과 두 세 개의 다른 닷어니언(.onion) 도메인들은 이미 운영이 정지됐다는 것을 그도 알고 있었다. 다크넷은 아주 빠르게 움직이는 경향이 있기 때문에 자신이 벌써 시대에 뒤떨어진 사람이 된 게 놀랄 일은 아니었다. 다음 단계를 생각하려는 찰나에 윗옷 주머니에서 무언가가 윙윙거렸다.

위성 전화기였다. 아까 부엌 금고에서 꺼낸 바로 그 전화기말이다. 로베르토는 노트북 화면을 쳐다봤지만 모르는 전화번호였다. 경험을 바탕으로 추측하는 수밖에 없었다.

"애비게일?"

"2분밖에 통화 못 해요."

정말 그녀였다. 로베르토는 진심으로 기뻤다.

"전화를 잘못 건 거 같은데요."

로베르토는 이렇게 대답하고 위성 전화를 끊었다. 감시받을 게 거의 확실했기 때문이다. 그는 이어 노트북 자판을 몇 개 톡 톡 쳐서 자신이 신뢰하는 딥빕(DeepBeep) 사이트에 접속(천만다행으로 아직 그대로 있었다.)해서 화면을 넘겨 최소한 열 개의 암호화 접속점이 있는 첫 번째 숫자로 들어갔다. 로베르토가 애비게일에게 다시 전화를 거니 첫 번째 신호음이 울릴 때 전화를 받았다.

"여자 화장실에서 개인 휴대전화로 받는 거예요."

그녀의 목소리가 타일에 부딪쳤다가 되울렸다.

"내 백서를 읽어 볼 줄 알았는데."

"읽어 봤어요."

"그리고 그대로 믿었고."

"제가 어떻게 하면 되는……."

애비게일은 말을 멈췄다. 막 화장실 문이 열리는 소리가 들렸다. 누군가 들어왔다.

로베르토가 이어받아 말했다.

"좋아요, 내가 말할 테니 듣기만 해요. 암호화해도 수송기 와이파이는 필요한 대화를 나누기에는 별로 안전하지 않을 거예요. 그러니 나를 위해 판단을 내려줘야 해요. 이유를 만들어 빨리 거기서 나온 다음 버너를 사러 가서 트리니 로마노라는 이름의 전직 요원에게 전화를 걸어 줘요. 전화를 끊기 전에 이름을 한 번 더 말해 줄게요. 트리니가 전화를 받으면 '마고가 몸이 좀 안 좋다.'고 말해 줘요."

"마고가 몸이 안 좋다고요? 정말 안타깝네요."

아직도 부자연스러운 목소리인 걸 보니 화장실에 혼자 있는 게 아닌 모양이었다.

"그렇죠. 그런 다음에 귀관이 알고 있는 걸 말해 주면 그 사람이 목록에 있는 것들을 구하는 걸 도와줄 겁니다. 7번 목록에 있는 것도요. 7번이 특히 필요해요. 우리한테 두 시간도 채 없으니까 빨리 움직여야 해요."

전화기 뒤에서 변기 물을 내리는 소리가 들렸다. 로베르토는 이어 말했다.

"구입한 버너의 제품 번호를 믹스마스터를 통해 나한테 문자로 보내 주면 내가 차를 몰고 가면서 전화할게요."

화장실에서 물이 흐르는 소리가 들렸다. 누군가 손을 씻고 있었다.

애비게일은 한숨을 내쉬었다.

"알았어요, 엄마, 인공관절 수술하고 얼마 안 돼서 그런 걸 거예요."

로베르토는 피식 웃었다. 모든 점에서 미루어 볼 때 애비게일은 꽤 유능했다.

"귀관이 왜 내 말을 믿기로 했는지 궁금해 죽겠지만 그건 나중에 알도록 하지요. 그게 뭐가 중요한가 싶기도 하고."

화장실 문이 또다시 열렸다가 닫히는 소리가 들렸다.

애비게일의 말투가 바뀌었다.

"보고서에 쓰신 것처럼 그렇게 안 좋은 건가요?"

"전적으로. 더구나 그 일에 정통한 사람들은 모두 다 힘 있는 자리에서 물러난 상태지. 제러벡은 자러 가지 않고 상황을 계속 지켜볼 텐데 도움은 안 될 겁니다. 허나 안 믿기겠지만 전에도 내가 이 일을 다 처리했습니다."

"7번 항목까지도요?"

로베르토는 그 물음에 대답하지 않았다.

"트리니 로마노."

그는 이 이름만 말해 준 채 전화를 끊었다.

17

티케이크는 열네 살 때 첫사랑에 빠졌다. 패티 위즈뉴스키는 열일곱 살이었고 그가 그녀와 사귈 가능성은 전혀 없었지만 티케이크는 아주 강한 성충동 덕분에 신입생 때부터 선배들과 어울려 다녔다. 여느 열네 살짜리 남자아이들처럼 티케이크도 강력한 발기력을 자랑했고 자신의 성기가 이끄는 곳이면 어디든 따라다녔다. 하루는 많고 많은 곳 중에서 학교 연극 오디션장으로 이끌려 갔다. 티케이크처럼 노골적인 문제아가 보통 때 같으면 학교 연극 따위에 절대 참여하지 않았을 테지만 그에게는 불순한 동기가 있었다. 어느 날 오후에 전교생은 가을 뮤지컬을 관람해야 했다. 지질이들에게 거의 완전히 둘러싸여 뮤지컬 무대에 오른 여학생들이 매력적일 확률이 압도적으로 높다는 사실을 알아채지 못했다면 티케이크는 곤드레만드레 취했을 터였다. 결국 3주 후에 그는 다음에 무대에 올릴 새 연극의 오디션을 보러 갔다.

티케이크는 남자 사람인 데다 지구상에 살아 있다는 이유로 곧바로 배역을 맡았다. 연극은 다수의 여자 배우들이 어느 뉴욕의 아파트에서 빈둥거리며 크게 성공할 날을 기다리고 있다는 내용의 거지 같은 고전극이었다. 티케이크는 당시만 해도 가까스로 연극 제목을 알았는데 지금은 전혀 기억이 안 났다. 그가 맡은 역은 프랭크 집사라는 인물로 대사는 딱 두 줄밖에 없었다.

"루이스 양, 택시 부를까요?"

그리고 2막에서 첫 등장인물로 나와 이렇게 말했다.

"루이스 양, 택시가 기다리고 있습니다."

어느 날 밤에는 그 두 줄 대사마저도 제대로 못 하고 순서를 바꿔 버리는 통에 연극이 갑자기 중단돼야 마땅했지만 실제

아무도 눈치 채지 못했다. 어쨌거나 그는 큰 소리로 대사를 말한 적이 없었다. 나머지 이틀 동안에는 가까스로 두 줄 모두 제때에 웃지 않고 전달했다.

하지만 그의 진짜 업적은 섹스와 마약으로 가득한 열일곱 살의 천국으로 들어가게 된 것이었다. 티케이크는 나이에 비해 약간 귀여운 편인 데다 선배 형들과 어울릴 때 할 말과 하지 말아야 할 말을 알 정도로 똑똑해서 선배들은 그를 일종의 마스코트처럼 감싸며 보호했다. 아직 완전히 성장한 게 아니었던 터라 티케이크의 성욕은 특별히 위협적이지 않아서 연상의 여자들에게 접근할 기회가 무궁무진했다. 그 나이까지 살면서 뭐든 열심히 했던 것처럼 여자를 사귀는 일에도 힘을 아끼지 않았다. 공연 첫날 밤에 크레스 펙햄의 새아빠네 집에서 열린 출연진 파티 때 패티 위즈뉴스키가 화장실에서 티케이크에게 은혜로운 수음을 해 줬다. 딱 한 가지 부끄러운 게 있다면 그가 너무 취해서 기억을 못 한다는 것뿐이었다.

그때는 그랬다. 고등학교 때는 누군가 요구했다 하더라도 그가 술이나 마약의 힘을 빌리지 않고 제정신으로 성적 접촉이나 연애를 해내는 데 애를 먹었을 것이다. 티케이크는 그가 아는 대다수 사람들이 그랬듯 중학교 1학년 때부터 대마초를 피웠지만 그런 탈선은 보통 사람들이 그 나이 때 자신이 얼마나 어리석어 보이는지 신경 쓰지 않고 친구들과 어울려 저질렀던 것과 별반 다르지 않았다. 그 시절에는 다들 여자들과 있으면 만취하고 싶어 했다. 또한 구할 수만 있으면 코카인도 마다하지 않았지만, 사악할 정도로 가격이 비싸서 으스스한 이십 대 풋내기 건달들과 어울려야 하거나 아르바이트를 하는 곳에서 삥땅을 치거나 누군가의 부모 돈을 훔쳐서 현금을 마련해야 했다. 그러다 보면 시도 때도 없이 골치 아픈 일에 말려들었다. 결정(結晶) 형태의 코카인은 확실히 저렴했지만 천재가 아니어도 그 거지 같은 것을 피우면 좋은 게 하나도 없다는 것쯤은 다들 알고 있었다. 어쨌든 그것을 피웠을 때 맛보는 황홀감은 뽕 가는 것과 아무런 관계가 없었다. 피우자마자 거의 곧바로 섹스에 대한 흥미를 잃어버리기 때문이다.

고등학교를 졸업하고 아스팔트 도로를 포장하는 일을 할 때에도 티케이크의 낭만적인 삶의 모습은 크게 달라지지 않았다. 그 무렵 티케이크의 엄마였던 이들은 그의 집을 떠났고 그의 아버지는 독한 술과 나름의 허물없는 관계를 즐기고 있었다. 아버지가 항상 폭음을 했지만 주변 사람들 모두가 과음을 했기 때문에 티케이크는 대수롭지 않게 생각했다. 애치슨은 겨울이면 달의 뒤편이어서 그런지 지독하게 '음산'해서 술에 취하는 것 말고는 할 게 없었다. 그렇다고 봄과 여름에 술 마시는 것을 포기할 리도 없었다. 날씨가 좋아지면 티케이크의 아버지는 기껏해야 조금 더 즐겁게 술을 마실 뿐이었다. 적어도 축하를 핑계로 과음을 정당화할 수 있었기 때문이다.

티케이크는 그러건 말건 상관없었다. 자신이 아버지였더라도 매일 밤 진탕 마셔 댔을 테니까. 티케이크의 아버지는 구하는 족족 사라지는 거지 같은 직장을 전전하는 패배자였고, 한 명의 부인도 붙잡아 두지 못하는 부정한 아내의 남편이었으며, 해 주고 싶은 말이 전혀 없는 아들을 어쩔 수 없이 키우고 있었다. 이들 부자가 가장 끈끈한 유대감을 발휘할 경우는 그의 아버지가 티브이에서 우연히 「바보 삼총사」같이 장시간 방영해 주는 코미디를 보게 될 때였다. 거나하게 취한 티케이크의 아버지가 위층에 있는 그에게 큰소리로 "내려와서 나랑 이 웃기는 프로 좀 보자꾸나! 난 이 멍청한 놈들이 좋더라!"라고 말했다.

부자는 최대한 서로의 삶에 관여하지 않으려고 했고 대체로 잘 지켜졌다. 그리고 두 사람 모두 사는 게 개판이었다. 그것도 아주 많이.

그곳에서는 맨정신이어도 할 게 없었다. 애치슨도 한때는 살기 좋은 곳이었지만 이제는 실업률이 30퍼센트에 달하는 인적이 끊긴 시골 소도시에 불과했다. 대다수 주민들은 이런저런 만취 상태를 타당한 생명유지장치로 여겼다. 그들의 생각이 틀린 게 아니었다. 술이 효과가 있었다. 적어도 단기적으로는 그랬다.

고등학교를 졸업하고 몇 달 뒤에 티케이크는 친구와 방을 구해 독립했고 이 일 저 일을 하며 대체로 집세를 밀리지 않고 감당했으며 코가 비뚤어지게 술을 마셨다. 데이트 같은 것은 전혀 하지 못했다. 몇 번 여자를 만나긴 했지만 늘 과음한 상태에서 벌어진 일이었다. 결국 졸업하고 1년 반도 안 돼서 음주 난동 및 체포 불응으로 판사 앞에 섰고 그때 바로 판사가 군대나 교도소 중에서 선택하라고 말했다. 당시 티케이크는 "안녕하십니까, 육군 교관님."이라고 대답했다. 물론 나중에 해군을 선택해서 "안녕하십니까, 해군 교관님."으로 말해야 했지만.

해군에 입대하고 나서 2년 동안 해외의 항구들을 떠돌면서 놀랄 만큼 많은 여자들과 기회를 만났다. 특히 기자들이 늘 같이 자고 싶어 했으나 그들은 티케이크도 울고 갈 만큼 술고래였다.

이제 티케이크는 스물네 살이었다. 10년의 연애사는 흐릿한 구름이나 희부연 안개처럼 돼 버려서 무뎌진 감각을 번쩍 깨워야만 흐릿하게 기억날 뿐이었다.

그리고 지금 그 순간. 3월 15일 새벽 2시 26분에 90미터 깊이의 콘크리트 수직통로의 맨 아래에 서 있었다. 그와 같은 시간에 그런 장소에서 그 순간을 경험했던 것이다.

트래비스 미챔이 난생처음 맨 정신으로 여자와 키스를 나눴다.

그런 일이 벌어질 만한 엄청난 이유가 있었다.

나오미에게 그 키스는 몇 시간 동안 쌓여 온 순간적인 충동이었다. 그녀는 당일 오후에 한숨도 못 자고 분노와 절망으로 혼미해진 채 극도로 불쾌한 기분으로 야간 근무를 하러 나왔더랬다. 드물고도 반갑게 잇달아 2교대로 일하게 되어 그 전날 밤에도 야간 근무를 했던 터라 급여가 늘어 좋았지만 그만큼 잠을 더 못 잤다. 야간 근무를 마치고 집에 가면 세라를 챙겨 학교에 데려다 주고 운이 좋으면 아침 8시 30분쯤에 잠을 잘 수 있었다. 오후 2시 50분에 딸을 데리러 학교에 다시 가야 했기 때문에 수면 시간은 다섯 시간 반 정도였다. 그것도 본인이 듣는 수업이 없는 날에만 가능했다. 1년 전이었다면 세라를 방과 후 교실에 보낼 수 있어서 4시 30분(웬 호사!)까지는 데리러 갈 필요가 없었을 텐데 작년 말에 방과 후 교실에 지원되던 연방 보조금이 끊겼다. 이제 방과 후 교실은 '집중 학습 기회'라는 이름으로 불리며 영리 단체가 한 달에 40달러의 수업료를 받으며 운영하고 있었다. 그 돈이면 나오미의 반날치 세후 임금과 맞먹는 액수라서 경제적으로 득 될 게 전혀 없었다. 차라리 시간 외 근무를 안 하는 게 나았다.

그래서 요점은 오늘 나오미가 오후 2시에 피곤이 안 풀린 상태로 일어났기 때문에 지난 몇 년 동안 그녀를 괴롭혀 왔던 암울한 기분이 다시 활활 되살아나는 일만은 없어야 한다는 말이었다. 하지만 나오미는 눈을 뜨는 순간 검둥개가 되돌아왔음을 알아 버렸다. 검둥개는 주기적으로 자신을 집어삼키는 우울증을 가리키는 그녀만의 은밀한 별명이지 다정한 래브라도 강아지가 아니었다. 검둥개는 지저분하고 뼈와 이빨만 남아 해골 같은 똥개였다. 그래서 놈이 나타나면 나오미는 놈이 숲에서 혓바닥을 한쪽으로 축 늘어뜨린 채 누런 눈으로 잔뜩 노려보다가 자신에게 겅중겅중 달려오는 것을 볼 수 있었다.

검둥개는 대개 사나흘 동안 알씬거리곤 했다. 가끔 중간에 기분이 괜찮아져서 놈이 거처인 원시림으로 돌아갔다고 생각하는 날처럼 헛된 기대를 품을 때도 있었다. 하지만 아니었다. 놈은 그녀를 더 골치 아프게 하려고 잠시 숨어 있었을 뿐 절망에 찬 뜀박질을 끝내러 다음 날 다시 나타나곤 했다. 나오미는 그러한 시기가 찾아오면 자신이 활동할 수 없음을 알았지만 개의치 않았다. 어쨌든 그 책임은 다른 모든 이들에게 있었다. 그들이 맨 처음에 그 똥개를 불러들였기 때문이다. 정확히 어떻게 그랬는지는 모르지만 그녀가 기분이 안 좋을 때는 이성이 제대로 작동되지 않았다. 몇 년이 지나고 나서야 그 시기에는 사람들에게서 가능한 멀리 떨어져 방으로 숨어 들어가 문을 닫고 침대에서 몸을 웅크리고 있는 게 상책임을 알았다.

나오미가 어릴 때 그녀의 엄마는 이렇게 말하곤 했다.

"즐겁게 어울리지 못할 거면 다른 데로 가서 우리한테 얼씬도 하지 말아야 한다."

그때는 나오미의 엄마가 자신이 즐겁게 어울리지 못해 영원히 다른 데로 가기로 마음먹기 전이었다.

그날 밤에도 검둥개가 나오미를 직장까지 따라왔다가 그녀가 티케이크에게 말을 건네자 그때서야 비로소 가 버렸다. 전에는 그런 적이 없었다. 어떤 사람도 그 검둥개를 사라지게 하지 못했다. 하지만 티케이크는 했다. 나오미는 하역장에서 이야기를 나누기 시작하는 순간 알아챘다. 티케이크와 함께 삐 소리를 확인하러 갔던 이유는 호기심 때문만이 아니라 그와 있으면 기분이 좋아졌기 때문이기도 했다. 그녀의 마음속에 있던 검둥개가 잽싸게 뛰어나와 숲으로 들어가더니 그녀와 티케이크의 대화가 길어질수록 더 안쪽으로 사라져 버렸다. 왜 그랬을까? 티케이크는 믿기지 않을 정도로 섹시하지도 않았고 엄청나게 똑똑하지도 않을뿐더러 까놓고 말해서 전과자이기까지 했다.

하지만 티케이크는 나오미를 웃게 했고 검둥개를 가까이 못 오게 해 줬다. 그런 불가사의한 능력의 정체가 뭐든 간에 티케이크에게 그런 능력이 있었고 나오미는 적어도 오늘 밤에는 그 능력이 진짜인지 확인할 수 있도록 가까이에 있고 싶었다.

그러니까 키스는 그저 키스에 불과하지만 아까 한 키스는 두 사람 모두에게 중요한 의미가 있었다. 껍질은 깨졌으니 더 많은 것들을 기대하게 되었다.

나오미와 티케이크는 원형 사다리 맨 윗부분에서 나와 지하 2층 바닥에 열려 있는 맨홀을 빠져나왔다. 두 사람은 저 아래에서 경험한 기묘한 일들로 기분이 들떠서 소리 내 웃고 있었다. 흥분이 채 가시지 않은 채로 빠르게 위로 올라오는 내내 두 사람은 그 얘기를 했다. 다음 조치는 당연히 그리핀에게 전화하는 것이었다. 부서진 벽은 두 사람이 감수할 준비가 돼 있었다. 그들은 실제로 지하 저 깊은 곳에 진짜 문제가 생겼음을

'알아냈으며' 그 문제에 경찰과 회사와 그밖에 다른 기관이 관여할 가능성이 높아 보였기 때문이다. 두 사람은 가스 누출이나 동물 침입이나 다른 아주 끔찍한 일이 벌어지고 있는 것을 알아낸 공로로 포상을 받을 수도 있었다.

나오미가 먼저 맨홀에서 나왔다. 그녀는 티케이크가 나오는데 방해가 되지 않도록 양다리를 휙 돌려서 뺀 뒤 시멘트 바닥에 책상다리를 하고 앉아서 그가 나오기를 기다렸다. 잠시 후 주머니에서 휴대전화를 꺼낸 나오미는 원형 사다리 맨 아래쪽에 있던 문에 스텐실로 찍혀 있던 네 글자(DTRA)를 구글에 쳐봤다.

제일 첫 줄에 뜬 검색 결과는 흙길 라이더 협회(Dirt Track Riders Association)였지만 생각할 필요도 없이 그곳은 아님을 알 수 있었다. 재고의 여지도 전혀 없고 아주 짧은 순간이라도 눈길을 줄 필요가 없어서 곧바로 두 번째 링크로 넘어갔다.

"방위위협감소국(Defense Threat Reduction Agency)."

나오미가 소리 내어 읽었다.

티케이크는 맨홀에서 막 빠져나온 터라 즉각 반응을 보이지 않았다. 하지만 나오미는 벌써 링크를 타고 들어가 미국 정부의 디트라 홈페이지에 들어갔기 때문에 그가 반응을 했다 하더라도 듣지 않았을 것이다. 그녀의 관심은 온통 다음과 같이 불안감을 불러일으키는 기사 제목들에 쏠려 있었다. 스텝노고르스크 생물독소 생산 시설 단신, 합동급조위협제어국과 디트라의 관계, 신경가스에 의한 죽음: 두 명 체포, 많은 의문점들.

"이런 젠장."

나오미가 말했다.

"이런 젠장."

티케이크가 응수했다.

두 사람은 저마다 예기치 못했던 장면을 보고 있었기 때문에 거의 동시에 같은 욕을 내뱉었다. 나오미가 본 것은 방위위협감소국(이하 '디트라'로 표기) 웹사이트였다.

티케이크가 본 것은 부풀어 오른 사슴이었다.

사슴은 짧은 복도 끝에 서서 그저 두 사람을 빤히 쳐다보고 있었다. 그 장면 자체는 그렇게 놀랄 만한 게 아니었다. 사슴이야 으레 그렇게 꼼짝 않고 서서 어쩌다 이렇게 됐을까 궁금하다는 표정으로 사람들을 뚫어지게 쳐다보니까 말이다. 하지만 그 사슴은 배 속이 '움직이고' 있었다. 동물이 숨을 쉴 때마다 움직이는 게 선명하게 보였다. 곧 새끼를 낳으려고 그러든가 아니면 자신에게 몹시 안 받는 무언가를 먹은 모양이었다.

사슴을 본 나오미는 천천히 일어서서 한 손에는 휴대전화를 쥔 채 다른 한 손을 사슴한테 내밀었다. 그 모습이 마치 '잠깐만, 네가 왜 여기에.'라고 말하는 것 같았다.

사슴은 턱을 치켜들고 두 사람을 향해 캑캑거리는 기괴한 소리를 냈다.

티케이크는 맨홀에서 천천히 기어 올라와서 나오미 옆에 섰다.

"왜 저러는 겁니까?"

"아파서 그래요. 저 불룩한 배 좀 봐요."

사슴은 두 사람을 향해 몇 발짝 다가오면서 좀 더 많이 캑캑거렸다. 티케이크는 맨홀 뚜껑을 열 때 썼던 쇠지레를 집어 들었다.

"그러지 마요."

"그럼 더 이상 다가오지 말라고 말해요."

그러자 나오미가 티케이크를 쳐다봤다.

"내가 동물들과 말도 할 것처럼 보여요?"

"잠깐만요."

티케이크가 다급하게 말했다.

사슴이 마치 그의 말을 따르듯 다시 꼼짝 않고 있었다. 티케이크는 생각을 정리했다. 그래, 아픈 사슴이 우리를 빤히 쳐다보고 있다. 하지만 이 아픈 사슴은 지하층까지 아래로 죽 이어진 지하 물품 보관 시설에 있다. 놈이 지하 2층에 올 수 있었던 방법은 한 가지밖에 없었다. 승강기.

"대체 놈은 어떻게 여기까지 내려왔을까요?"

그때 갑자기 사슴이 그들을 부르는 것처럼 고개를 기울이더니 돌아서서 다시 복도 입구 쪽으로 총총 걸어갔다. 그러면서 어깨 너머로 그들을 돌아보며 한 번 더 캑캑거렸다. 놈은 모퉁이를 돌 때 살짝 휘청거렸다. 사슴의 발굽은 당연히 콘크리트에 전혀 맞지 않을 터였다. 달가닥거리며 걸어가는 사슴의 모습이 시야에서 벗어나자 발자국 소리만 벽을 타고 울려 퍼졌다.

티케이크와 나오미는 서로를 흘깃 쳐다봤지만 둘 다 어떤 설득도 필요치 않았다. 두 사람은 사슴을 뒤따라갔다.

서둘러 모퉁이를 돌았지만 놈에게 뒤처지고 있었다. 사슴은 종종걸음으로 빠르게 움직여 복도 저 끝에 있는 두 번째 모퉁이를 막 돌고 있었다. 나오미와 티케이크도 걸음을 재촉했다. 그들이 마지막 모퉁이를 돌자 사슴은 승강기밖에 없는 막다른 길로 갔다. 놈은 승강기 쪽으로 총총 걸어갔다.

티케이크와 나오미는 속도를 늦추고 조심스럽게 사슴에게 다가갔다.

"저, 일단 잡고 나서는 어떻게 하죠?"

티케이크가 물었다.

"난 잡으려는 게 아니에요. 여기서 나가게 돕고 싶어요."

나오미가 말했다.

사슴은 맨 끝에 위치한 승강기 문에 이르자 멈춰 서더니 어깨 너머로 그들을 돌아보았다.

티케이크는 아주 천천히 걸어갔다.

"저놈과 같이 승강기를 타지는 않을 거예요."

그 순간, 승강기 문이 움직이는가 싶더니 슬며시 열렸다. 사슴은 그럴 줄 다 알았다는 듯 고개를 돌리고 승강기 안으로 또 각또각 걸어 들어가더니 두 사람을 다시 돌아다봤다. 그리고 나서 문이 미끄러지듯 닫힐 때, 하늘에 맹세하건대 놈이 승강기 층 번호들을 힐끗 올려다봤다.

티케이크와 나오미는 눈이 휘둥그레졌다.

티케이크가 먼저 입을 뗐다.

"저 망할 놈의 사슴이 빌어먹을 승강기를 탔어요."

나오미는 양편의 벽들을 처음 보는 사람처럼 두리번거렸다.

"여긴 대체 어떤 데죠?"

18

문제의 사슴이 나타났던 밤을 떠올려 보자. 16번 고속도로 변에서 마이크의 권총을 맞고 숨통이 끊겼던 놈은 암흑의 시간들을 빠져나와 자동차 트렁크에서 자신을 밟고 올라서 있던 얼굴이 반쯤 사라진 미친 고양이와 함께 느닷없이 깨어났다. 자동차 트렁크 안으로 들어간다는 게 불가능해 보였지만 기어코 그 일을 해낸 신종 코르디셉스는 무력한 사슴의 뇌 속에서 8시간 넘게 절여져 있었다. 그러는 동안 이 진균은 총알로 손상된 부분을 치료하기 시작했고 그 과정에서 신경 연결선을 바꿔놔 사슴의 행동을 변화시켰다. 뇌의 편도체는 확장됐고 전두엽 피질은 억제되었다. 그에 따라 사슴은 먹고 번식하고 도망치는 기본적 본능들은 모두 억제하고 신종 코르디셉스가 포자를 형성해 흩어지는 것을 돕는 일에만 매진하게 되었다.

이 사슴은 놀라움과 신기함을 잘 느끼지 못했기 때문에 변이를 일으키는 그 병원성 진균이 지하에서 밀봉 상태로 보관돼 있다가 어떻게 96년식 쉐보레 카프리스의 트렁크에서 살아나게 됐는지 알아내려는 일에 전혀 관심이 없었다. 하지만 이 문제는 짚고 넘어갈 필요가 있었다.

호주에서 회수해서 애치슨에 보관해 왔던 신종 코르디셉스 시료는 1990년대 초반에 잔혹할 정도로 불행했다. 생명유지에 꼭 필요한 요소가 하나 있는데 그 하나마저도 저지당하면 누구든 무척 우울해진다. 비록 생체 밀봉된 탱크 안의 온도가 영하 14도여서 곰팡이균이 거의 활동을 못 하긴 했지만 영하 14도는 여전히 절대영도보다 훨씬 따뜻한 온도다. 더구나 거의 활동하지 못한다는 말은 전혀 활동하지 못한다는 뜻이 아니다.

당시 관계자들은 시료를 운송용 상자에 담아 자물쇠로 잠근 뒤 다시 큰 함에 넣어 잘 봉한 다음 탱크에 넣어 꽁꽁 밀봉해서 지하 깊숙한 곳에 두었다. 그곳 지하의 온도와 진균이 살기 힘든 시료용 스테인리스 강관 자체의 화학 성분을 고려하면 신종 코르디셉스는 그 상태에서도 느리게나마 자기 방식대로 파괴적인 진화를 계속했던 모양이다. 스테인리스 강관 조직에 망간과 알루미늄이 풍부했지만 이것들은 비반응성 성질 때문에 거의 쓸모가 없었다. 시료관 성분의 무려 16퍼센트나 차지하고 있는 크롬은 신종 코르디셉스에게 사실상 생장 억제제나 다름없었고 이 곰팡이균이 진정으로 갈망하는 탄소는 시료관의 화학 성분 중 겨우 0.15퍼센트밖에 되지 않았다.

그렇게 이 진균은 간신히 생장했다.

그러나 시간은 빨리 흘러갔다. 거의 20년 동안 끊임없이 노력한 끝에 이 진균은 2005년경에 가까스로 변형되어 시료관의 몇 제곱마이크로미터에 달하는 면적을 차지하게 되었다. 그와 같이 아주 작은 틈으로 새어 나온 신종 코르디셉스는 시료관을 넣어 둔 더 큰 보관 용기 속으로 천천히 침투했다. 이어이 진균은 시료관의 보관 용기인 그 폴리우레탄 발포체에서약간의 영양분을 섭취했다.(적어도 폴리우레탄에는 분자당 두 개 이상의 반응성 수산기(-OH)가 있어서 가능한 일이었다.) 이후에도 신종코르디셉스는 멈추지 않고 계속 노력한 끝에 2014년 말에 휴대용 시료 채취 장비의 겉껍데기를 뚫고 나서야 비로소 섭취한 영양분을 소화하는 단계에 올라섰다.

로베르토와 트리니가 27년 전에 트럭 뒷자리에서 그토록 조마조마하며 지켜봤던 커다란 외부 보관함은 탄소 섬유로 만들어진 것이었다.

신종 코르디셉스에게는 그야말로 최고의 음식이었다.

그즈음 이 진균은 속박에서 벗어나 밀봉된 보관소 방 안에서 자유를 누렸지만 지하의 온도 때문에 여전히 느리게 움직였다. 하지만 느렸을 뿐 멈춰 있지는 않았다. 미주리 강의 깊은 바닥을 흐르는 물이 원천이라서 차디찼던 냉천은 지구의 나머지 지역들과 마찬가지로 21세기를 거치는 동안 온도가 조금씩 올라가고 있었다. 미주리 강 수면이 점점 따뜻해지자 냉천도 따뜻해졌다. 지하 5층의 주위 온도는 신종 곰팡이가 처음 감금됐을 때보다 7도나 높아진 데다, 이 진균이 나름의 화학 반응을 일으키면서 계속 올라가기만 했다. 마침내 2018년 한여름에 신종 코르디셉스는 밀봉된 방을 완전히 장악했다.

이어 그해 가을에 벽에 설치된 배선을 따라 천천히 퍼져 나간 진균은 11월이 되자 지하 5층의 중심인 복도까지 진출했다. 대개 추운 겨울에는 생장이 잠시 지체됐지만 금년 3월 초에 기록적인 무더위가 덮치면서 신종 코르디셉스는 자신의 물질대사장치를 작동시키는 데 필요한 온도를 몇 도 더 얻게 되었다. 그리고 호주에서 태어난 이후 처음으로 또다시 유기물을 감염시켰다.

바퀴벌레를 발견했기 때문에 가능한 일이었다.

미국 바퀴에는 핵겨울에도 살아남을 수 있는 능력 외에도 몇 가지 인상적인 진화적 특징이 있다. 그중 하나는 머리가 없어도 일주일까지 살 수 있다는 점이다. 호흡은 각 몸통 조각에 있는 작은 구멍들을 통해 이루어지기 때문에 첫 신종 코르디셉스와 바퀴 혼성체는 감염된 열두 마리의 다른 바퀴들이 서로를 공격해 잡아먹으려고 으르렁대는 아수라장 속에서 목이 잘려 나간 후에도 계속해서 의도대로 움직일 수 있었다.

게다가 이 혼성체에게는 뚜렷한 목적이 '있었다'. 신종 코르디셉스가 바퀴벌레를 장악한 순간부터 이 신종 곰팡이바퀴는 역사상 그 어떤 바퀴보다도 거창한 생물학적 목적을 갖게 되었다. 2억 8000만 년이나 살아온 생물에게는 대단한 일이었다.

신종 코르디셉스는 의욕이 넘쳤다. 32년 넘게 고립된 동안에도 이 진균은 자신의 생장 환경이 거지 같다는 것을 알아챘을 뿐 변한 게 거의 없었다. 이 진균이 나중에 과거 키위르쿠라 공동체에서 처음으로 퍼져 나갔을 때를 떠올려 보니 극단적인 번식력이 먼저 생각났다. 이 신종 곰팡이가 처음으로 접촉한 생명체는 에노스 나마치라의 삼촌이었다. 삼촌의 찢어진 오른손 손톱 밑에 자리한 흐늘흐늘한 살갗으로 침투한 진균은 인체 내부의 온기와 악취 덕분에 폭발적으로 증식했다.

인간은 또한 굉장히 많이 움직였고 종 특성상 잘 모였다. 마치 조물주가 이 진균이 활개를 칠 수 있도록 인간이라는 생명체를 특별히 만들어 낸 것 같았다. 스물일곱 명이나 되는 맛있는 음식을 완전히 장악하기까지 오래 걸리지도 않았고 힘들지도 않았다. 그러고 보니 이 신종 곰팡이가 그 깡통 안에 감금되기 전인 과거 그 시절이야말로 참으로 영광의 나날이었다. 감옥에서 누릴 수 있는 한 가지를 꼽자면 한없이 빈둥거리며 좋았던 옛날을 그리워할 수 있다는 점이다.

신종 코르디셉스는 이미 인간을 맛보았기에 더 많이 먹고 싶어졌다.

그러려면 제일 먼저 그곳 지하에서 벗어나야만 했다. 신종 곰팡이바퀴가 그런 목적을 이루어 줄 수단이었다. 머리가 없는 그 곤충은 나흘 동안 지하 5층의 바닥 전체를 꼼꼼하게 이리저리 움직여 이동했고 끽끽거리며 동족을 잡아먹는 대왕 쥐를 피해서 복도 맨 끝에 도착했다. 그리고 그곳 벽의 맨 아랫부분에서 작은 쇠창살을 씌워 놓은 4센티미터 크기의 환기관 입구를 발견했다. 환기관은 원래 19세기에 수많은 탄광 노동자들의 목숨을 앗아 갔던 이산화탄소 축적을 막기 위해 지면에서 15미터 이상 내려가는 모든 지하 구조물에는 반드시 설치하도록 법으로 정해져 있었다. 봉쇄의 관점에서 이 입구는 끔찍한 발상이었지만 애초에 지하 2층 밑에다 생물학적 유해물질을 보관할 계획 자체가 아예 없었던 데다 입구의 크기는 32년 전에 곰팡이를 안치한 요원들이 알아채지 못할 정도로 아주 작았다.

신종 곰팡이바퀴는 거기에 왜 관이 있는지 알 바 아니었다. 그저 신선한 산소를 감지하고 안으로 기어들어 가 점차 수직으로 올라가는 관 속에서 위쪽으로 이어진 곡선을 따라갔을 뿐이다.

신종 곰팡이바퀴는 계속 기어 올라갔다.

이틀 후 거의 숨이 끊어지기 직전에 신종 곰팡이바퀴는 가장 위대한 성과를 이뤄 냈다.(말년에 이룬 성공은 그야말로 더없이 달콤하다.) 신종 곰팡이바퀴는 1층에 있는 환기관 배출구의 쇠창살에 도착해 뜨듯한 옥토질의 지면으로 빠져나왔다. 그렇게 놈은 따뜻한 늦겨울 오후에 애치슨 물품 보관소 입구에서 46미터쯤 떨어진 곳에 다다랐다.

이 얼마나 대단한 바퀴벌레인가! 적대적인 진균에 감염되고 참수를 당하고도 살아남아서 자신보다 지적 능력이 훨씬 뛰어난 이들이 탈출할 수 없게 특별히 고안한 감옥에서 탈출할 방법을 주도면밀하게 찾아내 결국 밖으로 나왔으니 말이다. 하지만 작은 신종 곰팡이바퀴는 거기까지가 끝이었다. 놈은 머리도 없고 탈수 상태가 되어 죽어 가면서도 98미터를 곧장 기어 올라와서 매끄러운 땅을 밟았다. 몸집이 아주 작은 것을 감안하면 이와 같은 위업은 인간이 단두대를 거쳐 간 뒤 곧바로 네 발로 킬리만자로 산을 기어 올라간 것과 맞먹는 일이었다. 아주 작은 바퀴벌레가 지구 역사상 가장 위대한 물리적 정복 행위를 수행한 셈이었다.

그러고 나서 누군가 이 작은 바퀴벌레 위에 자동차를 주차했다.

신종 곰팡이바퀴는 오른쪽 뒷바퀴 밑에 깔려 질퍽하게 터져 죽어 버렸다.

그 자동차가 바로 마이크의 차였다. 오늘 오후에 마이크는 자신이 죽인 고양이와 사슴을 묻을 곳을 찾아 애치슨 물품 보관소에 왔더랬다. 이어 그가 언덕 꼭대기로 올라가 적당한 장소를 찾는 사이 신종 코르디셉스는 32년 여정의 마지막 장애물을 맞닥뜨렸다. 자동차 타이어에 있는 8밀리미터 두께의 고무가 바로 그것이었다.

하지만 전에도 한 번 비슷한 장애물과 부딪친 적이 있어서 누구를 불러야 하는지 잘 알고 있었다.

진균 표면에서 사는 반짝거리는 벤젠엑스가 거의 즉시 가동되었다. 그 물질은 타이어의 고무 부분에 침투해서 파먹어 들어간 뒤 진균이 바람이 잘 통하는 바퀴 내부로 들어갈 수 있게 출입구를 뚫어 줬다. 신종 코르디셉스는 위쪽으로 떠돌아다니며 체내 공생체와 함께 침투 과정을 되풀이한 끝에 바퀴 맨 위에 있는 나사산을 뚫었다. 거기서부터 이들 진균과 체내 공생체는 배선 한 가닥을 타고 이동해 쉐보레 카프리스의 트렁크 안으로 들어갔다. 그리고 그 안에서 신종 코르디셉스는 죽은 사슴과 전에 고양이였던 미스터 스크로긴스의 형태에서 풍부한 소모성 유기물을 발견했다.

바로 이게 사건의 전말이었다.

19

"망할 놈의 사슴이 빌어먹을 승강기를 탔다고요."

나오미는 아직도 놀라서 닫힌 문만 빤히 쳐다볼 뿐 티케이크를 쳐다보지도 않은 채 방금 벌어진 일을 이해하려고 애쓰고 있었다.

나오미가 웅얼거렸다.

"아까 말했잖아요."

"100번을 얘기해도 성에 안 찰 거 같은데. '망할 놈의 사슴이 빌어먹을 승강기를 탔다!'"

나오미는 오른손에 들고 있던 휴대전화를 다시 들여다봤다. 방위위협감소국이 정확히 무슨 일을 했는지 모르겠지만 대왕쥐와 승강기를 작동할 줄 아는 사슴이 그들의 전문 분야인 게 거의 확실했다. 나오미는 휴대전화를 돌려 세워 티케이크에게 그곳의 웹사이트를 보여 줬다.

"여기에 전화해야겠어요."

"젠장 그러시든가."

"그런 말투 좀 삼가 줄래요?"

"미안합니다.

티케이크는 정말 미안했다. 그녀를 위해서라면 못 할 게 없었다.

"그리 하시지요."

나오미는 화면을 내려 '연락처' 항목을 클릭하자 전화번호 목록이 떴다.

"여기 올라 있는 번호가 100개는 되겠어요."

"어떻게요?"

나오미가 휴대전화 화면을 다시 엄지손가락으로 건드려 전화번호와 직위를 훑어내려 갔다.

"국장, 부국장, 사령부선임사병대장, 대량살상무기 대응

기술?"

티케이크가 잔뜩 긴장한 얼굴로 이리저리 살펴봤다.

"초록색 거시기가 사방에서 흘러나오고 동물들이 완전히 미쳐 돌아가는 건 어디로 연락한담?"

"화학/생물학 분석 센터? 법무부 방사능 피폭 프로그램?"

승강기 수직통로에서 인간의 것이 아닌 울부짖는 소리가 콘크리트 벽을 타고 울려 퍼졌다. 두 사람은 한 걸음 뒤로 물러났다.

"아니면, 여기서 몇 킬로미터 떨어진 곳으로 간 '다음'에 전화하면 어떨까 싶은데."

티케이크가 제안했다.

"그게 좋겠어요."

승강기 통로 안쪽에서 또다시 울부짖는 소리가 울려 퍼졌다.

"계단으로?"

나오미가 제시했다.

"이쪽이오."

티케이크는 나오미를 데리고 복도를 달려 첫 번째 모퉁이를 돌아서 잠겨 있는 비상계단 입구에 도착했다. 티케이크가 열쇠고리에서 열쇠를 빼내(무슨 일이 벌어지고 있든 여전히 그 소리는 듣기 좋았다.) 문을 열자마자 두 사람은 계단을 오르기 시작했다. 한 번에 두 칸씩 뛰어올라 1층에 도착하자 티케이크가 가지고 있던 열쇠로 그곳 문도 열었다. 이윽고 두 사람은 새하얀 복도로 나왔다. 살다 살다 지상으로 나온 게 그토록 감사하기는 처음이었다. 티케이크가 나오미의 손을 잡았다.('맙소사, 보드라워. 누구라도 이 손을 잡아 본다면 보드라우면서 힘센 손임을 느낄 수 있겠지. 아이를 데리고 다녀서 그런 건가? 아니지, 아이를 데리고 다니면 팔뚝 힘은 세지겠지만 손까지 꼭 그러리라는 법은 없지. 그렇다면 어찌하여 그토록 손힘이 셀까? 잠깐, 이 사람아, 정신 줄 잡자, 우린 여기서 나가야 해.') 그리고 그녀를 데리고 복도를 지나 로비로 향했다.

그러나 멀지 않은 곳에서 사슴이 승강기를 탄 채 다음 지시를 기다리고 있었다. 녀석에게는 지각력이 없었다. 자의식도 전혀 없었다. 녀석에게는 확고한 목적이 있었다. 그 목적을 달성하는 데 매진하는 동안에는 배가 심하게 아픈 줄도 몰랐다. 녀석은 상황이 이렇게까지 될 줄은 전혀 몰랐다. 그도 그럴 것이 지난 48시간 동안 자신에게 벌어진 일들을 대부분 이해하지 못했다.

애치슨 물품 보관소의 1층 저쪽 끝에서 승강기 문이 열리는 순간 티케이크와 나오미 둘 다 비명을 질렀다. 두 사람은 보기 흉하게 손상되고 승강기 작동법을 알 정도로 지략이 뛰어난 것 같은 사슴을 피하기 위해 일부러 계단으로 올라왔는데 눈앞에 녀석이 떡하니 서 있었다.

"젠장 어떻게 이럴 수가?!"

티케이크가 사슴에게 소리쳤다. 녀석은 휘청거리며 그들 쪽으로 세 걸음 다가오며 목구멍 깊숙이 가래가 끓듯 마른기침 소리를 냈다.

티케이크와 나오미는 무서우면서도 넋을 잃고 빤히 쳐다봤다. 그렇게 가까이서 맞닥뜨리니 녀석의 머리에 수많은 총상이 있는 게 보였다. 녀석의 몸 뒤쪽으로 4분의 1가량은 완전히 으스러졌다가 다시 부풀어서 약간 일그러져 보였다. 배는 그들이 목격한 대로 팽창된 것 같았고 한때 가늘고 길었을 사지는 피아노 다리 같은 모양새였다.

나오미는 양손을 내밀어 한 손은 사슴 쪽으로, 나머지 한 손은 티케이크 쪽을 가리켰다.

"잠깐만…… 좀…… 잠깐만."

티케이크가 그녀를 쳐다보며 보통 때보다 한 옥타브 높은 목소리로 물었다.

"예?"

"하지 마…… 안 돼…… 하지 마."

"나한테 말하는 겁니까, 아니면 저놈이에요?!"

나오미도 몰랐다.

사슴이 다시 몇 걸음 앞으로 다가오자 두 사람은 뒤로 몇 걸음 물러났다. 나오미와 티케이크는 계속 뒷걸음질 쳐서 복도의 T자형 교차점 쪽으로 이동했다.

사슴의 머릿속에서는 내란이 벌어지고 있었다. 사슴의 자연본능은 하나같이 어서 뒤돌아 무서운 저 두 다리 동물들에게서 도망치라고 아우성쳤다. 하지만 불과 얼마 전에 뿌리를 내린 새로운 본능이자 훨씬 강력한 본능이 정반대로 하라고 주장했다. 더구나 이 새로운 목소리는 크고 단호했다.

새로운 목소리는 이렇게 말했다.

'앞으로 계속 가, 저들에게 최대한 가까이 가, 어서 걸어, 걸으라고, 얼른. 그러면 고통이 멈출 거야.'

신종 코르디셉스는 자신이 무엇을 원하는지 잘 알고 있었다. 그것은 바퀴벌레도 고양이도 사슴도 아니었다. 이 신종 곰팡이가 원하는 것은 바로 복도 끝에서 9미터쯤 떨어진 지점에 있는 지적이고 잘 걸어 다닐 수 있으며 집단을 이루어 사는 생물체들이었다.

사슴은 두 사람을 향해 계속 걸어갔고 나오미와 티케이크도 복도 끝의 콘크리트 벽에 닿을 때까지 계속 뒷걸음질 쳤다. 두 사람은 몸을 돌려 어느 방향으로든 도망칠 수도 있었으나 그러면 눈앞에서 펼쳐지고 있는 비정상적인 광경을 일부러 피하는 꼴이 될 터라서 그렇게 할 수 없었다.

사슴은 여전히 부풀어 오르는 중이라서 몸 안쪽에서 삐걱거리고 끙끙대고 딱딱 부러지는 소리가 났다. 불룩해지는 모습이 마치 호스 끝에 달린 물풍선 같아 몇 초만 지나면 내장이 터져 나올 듯했다. 나오미와 티케이크는 거리상 그 파편을 몽땅 뒤집어쓸 게 뻔했지만 자신들이 얼마나 가까이에서 확실하고 고통스러운 죽음을 목격하게 될지 전혀 알아차리지 못했다.

하지만 맨 마지막 순간에 나오미의 네 살짜리 딸 세라가 돕고 나서 두 사람의 목숨을 구해 줬다.

지난 세 달 동안 세라는 윌리 웡카[11]처럼 집착의 고통에서 헤어 나오지 못했다. 그렇다보니 세라는 물론 엄마인 나오미까지 해당 영화의 1971년도 작품을 처음부터 끝까지도 보고 부분적으로 본 횟수가 셀 수 없을 정도였다. 나오미는 사실상 깨어 있는 상태에서 딸과 함께 이 영화를 볼 때도 있었지만 보다가 잠이 들어 꿈속에서 영화가 펼쳐지는 것도 모자라 다른 방에서 빨래를 갤 때도 벽에서 울려 퍼지는 소리에 강제로 관람하는 기분이 들기 일쑤였다. 나오미는 이 영화에 나오는 모든 대사와 모든 노래 가사와 모든 장면을 다 외울 정도였는데, 그중에서도 그녀가 가장 잘 알고 있는 부분들은 세라가 무서워했던 장면들이었다. 엄마인 나오미가 옆에 딱 붙어 앉아서 딸아이를 무릎 위로 끌어당겨 머리칼을 쓰다듬어 주면서 모든 게 가짜라고 말해 줘야 했던 바로 그 장면들 말이다.

나오미는 그럴 때마다 딸을 기꺼이 달래 줬다. 솔직히 그런 순간마다 자신이 꽤 괜찮은 엄마인 것 같아 딸아이가 더없이 사랑스러웠다. 윌리 웡카가 등장하는 가장 무서운 장면들이 나오미에게는 평생 가장 평화로운 순간들이었던 셈이다. 물론 그럴 때마다 죄책감이 들긴 했다. 내가 행복하기 위해서 내 아

---

11 Willy Wonka, 『찰리와 초콜릿 공장』 속 등장인물로 기상천외한 군것질거리를 개발한다. 한없이 부풀어 오르는 풍선껌도 그중 하나다.

이가 겁에 질려 달라붙어야 하나 싶어서 말이다. 글쎄 꼭 그런 건 아니지만 때때로 도움이 되긴 한다.

지금 상황에서 중요한 것은 세라가 그 영화를 볼 때마다 가장 무서워했던 장면이었다. 그것은 바로 바이올렛 뷰리가드가 세 코스짜리 정식 맛이 나는 껌을 훔쳐서 씹다가 풍선을 불기 시작하자 부풀어 올라 거대한 블루베리가 되는 장면이었다. 이 장면이 나올 때면 세라는 눈을 가리고 당황해서 이렇게 소리쳤다. "언니가 터져 버리려고 해요! 터져 버린다고요! 엄마, 언니가 터지려고 해요!"

그 사슴도 그렇게 터지려 하고 있었다.

나오미가 티케이크의 팔을 잡고 힘껏 옆으로 잡아당겨서 간신히 모퉁이를 돌아 나오는 바람에 두 사람 모두 벽에 세게 부딪치고 말았다. 바로 그 순간 혹사당한 사슴의 뼈대가 지쳐서 나가떨어졌다. 미스터 스크로긴스와 에노스 나마치라의 삼촌이 그랬던 것처럼 사슴도 터져 버렸다고 말한다면 정확한 표현이 아닐 것이다. 이번에는 그때와 달랐다. 사슴은 바이올렛 뷰리가드처럼 거의 둥글게 부풀어 오른 채 잠시 그 자리에 서 있었다. 그러다가 다음 순간에 사슴은 더 이상 그 자리에 서 있지 '않았다'. 하지만 복도 천장과 바닥과 벽은 걸쭉하면서도 거품이 이는 초록색 곰팡이로 떡칠이 되어 있었다. 나오미는 티케이크를 계속해서 벽으로 단단히 밀어붙여서 간발의 차이로 사선에서 벗어나 그 찐득찐득한 곰팡이가 날아갈 때 폭풍막이 뒤에 안전하게 있을 수 있었다.

티케이크는 거기서 잠깐이나마 나오미의 눈을 아주 가까이서 징그러운 인상을 주지 않고도 들여다볼 수 있었다. 그 순간에는 그저 감사하는 마음과 친밀감만 감돌았다. 그 순간이 절반가량 흐를 때까지는 황홀했다. 나오미의 눈은 안식처였다. 처음으로 머무르고 싶다는 생각이 드는 곳이었다. 티케이크가 알고 있는 유일한 시의 마지막 시구가 불쑥 떠올랐다.

지상의 모든 것들과 평화롭게 지내는 마음,
순수한 사랑을 간직한 심장.

하지만 그 이후부터는 그의 마음이 더 이상 평화롭지 않고 슬프기만 했다. 나오미가 오늘 밤에 어떤 감정을 느꼈든, 그게 흥분이든 위험이든 발견의 설렘이든, 내일 아침이 밝아 오면 분명 그런 감정들은 희미해져 두 사람이 함께할 수 없음을 깨닫게 될 터였다. 혼자서 자식을 키우는 엄마, 아니 혼자서 '훌륭하게' 아이를 키우고 있는 엄마는 전과가 있는 최저임금 노동자와 함께하려 하지 않을 테고, 그럴 수도 없을 터였다.

콕 집어 말하자면 나오미는 티케이크와 함께하지 않으려 할 것이다. 그녀가 만약 그와 함께한다면 그건 그녀다운 게 아니므로 티케이크도 그런 그녀를 존경하지 않을 터였다. 티케이크는 두 사람이 여기서 빠져나가자마자 나오미가 거북함을 무룹쓰고 자신에게 말하는 수고를 덜게 해 줄 참이었다. 그냥 자신이 조용히 사라져 줄 작정이었다. 나오미는 그가 떠난 이유를 모르겠지만 덕분에 곤란한 상황에서 벗어났음을 알게 될 터였다.

모퉁이 너머에서 승강기 문이 다시 열리는 소리가 들리더니 딱딱한 시멘트 바닥을 걷는 발소리가 났다.

'이제' 또 뭐람? 나오미는 티케이크에게서 물러섰고 두 사람은 당혹스럽고 불안한 얼굴로 서로를 바라봤다. 여전히 모퉁이에 가려서 보이지 않는 두 사람은 조용히 그대로 서서 서로에게 몸짓으로 말했다. 나오미가 미간을 찡그린 채 고개를 까딱여서 '저건 대체 누구죠?'라고 물었다. 그러자 티케이크가 양 손바닥을 뒤집어 보이고 고개를 빠르게 가로저어 '난들 알까요?'라고 대답했다.

발소리는 점점 가깝고 크게 들렸다. 분명 인간의 발소리였지만 그 시간에 근무하는 다른 직원들은 전혀 없었고 티케이크와 나오미 둘 다 누구도 건물 안으로 들여보낸 적이 없었다.

티케이크가 모퉁이 너머로 소리쳤다.

"거 뉘쇼?"

권위가 넘치는 목소리를 내려고 했던 그였지만 시야가 가려져 있었기 때문에 섣불리 움직이지는 않았다.

문제의 발소리가 뚝 끊겼다가 다시 걷기 시작했다. 걸쭉한 게 찍 하고 흘러나오는 소리가 들리는 것이 그 인간이 복도 한

가운데를 뒤덮은 축축한 곰팡이 카펫의 가장자리를 밟은 게 틀림없었다. 그 사람은 계속해서 두 사람이 있는 쪽으로 걸어오고 있었다.

이번에는 나오미가 더 큰 소리로 외쳤다.

"거기 누구예요?"

발소리가 다시 뚝 끊겼지만 잠시 후 다시 더 빠르게 곰팡이 틈바구니를 철퍼덕거리며 걸어오는 소리가 들렸다. 이제 모퉁이 바로 뒤에까지 다가왔다. 티케이크와 나오미는 몇 걸음 물러나 복도 한가운데로 들어서서 여차하면 안전하게 도망갈 수 있는 거리를 확보했다.

한 남자가 모퉁이를 돌아 나와서 멈춰 서더니 두 사람을 빤히 쳐다봤다.

나오미가 눈앞에 펼쳐진 기이한 광경을 이해하기까지 잠시 시간이 걸렸다.

"마이크?"

마이크가 입술을 열어젖혀 이를 드러냈다. 그런 모습은 웃는 것과는 전혀 달랐지만 그가 최선을 다해 지은 웃음이었다.

"안녕, 자기."

두 사람을 번갈아 가며 쳐다보는 티케이크의 마음속에 세 가지 타당한 질문이 맴돌았다. 그는 좀 더 일상적인 질문 두 가지('둘이 서로 아는 사이야?'와 '자기라고?')를 건너뛰고 곧장 보다 더 이해가 안 되는 문제를 짚었다.

"그놈과 같이 승강기에 있었습니까?"

티케이크가 마이크에게 물었다.

마이크는 그제야 티케이크의 존재를 알아챈 사람처럼 그를 돌아봤다.

"그놈과 같이 승강기에 있었소."

티케이크는 마이크를 쳐다보고 나서 나오미를 쳐다봤다. '이 자식이 그 또라이군.'이라고 말하고 싶었지만 꾹 참고 다시 마이크에게 말했다.

"그래서 '당신'이 버튼을 눌렀나요?"

마이크가 눈을 깜박거렸다.

"내가 버튼을 눌렀소. 사슴은 버튼을 못 누르니까."

티케이크가 흘겨봤다. 그자의 말하는 본새가 이상했다. 말끝마다 기이하게 입을 반쯤 벌리는 게 웃으려고 그러는 것 같았지만 입술이 계속해서 치아에 들러붙었다.

"마이크, 여기는 어쩐 일이야?"

나오미가 불쑥 끼어들었다.

"대체 '저건' 어쩌다 그런 거야?"

나오미는 마이크가 방금 밟고 지나온 찐득이 덩어리를 가리킨 다음 그를 다시 쳐다봤다가 피로 붉게 물든 셔츠 소매를 보게 되었다. 양팔의 밑에서부터 위까지 길고 들쭉날쭉하게 연이어 베인 데에서 피가 줄줄 흘렀다.

"도대체 '팔'은 또 어쩌다 그랬어?"

그것은 마이크의 뇌 가운데 남아 있는 부분이 어디든 거기서 감당할 수 있는 수준을 한참 넘어선 질문이었다. 마이크는 안 그래도 밖에 나오니 기분이 좋았는데 나오미의 차를 보고 바로 인근에 또 다른 인간이 있음을 깨닫고 더욱 좋았더랬다. 더구나 나오미는 그냥 인간도 아니고 자신이 알고 있어서 가까이 다가갈 수 있는 사람이었다. 마이크는 머릿속으로 들뜬 기분에게 이렇게 물었다.

'그게 내가 해야 할 일인 거지, 그렇지? 그 일을 지금 당장 해야 되는 거잖아, 안 그래?'

그러자 그 기분이 그에게 다음과 같이 말했다.

'그렇고말고.'

신종 코르디셉스는 호주에서 실패하고 미스터 스크로긴스와 성공하는 데 한계를 경험한 이후 전염의 전제 조건으로 높은 곳을 고집하는 데에 흥미를 잃고 측면 이동을 선택하는 게 현명하다는 것을 알았다.

'그래, 얼른 저들에게 최대한 가까이 다가가, 어서, 제발.'

그래서 마이크는 계속 이동했던 것이다. 마이크는 확신에 차있었고 웅대한 목적이 있었다. 물품 보관소 시설의 정문이 잠겨 있었지만 그는 단념하지 않았다. 유리판을 끼워 놓은 옆문을 찾아내서 돌로 유리판을 깬 다음 그 틈새를 비집고 들어갔다. 깨진 유리가 양팔을 저밀 때도 아프지 않았다. 더구나 문 건너편으로 빠져나가 우뚝 선 채 깨진 유리문 너머로 9미터쯤 떨어진 숲 가장자리에서 자신을 빤히 쳐다보는 사슴을 지켜볼 때는 기분이 째지게 좋았다.

마이크는 정말 신났다. 이틀 동안 사슴 때문에 양심의 가책을 느꼈는데 거기 그렇게 살아 있는 것도 모자라 (어쩌다 알게 된 사실이지만) 그와 같은 편이었다. 마이크가 문을 활짝 열어젖혀 주자 사슴이 건물 안으로 총총 걸어 들어왔다. 그는 사슴과 함께 애치슨 물품 보관소의 안쪽 현관을 족히 20분 동안 걸어 다니며 나오미를 찾았지만 그녀는커녕 그 누구도 보지 못했다. 마이크와 사슴은 말없이 지하로 이동해서 승강기를 타고 한 층 내려가 계속해서 나오미를 찾아다녔다. 나오미는 거기 어딘가에 있어야 했다. 마이크와 사슴은 똑같이 인간을 찾아서 감염시키고 자신의 목숨이 끊어지는 순간까지 최대한 많이 그 과정을 되풀이하라는 명령을 받았기에 벼락을 맞더라도 그 일을 해낼 셈이었다. 마이크는 잘 해낼 작정이었다.

사슴과 함께 지하 2층에 도착해 승강기 문이 열리는 순간 마이크는 얼어붙고 말았다. 모퉁이 너머에서 티케이크와 이야기하고 있던 나오미의 목소리를 들었기 때문이다. 마이크의 뇌중에서 49퍼센트에는 여전히 죄책감과 후회 같은 인간의 감정이 담겨있었는데 그 49퍼센트가 있는 대로 최대한 가동되기 시작했다. 자신이 저지른 짓들과 자신이 도망쳤으며 어딘가에 자신이 아버지 노릇을 해 주지 못한 아이가 있다는 사실이 기억났다. 나오미의 목소리가 가까워지자 마이크는 뒤로 물러나 조작반 옆에서 보이지 않도록 승강기 벽에 몸을 바싹 붙인 채 제발 여기만 말고 아무 데나 있게 해 달라고 기도했다. 기도는 강력한 초능력을 발휘한다. 그 초능력은 심지어 신종 코르디셉스보다 더 강력했고 적어도 60초 정도까지는 효력이 있었다. 마이크는 승강기 안에서 보이지 않게 웅크리고 있어서 나오미와 티케이크를 처치하고 싶은 충동을 잠시나마 억누를 수 있었다.

사슴이 다시 승강기 안으로 걸어 들어와서 마이크가 닫힘 버튼을 누를 수 있게 되자 안도감이 물밀 듯이 밀려왔다. 다시는 나오미를 볼 필요가 없을 터였다. 자신이 지은 죄의 무게를 견디지 않아도 될 터였다. 마이크는 사슴과 함께 1층에 도착했다. 그런데 그 사슴(그대에게 신의 축복이 있기를, 그대는 아름답고 용감무쌍한 생물체도다!)이 승강기에서 또각또각 걸어 나가 그 두 인간에게 다가가서 부풀어 오르더니 그들에게 진균을 덮어씌우기 위해 최선을 다했다.

하지만 실패로 끝나고 말았다. 마이크의 뇌에서 일어난 종교 반란을 신종 코르디셉스가 진압한 뒤 짤막하게 '다음 주자!'라고 말하자 마이크가 자신의 생물학적 임무를 완수하기 위해 앞으로 나섰다.

이제 나오미는 마이크가 자신의 질문에 답변해 주기를 기다렸다. 정말이지 하나라도 대답해 주면 좋을 성싶었다.

마이크는 눈을 껌벅이며 나오미를 쳐다보기만 했다.

티케이크가 악착같이 알아내려 했던 것은 따로 있었다.

"이봐요, 괜찮아요?"

그래서 마이크에게 물어봤지만 그는 그저 입만 벌렸다가 다시 다물 뿐이었다. 티케이크는 이제 나오미에게 물었다.

"아는 사이예요?"

"네에."

나오미는 그렇다고 하는 게 싫었기 때문에 머뭇거리며 말했다.

"예에?"

티케이크는 설명을 기다리고 있었다.

"아이 아빠예요."

마이크는 세 번이나 입을 벌렸다 다물고 이를 딱딱거렸다.

티케이크는 그 모습을 눈여겨본 뒤 다시 나오미를 쳐다봤다.

"어…… 진짜요?"

마이크가 나오미에게 다가갔다.

"입 좀 벌려 봐."

나오미가 한 걸음 뒤로 물러섰다.

"뭐?"

티케이크가 나오미 앞으로 끼어들어 마이크 쪽으로 손을 내밀어 손바닥을 펴 보였다.

"워워, 형씨, 뭔 헛소리야? 지금 제정신이야?"

마이크가 마치 턱 근육을 늘리려는 듯 자신의 입을 크게 벌리고 나서 다시 나오미를 향해 이를 딱딱거렸다.

"입 좀 벌려 봐."

나오미가 오늘 밤에 목격하고 들었던 온갖 불쾌한 것들 중에서 아마 그게 가장 싫지 않았을까 싶다. 도대체 이 얼간이와 아이를 만든 일은 말할 것도 없고 인사 좀 하고 지냈던 게 뭐가 그렇게 잘못이었단 말인가? 왜 이 인간은 지금 고양이가 털뭉치를 게워 내려는 것처럼 배를 들썩거리고 있는 걸까? 그리고 왜 등 뒤로 손을 내밀고 있는 걸까?

티케이크는 군대에서 총기류를 다루면서 꽤 많은 시간을 사격장에서 보냈지만 대체로 영화를 많이 본 덕분에 그런 자세를 취해야 할 이유는 딱 한 가지밖에 없다는 것을 알고 있었다. 똥꼬 위쪽이 갑자기 가려워서 그러는 게 아니었다. 마이크가 배를 들썩거리면서 오른손으로 바지 뒷주머니에 찔러 넣어 둔 22구경 권총의 손잡이를 그러잡는 사이, 티케이크는 건물 안의 배치를 자세히 살폈다. 마이크는 그와 나오미의 앞쪽에서 비상구를 딱 가로막고 서 있었지만 두 사람 바로 뒤로는 탁 트인 복도가 있었고 그 복도를 따라 201호 보관소부터 249호 보관소까지 이어져 있었으며 복도 끝에서 오른쪽으로 꺾여 있었다. 따라서 어쩌면 그 꺾어진 부분에서 충분한 시간을 벌지도 몰랐다. 그리고 일부 보관소에는 안쪽에 이중자물쇠가 설치돼 있고 두 사람 모두 휴대전화를 갖고 있으니 어쩌면······.

마이크가 구역질을 하면서 간간이 몇 마디를 내뱉었다.

"벌려 봐······ 우웩······ 네······ 우웩······ 입······ 우웩."

이어 총이 나타났지만 티케이크는 이미 돌아서서 나오미를 데리고 급히 그곳을 벗어나 있었다. 마이크가 마침내 배 속을 들추어내는 데 성공하여 토하면서 분출물이 2~3미터 가까이 날아갔지만, 충분히 멀리 못 가 나오미와 티케이크가 방금 떠난 자리의 시멘트에 철퍼덕 떨어졌다.

티케이크와 나오미는 모퉁이를 돌 때 마이크가 총을 들어올려 발사하자 두 사람의 머리 근처에 있던 시멘트 블록에서 큰 덩어리가 떨어져 나갔다.

두 사람 다 그전까지 총에 맞아 본 적이 없었다. 당해 보니 유쾌한 경험은 아니었다. 나오미와 티케이크는 그저 탈출하기 위해 말없이 복도를 내달렸다. 마이크가 뒤쫓으면서 고통과 분노에 찬 비명을 질러 댔다. 건물을 빠져나가는 유일한 방법은 왔던 길로 되돌아가는 것뿐이었다. 그런데 그 길에는 권총을 들고 있는 사내와 토사물과 터져 버린 사슴이 있으니 갈 수가 없었다. 숫자를 조금도 좋아하지 않는 티케이크가 머릿속으로 계산을 해 봤다. 그들이 달려가는 복도는 '길었고' 누구도 총알보다 빨리 달릴 수는 없었다. 티케이크 혼자라면 기꺼이 운에 맞기고 모험을 걸어 볼 터였다. 그 극혐 또라이가 뛰는 상태에서 움직이는 목표물을 실제로 맞힐 수 있는 확률이 얼마나 될까 싶었다. 하지만 나오미의 목숨까지 걸고 위험을 무릅쓸 마음은 없었다. 티케이크와 나오미는 다음 모퉁이를 힘들게 돌고 나서 가로가 약 2.4미터에 세로가 5미터에 달하는 멋진 231호와 232호 복합 보관소 앞에 멈춰 섰다. 티케이크는 엉덩이춤에서 만능열쇠를 쏜살같이 빼내 잽싸게 자물쇠를 연 뒤 문을 휙 잡아 올려 지면에서 몇십 센티미터 올라가게 만들었다.

나오미는 그 모습을 보면서 한 가지 방법밖에 없다는 것을 알았다. 그녀는 바닥에 납작 엎드려 문 밑으로 굴러서 캄캄한 내부로 들어갔다. 티케이크는 문을 더 이상 밀어 올리지 않았다. 재빨리 문을 내려 나오미를 안에 가둬야 할 경우를 대비해 문을 더 밀어 올리고 싶지 않았다. 티케이크는 나오미 혼자라도 안전하게 대피시킬 만반의 준비를 했던 것이다. 마이크가 이미 모퉁이를 돌고 있다면 문을 내려 나오미를 지키고 총이 있든 없든 그 망할 놈과 일대일로 싸울 셈이었지만 돌아보니 복도에는 아무도 없었다. 물론 마이크가 반인반수처럼 울부짖는 분노의 비명 소리는 빠르게 다가오고 있었다.

티케이크도 바닥에 납작 엎드렸다. 지면에 몸이 닿았을 때 마이크의 발이 모퉁이를 도는 게 보였다. 불과 3미터 정도의 거리라서 마구 쏘아 댄 세 발의 날카로운 총소리와 총알이 쇠를 '땅땅' 맞히는 소리가 귓전을 때렸다. 티케이크는 빙글 돌듯 몸을 뒤집어 문 밑으로 굴러서 보관소 안으로 들어갔다. 그 순간 마이크의 발이 문 바로 바깥쪽에 나타나더니 마이크가 차고 문을 마저 끌어올려서 열려고 손을 밑으로 쑥 내밀었다. 티케이크는 자신이 겨우 몇 초 정도 시간을 잘못 계산해서 자칫하면 일을 다 망치게 생겼다는 것을 알았다. 그의 현재 자세나 위치로는 마이크가 문을 밀어 올려서 활짝 열기 전에 일어나서 문을 아래로 끌어당길 수 없었다. 제기랄, 대단한 계획이었다, 멍청아. 제 발로 막다른 길인 밀폐된 물품 보관소로 들어온 꼴이 돼 버리고 말았다.

하지만 나오미가 이미 일어서 있었다. 역시 나오미였다. 그녀는 안으로 굴러들어 오자마자 벌떡 일어섰더랬다. 일어서서 대비 태세로 있던 그녀가 양손으로 문 중심부에 있는 손잡이를 붙들었다. 티케이크는 속으로 '쌍놈의 자식아, 저 사람이 널 살렸다.'라고 소리쳤다. 나오미가 젖 먹던 힘까지 다해 문을 세게 끌어내리자 철커덩하는 소리가 복도를 따라 쭉 울려 퍼졌다.

양손이 쇠문 밑에 끼어 으스러진 채 꼼짝 못 하게 된 마이크가 고통으로 울부짖었다. 나오미가 문을 다시 8센티미터가량 밀어 올렸다. 동정심이 생겨서 그런 게 아니라 그저 가련한 양손을 빼낼 수 있게 해 준 것뿐이었다. 마이크가 잽싸게 양손을 빼자 나오미는 다시 문을 철커덩 하고 끌어내렸다. 이제 일어서 있던 티케이크가 차고 문 한쪽 끝에 달린 잠금핀을 서둘러 돌리고 나서 문을 휙 살펴보더니 다른 한쪽에 있는 잠금핀도 돌려 잠갔다.

두 사람은 칠흑 같은 어둠 속에서 헐떡거리며 몇 초 동안 서 있었다. 바깥쪽 복도에서 마이크가 울부짖으며 발광하는 소리가 들렸다. 그가 두 주먹으로 철문을 쾅쾅 쳐 대자 철문이 달그

락거리고 덜커덩거렸다. 더구나 문에 권총을 여섯 발이나 쏘아 대 총알이 얇은 철문에 탕탕거리며 박히면서 문 안쪽이 여기저기 옴폭 패었다. 이어 마이크는 문을 발로 차더니 또다시 미친 듯이 문을 열려고 했다. 차고 문이 들렸다가 내려올 때마다 밑으로 바깥쪽의 불빛이 가늘게 새어 들어왔다. 하지만 기껏해야 1센티미터 남짓밖에 들리지 않았고 문 양쪽 끝에 달린 철심 때문에 그 이상의 틈이 생길 가능성은 전혀 없었다.

티케이크는 여전히 숨이 가쁜 상태에서 먼저 입을 뗐다.

"그래, 저치가 아이 아빠다 그거죠?"

"그러게요."

문 밖이 조용해졌다. 두 사람은 기다려 봤다.

거의 1분쯤 지났을 때 마이크가 떠나는 발소리가 들렸다. 나오미와 티케이크는 30초를 더 기다렸다가 각자의 휴대전화를 꺼냈다. 휴대전화 화면이 두 사람의 얼굴을 환히 밝혀 주었다.

티케이크가 먼저 자신의 휴대전화를 쳐다보고 말했다.

"그리핀이 열한 번이나 전화했네요."

"정말 이 마당에도 그 사람이 신경 쓰여요?"

"예, 그냥, 여기 계속 다녀야 하니까요."

"그 얘긴 했어요."

나오미는 눈을 가늘게 뜨고 휴대전화를 들여다보았다. 화면에는 아직도 방위위협감소국 웹사이트가 떠 있었다.

"포트 벨부아라는 곳의 전화번호도 있네요."

"포트 벨부아요? 거긴 군부대인데."

"여기에다 전화해야 할까요? 아니면 경찰?"

문 밖에서 타닥타닥하는 희미한 발소리가 또다시 다가오고 있었다. 누군가 그들을 향해 곧장 달려오고 있었다. 발소리가 느닷없이 멈추고 누군가 공중으로 펄쩍 뛰어오르는가 싶더니 문을 향해 미끄러지듯 날아가는 사이 아주 짧은 순간 정적이 흘렀다. 뒤이어 마이크가 문 한가운데를 쾅 하고 들이받자 문이 안쪽으로 아주 살짝 찌그러지며 엄청난 진동이 일면서 골진 철문이 마구 흔들렸다. 하지만 굳게 닫힌 문은 그대로였다.

밖에서 마이크의 몸이 시멘트 바닥으로 떨어져 으스러지는 소리가 들렸다. 마이크는 좌절감으로 짐승처럼 울부짖었다. 그 비명은 인간의 성대에서 나오는 소리처럼 들리지 않았다.

티케이크가 나오미를 쳐다봤다.

"어서, 그 빌어먹을 군부대로 전화해요."

20

활주로가 내려다보이자 로베르토는 마지막으로 한 번 더 몸을 쭉 늘였다. 비행기를 타면 가능한 많이 움직였지만 예순여덟 살이 되자 그의 몸은 하루가 다르게 뻣뻣해졌고 의외의 부위가 결렸다.

'잠깐만, 내가 엉덩이 근육을 무리하게 썼던가? 어떻게 여기까지 뻣뻣해진담?'

로베르토는 애니와 항상 이 얘기를 했다. 부부 모두 생각지 못한 부위의 근육이 결리기 시작했고 일어서거나 땅콩버터 통을 열 때처럼 이전까지 아무 문제 없었던 동작들이 허리 경련을 일으켰다. 로베르토에게 오늘 밤에는 그런 일이 생기지 말아야 했다. 갑자기 질환이 도져 그의 기력이 떨어지면 그 여파로 3만 명의 목숨이 사라지게 될 테니까 말이다.

수송기가 착륙한 뒤 천천히 저쪽 격납고 쪽으로 이동했다. 그 격납고는 레번워스의 가설 이착륙장에서 고위 관리들의 방문이나 비상 상황을 대비해 비워 둔 곳이었다.

'또 한 번 고맙구나, 제러벡, 이렇게 계속 주목을 거의 못 받게 해 줘서 말이지.'

로베르토는 빨리 정부 수송기에서 내려 신호 탐지를 차단해 주는 패러데이 행낭[12]에 휴대전화를 넣고 네다섯 시간은 족히 전화를 쓰지 않고 싶었다. 이 문제가 해결될 때까지 말이다. '해결되다(Sorted)' 또한 런던에서 익힌 표현으로 로베르토는 이 말을 늘 즐겨 썼다. 해결되다. 다루어서 처리하다. 사무실의 서기처럼 조용히 모든 것들을 효율적으로 제자리에 가져다 둔다. 물론 이번 일은 조용하게 되지는 않을 테지만 계획대로만 된다면 아주 철두철미하게 마무리될 터였다. 영구적으로 해결

---

12 Faraday bag, 전자기 신호가 차단되는 주머니.

되게 말이다.

로베르토는 창밖으로 저 멀리 있는 격납고를 바라봤다. 안쪽에서 불빛이 새어 나왔지만 환하게 빛나는 드넓은 바닥만 보일 뿐 비어 있는 것 같았다. 격납고 앞에 밴이 한 대 주차돼 있고 그 옆에 짙은 색 외투를 입은 인물이 서서 격납고 안쪽의 형광등 불빛을 조명 삼아 담배 연기로 동그랗게 구름을 만들어 머리 위로 띄우고 있었다.

수송기가 멈추자 곧바로 승강용 계단을 실은 픽업트럭이 다가왔다. 수송기 안에서는 로베르토가 이미 문 앞에 가 있었다. 거기서 부조종사를 만났지만 서로 고개만 까딱했을 뿐 경솔한 말 따위는 전혀 나누지 않았다. 로베르토가 현역 시절을 떠올릴 때 그리운 점 중 하나가 바로 그렇게 농지거리를 최대한 절제하는 것이었다. 그렇게 하면 정직한 느낌을 주니 믿거나 말거나 시간도 절약됐다. 로베르토와 부조종사 모두 밖에서 두 번 똑똑 하고 잠시 멈췄다가 한 번 똑 하는 소리가 들릴 때까지 몇 초 정도 기다렸다. 이후 부조종사는 몇 가지 스위치를 탁탁 내리고 손잡이들을 잡아당기고 문을 안쪽으로 끌어당긴 뒤 돌려서 열었다. 부조종사가 또 한 번 고개를 까딱한 뒤 딱딱한 말투로 "안녕히 가십시오."라고 말했다. 로베르토는 새벽 4시의 캔자스 안개 속으로 걸어 나왔다.

서둘러 철제 계단을 내려온 로베르토는 계단 맨 아래에 있던 항공병과 거수경례를 주고받은 뒤 타맥으로 포장한 구역을 가로질러 밴이 있는 쪽으로 걸어갔다. 로베르토와 트리니는 서로의 거리가 좁혀지자 누가 먼저라고 할 것도 없이 상대방의 늙은 모습에 충격을 받았다. 로베르토가 트리니를 못 본 지 15년이 됐으니 그녀는 이제 칠십 대였다. 트리니의 건강 습관은 한 번도 좋은 적이 없었는데 그녀가 빨아들이고 있는 뉴포트 멘솔 킹의 끝부분이 새빨갛게 타고 있는 것을 보니 이후에도 좋아지지 않은 듯했다. 트리니는 담배를 영영 못 끊을 모양이었다.

로베르토는 트리니에게 다가가 멈춰 섰다. 그리고 텅 빈 타맥 구역을 둘러보며 말했다.

"기지 경계병들이 호위해 주지 않았나 보죠?"

"다 집어 치우고 다시 잠이나 자라고 말했지."

"그랬더니 그리 하던가요?"

트리니가 고개를 끄덕였다.

"내 말이 원래 잘 먹히잖아."

갑자기 마른기침이 시작되자 트리니가 손가락을 하나 들어 보였다. 기다리라는 뜻이었다.

로베르토는 기침이 끝날 때까지 기다렸다.

"어떻게 여태 안 돌아가셨대요?"

트리니가 어깨를 으쓱해 보였다.

"못돼 처먹기는."

그러고 나서 몸을 돌려 운전석 문을 열고 올라타더니 문을 쾅 소리 나게 닫았다. 로베르토는 상자처럼 생긴 흰색 마쓰다 미니밴을 경멸 어린 눈길로 바라보며 걸어 돌아가서 조수석에 올라탔다.

하얀색 인조가죽 시트에 자리 잡은 로베르토가 말했다.

"차 멋진데요. 이거 중령님 개인 차 맞죠? 나한테 운전시킬 생각 마세요."

트리니가 고개를 가로젓더니 기어를 넣었다.

"어으, 정말 구제불능이라니까."

트리니는 가속 페달을 밟고 핸들을 꺾어 탁 트인 비행기 격납고를 곧장 가로질러 건너편으로 나왔다. 이어 왼쪽으로 돈 트리니는 기지를 나와 포프 대로 출구 쪽으로 달렸다.

"트리니 선배, 진짜 걱정된단 말이에요. 10년 전에 폐암에 걸리지 않았던가요?"

"인정머리 없는 멍청이 양반아, 폐암 안 걸렸거든. 그런 병에 걸린 적이 아예 없다고. 그리고 내가 앓는 건 폐기종이고 전혀 다른 거라서 100퍼센트 살 수 있는 병이라고."

"적어도 창문은 열어 줄 수 있죠?"

트리니가 조수석 창문을 열자 담배 연기가 전부 로베르토의 얼굴로 쏠렸다.

"이보세요."

"미안."

트리니가 조수석 창문을 닫고 대신 운전석 창문을 열었다.

"벨부아의 그 아가씨 말을 들으니 자네가 잔뜩 겁을 준 모양이던데. 대체 뭐라고 한 거야?"

"사실을 아주 조금 말해 줬죠."

"그래, 뭐, 그러면 직방이지."

트리니가 미니밴의 뒤쪽을 가리켰다.

"그거 저기 다 있어."

로베르토는 고개를 돌려 뒤쪽을 바라봤다. 뒷좌석을 접어서 생긴 자리에 대충 알맞은 크기와 양처럼 보이는 몇 개의 보관 상자 위로 방수포가 덮여 있었다.

"7번 것도 있는 거죠?"

트리니가 고개를 가로저었다.

"잠깐 들러서 가져와야 돼."

로베르토는 손목시계를 들여다봤다.

"지금 장난해요? 우리가 위험해진다는 걸 알면서 그러는 거예요?"

20년 전쯤 트리니는 더 이상 진급을 못 하고 로베르토는 계속해서 승승장구하면서 두 사람의 권력 관계가 바뀌었다. 그때 이후로 로베르토가 트리니에게 명령을 내렸는데, 그녀가 그런 상황을 전혀 신경 쓰지 않았던 것은 아니었다.

트리니가 기분이 상해 로베르토를 쳐다봤다.

"이 상황에 불평을 하다니 배짱 한번 좋네. 2시간 전만 해도 난 자고 있었거든. 그런데 지금 새벽 4시에 남은 평생을 감옥에서 썩을 수도 있는 금지 물품들을 여섯 가지나 싣고 댁을 태워 가고 있다고."

"그럼 그 남은 평생이 며칠이나 될까요, 사나흘 되려나?"

웃음보가 터진 트리니는 마른기침이 너무 심하게 나와 하마터면 차를 세울 지경까지 되도록 웃고 말았다.

로베르토가 그런 트리니를 보고 싱긋 웃었다.

"그때가 그립죠?"

"미치도록."

"특히 어느 부분요?"

트리니가 로베르토와 자신을 번갈아 손가락으로 가리켰다.

"이런 거. 헛소리 배틀."

로베르토 역시 그렇게 티격태격하는 게 즐거웠다. 자신이 트리니를 얼마나 그리워했는지 미처 깨닫지 못했다.

"고든 국장이 죽었대요."

"그래, 알아. 그 양반 있을 때가 정말 호시절이었는데."

로베르토가 짜증 난다는 듯 트리니를 쳐다봤다.

"어떻게 전부 다 아는 걸 나만 몰랐던 거죠? 왜 나한테 안 알려 줬어요?"

"누가 죽을 때마다 연락하는 건 내 일이 아니니까. 그랬다가는 내내 전화통만 붙들고 살아야 할걸."

그랬다, 그건 맞는 말이었다. 로베르토는 잠시 창밖을 내다보면서 마지막으로 고든을 봤거나 이야기를 나눴을 때를 기억해 보려 했지만 떠오르지 않았다. 다시 현재로 돌아와 트리니를 바라봤다.

"귀관은 그거 아시나, 자신이 정말 아주 근사해 보이는 거."

"미친놈, 거지꼴인 거 다 알면서. 댁이야말로 신수가 훤하군. 예전처럼 지나치다 싶을 만큼 잘생겼어. 멕시코 출신 켄 인형[13]처럼. 중요 부위가 없는 자기를 상상하게 된다니까."

"그런 상상 하지 말아요."

"그럼 뭘 상상해야 하는데?"

"아니 왜 꼭 뭘 상상해야 하는 건데요?"

트리니가 어깨를 으쓱해 보였다. 두 사람이 탄 차가 정문에 이르자 트리니는 그때부터 내내 운전석 창문을 열고 갔다. 그녀가 매서운 눈길로 로베르토를 쳐다보며 말했다.

"잠시 입 좀 다물고 있어."

트리니가 기지에서 나간다는 표시를 하고 뉴포트 담배 연기를 위병소로 한 차례 뿜어 내는 동안 로베르토는 재킷 주머니에서 군대의 실험을 통과한 2등급 원단으로 만든 패러데이 행낭을 꺼내 열었다. 그리고 그 안에 휴대전화를 막 넣으려는 순간 전화가 걸려 왔다. 로베르토는 휴대전화 화면을 쳐다봤다. 703 지역번호로 시작되는 번호였다. 한쪽 귀에 이어폰을 끼고 '받음' 버튼을 친 뒤 잠시 듣기만 했다.

여자 목소리가 말했다.

---

13 Ken doll, 바비 인형의 남자친구.

"여보세요?"

로베르토는 듣고만 있었다. 전화기 너머에서 젖은 타이어들이 노면을 지나가는 소리가 들렸다.

"2분 뒤에 다시 걸어요."

로베르토는 전화기에 대고 그렇게 말한 뒤 전화를 끊었다.

휴대전화에 깔린 날씨정보 앱으로 들어가 버지니아 주 포트 벨부아의 날씨를 보니 그곳에 비가 내리고 있었다. 그 전화가 포트 벨부아에서 왔으며 경로 재지정장치로 연결되지 않았다는 데 만족한 로베르토는 정부에서 공급받은 휴대전화를 패러데이 행낭에 넣고 지퍼를 닫았다. 이어 배낭에서 노트북을 꺼내 통제받지 않는 유에스비 포트에 데이터카드를 밀어 넣고 블루투스 이어폰을 꽂은 뒤 수송기에서 접속했던 딥빕 사이트를 불러냈다. 그런 다음 방금 그의 휴대전화로 걸려 온 번호를 입력했다. 상대가 첫 번째 신호음에 전화를 받았지만 로베르토가 먼저 말했다.

"지금 밖이죠?"

"네. 비 오는 데에 있어요."

애비게일의 목소리가 대답했다.

"착륙하니 트리니가 와 있어서 놀랐어요. 잘했어요. 더 이상 필요한 건 없어요."

로베르토가 그만 전화를 끊으려 했지만 애비게일이 다시 말을 이었다.

"그사이 새로운 소식이 있어요."

로베르토가 긴장한 목소리로 물었다.

"어떤 소식이죠?"

"애치슨 현장에서요. 누가 건물 안에서 벨부아로 전화를 했어요."

"누가요?"

"민간인이에요. 스물세 살 먹은 여자요."

"그거 유감이군요. 그래 거기 전화번호는 어떻게 알았대요?"

"문에 쓰여 있던 디트라를 구글에 쳐 봤대요."

"좋아, 멍청한 여자는 아니군요. 그래서 어떻게 했죠?"

애비게일은 잠시 아무 말이 없었다. 전화기 너머에서 사람들이 빗속을 서둘러 지나가는 소리가 들렸다. 소리가 잠잠해지니 애비게일이 이어 말했다.

"전화를 끊어 버리고 밖으로 나와서 제가 갖고 있는 선불 휴대전화로 다시 그 여자에게 전화를 걸었어요. 지금 다른 전화로 연결돼 있는데, 통화하고 싶으세요?"

로베르토는 애비게일에게 계속해서 감탄하고 있었다. 하지만 상황이 생각보다 훨씬 더 복잡해지고 있어서 다시 그녀의 도움이 필요할 것 같아 지나치게 칭찬하지 않으려고 조심했다.

"그래요. 그 아가씨 이름이 어떻게 되죠?"

"나오미 씨예요."

"우리 통화가 끝나면 지금 쓰는 선불 휴대전화는 움직이는 트럭 뒤 칸에 던져 버리고 문자로 새 전화번호 알려 줘요."

"그럴게요. 잠시만 기다리세요."

로베르토는 기다렸다. 트리니가 그런 그를 쳐다보며 턱짓으로 무슨 일이냐고 물었다. 로베르토는 엄지손가락으로 휴대전화 마이크를 덮었다.

"민간인이 전화했대요. 그쪽 탄광 안에서."

트리니가 움찔하며 놀랐다.

"그 아가씨가 원 없이 즐기며 살았기를 바라야겠군."

연결 상태가 더 안 좋아졌다 싶었을 때 로베르토의 이어폰으로 어느 젊은 여성의 겁에 질린 목소리가 들려왔다. 믿음직하게 들리려고 무던히 애쓰는 게 느껴졌다.

"네, 지금 전화 받는 분은 누구시죠?"

"안녕하세요, 나오미 씨. 저는 로베르토라고 합니다. 무슨 일인지 자세히 듣고 싶습니다."

"좋아요, 그런데 처음에 받은 여자분은 왜 전화를 끊은 거죠?"

"나오미 씨의 상황이 염려돼서 제대로 해결되는 걸 보고 싶기 때문이죠, 나도 마찬가지고요."

그 아가씨 뒤쪽에서 어떤 남자가 "그 사람한테 도대체 뭔 일이 벌어지고 있는 거냐고 물어봐요." 같은 말들을 내뱉고 있었다.

"거기 또 누가 있는 거 같네요. 그 남자분 성함은 어떻게 됩니까?"

"트래비스예요. 우린 여기 경비 직원들이에요."

"알겠습니다. 부탁 하나만 할게요, 트래비스 씨한테 우리가 말하는 동안 입 좀 다물고 있어 달라고 해 줄래요?"

나오미가 고개를 돌려 "입 좀 다물고 있으래요."라고 말하는 목소리가 희미하게 들렸다. 잠시 조용한 가운데 중얼거리는 소리가 들리더니 나오미가 다시 전화기에 대고 말했다.

"여기 심각한 문제가 생겼어요. 바이러스가 있어요, 곰팡이요……."

"바로 두 번째 내용을 말해 줘요. 그건 설명 안 해도 내가 다알아요. 거기에 대해서는 나만큼 많이 아는 사람이 없답니다. 지금 현재 안전한 곳에 있는 건가요?"

"물품 보관소에 갇혀 있어요."

"좋아요. 더 나빠질 수 있으니까 거기 그대로 있어요."

"정말요? 얼마나요? 사람들을 보내 줄 거죠?"

"그것과 직접적인 인체 접촉을 한 사람이 있나요? 있다면 당신들도 알 텐데요, 그렇게 된 사람은……."

"있어요."

로베르토가 들리지 않게 입모양으로만 '제기랄'을 내뱉었다. 트리니는 100년 대교 위를 시간당 112킬로미터로 달리면서도 대담하다 싶을 만큼 자주 로베르토를 쳐다봤다.

"저기요?"

나오미가 물었다.

"예, 잠깐 노트북 화면에 뭘 좀 띄우느라고요."

로베르토는 거짓말을 했다.

"몇 명이나 감염됐나요?"

"한 명뿐인 거 같아요."

"그런데 그 사람은 아직도 건물 안에 있군요?"

"네. 계속 여기로 들어오려고 해요. 우리가 있는 데로요."

뒤쪽에서 고래고래 외치는 소리가 들렸다. 절규하는 남자가 다시 시작한 모양이었다. 나오미가 재빠르게 그와 상의하고 "알았어요, 알았어, 알았다고요."라고 말한 뒤 다시 통화를 이어 갔다.

"그리고 또 사슴도 있어요. 사슴도 감염됐어요."

"그 사슴은 지금 어디 있죠?"

"터져 버렸어요."

"밖에서요, 아니면 안에서요?"

"내 말 들은 거예요? 터져 버렸다니까요."

"예, 들었어요. 그게 어디서 터졌는지 말해 줄래요?"

"복도에서요."

나오미는 '그래서 큰일'이라는 듯 말했지만, 로베르토는 놈이 아직 건물 안에 있다는 사실에 살짝 안도의 한숨을 내쉬었다.

"자, 내 말 잘 들어요, 나오미 씨. 두 사람은 괜찮을 겁니다. 정말 제대로 전화를 잘해서 진짜 적임자와 통화하고 있는 겁니다. 직감이 아주 뛰어난 분들이라서 지금까지 잘 대처해 온 겁니다. 이제부터는 다른 사람을 믿고 따르세요. 내가 지금 거기로 가고 있고 이 상황을 해결할 방법을 알고 있어요. 몇몇 우리 요원들이 전에 이 일을 접한 터라 다시 수습해야 할 때를 대비해 계획을 세워 놨답니다. 거기까지 대략⋯⋯."

로베르토가 트리니를 쳐다봤다.

"한 시간 내에 도착."

로베르토가 다시 전화기에 대고 말했다.

"한 시간 조금 넘게 걸릴 겁니다. 거기 꼼짝 말고 있어요. 문은 절대 열지 말고요. 아무한테도 전화하지 말아요. 우리를 연결해 준 여자가 10분마다 전화를 걸 겁니다. 그러니까 그 여자나 나하고만 통화해요. 이제부터는 오는 전화만 받아요. 알겠어요?"

"어떻게 하려고요?"

"알겠다고 말해요."

"알겠어요."

"누구한테 전화해야 한다고요?"

"아무한테도 하면 안 돼요. 당신들이 10분마다 전화할 테니까요."

"잘했어요. 100점이에요. 아, 그리고 트래비스 좀 진정시켜요. 보아하니 어떻게든 나가려고 할 사람 같은데 절대 그렇게 못 하게 해야 돼요."

"사슴이 폭발했다니까요."

"알아요, 정말 말도 안 되는 일이죠, 그렇죠? 가서 다 말해 줄게요. 두 사람은 괜찮을 겁니다. 한 시간 후에 봅시다."

로베르토는 노트북을 닫고 이어폰을 뺀 뒤 머리를 문질렀다.

트리니가 그를 쳐다봤다.

"사람 셋에 사슴 한 마리?"

"감염된 건 한 명인데 아직 건물 안에 있대요. 나머지 두 명은 감염되지 않은 채로 물품 보관소에 갇혀 있다는군요. 사슴은 터져 버렸지만 안에 남아 있고요."

"불행 중 다행이군."

로베르토가 트리니를 쳐다봤다.

"장난해요? 천운인 거죠. 그 운이 한 시간 가길 바라자고요."

트리니는 고개를 끄덕이고 도로를 주시하며 골똘히 생각에 잠겼다. 그러다 마침내 입을 뗀 그녀가 몇 마디만 물었다.

"그 사람들, 살긴 힘들겠지?"

로베르토는 "그렇겠죠."라고 생각했다.

그는 그렇게 대답하는 게 싫어서 좀 더 생각해 봤다. 온 힘을 다해 생각해 봤지만 똑같은 결론밖에 나오지 않았다.

"그렇겠죠."

21

처음 15분은 아주 잘 갔다. 마이크는 밖에 죽치고 있었다. 231호와 232호 보관소가 마주 보이는 건너편 바닥에 그저 가만히 앉아 철문만 뚫어져라 바라봤다. 이제 마이크는 거기에 들어 가야한다는 것 말고는 아는 게 별로 없었다.

'문이 닫힌 저기에 들어가야 해, 문이 닫힌 저기에 들어가야 해.'

마이클은 이 문제를 해결하는 데 복잡한 추론과 문제 해결 능력을 제대로 발휘하지 못했지만 있는 힘껏 최선을 다해 노력한 끝에 몇 가지 다른 접근법을 찾아냈다. 첫 번째 전략은 마이크의 잠재의식 속에서 울려 퍼지고 있는 아버지의 애창곡 중 한 소절을 바탕으로 세운 것이었다. 다름 아닌 벽으로 몸을 날리는 전략이었는데 별 효과를 보지 못했다. 철문으로 돌진했을 때 어깨가 탈골된 것 같았고 시멘트 바닥으로 떨어졌을 때 손가락 두 개가 몸 밑에 깔려 부러진 게 확실했다. 오른손 새끼손가락은 난생처음 보는 각도로 툭 튀어나왔지만 대수롭게 생각하지 않았다. 마이크는 다른 생각을 할 여유가 없었다.

'닫힌 문 안으로 들어가야 해, 들어가야 해.'

두 번째 전략에는 더 많이 토하는 작전도 들어 있었다. 이번에는 차고 문을 조금 들어 올려서 문 밑으로 생긴 1.3센티미터 틈으로 목표물을 특정해 토하려고 했다. 하지만 그 방법의 매력은 나오미가 차고 문을 세게 내렸을 때 문 밑에 손가락이 끼었던 감각이 떠오르면서 반감되어 다시는 시도하지 않았다. 세 번째 전략은 이른바 아직 개발 중이었다.

마이크는 세 번째 전략이 떠오르기를 기다리며 앉아서 골진 철문을 멍하니 바라보았다. 그는 그렇게 기다리고 또 기다렸다.

문 뒤에서 나오미와 티케이크는 훨씬 더 편안하게 있었지만 그들의 마음은 전혀 편하지 않았다. 두 사람이 피난처로 삼은 그 보관소는 탁월한 선택이었다. 누군가 더 작은 집으로 이사해야해서 남아도는 가구들을 가져다 놓은 것 같았다. 어쩌면 그 세입자들은 아주 잠시만 이사를 갔다가 조만간 사정이 좋아져서 그 가구들을 전부 다시 쓰게 되리라고 확신했을 수도 있다. 여분의 소파와 의자들은 현재 몇 년째 그곳에 있었지만 악취를 풍기지 않았다. 가구 주인이 가구들을 느슨하게 덮은 뒤 쿠션 사이사이에 제습제를 정석대로 켜켜이 넣어 놨기 때문이다. 더구나 콘센트 중 하나에는 제습기의 플러그까지 꽂아 놓은 상태였다. 나오미와 티케이크는 안락의자 두 개에서 싸구려 시트를 벗겨 낸 뒤 최대한 문에서 멀리 떨어진 보관소 안쪽으로 밀어붙였고 아직도 불이 들어오는 등도 하나 찾아냈다. 두 사람은 가운데에 상자를 놓고 등을 올려놓은 뒤 안락의자에 마주 보고 앉아서 일이 어쩌다 이렇게 됐나 싶어 서로를 물끄러미 쳐다봤다.

침묵이라면 질색하는 티케이크가 먼저 입을 뗐다.

"그러니까 그자가 아이 아빠라는 거군요."

"제발 그 얘기 좀 그만해요."

"미안해요, 그냥 좀 이해가 안 가서 그러는 거뿐이에요. 어떻게 '그런' 작자가 당신과 그럴 수 있었던 거죠?"

나오미가 로베르토를 쳐다봤다.

"항상 저랬던 건 아니에요."

"그래, 뭐, 분명 그랬겠죠. 이 세상 누구라도 내내 저렇지는 않았을 테니까요. 하지만 왠지 저자에게 원래 저런 면이 조금 있었을 것 같은데, 아닌가요?"

"그런 거 같아요."

"그런데 당신은, 그러니까 뭐냐, 예나 지금이나 똑같고요."

"고맙군요."

나오미는 그가 이제 그만해 주기를 바랐다.

"그리고 따님은 예쁘고요."

아뿔싸.

나오미가 고개를 갸우뚱하더니 생각이 많은 표정으로 그를 쳐다봤다.

맙소사, 티케이크는 자신이 마지막에 내뱉은 세 마디가 그녀의 귀에 도달하기 전에 공중에서 잡아챌 수 있다면, 그리고 시간을 단 3초만 되돌릴 수 있다면 얼마나 좋을까 싶었다. 하지만 그럴 수 없었다. 그는 이미 말을 해 버렸고 그녀는 그 말을 들은 것도 모자라 그 의미까지 알아 버렸다.

티케이크는 속으로 자신이 어떻게 해야 하는지를 자세히 따져봤다. 보통 때의 본능에 따르면 계속 말을 하면서 점점 더 많이 열변을 토해 그 실언을 덮어 버리고 허튼소리 속에 깊이 묻어 버려서 자신이 방금 그녀에게 딸이 있다는 사실을 그전부터 알고 있었다는 것뿐만 아니라 그녀가 지금까지 모르고 있었던 게 틀림없는 은밀한 사건인 아이 얼굴을 실제로 본 일까지 나오미가 알아채지 못하거나 잊어 버리기를 바라는 수밖에 없었다.

티케이크가 굴비 엮듯 줄줄이 거짓말을 늘어놓으려던 찰나 무언가가 그를 가로막았다. 두 사람은 길고 기괴한 밤을 보내고 있었고 나오미는 다른 여자들과 달라서 그랬는지 갑자기 지금까지 살아오면서 따랐던 자신의 본능이 잘못된 것일지도 모른다는 생각이 들었다. 어쩌면 그런 본능들 때문에 자신이 거지 같은 직업을 전전하고 여자 친구도 사귀지 못한 게 아닐까 싶었다. 그러면서 이번 한 번만은 진실과 마주해야 하며, 그러지 못하게 되기 전에 불쾌한 현실을 인정해야 하며, 가능한 빨리 솔직하고 자신을 낮추는 자세로 단도직입적으로 말해야 하는 게 아닐까 생각했다. 어쩌면 이번만은 그 빌어먹을 예의라는 것을 조금이라도 지킬 수 있고 아주 매력적이고 우아하고 재치 있고 세련되게 말할 수 있지 않을까 싶었다. 그 순간과 그런 시인과 그와 같은 솔직함에 그녀가 떠나는 게 아니라 진짜 자신의 편이 돼 줄 수도 있지 않을까 생각했다.

"정말 부끄럽게도 언젠가 아침에 당신 집까지 따라갔던 적이 있어요."

아니면, 그냥 그렇게 담백하게 말할 수도 있었다.

그 순간 나오미의 휴대전화가 울렸다. 곧바로 휴대전화를 집어든 그녀는 번호를 확인하고 받았다.

"여보세요."

나오미는 잠시 아무 말 없이 듣기만 하며 기다리면서 티케이크를 쳐다봤다. 이어 그녀는 형식적인 대화를 주고받는 내내 눈빛으로 티케이크를 안락의자에서 꼼짝 못 하게 만들었다.

"네, 네. 10분 전과 똑같아요. 아뇨, 그러려고 하지 않았어요. 네, 그런 것 같아요, 떠나는 소리를 못 들었어요. 네. 알았어요."

나오미는 전화를 끊었다.

티케이크가 턱을 살짝 치켜세워 소식을 물었다.

"뭐 새로운 내용이라도 있어요?"

"아뇨."

"그럼 뭐 곧 여기 도착한다든가, 그런 말은요?"

티케이크는 대화 주제가 바뀌어 감사하는 마음이 깊어 과장되게 자신의 휴대전화에서 시간을 확인하는 척했다. 나오미는 잊어버릴 거야, 어쩌면 이미 잊어버렸는지도! 티케이크는 계속해서 말을 이어 갔다.

"가령 지금으로부터 45분 후면 도착한다던가요? 그럼, 어디 보자, 당신이 그 사람과 통화한 게 4시 언저리였으니까, 그러면……."

"플립형 휴대전화를 쓰는군요."

나오미는 잊지 않았다.

티케이크는 한숨을 내쉬었다.

"미안해요, 나오미. 나는 그냥…… 내가 가끔 멍청한 짓을 할 때가 있어요. 예전엔 그런 사람도 아니고, 그러지 않았는데…… 아, 제기랄."

"우리 아파트 주차장에서요, 맞죠? 2주 전쯤에. 플립형 휴대전화를 들여다보고 있었죠."

"날 봤어요?"

"네, 봤어요. 오늘 밤에 당신이 낯이 익다 싶었는데 전에 어디서 봤는지 생각나지 않았어요. 휴대전화를 꺼냈을 때 딱 알아봤어야 했는데. 요즘에 그런 거 쓰는 사람이 없으니까요."

"미안해요, 난……."

"트래비스, 당신 혹시 스토커예요?"

"아뇨. 맹세코 아니에요."

"그건 너무 소름 끼치잖아요."

"알아요. 미안해요. 전엔 결코 그런 적 없었어요."

"정말이었으면 좋겠네요."

"그냥 당신과 말하고 싶어서 그랬어요. 그런데 이후에 내가…… 입장이 난처해졌고, 어떻게 말해야 할지 몰랐어요. 미안해요."

나오미가 티케이크를 한참 동안 쳐다봤다. 분석하는 듯한 눈빛이 마치 그 한순간에 티케이크의 얼굴에 나타난 표정을 바탕으로 그를 하나하나 뜯어서 평가하고 그의 성격 전체를 분석하는 것 같았다. 그리고 마침내…….

"좋아요. 다시는 그러지 말아요."

그렇게 그것으로 끝이었다. 티케이크는 어안이 벙벙했다. 상황이 그런 식으로 흘러가리라고는 예상하지 못했다. 나오미가 그를 눈감아 주고 있었다. 그녀는 정말 진심으로 넘어가 주었고 구역질을 한다거나 혹은 그 비슷한 반응 같은 것도 보이지 않았다. 솔직히 말한 게 효과가 있었다. 티케이크는 그제야 웃을 수 있었고 두 사람은 거의 꼬박 1분 동안이나 자신들이 어디에 있으며 어떤 일이 벌어지고 있는지를 잊을 수 있었다.

그러고 나서 두 사람은 그 소리를 들었다. 희미하게 멀리 떨어진 곳에서 들렸지만 시멘트와 쇠로 된 건물 전체로 울려 퍼질 만큼 아주 깊고 낮게 깔리는 소리였다. 위층 문이 그 자리에서 아주 살짝 덜커덩거렸다. 두 사람 모두 소리 나는 쪽을 쳐다본 뒤 동시에 서로를 바라봤다.

'기갑부대가 도착할 때 나는 소리 같지 않아요?'

티케이크가 거의 무심결에 일어섰다.

"그 사람들이 왔어요!"

나오미는 휴대전화로 시간을 확인했다. 그건 아닌 것 같았다.

"아닌 거 같아요."

철문 반대편에서 마이크 또한 그 소리를 들었다. 부르르르릉

하는 소리가 콘크리트 블록을 타고 울려 퍼져서 보관소 안에서보다 더 크게 들렸기 때문에 못 들을 수가 없었다. 둔탁하고 깊은 소리는 빠르게 점점 더 커졌고 밖에서 나오고 있었다. 탈것들이 다가오고 있었다. 마이크도 그 정도는 알았다. 탈것들이라면 그 안에 사람들이 있다는 뜻이고, 사람들이 있다는 것은 무리를 짓고 퍼트리고 이동한다는 뜻이었다. 그건 아주 좋은 일이었고 그저 보고만 있어도 온몸이 쑤시는 철문보다 처리하기 훨씬 쉬운 일이었다.

'굳이 저기 들어갈 필요 없어. 다른 사람들이 있는데.'

마이크는 돌아서서 복도를 따라 소리가 나는 쪽으로 걸어갔다.

물품 보관소 건물의 출입구 밖에서 전조등 불빛들이 진입로를 훑는가 싶더니 건물 정면 전체를 얼룩덜룩하게 수놓았다. 불빛은 총 아홉 개였다. 두 개는 검정색의 0.5톤 픽업트럭에서 나왔고 나머지 일곱 개는 모든 소음의 주범인 할리데이비슨의 것이었다. 그중에서도 일자형 배기관을 장착한 그리핀의 팻보이가 가장 큰 소음을 냈다. 그 소리가 어찌나 큰지 동료 라이더들조차 약간 심하다고 말할 정도였다. 그렇지만 알다시피 세상에는 별난 사람들이 있기 마련이다.

그리핀의 바이크는 정문 옆에서 반원을 그리며 비스듬히 주행하다가 멈춰 섰다. 바이크에서 내린 그리핀이 고글을 벗어

핸들에 툭 걸쳐 놓고 자갈길에 침을 뱉었다. 그 시점에 그리핀은 거의 10시간 동안 술을 마신 상태였는데 그 정도 음주는 그에게 별일이 아니었다. 하지만 술과 함께 대마초도 피우고 새벽 2시경에는 200그램짜리 소고기 부리토까지 먹어 치운 터라 속에서 살짝 음식물이 올라오기 시작했다. 위가 거대해도 한계는 있기 마련이다. 다른 할리데이비슨들도 그리핀 주위로 다가와 멈춰 선 뒤 차례로 한 명씩 내렸다. 각각 세드릭, 아이언헤드, 와이노, 쿠바, 가비지, 닥터 스티븐 프리드먼이었다.

닥터 프리드먼은 그리핀처럼 별명을 붙일 수 없는 유형의 사람이었다. 아예 붙일 수 있는 별명이 전혀 없어 보였다. 그에게는 그냥 누가 봐도 닥터 스티븐 프리드먼스러운 데가 있어서 그대로 닥터 스티븐 프리드먼으로 남았다. 그는 바이크 타기와 가죽옷을 즐기는 꽤 괜찮은 치과의사였다. 쇼티와 레브도 트럭에서 내렸다. 이들 무리의 대부분이 다양한 단계와 유형의 술고래들이었지만 닥터 프리드먼은 18개월째 금주 중이었고 쇼티는 술을 입에 대지 않는 사람이었다.

그날 밤에 그리핀의 셋집에서 열린 모임은 아주 무난하게 시작됐다. 가구가 별로 없는 침실 두 개짜리의 그 단층집은 막다른 길 끝에 자리한 긴 진입로를 따라 내려가다 보면 나오는 시다 호수 근처에 있었다. 이웃집들도 아주 멀리 떨어져 있기에 소음 때문에 불평을 들을 일도 없어서 그리핀은 자기 집에서 무슨 일이 벌어지든 누가 무슨 짓을 하든 신경 쓰지 않았다.

그 집에서는 누구라도 진탕 취할 수 있고, 정신을 잃어도 됐고, 원하는 것은 거의 뭐든 손에 넣을 수 있었다. 또한 거실과 두 개의 침실에는 55인치짜리 삼성 프리미엄 울트라 곡선 4K 티브이들이 있었는데 세 대 모두 불법으로 유선 방송에 연결돼 있어서 채널을 놓고 싸울 일도 없었다.

그리핀 무리는 이 티브이 때문에 새벽 4시에 물품 보관소 건물로 왔다. 그리핀은 다섯 달 동안 스물네 대의 최신 삼성 티브이를 쌓아 놓고 버틴 끝에 마침내 오늘 밤 절반을 팔아 치웠다. 쉽지 않은 일이었다. 자정부터 그 무리에게 작업 중이었는데 마지막 남은 소량의 코카인 비축분을 꺼내 나눠 주고 나서야 다들 한 대에 100달러씩 주고 오늘 밤에 레브의 트럭을 이용해 집으로 티브이를 가져가는 데 합의했기 때문이다. 다른 이들은 모두 한 대씩만 샀는데 가비지는 월마트 가전 매장에서 일하는 친구에게 되팔 생각으로 다섯 대나 구입했다. 그렇게 되면 무척 재미있을 것 같았다. 그리핀도 그 티브이들이 맨 처음 있던 곳이 토페카에 있는 월마트 보급 창고라고 굳게 믿고 있었기 때문이다. 하지만 물어보지 않는 게 좋을 듯싶었다.

그리핀은 훔친 티브이들을 보관했다가 10월에 팔기로 합의했지만 갈수록 그 물건들이 싫어졌다. 이 티브이들은 소매가가 799달러라서 내다 팔면 큰돈이 될 듯했지만 아무도 화면이 곡선이든 말든 관심이 없었다. 또한 4K나 LED나 울트라 같은 것들도 전혀 신경 쓰지 않았다. 어디서나 그 반값에 거의 똑같은 티브이를 살 수 있었고 화면도 아주 똑같았기 때문이다. 그리핀과 그자가 맺은 거래에 따르면 판매금이 얼마든 서로 반반으로 나누기로 했다. 따라서 오늘 밤에 그가 개고생을 해서 번 돈은 총 600달러가 되는 셈이었다. 그 돈에서 다섯 달 동안의 보관소 비용을 제하고 나면 남는 게 거의 없었지만 골칫거리를 절반 정도 처리하게 될 터였다.

그리핀은 화가 잔뜩 난 채 물품 보관소에 도착했다. 분명 지난 한 시간 동안 그 똥 덩어리 같은 티케이크 놈에게 전화를 열두 번이나 걸었더랬다. 몇몇 '만만찮은 인간들'과 보관소로 가는 중이니까 본인에게 뭐가 좋은지 안다면 복합 건물 반대쪽으로 꺼져서 자신이 보지 말았으면 하는 것들을 보지 말라고 알려 주려고 말이다. 하지만 놈은 단 한 번도 전화를 받지 않았다. 그리핀이 쿵쿵거리며 문으로 갔을 때 접수대에 아무도 없는 것으로 보아 그래도 그 똥 쌀 놈이 감을 잡은 모양이었다. 그런데 이후 벽을 보는 순간 그리핀은 현관문의 빗장 열쇠를 떨어트린 채 그 자리에 그대로 얼어붙고 말았다. 안 그래도 툭 튀어나온 눈이 훨씬 더 멀리까지 튀어나왔다.

접수대 뒤쪽 벽에 '구멍'이 나 있었다. 사실상 '두 개'의 커다란 구멍으로, 석고벽이 폭 1미터가량이나 지저분하게 깊이 파여 있었다. 그리핀의 대머리에 뜨거운 피가 몰리면서 전체가 새빨개졌다.

"이게 대체 뭔 '난리'야, 그 좆만이가 대체 뭘 어떻게 했기에 이런 미친!"

정말 수상하기 짝이 없었다. 그리핀이 카드 판독기에 출퇴근 카드를 대자 문이 스르르 열렸다. 안으로 쏜살같이 뛰어간 그는 권투 선수가 주먹을 휘두를 준비를 하듯 등을 구부리고 접수대로 살금살금 다가가더니 멍하니 구멍들을 쳐다봤다.

아이언헤드가 뒤이어 걸어 들어왔다.

"와우, 그리핀, 네 개 같은 사무실이 개판이 됐네. 넌 여기서 어떤 곳을 관리하는 거지?"

"그 새끼를 찢어 발겨 새것으로 만들어 줄 거야, 이 좆만이 개새끼가 내 '빌어먹을 영업장'에 대체 뭔 개짓거리를 해 놓은 거야?!"

세드릭과 가비지는 이 상황을 재밌어하는 것 같았다. 아이언헤드는 벽 뒤쪽에서 깜박거리는 불빛에 이끌려 접수대를 껑충 뛰어넘어갔다.

"요 뒤에 전자장치 같은 게 무지 많은데. 이게 뭐지?"

닥터 스티븐 프리드먼이 냉철하고 동정 어린 표정으로 앞으로 나가 그리핀 옆에 섰다.

"대릴, 자네 직원들에게 문제가 좀 있는 거 같군."

그리핀은 닥터 프리드먼이 자신의 세례명을 불러 주는 유일한 사람임에도 그를 싫어했다.

그리핀이 휴대전화를 꺼내 통통한 손가락으로 찌르듯 티케이크의 번호를 다시 눌렀지만 기다리다가 짜증 난 레브의 목소리가 로비에 쩌렁쩌렁 울려 퍼졌다.

"우리는 계속 이러고 있는 거야 뭐야?"

그리핀은 전화를 끊었다. 티케이크는 이제 죽은 목숨이었다.

"어, 이리로 와."

그리핀은 물품 보관소로 들어오는 문으로 걸어가 다시 출퇴근 카드를 댔다. 문이 스르르 열리자 남은 무리가 우르르 들어와 건물 안으로 몰려갔다.

이들 무리가 시끌벅적하게 복도를 따라 건물 내부로 깊숙이 들어갈 때 쿠바는 왼편에서 어떤 소리를 듣고 고개를 돌려 쳐다봤다. 이들은 또 다른 복도로 이어지는 탁 트인 입구를 지나가고 있었다. 쿠바는 얼핏 어떤 사람을 봤다. 경비원은 아닌 것 같은 그 남자는 약간 부어오른 모습으로 꽉 조이는 바지와 초록색 액체가 튀어 더러워지고 마치 최근에 몸무게가 많이 늘었지만 새 옷을 사지 않고 버틴 것처럼 단추들이 뜯겨 나갈 듯한 작업복 상의를 입고 있었다. 남자는 30미터쯤 떨어진 또 다른 교차 복도를 걸어가며 그들을 쳐다보고 있었다. 그와 눈이 마주친 순간 쿠바는 그의 표정이 불안하고 얼굴은 나머지 부위와 똑같이 부풀었으며 눈빛은 지나치다 싶을 만큼 강렬하다는 것을 알 수 있었다. 남자는 겨우 1~2초 정도 그녀의 시야에 들어왔을 뿐이다. 그는 곧 시야에서 사라진 채 마치 복도 하나를 사이에 두고 그들을 뒤따라가는 것처럼 그들과 나란히 같은 방향으로 이동했다.

라틴계 피는 한 방울도 흐르지 않았지만 로파 비에하[14]를 즐겨 먹는 쿠바는 어떤 괴짜가 새벽 4시에 물품 보관소를 돌아다닐까 궁금했다.

그녀는 서둘러 일행을 뒤따라갔다.

22

트리니는 기지에서 반 블록 떨어진 교외의 거리에 조용히 차를 세우고 전조등을 껐다. 촌각을 다투는 질문이 아니라면 트리니에게 아무것도 묻지 말아야 한다는 정도는 알고 있었던 로베르토가 그제야 뻔한 질문을 했다.

"어디로 가게요?"

트리니가 시동을 끄고 지갑을 열어 이리저리 뒤지더니 돌돌 만 작은 가죽 두루마리를 꺼냈다.

"7번 물품이 있는 데."

차에서 내린 트리니가 텅 빈 거리를 아래위로 훑어본 뒤 드문드문 서 있는 가로등의 불빛이 비치지 않을 만큼만 간격을 유지한 채 앞으로 걸어갔다.

로베르토도 차에서 나와 조수석 문을 살짝 닫고 트리니를 따라갔다. 그녀가 집들을 하나하나 세면서 걸어가는 사이, 그

---

14 ropa vieja, 소고기를 채 썰어 토마스 소스로 요리한 쿠바 음식.

는 어떤 말도 하지 않은 채 그저 보조를 맞춰 걸을 뿐이었다. 집집마다 불은 전부 꺼져 있었고 그 시간에 나다니는 멀쩡한 사람 또한 아무도 없었다. 트리니는 쾌적해 보이는 이층집 바로 앞에 멈춰 서더니 거리를 벗어나 주택가로 들어서 잔디밭을 지나 그 집으로 향했다. 그리고 번거롭게 정문을 이용하지 않고 대신 그 집과 옆집 사이에 자리한 15미터 정도의 공간인 좁은 뜰로 들어갔다. 이어 쪽문에 도착한 트리니는 문 바로 밖에 있던 시멘트 평판 위에 무릎을 꿇고서 가죽 주머니를 앞쪽 땅바닥에 내려놓았다.

"조그만 손전등 같은 거 있어?"

로베르토가 아주 작은 맥라이트가 달려 있는 열쇠고리를 꺼낸 뒤 빛줄기가 퍼지지 않게 막기 위해 허리를 숙였다. 이어 맥라이트를 켠 뒤 두루마리 위에 빛줄기를 비추었다. 두루마리를 풀어 놓자 모양과 크기가 다양한 여섯 개의 금속성 도구들에 빛줄기가 반사되어 반짝거렸다.

"열쇠를 잊어버렸나 보죠?"

로베르토가 작은 소리로 물었다.

트리니는 대답하지 않았다. 로베르토가 모를수록 좋았기에 그녀는 아무것도 말하지 않았다. 트리니는 토션 렌치[15]와 오프셋 피크[16]를 손가락으로 스치듯 만져 보고 쪽문의 자물쇠 모양

---

15 torsion wrench, L자 모양으로 자물쇠를 딸 때 쓰는 도구.
16 offset pick, 자물쇠를 비틀어 여는 마름모꼴의 도구.

을 흘깃 올려다본 뒤 L자형 도구를 선택했다. 곧이어 자물쇠에 그 도구를 꽂아 좌우로 움직이면서 귀를 기울이며 조심스럽게 조종했다.

로베르토는 주변을 두리번거린 다음 살짝 짜증이 나서 다시 그녀를 쳐다봤다.

"이게 정말 생각해 낼 수 있는 최선의 보관 계획입니까?"

"30년 동안 아무 문제 없었잖아, 안 그래?"

트리니는 계속해서 L자 도구를 좌우로 움직였지만 잘 안 되자 그것을 빼내고 마름모꼴의 오프셋 피크로 바꿔 다시 작업에 들어갔다.

"딱 한 번 애먹인 적이 있는데 바로 이 사람들이 이사 갈 때였어. 지하실 짐 싸는 일을 맡으려고 6주 동안이나 아주 창의적인 거짓말을 지어내야 했다고⋯⋯ 됐다!"

자물쇠에서 딸깍하는 소리가 들렸다. 트리니가 도구를 사용해 자물쇠를 부드럽게 돌리자 문이 조금 열렸다. 트리니는 도구들을 다시 가죽 두루마리에 밀어 넣고 재빨리 돌돌 말아 꽉 여민 뒤 일어서면서 바지 뒤춤에 찔러 넣었다. 트리니는 칭찬을 기대하며 로베르토를 쳐다봤지만 아무런 반응도 없자 어깨를 으쓱했다. 비위를 맞춰 주기가 불가능한 사람들도 있다. 트리니는 문을 열고 안으로 들어가자 로베르토도 뒤따랐다.

두 사람이 들어선 곳은 부엌이었다. 부엌 꼴을 보니 가족이 다들 바쁜 모양이었다. 캄캄한데도 조리대 위에 올리브 기름

병과 각종 양념 통과 반쯤 읽다 만 책과 누군가의 숙제와 갖가지 플라스틱 쓰레기들이 널려 있는 게 보였다. 트리니가 고개를 끄덕여 보이자 로베르토가 그녀를 따라 살며시 부엌을 지나 아이들의 그림과 리본과 시간표와 메모지가 가득 붙어 있는 메모판으로 뒤덮인 벽 구역으로 향했다. 트리니가 반쯤 가려진 손잡이에 손을 뻗어서 잡고 돌리자 문이 열렸다.

"손전등 또 켤까요?"

로베르토가 아주 작은 맥라이트를 앞쪽에 비추자 지하실로 내려가는 계단이 보였다. 두 사람은 소리 없이 계단을 내려갔다. 이번에는 로베르토가 손전등으로 계속해서 트리니의 앞쪽 길을 밝혀 주었다. 그녀는 반쯤 개조한 지하실 공간을 헤치고 나가서 추레한 소파와 고장 나서 영구히 뒤로 젖혀져 있는 안락의자를 지나 엄청나게 큰 당구대를 빙 돌아서 반대편 끝에 있는 또 다른 문으로 다가갔다.

트리니가 손잡이를 돌려 문을 밀자 마무리 공사가 덜 된 저장고가 나왔다. 가족이 한동안 거기서 지냈고 슬하에 자식들이 많은 게 틀림없었다. 더구나 낡은 세발자전거부터 자주 사용한 듯한 스키들이 즐비한 스키걸이까지 온갖 물건이 있는 것으로 보아 아이들의 연령대도 꽤 다양한 듯했다. 저장고의 절반을 차지하는 안쪽 공간은 커튼으로 가려져 있었는데 거기에 쌓아 놓은 무언가가 툭 튀어나와서 금방이라도 커튼을 뚫고 나올 기세였다. 트리니가 커튼을 걷었다.

그 뒤쪽 공간에 쌓인 것은 다른 성격의 물품이었다. 아이들 용품은 전혀 없고 그저 여러 개의 낡고 오래된 상자와 함들을 차곡차곡 쌓인 상태였다. 따라서 그것들은 캠프용 큰 가방과 낡은 제설기처럼 감상에 젖을 만한 물건들이 아니었다. 저장 강박증에 걸린 사람의 일정한 방식처럼 상자들 사이로 좁은 길이 나 있자 트리니가 손을 뻗어 손전등을 요구했다. 로베르 토에게 손전등을 건네받은 트리니는 옆으로 돌더니 상자들 틈 바구니를 헤치고 들어가 제일 안쪽의 맨 뒤쪽으로 갔다.

그곳에는 앞쪽 가장자리를 따라 세 군데에 자물쇠가 채워진 커다란 보관함이 있었다. 트리니가 열쇠 꾸러미를 꺼낸 뒤 손전등을 다시 로베르토에게 건네주고 자물쇠를 딴 다음 뚜껑을 열었다. 그 커다란 상자 안에는 온갖 모양과 크기로 분할된 커 다랗고 납작한 나무 정리함이 있었고 칸칸마다 알록달록한 종 잇조각들이 가득했다. 로베르토는 처음에 그 종이가 지폐인 줄 알았다.(어쩌면 트리니가 밀수입한 상자를 거기에 두었을지도 모르니 까 말이다.) 하지만 좀 더 자세히 보니 그것은 전혀 돈이 아니었 다. 그 종이들은 너무 작고 정사각형 모양이었다. 트리니가 상 자에 들어 있는 것을 잊고 있었던 사람처럼 급히 숨을 들이쉬 자 로베르토가 손전등을 재빨리 위로 움직여 그녀의 얼굴을 비추었다.

트리니는 여섯 살짜리 아이처럼 빙그레 웃고 있었다.

"내가 수집한 우표들이야!"

트리니는 즐비하게 늘어놓은 우표들을 손가락으로 가볍게 쓰다듬었다. 그 옛날 그녀는 우표들을 나라와 대륙별로 분류해 아주 작고 빳빳한 마분지 조각에 한 장씩 깔끔하게 붙인 뒤 그 옆에 날짜와 출처를 꼼꼼하게 적어 놓았더랬다. 트리니가 하나를 집어 홀린 듯 바라봤다.

"캄푸치아 우표야! 진짜 희귀한 건데!"

"지금 이거 할 때가 아니지 않나요?"

"미안. 여기에 둔 걸 잊고 있었어."

트리니가 양팔을 벌려 길이가 1.5미터나 되는 상자의 양쪽까지 쭉 뻗더니 맨 위에 있는 정리함의 나무틀을 양손으로 꽉 붙들었다. 이어 조금씩 좌우로 흔들면서 위로 잡아당겨 정리함을 통째로 빼냈다. 병사들이 침대 밑에 놓아두고 쓰는 소형 사물함의 맨 위쪽 칸을 빼낼 때와 같은 방법으로 말이다. 몸을 돌린 트리니가 가까이에서 평평한 곳을 찾아 정리함을 내려놓는 사이 로베르토는 손전등으로 큰 상자 안을 다시 비추어 보았다. 맨 위 칸 밑에는 뽁뽁이가 수북했다. 그가 뽁뽁이를 걷어 내기 시작하자 트리니도 돌아앉아 손을 보탠 끝에 마침내 두 사람이 찾던 물건이 정체를 드러냈다.

커다란 그 물건의 생김새는 마치 물통을 세로 방향으로 반쪽 낸 것 같았다. 평평한 부분에는 끈과 밧줄과 죔쇠와 꺾쇠가 줄줄이 붙어 있었는데 그 부착물들이 서너 개의 가죽 끈으로 그 통 자체를 칭칭 감고 있는 모양새였다. 그 통은 가벼운 용기로 제작된 듯했지만 그 크기로 보아 실제 용기로 쓰였던 적은 별로 없는 것 같았다. 또한 속에 딱딱한 껍질 같은 게 있는지 겉에는 밝은 색상의 캔버스 천이 씌워져 있었다.

로베르토의 기억에 따르면 그것을 마지막으로 봤던 때가 정확히 30년 전이었다. 그 이유는 확실히 모르겠지만 그는 그게 전혀 달라지지 않을 것이라고 생각했더랬다.

"고물이 다 된 거 같네요."

"우리도 그래. 하지만 아직도 일하잖아."

트리니가 어깨를 으쓱하며 말했다.

맞는 말이었다. 하지만 그들은 나이를 먹게 되고 쇠약해지며 가끔씩 제 기능을 하지 못하는 인간의 몸이었고 반쪽짜리 물통 모양의 그것은 핵 파괴력을 선택할 수 있는 이동식 핵무기 티포티원 클라우드버스트(T-41 Cloudburst)였다. 트리니와 로베르토의 몸이 고장 나면 두 사람은 죽게 되고 몇 사람이 잠시 통곡을 하겠지만, 티포티원이 고장 나면 반경 10킬로미터 내에 있는 사람들은 전부 죽고 만다.

티포티원은 1960년대 초반에 아이젠하워가 처음으로 전장 핵무기 개념을 확립하고 시행한 후 실시된 누가(Nougat) 작전 실험의 산물이었다. 이 실험 이후 다양한 핵무기들이 60년대 말 내내 개량되어 대다수가 서유럽 분쟁 지역에 배치되었다. 이런 핵무기들을 개발한 배경에는 러시아의 침략을 막는 데 쓸 수 있다는 숨은 전략이 깔려 있었다. 필요한 곳에 이들 핵무기들로 공격을 하게 될 이들은 이동식 핵무기를 보호하고 작동시키는 훈련을 받은 최정예 특수부대인 육군의 그린라이트 팀이었다. 이들 이동식 핵무기들은 1인 1조나 2인 1조가 적진 후방으로 가져갈 수 있게 제작되었고 타이머나 무선 기폭장치가 장착돼 있어서 교량이나 임시 군수품 창고나 탱크 진지 같은 전략지를 파괴하는 용도로 쓰일 수 있었다. 또한 낙하산에 이들 무기를 매달아 보내거나 물속으로 떨어트리거나 6미터 깊이의 땅속에 묻어 둘 수도 있었다. 물론 이럴 때는 기술 하사관이 동행했을 때보다 폭파 성공률이 훨씬 떨어졌지만.

티포티원의 파괴력은 더블유피프티포(W54) 시리즈의 대다수 핵배낭과 마찬가지로 최소 10톤에서 최고 1킬로톤까지 조정될 수 있었다. 이 정도 핵 폭발력이면 도시 두 블록이나 리히텐슈타인 같은 작은 나라 전체를 충분히 파괴할 수 있었다. 파괴력이 1킬로톤인 상황에서는 그린라이트 팀이 무사히 탈출할 수 있는 확률도 극히 낮아서 해당 임무를 맡은 군인들은 자살 특공대가 될 각오로 임하라는 지시를 받았다.

이와 같이 특수한 티포티원은 서독의 풀다 갭(Fulda Gap)에 사용할 목적으로 1971년에 제작되어 배치되었다. 현대 시기 거의 내내 전략적으로 대단히 중요했던 풀다 갭에는 두 곳의 좁고 긴 저지대가 있는데, 당시 이곳을 통해 공포의 소련 전차들이 서유럽으로 들어가는 관문인 라인 강 계곡에 기습 공격을 감행할 수도 있었다. 오래 이어지는 전차전을 막을 방법이 없을까 생각한 끝에 파괴력을 조절하면 티포티원 한 개로 위협을 사전에 없앨 것이라는 방안이 제시됐다. 당시에 미 국방부의 일부 인사들은 핵무기를 그저 재래식 폭탄보다 크고 좀더 효과적인 폭탄 정도로만 여겼다. 그러나 1988년 무렵에는 정서가 바뀐 상태였고 중거리핵전력 조약도 굳건하게 지켜져 서유럽에 마지막 남은 300개의 핵배낭은 제거되어 폐기되고 해체되었다.

지하실에 있는 그것 하나만 제외하고 말이다. 화염 폭탄으로 키위르쿠라를 성공적으로 파괴한 것을 확인한 후 3년 동안 로베르토와 트리니와 고든 그레이, 그리고 다른 방위위협감소국 요원 두 명은 상부에 신종 코르디셉스가 애치슨 광산의 지하 감금실에서 탈출할 때를 대비해 비상 대책을 세워 놔야 한다고 줄기차게 경고했지만 성과도 없이 좌절하기만 했다. 이들의 주장에 따르면, 애치슨 물품 보관소는 시설의 특성상 핵무기 폭발을 통제할 수 있는 최적의 장소였다. 제대로 계획을 세워 적절하게 배치한다면 인명 손실을 최소화할 수 있었다. 물론 지하에서 핵무기가 폭발한다면 어떻게 해도 숨길 수 없다는 것은 그들도 인정했지만 결국 그런 일은 결코 실현돼서는 안 될 최악의 가정이었다. 그렇다고 그런 일에 대비하지도 말아야 할까?

매번 퇴짜 맞고 무시당하자 로베르토와 트리니 일행은 결국 직접 해결에 나섰다. 군비 축소 바람이 서유럽 전역을 휩쓸자

이들은 공동제거협조반 내에서의 이동 기록을 조작했고, 그 결과 30년 후에 지하실에서 그 핵무기를 다시 보게 되었던 것이다. 결국 상자에 넣어 지하실에 있는 트리니의 우표 수집함 밑에 숨겨 두는 게 비상 대책이었던 셈이다.

로베르토가 큰 함에서 핵무기를 들어 올리기 시작하자 등에서 찌릿한 통증이 느껴졌다. 그는 곧장 동작을 멈추고 속으로 '바보야, 무리하지 마라.'고 쏘아붙인 뒤 무릎을 구부리고 몸통을 똑바로 세워서 일어났다. 티포티원의 무게는 26킬로그램으로 그가 예상하거나 기억했던 것보다 무거웠다. 로베르토는 보관함 가장자리에 핵무기를 놓고 트리니를 올려다봤다.

"이거 좀 잠깐 잡고 있을래요?"

트리니가 손을 뻗어 흔들리지 않게 잡아 줬다. 로베르토는 돌아서서 핵무기를 등진 채 웅크리고 앉았다. 이어 양팔을 둥글게 구부려 끈 사이에 끼워 넣고 있는 힘껏 꽉 붙든 뒤 숨을 내쉬고 다시 일어섰다. 벌써 양쪽 허벅지에서 그 무게가 느껴졌다. 물건은 무거웠고 로베르토는 예전의 그 남자가 아니었다.

"가도 좋아요."

트리니가 몸을 돌려 손전등으로 그를 비추면서 깔깔 웃었다.

"왜요?"

"이게 뭔 고생인가 싶어서."

"은퇴 생활 심심하지 말라고 그러나 보죠. 앞장서세요."

두 사람은 마감이 덜 된 저장고의 커튼 반대편으로 돌아가 커다란 당구대를 빙 돌아서 고장 난 안락의자를 지나 부엌으로 올라가는 계단으로 이동했다. 트리니가 네 번째 계단에 올라서고 로베르토가 뒤따라 첫 번째 계단을 밟는 순간 지하실의 형광등이 모두 켜졌다.

두 사람은 그 자리에 얼어붙었고 순간적으로 앞도 안 보였다. 잠시 후 위를 올려다본 두 사람은 불빛에 움찔했지만 계단 맨 위에 있는 사람의 윤곽이 보였다. 사각팬티와 캔자스시티 치프스 티셔츠를 입고 있는 그 남자는 두 사람에게 산탄총을 겨누고 있었다.

로베르토는 그 상황에서 할 수 있는 것들이 없을까 재빨리 머리를 굴려 봤다. 하지만 등에 그 '냉장고'를 업은 채로 한 줄로 이어진 계단 맨 밑에서 두 번째 단에 발을 올린 채 이미 자신에게 12구경 산탄총을 들이대고 있는 남자를 맞닥뜨린 상황에서는 아무것도 할 수 없었다. 그는 오랜만에 처음으로 자신의 마음과 본능과 경험들을 샅샅이 뒤져 봤지만 나오는 게 전혀 없었다.

"저……."

로베르토가 입을 뗐다.

계단 맨 위에 있던 그 남자가 한숨을 내쉬었다. 그리고 총을 거둬들이더니 트리니를 쳐다보며 이렇게 말했다.

"엄마. '진짜' 엄마예요?"

트리니가 씨익 웃었다.

"안녕, 아들."

그러고 나서 트리니는 남자를 위아래로 훑어봤다.

"몸이 불었나 보네."

정말이었다. 로베르토도 알아챘다. 티셔츠가 살찐 배에 약간 달라붙어 있었다.

남자가 산탄총을 조심히 챙겨서 몇 계단 내려와 훨씬 더 조심스러운 목소리로 낮게 말했다.

"뭐 하는 거예요?"

트리니는 계속해서 그를 향해 계단을 올라갔고 로베르토도 뒤따라갔다.

"아, 그냥 뭐 좀 가져가느라고. 2초만 주면 사라져 줄게."

자기 혼자가 아니라는 게 생각났는지 트리니가 뒤돌아봤다.

"미안, 앤서니, 이분은 내 친구 로베르토 씨……."

로베르토가 한 계단 더 올라가 트리니 옆으로 손을 뻗어 악수를 했다.

"우리 구면인데. 그쪽이 거의 세 살 때 만났을걸."

앤서니가 잠시 생각해 보는 듯했다.

"아, 네."

그는 다시 트리니를 보고 말했다.

"재닛이 알면 엄마를 죽일 거예요. 저도 같이요."

트리니가 입술에 지퍼를 채우는 시늉을 하고 계단 위를 가리키자 앤서니가 돌아섰다. 다시 계단을 올라간 그는 부엌에 도착하자 그들이 지나갈 수 있게 길을 비켜 줬다. 앤서니는 로베르토가 등에 지고 있는 거대한 군수품 같은 것을 볼 수밖에 없었지만 그저 눈알을 굴리더니 다른 쪽을 쳐다봤다. 부엌 문으로 걸어간 앤서니가 문을 열어 준 뒤 말없이 두 사람을 배웅해 줬다. 밖으로 나오자 트리니가 앤서니를 돌아보며 말했다.

"추수감사절에나 보겠네?"

"어쩌면요. 찾아뵙도록 애써 볼게요."

"사랑해, 아들."

"저도 사랑해요, 엄마."

부엌문이 얌전히 닫혔다. 두 사람이 왔던 길로 돌아가 다시 어두운 잔디밭을 지나 미니밴으로 갈 때 로베르토는 침묵을 지킬 수 없었다.

"좋은 친구 같네요."

"음, 착한 애야."

밴에 거의 다 왔을 때 로베르토가 트리니를 쳐다봤다.

"궁금해서 그러는데요……."

"응?"

"저, 그게, 어, 장소 말인데요. 선배님이 이걸 보관해 둔 데요."

"그게 뭐?"

"음…… 아이들이 있을 거잖아요?"

트리니가 눈을 치켜떴다.

"오, 말도 안 돼. 걔들이 작동법을 알 리가 없잖아. 맙소사, 자넌 조심이 지나쳐 소심이야."

로베르토는 더 이상 마음 쓰지 않았다. 트리니는 역시 트리니였다. 로베르토는 그래서 트리니가 좋았다.

10분 후, 두 사람이 탄 차는 트리니의 집 밖에 주차돼 있었다. 트리니가 할 일은 다 끝났다. 그래서 이제 운전석에는 로베르트가 앉아 있었고 7번 물품은 뒷자리에 있었다. 그가 캔자스 현장에 온 지 32분이 지났다.

트리니가 도로 아래쪽을 가리키며 말했다.

"여기서 우회전한 다음 왼쪽 두 번째 도로를 타서 800미터 정도만 가면 진입 차선이 나올 거야. 그 차선을 타면 곧장 73번 고속도로로 이어져."

"애치슨까지는 얼마나 걸리죠?"

"25분. 정말로 내가 안 가도……."

트리니는 거기까지 말하고 고통스럽게 들리는 마른기침을 해 대기 시작했다.

로베르토가 그런 그녀를 바라봤다. 그날 밤 일로 트리니의 기력이 거의 다 소진되어서 그녀가 갈 수 없다는 것을 두 사람 모두 잘 알고 있었다.

"전 괜찮을 겁니다. 아시겠지만, 선배님은 아직도 쓸 만해요."

트리니가 담뱃갑에서 담배를 또 꺼내 불을 붙였다.

"그 두 사람을 빠져나오게 해 보려는 거지, 그렇지?"

로베르토는 잠시 생각에 잠겼다.

"제가 할 수 있을지 모르겠어요."

"해 봐. 응?"

그가 트리니를 쳐다봤다.

"황혼기에 접어드니까 물러지셨어."

트리니가 피식 웃었다.

"이 사람아, 접어든 게 아니라 벌써 지났거든. 더 이상 반짝 거리지 않아."

트리니는 담배를 한모금 깊이 빨아들여 커다랗게 굽이치는 연기구름을 내뿜었다. 바람 한 점 없는 밤공기 속에서 소용돌이친 구름이 그녀의 머리를 휘감았다.

로베르토는 창밖으로 손을 뻗어 그녀의 어깨에 살며시 댔다. 트리니가 인간미에 감사하는 뜻으로 고개를 손 쪽으로 기울였다.

"원하면 언제든지 부르세요. 선배님이 감당할 수 있는 온갖 헛소리를 내뱉어 줄게요."

트리니가 싱긋 웃었다.

"그거 좋지."

23

메리 루니는 몇 시간 전에 자신의 물품 보관소 안에 있던 침대 겸용 소파에서 잠이 들었던 터라 마이크의 총소리가 들리지 않았다면 밤새 거기서 잤을 것이다. 그리고 그렇게 밤새 잤더라면 애용하는 지하 2층 211호 보관소에서 툭하면 밤을 보냈을 것이다. 사실 메리에게는 최근에 거기 말고는 잠을 푹 잘 수 있는 곳이 더 이상 없었다. 어쩌다 잠깐씩 잠이 들었다가도 몇 분만 지나면 평생 간직해 온 추억들을 되새기며 뜬눈으로 보내곤 했다. 하지만 손님방에 있던 그 침대 겸용 소파를 보관소로 옮겨다 놓자 그곳에만 누우면 엄청 아늑해졌다. 잠깐씩 눈을 붙이던 게 점점 더 오래 잠들게 되었다. 거기만큼 더없이 평화롭고 애장품들에 둘러싸여 있을 수 있고 안전함을 느끼는 데가 또 있을까 싶었다. 혼자 사는 것을 걱정한 자식들의 성화에 못 이겨 들인 분별없는 자취생이 있는 자신의 아파트는 분명 그런 데가 아니었다. 메리는 오늘 톰의 마지막 물건들인 각종 기념품과 군에 복무할 때 받은 훈공 증서들이 가득 들어 있는 구두 상자 두 개를 들고 보관소를 찾았더랬다. 모든 유품을 적당한 통에 담기 시작하면서 추억 여행에 나서자 진이 빠져버린 그녀는 침대 겸용 소파에 누웠고 곧 잠이 들고 말았다.

그러다가 이제 확실하게 잠에서 깨어났다. 22구경 총의 첫 발은 성공적이었다. 그 방은 소리가 울려 퍼지는 곳이라서 총소리를 못 들을 수가 없었다. 벌떡 일어난 메리는 뒤이어 들리는 여섯 발의 총소리에 정신이 번쩍 들면서 '내가 꿈을 꾼 건가?'라는 질문에 확실한 답을 찾았다. 그녀가 꿈을 꾼 게 아니었다. 누군가 위층 어딘가에서 총을 쏘고 있었다. 누가 대체 한 밤중에 물품 보관소 시설을 털고 있으며 강도질만 할 것이지 왜 사람들을 죽이고 있는지 도통 이해가 안 갔다.

어쩌면 흔히 보는 미치광이 묻지마 총격범이 아닐까도 생각해 봤지만 그런 자들은 '많은' 사람들을 죽이고 싶어 한다는 점을 떠올리자 그런 추측도 설득력이 떨어졌다. 혹시 그런 짓을 저지르는 이들에게는 사람이 많고 적고는 중요한 게 아닐지도 모른다는 생각이 들기도 했다. 보관소에 올 때마다 동시에 두 명 이상을 본 적이 없었기 때문이다. 메리는 이후 15분가량을 꼼짝 않고 앉아 있었다. 문이 잠겨 있는 자신의 보관소에서 나갈 엄두도 나지 않았지만 그렇다고 다시 잠을 청하기도 불가능했다.

건물 밖에서 오토바이들의 굉음이 들리는가 싶더니 복도에서 여러 명의 목소리가 울려 퍼지자 메리도 그제야 계획을 세워 보기로 했다. 상황이 해결될 때까지 밤새 그곳에 있는 게 최선책일 테지만 사람들이 위험에 처했으면 어쩌지 싶었다. 그런 일이 벌어졌다면 자신이 뭘 할 수 있을까 따져봤다. 더 나은 해답을 얻기 위해 톰이라면 어떻게 했을까 생각했다. 아마존에서 주문해 일일이 직접 조립한 다용도 선반에 아주 깔끔하고 정성껏 분류해서 쌓아 놓은 남편의 유품들을 바라보았다. 그러면서 메리는 남편의 입장이 되어 보려고 했다.

톰이라면 분명 '뭐라도' 할 테니까.

24

근처에서는 티케이크와 나오미가 할리데이비슨 소리를 듣고 나서부터 나름의 계획들을 열심히 궁리 중이었다. 마이크의 발소리가 복도를 따라 이동하는 게 들리는 것으로 미루어 볼 때 그가 오토바이 소리를 따라간 것 같았다. 티케이크는 그 상황에서 밖으로 나가고 싶지 않다고 결론 내렸다.

"이건 뭐 좀비가 따로 없군."

나오미의 느낌은 좀 더 사리에 맞았다.

"자, 일단은, 좀비는 실제가 아니죠."

"좀비는 실제죠. 좀비는 100퍼센트 진짜라고요."

"아뇨, 그건 진짜가 아니에요. 티브이나 영화에나 있는 거죠."

"그래요, 아주 끝내주게 훌륭한 티브이와 영화에 나오죠, 나도 지적하고 싶지만 내가 말하려는 건 그게 아니니까 각설하고. 좀비는 전적으로 진짜라고요, 아이티에 실제 있던 걸 근거로 그런 영화들을 만든 거라고요, 누구나 알고 있는 이야기 같은 거라니까요. 죽은 시체들에 주술을 걸어서 노예로 만든 게 좀비라고요. 당신이 그걸 모르다니 믿기지 않네요. 수의사가 되고 싶은 거 맞아요?"

나오미가 티케이크를 쳐다봤다.

"정말 여기서 그런 일이 벌어지고 있다고 믿는 거예요? 아이티의 주술 같은 게?"

"뭐요? 당연히 아니죠. 나 등신 아니거든요."

티케이크는 점점 조급해졌다.

"그럼 요점이 뭔데요?"

"그러니까 내 말은 이게 뭔가 좀비 같은 일이다, 그거죠. 딱 좀비라고 하는 거랑은 반대죠. 캔자스에 그런 게 있을 거 같지는 않거든요, 알겠어요? 반면에 즉, 다시 말해서 실제 오늘 밤 여기에는 숭숭 자라는 초록색 곰팡이와 대왕 쥐와 폭발하는 사슴과 당신의 그 빌어먹을 입에 토하고 싶어 하는 놈팡이가 있다, 이겁니다."

티케이크는 자신이 말하려던 게 다 입증됐다는 듯한 몸짓을 했다.

"맞아요. 그리고요?"

"그 '물질'이 뭐든 간에 막 퍼지고 있다, 그겁니다. 퍼지고 싶어 한다고요. 그걸 뭐라고 부르고 싶든 간에 그것이 이 안에, 이 건물 안에 있는데, 또 여기를 벗어나 세상으로 나가고 싶어 한다고요. 그렇다면 우리가 그걸 어째야 할까요? 지금부터 20년 후 우리가 난롯가에 앉아 있을 때 우리 증손자들이 과거 좀비 세계 대전 때 우리는 뭘 했냐고 물으면 개네들한테 뭐라고 말할 수 있을까요?"

나오미가 무슨 말인가를 하려고 입을 벌렸지만 티케이크가 손을 들어 그녀를 제지하고 계속 말했다.

"예, 예, 나도 알아요. 증손자 부분에서 내 계산이 안 맞는다는 거, 그러니 잔소리할 생각 마요."

나오미는 그의 계산을 트집 잡으려 했던 게 아니었다. 그녀
가 지적하려던 부분은 티케이크가 방금 그들이 함께 자식을
갖게 될 것이라고 생각했다는 점이었다. 하지만 그 얘기는 요
점을 벗어난 내용인 데다가 달달한 구석도 있던 터라 그가 계
속 말하게 내버려 뒀다.

"여기서 나가서, 저치가 '다른' 사람의 입에 토하기 전에 막
아야 한다고요."

"그걸 왜 우리가 해야 하죠? 전화했던 그 사람이 20분 후면
여기 올 거라고 말했어요."

"예, 그랬죠, 그런데 그게 정확히 누구죠?"

"전화에서 자기 자랑만 하던 그치요? 다짜고짜 전화를 끊고
자기 휴대전화로 다시 전화를 걸었던 포트 벨부아의 그 여자
요? 그 여자가 왜 그랬겠어요? 이봐요, 그 사람들은 생판 초짜
예요. 그치들도 우리만큼 바짝 쫄았다고요. 이유는 모르겠지
만 진짜 그렇다니까요. 만약 딕 스틸 대령인지 뭔지 하는 사람
한테 말해 그 인간은 미사일로 무장한 시코르스키 헬기 여섯
대가 이곳에 도착해 커다란 스피커로 「죽음의 사신을 두려워
말라(Don't Fear the Reaper)」라는 노래를 틀어 줄 거라고 말한다
면, 나는 아마 빈둥빈둥 기다리면서 그냥 내버려 둘지도 모르
죠. 하지만 지금 우리한테는 프리랜서 두 명이 도착해서 차에
서 내리기 전에 잡아먹히지 않기만을 바라면서 여기 앉아 있

을 시간이 없다고요. 저기로 나가서 뭐든 '해야' 한다고요."

두 사람은 1~2분 더 티격태격 논쟁했다. 티케이크는 이미 그리핀의 메시지를 확인한 터라서, 훔친 제품들을 가지러 그곳에 온 이들이 그리핀과 그 바이크족 떨거지들임을 알고 있었다. 물론 일이 그 지경까지 된 것은 전부 티케이크 탓이었다. 그가 규칙을 확대 해석하는 것을 꺼려했지만 옳은 일을 하려다가 다 망쳐 버리는 또 다른 선례를 남겼기 때문이다. 그러나 그와 나오미는 마침내 의견 일치를 봤다. 비록 그리핀과 그의 친구들이 밉상인 것은 분명하지만 인간이기에 죽게 놔둘 수 없다는 데 이견이 없었다. 아니면 그들이 어쩔 수 없이 죽어야 한대도, 밖으로 나가서 세상 사람들에게 치명적인 곰팡이를 퍼트리지 않는다면 꽤 좋을 것 같았다. 두 사람은 먼저 통화부터 하는 게 이치에 맞는다고 생각했다.

티케이크는 자신이 받지 않은 그리핀의 마지막 전화 기록에 들어가 답신 버튼을 쳤다. 신호음이 두 번 들리고 나서 그리핀이 전화를 받았다. 그는 전화기를 입에 가져가기도 전에 말을 한 탓에 티케이크에게는 문장 중간부터 들렸다.

"……너 이 등신 새끼야, 또 한 번 내 전화를 씹었다가는 네놈을 확 불 싸질러 버릴 줄 알아, 네놈이 이걸 빌어먹을 장난으로 알까 봐 내 장담하는데……."

그리고 나서 그리핀이 휴대전화를 내리고 갑자기 전화를 뚝 끊으면서 또다시 그의 목소리가 문장 중간에 사라졌다.

티케이크가 휴대전화를 들여다보며 말했다.

"와우."

"왜요?"

"하여간 엄청 재수 없는 인간이에요. 늘 깜짝깜짝 놀란다니까요."

"전화를 끊었어요?"

티케이크가 고개를 끄덕이고 다시 전화를 걸었다. 그러자 곧장 음성 사서함으로 넘어 갔다. 티케이크가 벙찐 표정으로 휴대전화를 내렸다.

"목소리 들었을 때 괜찮은 거 같았어요?"

"뭐, 그 인간이야 멍청한 소리만 해 대니까요. 그러니 전화 받은 사람이 그 인간이 맞고 별일 없는 거 같았어요. 당신 친구가 먼저 가기 전에 그 인간한테 빨리 갑시다."

"그 사람, 내 친구 아니거든요."

나오미가 분개하며 말했다.

"뭐든 간에요. 당신이 함께 아기를 가진 그 사람요. 가서 그자를 막자고요."

로베르토가 문으로 다가가 한쪽 끝에 달린 볼트를 돌렸다. 나오미도 다른 쪽 끝에 있는 볼트 앞으로 걸어갔지만 아직 다 못 한 말이 있었다.

"그 사람한테는 총이 있어요."

"22구경이 있죠. 물론 22구경 총이면 당신 신세를 조질 수도 있죠, 하지만 그 총 탄창에는 열 발밖에 못 들어가는데 전부 다 쏜 거 같아요."

"그걸 어떻게 알아요?"

"우리가 지난 15분간 여기 앉아 있는 동안 내가 머릿속으로 다 셌으니까요. 한 발은 우리가 그치한테서 도망칠 때 복도에서 쐈고, 세 발은 내가 문 밑으로 굴러들어 갈 때 문 밖에서 쐈고요. 그리고 여섯 발은 우리가 문을 잠근 다음에 문에 대고 쐈어요. 그 여섯 발이 모두 어디에 맞았는지 당신 눈에도 보이잖아요."

나오미가 문을 올려다봤더니 정말로 철문의 90센티미터 넓이 여기저기에 작게 움푹 들어간 여섯 개의 자국이 퍼져 있었다. 나오미는 감명을 받았다.

티케이크가 이어 말했다.

"그러니까 그치가 우릴 쏠 수 없겠죠, 그렇죠? 그치는 그저 우리에게 토하거나 우리 위에서 폭발하는 거밖에 못 하지만 우리가 충분히 멀리 떨어져 있으면 그것도 문제가 되지 않을 겁니다. 그러니 어서 그리핀과 그 떨거지들을 내보내고 당신 애기아빠를 이 안에 가두자고요……."

"그 얘기는 제발 그만하라니까요."

"……그리고 기갑부대가 올 때까지 기다립시다. 기갑부대가 자기들 할 일이 뭔지 안다면 굉음이 울려 퍼지겠죠. 그럼 우리는 세상을 구하는 거고요. 아니면 최소한 캔자스 동부만이라도 구하겠죠."

로베르토가 잠시 말을 멈췄다. 유능한 영업사원은 자신에게 최후의 일격이 남았음을 알면 늘 마지막까지 아껴 뒀다가 가능한 짧은 말로 그것을 내뱉는다. 티케이크도 자신에게 최후의 일격이 남았음을 알고 있었기 때문에 적당히 잠시 쉬었다가 그 말을 내뱉었다.

"그리고 당신 아이도요."

나오미가 감동받아 그를 쳐다봤다.

티케이크는 계속해서 말을 이어 갔다. 다음 말은 그에게 가장 의미 있는 대목이었다. 그렇게 구구절절 거의 다 말하고 자신이 왜 그렇게 열심히 설득하고 전혀 그럴 필요가 없는데도 왜 목숨을 걸고 문을 여는 게 옳다고 주장하고 있는지 이해하고 나서야 깨달은 부분이었기 때문이다. 다음은 진심에서 우러나온 말이었다.

"저기요, 나도 여기서 거지 같은 일을 시키고 쥐꼬리만 한 돈을 준다는 거 압니다. 하지만 감옥에서 갓 나온 나를 써 준 게 여기예요. 다른 데는 그렇게 안 했을 겁니다. 그러니 이곳을 잘 지켜 줘야죠. 그리고 평생 이번 한 번이라도 개판 치지 않는다면 좋을 거 같기도 하고요. 여긴 내 하나뿐인 직장이에요, 물론 거지 같은 데죠. 하지만 나한테 딱 하나 남아 있거나 남아 있게 될 곳이기도 해요. 당신은 굳이 같이 갈 필요 없어요. 내가 나가면 문을 잠가요. 다 끝나면 돌아와서 당신을 꺼내 줄게요."

나오미는 그를 쳐다보며 생각했다.

'재밌는데. 자세히 보아야 좋은 것들이 있는데, 이 사람이 정말 그렇잖아.'

나오미는 철문의 다른 쪽 끝에 달린 볼트를 돌렸다. 그리고 두 사람은 함께 차고 문을 머리 위까지 밀어 올린 뒤 복도로 나왔다.

나오자마자 티케이크의 말 중 한 가지가 맞았다는 게 증명됐다. 마이크가 앉아 있던 바닥에 총을 놔두고 가 버린 것을 보니 총알을 다 쓴 게 틀림없었기 때문이다. 나오미와 티케이크는 복도를 따라 이동하기 시작했다. 두 사람이 겨우 두세 걸음 옮겼을 때 나오미의 휴대전화가 울렸다.

그녀가 티케이크에게 멈추라는 신호를 보낸 뒤 작은 목소리로 전화를 받았다.

"아직 여기 있어요."

애비게일이 마지막으로 전화를 건 지 정확히 10분 후에 다시 전화를 걸어 왔다.

"좋아요. 그냥 확인하는 거예요. 상황은 바뀐 거 없죠?"

나오미가 머뭇거렸다.

"꼭 그렇지만도 않아요."

"그게 무슨 소리예요?"

"보관소를 나왔어요."

애비게일이 잠시 아무 말 없이 생각에 잠겼다.

"왜 그랬는지 이해가 안 되네요"

"지금 여기에 사람들이 더 있거든요. 우리가 그 사람들한테 알려 줘야 해요."

"몇 명이나 있는데요?"

"그건 몰라요. 다시 전화 주세요."

나오미가 전화를 끊고 티케이크를 쳐다봤다.

"언짢아하네요."

티케이크가 어깨를 으쓱했다.

"누군 안 그런가?"

마지막 34분

<u>25</u>

지금까지 삼성 티브이가 든 상자들을 싣는 일은 아주 순조롭게 진행됐지만 그리핀의 생각보다 시간이 오래 걸리고 있었다. 재협상을 하는 바람에 모든 게 다 늦어졌다. 온갖 작업 끝에 그 멍청이들을 설득해 티브이를 넘기기로 했는데 막판에 재수 없는 아이언헤드 놈이 가격을 75달러로 낮추려고 했다. 더구나 놈이 조용히 혼자만 그런 것 같지도 않았다. 그 얘기를 모두가 들어서 다들 똑같은 가격을 원했다. 아이언헤드는 이런 일에 능했다. 그들 무리는 그저 아이언헤드가 타고 다니는 바이크 때문에 그를 그런 별명으로 부르는 게 아니었다. 아이알트 그룹의 영업부에 근무했던 아이언헤드는 협상의 귀재여서 일행이 보관소 안에 서 있을 때까지 기다렸다가 쌓아 놓은

가전제품을 휙 한번 둘러본 뒤 자신이 그리핀을 좌지우지할 입장에 있다는 것을 알았다. 그들은 몇 분 동안 흥정을 벌였지만 그 시점에 그리핀의 머리는 지끈거리고 있어서 거기서 그 물건들을 '그대로 두고' 모두가 나가 버린다는 것은 상상할 수도 없었다. 그래서 가격을 75달러로 내림에 따라 그날 밤에 손에 쥐게 된 실소득의 총액은 600달러가 아닌 450달러가 될 예정이었다. 하지만 그러든 말든 그리핀은 그와 같은 거래를 받아들였다.

티브이들은 무거운 데다가 나르기 힘든 모양을 하고 있어서 두 사람이 한 번에 하나씩밖에 옮기지 못했다. 세드릭과 와이노가 제일 먼저 티브이 한 대를 밖으로 가지고 나갔고 쿠바와 가비지가 그 뒤를 이어 또 한 대를 날랐으며 쇼티와 레브가 세 번째로 또 한 대를 가지고 나갔다. 그리고 그리핀과 닥터 스티븐 프리드먼은 이미 두 번을 왔다 갔다 했다. 아이언헤드는 왜 그런지 모르겠지만 가까스로 감독하는 역할을 맡아 보관소 안쪽 벽에 기대고 서서 잽싸게 전자담배를 피우고 있었다. 그런데 바로 그때 마이크가 출입구에 나타났다.

마이크는 쌕쌕 힘겹게 숨을 들이 마시고 내쉬며 출입구에서 한참을 서 있었다. 그가 빤히 쳐다보자 아이언헤드도 맞받아 쳐다봤다.

"왜, 뭔데?"

마이크는 대답하지 않고 그냥 쳐다보기만 했다. 아이언헤드가 연기구름을 훅 내뿜었다.

"등신 새꺄, 내가 물어봤잖아."

마이크는 여전히 대답하지 않았다. 아이언헤드는 한 걸음 앞
으로 다가섰다.

"너 그러다 큰일 치른다. 눈 안 깔아, 이 개새끼야? 지금 당장
두 걸음 물러서든가 눈깔 치워라. 안 그러면 대갈통을 저 벽에
다 박아 박살내 줄 테니까. 알아들었냐?"

마이크가 눈길을 거둬 복도를 내려다봤다. 아이언헤드의 말
을 따르느라 그런 게 아니라 사람 목소리들을 들었기 때문이
다. 세드릭과 와이노와 쿠바와 가비지가 트럭에 첫 번째 티브
이를 싣고 더 나르기 위해 돌아오는 길이었다. 가까이 다가온
그들이 마이크를 봤지만 그는 뒤로 몇 걸음 물러나 그들 일행
이 지나갈 공간을 내줬다. 아이언헤드는 재수 없게 쳐다보고
있던 사이코에게 자신이 으름장을 놨다고 생각했다.

다른 일행이 티브이를 더 나르려고 보관소 안으로 다시 들
어가자 아이언헤드가 마이크에게 말했다.

"그래, 그렇게 하란 말이야."

어깨 너머로 보고 있던 쿠바는 그가 앞서 자신들을 지켜봤
던 바로 그 이상한 사람임을 알아봤다. 그의 셔츠는 아까보다
더 꽉 끼어서 부푼 몸통 위쪽에 있던 단추 두 개는 벌써 튕겨
나갔고 다른 몇 개도 곧 떨어져 나갈 것 같았다.

"저 인간은 왜 저러고 있는 거야?"

쿠바가 아이언헤드에게 물었다.

"아까 본 사람인데."

"낸들 아나. 저치는 걱정 마. 그냥 하던 거 계속 해, 밤새 이러고 있을 순 없잖아."

세드릭은 수년간 아이언헤드의 거들먹거리는 행동을 익히 봐 왔던 터라 배알이 꼴렸다.

"어이, 뺀질이, 넌 언제 하나 나를 거냐?"

"이봐, 난 중간에서 조정해 주는 일을 하잖아. 다들 나한테 고마워해야 한다고. 원래는 내가 깎아 준 돈에 대해 수수료를 내야 하는 거거든."

밖에 멀리 떨어진 곳에서 두 사람이 고함치는 소리가 들렸다. 아이언헤드 일행은 멀거니 쳐다보고 있는 그 이상한 놈을 지나쳐 소리가 나는 쪽을 쳐다봤지만 아무도 보이지 않았다. 아이언헤드는 다시 물건을 나르는 이들을 향해 서두르라는 듯 손을 흔들어 댔다.

"어서, 티브이 하나씩 들고 여기서 빨리 나가자고."

그때 어디선가 종이를 반으로 쭉 찢을 때처럼 작게 찢어지는 소리가 들려 모두가 동시에 소리 나는 쪽을 쳐다봤다. 마이크가 다시 출입구에 와 있었고 그 소리는 그의 몸통에서 나온 것이었다. 더 이상 버티지 못할 정도까지 늘어난 마이크의 위 내부가 결국 위벽에서 분리되어 이제 그의 배 안에서 끈적거리는 젤리 덩어리 같은 게 자유롭게 떠다니고 있었다.

마이크에게는 이제 살아 있을 시간이 90초도 채 안 남았다.

입이 딱 벌어지는 상황이었지만 아이언헤드만이 가까스로 몇 마디를 내뱉었다.

"이게 무슨 개……."

하지만 그는 거기까지밖에 말하지 못했다. 마이크의 몸이 억지로 밀어 올린 창자들이 목구멍을 통과해 그의 입속으로 들어와서 시속 40킬로미터로 공기 중으로 튀어 나가면서 마이크의 배가 일제히 안쪽으로 접혀 버렸기 때문이다. 자동차라면 그 정도 속도라도 그렇게 빠른 게 아니지만 토사물 속도로는 엄청 빨라서 마이크와 아이언헤드 일행들 사이의 거리가 1초도 안 되어서 토사물로 뒤덮였다. 당연히 너무 순식간이라서 누구도 대응할 시간이 없었던 데다 토사물 비말들이 넓게 퍼져 나간 탓에 아이언헤드 일행 모두가 폭발의 피해를 입고 오염되었다. 아이언헤드 무리가 큰 충격을 받고 비명을 질러 대자 마이크는 손을 위로 뻗어 머리 위에 있던 차고 문을 끌어내려 쾅 하고 닫은 뒤 맹꽁이자물쇠 구멍에 U자형 볼트를 다시 밀어 넣었다.

사실 그는 왜 그렇게 하는지 정확히 몰랐지만 할 일이 더 남아서 그 사람들을 걸리적거리지 않게 조치할 필요가 있다는 것쯤은 알고 있었다.

마이크의 몸속에 자리한 진화된 형태의 신종 코르디셉스는 계속해서 긍정적인 성장 경험을 쌓아 가고 있었는데 이번에는 숙주가 됐던 몸을 첫 번째 기회에 터뜨리지 않았을 때의 진가를 배웠던 셈이다. 마이크가 토해서 곰팡이 덩어리를 퍼트려주자 몸 전체를 터트려 포자처럼 활용하는 것만큼 효과가 좋았다. 아울러 숙주가 많이 다치지 않아서 최소한 60초를 더 이동할 수 있다는 이점까지 덤으로 생겼다.

이 신종 곰팡이는 우수한 학생이었다. 배움을 게을리하지 않았다.

잠긴 물품 보관소 안쪽에서 고함과 비명이 들렸지만 그자들은 갇힌 신세였다. 그들은 그저 그 상태로 1~2분을 있어야 했다. 마이크의 몸속에는 남은 게 별로 없었다. 그는 급속하게 자신을 소모하고 배출하고 있어서 반드시 자기에게 눈곱만큼 남아 있는 것을 의미 있는 곳에 써야 했다.

다른 인간들에게 말이다.

마이크는 크게 외치는 소리가 났던 곳으로 향했다.

채 2분이 안 되는 조금 전에 나오미와 티케이크는 숨어 있던 물품 보관소에서 나왔더랬다. 나오미가 애비게일의 전화를 받고 통화를 마친 다음에 두 사람은 뛰다시피 하며 조심스럽게 복도를 따라 이동했다. 나오미의 전화가 다시 울렸지만 이번에는 받지 않고 옆에 있는 버튼을 쳐서 걸려 온 전화를 음성사서함으로 보냈다. 저 앞쪽에서 사람들의 목소리가 들렸다. 티케이크는 교차점으로 이동해 가장자리에 몸을 바짝 기대어 옆

복도를 살펴봤다. 그곳에 있는 물품 보관소에 그리핀이 훔친 티브이들을 보관하고 있다는 것을 티케이크는 알고 있었다.

그리핀의 물품 보관소는 거기서 15미터 남짓 떨어진 데 있어서 티케이크의 눈에 문이 활짝 열려 있는 것뿐만 아니라 안쪽에 있는 네댓 사람의 형체까지 보였다. 그 사람들은 무언가 하고 있었지만 정작 신경을 써야 할 마이크한테는 전혀 관심을 갖지 않는 게 분명해 보였다. 나오미가 모퉁이를 돌 때 마이크가 몸 안팎으로 빨아들이는 소리를 냈다. 두 사람 모두 다음에 뭐가 나올지 알고 있었던 터라 동시에 보관소 안에 있던 불쌍한 족속들에게 큰 소리로 외쳐 댔다.

"조심해요, 피해요, 당장 거기서 나와요."

하지만 너무 늦었다. 두 사람은 마이크의 배 속에 있던 것들이 다 나와서 곰팡이들이 물품 보관소에 쫙 퍼지고 있는데도 그냥 보고만 있을 수밖에 없었다. 또한 마이크가 손을 위로 뻗어 차고 문을 쾅 하고 닫고 자물쇠를 채운 뒤 자신들 쪽으로 돌아설 때도 그저 지켜보기만 했다.

마이크는 잠시 나오미와 티케이크를 빤히 쳐다봤다.

그러고 나서 그는 두 사람에게 덤벼들었다.

분해되고 있는 마이크의 몸 모양새를 봐서는 뛸 수 없을 것 같았지만 그는 어기적거리면서도 날쌘 몸놀림으로 그들에게 힘껏 달려들었다. 마이크가 이미 너무 가까이 다가온 터라 두 사람 다 몸을 돌려 달아날 수가 없게 되자 티케이크는 자신이

현실성이 거의 없는 생각들로 거창한 계획을 짰음을 깨닫고
살짝 후회했다. 보관소를 나가서 다른 사람들에게 말하고 세
상을 구한다? 솔직히 그것은 '거지 같은' 계획이었고 '계획'이
라는 단어를 붙일 가치도 없었으며 진짜 계획이라는 측면에서
는 언급될 자격조차 없었다. 티케이크는 그토록 전적으로 괜
찮은 여자이자 이 세상에서 정말 중요한 아주 멋진 엄마인 나
오미까지 설득해 안전하게 숨어 있던 곳에서 나와 구체적인
전략도 전혀 없고 그녀를 지켜 줄 사람이라고는 '무계획 천재'
인 자신밖에 없는 위험한 상황으로 걸어 들어가게 만들었다.
티케이크는 머릿속에서 아버지의 목소리를 들었다. 그의 아
버지는 지난 15년 동안 멍청한 아들에게 늘 같은 잔소리를 했
더랬다. "넌 구제불능의 돌대가리가 아니면 뇌가 아예 없는 놈
이구나."

마이크와 그들은 겨우 1초면 닿을 거리에 있었다. 그래서 티
케이크는 자신들을 공격하는 놈에게 돌진해 최소한 나오미가
도망갈 시간을 벌 만큼만이라도 그를 오래 막고 있으려고 납
작 쪼그려 앉았다. 그리고 양다리에 힘을 꽉 주고 앞으로 튀어
나갈 준비를 했다.

그 순간 총소리를 제일 먼저 들은 사람은 나오미였다. 총소
리가 그녀의 왼쪽 귀 뒤로 45센티미터 지점에서 났기 때문이
다. 소리가 어찌나 컸던지 나오미의 왼쪽 고막이 터져서 일시
적으로 귀가 안 들렸다.

글록 21SF 45구경 자동권총은 2009년부터 캔자스 고속도로 순찰대의 표준 품목이었다. 순찰대에 그와 같이 화력이 센 총기가 필요한 이유를 아는 사람은 정말 아무도 없었지만 그날 밤에 그 이유에 대해 항의할 생각이 전혀 없는 사람들이 있었으니 바로 티케이크와 나오미였다. 45구경 자동권총에서 나온 여섯 발의 총알이 나오미의 머리를 핑 하고 지나가서 티케이크의 어깨 위로 날아가 그가 움직이는 방향을 바꿔 놓을 만큼 아주 세게 마이크의 가슴팍으로 팍 하고 꽂혀 버렸다. 총알 세례를 받은 마이크는 공중으로 떠올라 뒤로 2미터가량 날아갔다가 시멘트 바닥으로 떨어져 죽었다. 곰팡이로 가득 찬 그의 몸은 충격에 거의 산산조각이 날 정도로 엉망으로 망가진 상태였다.

왼쪽 귀가 완전히 멀어 버린 데다가 오른쪽 귀에서 커다랗게 울리는 이명 때문에 어쩔 줄 모르던 나오미는 고개를 돌려 뒤에서 연기가 피어오르는 권총을 들고 서 있는 여자를 쳐다봤다.

티케이크도 일어나서 눈을 동그랗게 뜨고 그녀를 쳐다봤다.

"루니 씨?!"

메리 루니는 죽은 남편의 근무용 총기를 내렸다. 남편이 죽었을 때 그 총을 반납하는 대신 분실했다고 신고했고 바로 그날 구두 상자에 넣어 물품 보관소에 가져왔더랬다.

메리는 흩뿌려진 마이크의 유해를 봤다가 눈길을 돌려 다시 나오미와 티케이크를 쳐다봤다.

"저 아이는 아마 제정신이 아니었을 거야."

총소리가 여전히 로비에 울려 퍼지고 있을 때 쇼티와 레브
는 부리나케 뒤돌아서 픽업트럭이 있는 곳으로 내뺐다. 돌아
가는 꼴이 알짱대면서 무슨 일인가 알아볼 상황이 아니었다.
한밤중에 훔친 가전제품을 트럭에 싣고 있는데 30미터 앞쪽의
어딘가에서 반자동 무기로 쏘는 것 같은 여섯 발의 총성(마치
'포격 소리'처럼 들림)이 들렸다면 어떻게 해야 할까? 당연히 걸음
아 나 살려라 하고 도망쳐야 한다.

쇼티와 레브는 트럭에 올라타자마자 후진 기어를 넣고 가속
페달을 밟자 현관 유리문에 자갈이 튀어 긁힌 자국이 남을 정
도로 자갈이 아주 심하게 튀고 멀리까지 날아갔다. 쇼티가 핸
들을 돌리자 트럭이 180도를 멋지게 미끄러졌고 다시 전진 기
어를 넣은 그들은 뒤 한 번 돌아보지 않고 곧장 진입로로 트럭
을 몰았다.

그러나 그리핀과 닥터 스티븐 프리드먼은 위치상 그들처럼
유리한 입장이 아니었다. 두 사람은 이미 또 다른 티브이를 옮
기려고 물품 보관소로 되돌아가는 길이라서 총소리를 들었을
때 보관소 옆 모퉁이를 막 돌고 있었다. 닥터 프리드먼은 몸을
아래로 휙 수그리고 양손으로 귀를 막았다. 복도 한가운데에
납작 수그리고 앉아 있는 것은 생물학적으로 쓸모없는 반응이

었지만 치과대학을 다닐 때 그와 같은 곤경에 대처하는 훈련 따위는 전혀 받은 게 없었다.

그리핀은 달랐다. 그리핀은 게임 「하프라이프 투」의 수정판 인 「스쿨슈터」를 인터넷에서 다운로드해 즐기면서 그와 비슷한 상황을 100번은 치러 봤다. 그리핀은 기쁘게도 본능적으로 반응해서 벽에 납작 붙어 재킷 속으로 어깨에 찬 권총집에서 스미스앤드웨슨 엠엔피 40구경 권총을 뽑아들었다. 총소리들 이 희미해지기 전에 그는 왼쪽을 봤다 오른쪽을 봤다 다시 왼쪽을 보며 재빠르게 정찰한 끝에 복도에는 아직도 한가운데에 웅크리고 있는 닥터 프리드먼을 제외하고 아무도 없다는 것을 확인했다. 그리핀은 앞으로 한 걸음 나가 부자연스러운 왼손으로 그 치과의사의 멱살을 그러잡고 벽 쪽으로 끌어당겼다.

닥터 프리드먼은 여전히 웅크린 채 겁먹은 얼굴로 그리핀을 올려다보며 떨리는 목소리로 작게 물었다.

"대체 뭔 일이래?"

"묻지마 총기 난사범이야."

그리핀이 대답했다.

그가 그렇게 기분이 좋은 것은 실로 몇 년 만이었다.

26

로베르토가 애치슨에서 외곽으로 13킬로미터밖에 떨어지지 않은 73번 고속도로를 달리고 있을 때 애비게일에게서 전화가 왔다. 그의 휴대전화는 아직도 전파 차단용 행낭에 보관돼 있어서 로베르토는 조수석에다 노트북을 열어 두고 AT&T 카드를 이용해 인터넷과 연결해 둔 상태였다. 블루투스 이어폰을 낀 로베르토는 스페이스 바를 쳐서 전화를 받아 애비게일이 설명해 주는 애치슨 물품 보관소 건물 안의 최신 소식을 들었다.

로베르토는 자신이 제대로 알아들은 게 맞는지 몰라서 되물었다.

"나왔다고요? 그 사람들이 나왔다는 게 무슨 소리죠?"

"보관소 안에 없다고요."

"아니, 그냥 있지 왜 그랬대요?"

"그 여자 말이 건물 안에 다른 사람들이 있어서 자기들이 피하라고 알려 줘야 한댔어요."

"대단하군요. 숭고한 사람들이네요. 그래 몇 명이나 있다던가요?"

"그건 말 안 했어요."

"그 사람이랑 다시 통화해 줄래요?"

"네 번이나 해 봤는데, 안 받아요."

"그게 언제쯤인데요?"

"2분 조금 안 됐어요."

"나머지 사람은 어떻대요? 감염된 사람요, 문 밖에 있다던."

"그 말도 안 했어요."

"안 물어본 거예요?"

"아주 잠깐 통화한 거라서요. 그 여자가 갑자기 전화를 끊었어요. 지금 말한 게 전부예요."

"좋아요."

로베르토는 그렇게 말하면서도 생각이 많았다.

"그래요. 좋아요."

그는 40년 전에 배웠던 대로 애비게일의 말이 끝나기 무섭게 한 번 더 확인했다.

"나오미가 귀관에게 말하기를 다른 사람들이 도착한 소리를 들었기 때문에 자신과 다른 오염되지 않은 사람이 보관소를 나왔다. 그런데 몇 명이나 있는지는 말하지 않았다. 이후 그 여자와 통화를 하지 못했다. 이게 2분 전까지의 상황이다. 내 말 맞나요?"

"네, 선배님."

"그 사람들 이름, 알아요?"

"네."

로베르토는 재빨리 생각해 봤다. 피해를 산정하고 효용 체감과 위험 대 보상을 꼼꼼히 따져보고 끔찍한 상황을 평가하며 피해를 최소화하는 행동 방침을 정해야 했다. 로베르토는 생각해 둔 게 있었지만 그렇게 하려면 도움의 손길이 필요했다. 그리고 도움을 받을 수 있다 해도 오늘 밤에는 구름 한 점도 없어야 할 것이다. 로베르토는 운전석 창문을 내렸다. 머리 바로 위쪽 하늘은 맑고 별들이 총총 떠 있었다. 다행히 그들에게 날씨 복은 있었다. 로베르토는 창문을 다시 닫았다.

"공중에서 도와줄 사람이 필요해요."

로베르토가 전화기에 대고 말했다.

잠시 아무 대답도 들리지 않았다.

"그런 일이 어떻게 가능할지 모르겠어요."

"애비게일, 뭐든 가능해요. 어떤 게 좀 더 가능하고 덜 가능한지만 있을 뿐이에요."

"저한테 그런 자원은 없는데요."

"귀관에게 정확히 어떤 자원이 있고 없는지는 내가 압니다, 알겠어요?"

로베르토는 애비게일을 쏘아붙이려던 게 아니었기에 부드러운 어조로 말했다. 그 순간 그에게는 다른 방도가 없었기에 그녀를 잃을 수 없었다.

"위성 정찰을 원하시는 거구나."

애비게일이 남 얘기 하듯 말했다.

"10억 달러짜리를 원하시는 거군요."

"난 머리 바로 위쪽 3킬로미터 상공에 글로벌 호크[17]가 와 주길 '원하지만' 에드워즈 공군 기지에서 여기까지 절대 시간 맞춰 올 수 없을 겁니다. 그래서 키홀[18]로 만족하려고. 10분만 방향을 바꾸면 효과가 있을 거예요."

"그러려면 법무장관 승인이 필요할 텐데요."

"그래야겠죠, 우리가 그쪽 절차를 따르게 된다면. 하지만 이번 일은 조금 더 비공식적인 절차를 밟을 겁니다."

"미쳤군요. 그러니까 내 말은 작전상으로 그렇다고요. 선배님은 거의 망상가에 가까워요."

"아뇨, 애비게일, 난 야심찬 거예요, 귀관도 마찬가지고. 자자, 국립정찰국에 누구를 알고 있죠?"

국립정찰국은 정찰위성을 편성하고 국가안보국(NSA)과 중앙정부국(CIA)과 연방수사국(FBI) 그리고 국토안보부에 자료를 보급하는 일을 다루는 곳이었다.

"그쪽에는 아는 사람이 전혀 없거든요."

애비게일이 짜증스럽게 말했다.

"그런 태도는 삼가 줄래요? 난 9분 후면 현장에 도착합니다."

로베르토가 속도계를 들여다보니 128킬로미터가 넘는 속도로 달리고 있었다. 그는 조금 더 속도를 올렸다.

전화기 너머에서 또다시 아무 말이 없다가 잠시 후 애비게일의 목소리가 다시 들렸다. 여전히 자신 없는 목소리였지만

---

17 Global Hawk, 지상에서 7~12킬로미터 떨어진 높이에서 오랫동안 떠 있을 수 있는 무인정찰기.
18 Keyhole, 정찰 위성.

그녀가 그 문제를 고민하고 있는 게 느껴졌다.

"제 친구 스테파니가 항공우주 자료시설 동부지국에 근무하는 남자와 사귀어요."

항공우주 자료시설 동부지국은 포트 벨부아 바로 건너편에 자리하고 있으며 전 세계 정찰 위성의 중추적 작전 기관이었다.

"그것 봐요. 이제 귀관이 뭘 할 수 있는지 알겠지요?"

"하지만 걜 깨워야 할 텐데요. 그 남자는 근무 중이어야 하고."

"우리한테 확실하게 운이 따르려면 몇 가지가 딱 맞아떨어져야 해요."

"다시 전화할게요."

"잠깐만요. 혹시 그 남자를 만난 적 있어요?"

"아뇨. 사진으로만 한번 봤어요."

"그 사람과 스테파니 중 누구 외모가 더 나아요?"

"모르겠어요. 우리 정말 이러고 있을 시간이 있는 거예요?"

"스테파니, 아니, 애비게일, 이런 젠장."

로베르토는 점점 지쳐가면서 신경이 몹시 날카로워졌다.

"제발 그 질문에 대답만 좀 해 줘요. 누구 외모가 더 나으냐고요?"

"스테파니는 정말 예뻐요. 남자는 걔 발꿈치도 못 따라오고요."

"바로 그게 우리의 첫 번째 행운이에요. 스테파니를 깨워요. 귀관에게는 이미 그쪽 좌표가 있어요. 난 5분 후에 머리 위에서 감시해 주는 눈이 필요해요. 감염된 이들이 그곳에서 나간다면 몇 명이나 나가고 어디로 가는지 알아야 해요. 알았어요?"

"알았어요."

"그리고 거기 건물 안에 있는 사람들 모두 다 개인 정보 좀 알아봐 줘요. 오염되지 않은 사람들 말이에요. 이력, 즐겨 먹는 아이스크림 등 찾을 수 있는 건 뭐든 좋아요, 나한테 필요할 거 같아서요, 알겠어요?"

"알았어요."

애비게일은 일을 시작하기 위해 전화를 끊었다.

로베르토는 이어폰을 빼고 노트북을 닫았다. 그리고 아주 작게 한숨을 내쉬었다. 이번 일은 왠지 잘 풀릴 것 같았다. 로베르토는 자신이 얼마나 많은 사람들을 알고 있으며 모르는 사람들을 최선을 다하게 하는 데 얼마나 능한지 잊고 있었다. 오점들이 보였지만 그가 바로잡았다. 경험을 대신할 만한 것은 없다. 평생 익힌 기술에 연륜에서 나오는 지혜를 겸비하고 좋은 감과 반사 신경까지 갖추고 있다면(그런데 이런 것들은 배울 수 있는 게 아니라서 현장에서 키워야 한다.) 아주 유능한 비밀 요원이 될 수 있다. 제기랄, 애당초 죽어도 퇴역하지 말아야 했는지도 모른다. 로베르토는 8분 후면 그곳에 도착해 한 시간 내에 사태를 해결할 터였다. 미소가 절로 지어졌다.

그때 갑자기 경찰차가 나타났다.

로베르토는 백미러를 올려다봤다. 어쩐지 낯설지 않은 게 배에서 힘이 쑥 빠지는 기분이었다. 경찰차가 바로 뒤에 바짝 붙어서 번쩍거리는 적색등 불빛이 너무 밝아 눈이 따가웠다. 로베르토는 속도계를 내려다봤다. 바늘이 145킬로미터에 가까이 있었다. 속도위반인가?

'내가 속도위반을 한 건가? 그래, 로베르토, 이 헛똑똑이야.'

로베르토는 핸들을 주먹으로 쾅 치고 나서도 잠시 더 운전을 이어 갔다. 그의 마음이 우왕좌왕 갈피를 못 잡고 여러 갈래로 갈라졌고 어느 방향으로 정하든 막다른 길에 도달했다. 경찰이 사이렌을 두 번이나 울리자 뿌우뿌우 하는 소리에 로베르토는 화들짝 놀랐다.

선택의 여지가 없었다. 로베르토는 갓길로 빠졌다.

갓길에 깔린 자갈이 로베르토의 자동차 타이어 밑에서 뿌드득거렸다. 로베르토는 미니밴을 얌전하고도 책임감 있게 세웠다. 이어 뭔가 알아낼 수 있는 게 없을까 싶어 룸미러를 올려다봤다. 순찰차는 보통의 문 네 개짜리 세단으로 쉐보레 임팔라인 듯했다. 지붕에는 빨간색 경광등이 달려 있었고 사각 전조등들과 번갈아 번쩍거리는 상향등이 보였으며 앞쪽의 라디에이터 그릴에서는 파란색 불빛이 반짝였다. 전체적으로 볼 때 이런 정보는 전혀 도움이 안 됐다.

어깨 너머로 뒤를 보면 너무 대놓고 죄를 시인하는 인상을 줄까 봐 로베르토는 사이드미러로 보기로 했다. 그 각도에서는 그나마 시야가 조금 덜 가려졌다. 순찰차는 그의 미니밴처럼 갓길에 바짝 붙여 세우지 않아서 순찰차의 앞 유리를 통해 경찰의 윤곽을 볼 수 있었다. 손에 쥔 무전기를 내려다보고 있는 것으로 보아 그가 방금 자동차 번호판을 조회하고 응답을 기다리고 있는 것 같았다. 로베르토는 호흡을 진정시키며 그 상황에서 할 수 있는 것들을 따져봤다. 어떤 방법을 선택하든 좋은 것들은 아니었다. 그냥 출발해 버리는 것은 최악의 선택이었다. 전파를 이길 수 있는 사람은 없을 테니까 말이다. 결국 맹렬한 속도로 추격전을 펼치다가 그가 질 게 뻔했다.

로베르토는 미니밴을 후진시켜 순찰차의 정면을 들이받을까도 생각해 봤다. 운이 좋으면 타이어를 터트릴 수도 있지 않을까 싶었지만 자신의 자동차 타이어가 터질 가능성 또한 높았다. 그렇게 되면 정말 얼마 못 가고 붙잡힐 터였다. 설령 운이 좋아 자신의 차는 망가진 데 없이 멀쩡하고 순찰차만 못 쓰게 만든대도 또다시 무전기 생각을 안 할 수 없었다.

내키지는 않지만 경찰을 죽여 버릴까도 생각해 봤다. 그러나 그저 자신이 맡은 일을 하고 있는 순진한 경관을 살해하는 게 납득이 된다 한들 그에게는 몸에 지니고 있는 무기가 없었다. 가장 가까이에 있는 총은 뒷자리 상자 중 하나에 들어 있는 엠나인(M9)일 텐데 그마저도 총알을 빼 놓은 상태였다. 트리니가 총알이 꽉 찬 탄창을 뽁뽁이에 싸서 그 옆에 두었을 테지만 그것을 어떻게 집을지도 문제일 터였다. 차 뒷자리 쪽으로 조금이라도 움직였다가는 그 경찰이 순찰차에서 내려 운전석 문 뒤에 웅크리고 있다가 몇 초 만에 무기를 발사할 테니까.

그 외에도 순진한 경찰을 죽이는 데에는 또 다른 문제가 있었다. 바로 그가 전에 한 번도 그런 짓을 해 본 적이 없다는 점이었다.

순찰차의 문이 열리고 경찰이 밖으로 나왔다. 190센티미터가 넘어 보일 만큼 키가 아주 컸으며 한 손에는 테가 둥근 모자를 들고 있었다. 경찰은 잠시 숨을 돌리더니 차 문을 닫은 뒤 모자를 쓰고 매만지느라 꽤 오래 시간을 지체했다. 큰일이었다. 설상가상으로 그는 얼간이였다.

그는 로베르토의 차 쪽으로 걸어왔다. 로베르토는 사이드미러로 지켜보면서 여전히 생각 중이었다. 뇌물도 별 효과가 없을 것 같았다. 어쨌든 그의 주머니에도 단 몇백 달러밖에 없었다. 경찰이 운전석 창문에 다가서자 마지막으로 될 대로 되라는 식으로 한 가지 생각이 떠올랐다. 진실을 말해 보면 어떨까 싶었다.

그러나 결코 효과가 없을 터였다.

로베르토는 창문을 열었다. 경찰이 그를 대충 훑어보더니 아주 살짝 몸을 숙여 로베르토 혼자만 타고 있는지 재차 확인했다.

"면허증과 등록증 좀 보여 주시죠."

"제가 속도위반을 했나요?"

맙소사, 겨우 생각해 낸 게 그 말이야? 노련한 전문 요원이었다는 사람이 고작 꺼낸 말이 그거란 말인가? 주간(州間)고속도로망 역사상 지금껏 갓길에 차를 댔던 모든 운전자들이 이

구동성으로 내뱉었던 말을 똑같이 따라한단 말인가? '제가 속도위반을 했나요?!'

"예, 그랬습니다. 면허증과 등록증 좀 보여 주시죠."

"사물함을 열게요."

로베르토는 이렇게 말하면서 속으로는 또 다른 말을 하고 있었다.

'봤지? 난 착한 시민이야. 나도 너처럼 분별 있는 남자라고. 그러니까 날 믿어도 돼. 알았지?'

"그러세요."

경찰이 대답했다.

로베르토는 몸을 기울여 사물함을 열면서도 정작 안에 뭐가 있는지 모르고 있었다. 그런데 사물함 전면에 붙은 버튼을 누르는 순간 그 안에 무기가 있을 수도 있다는 생각이 퍼뜩 떠올랐다. 트리니는 철두철미한 사람이니까 그날 밤 그가 무사할 수 있게 일어날 수 있는 모든 상황에 철저하게 대비해 놨을 터였다. 그 대비책에는 그가 갑자기 무장해야 할 상황까지 계산돼 있을 터였다. 로베르토는 사물함에 손가락을 댄 채 망설이며 실수가 어떤 나비효과를 불러올 수 있을지 생각해 봤다. 잠시 생각하는 동안 손가락은 그대로 버튼에 붙어 있었다. 사물함에서 총이 나오면 상황이 걷잡을 수 없이 악화될 것 같았다.

"선생님?"

로베르토의 머리가 사물함 쪽을 향하고 있어서 경찰을 볼 수는 없었지만 그가 가까이 있다는 것을 느낄 수 있었기에 경찰이 팔을 움직일 때 제복 상의가 바스락거리는 소리를 들을 수 있었다. 아주 미묘하게 가죽의 삐걱거리는 소리도 들리자 로베르토는 경찰의 오른손이 현재 허리에 찬 총의 개머리 부분에 있으며 총이 들러붙어 있지 않다는 것을 확인하기 위해 총집에서 총을 아주 살짝 움직이고 있다는 것까지 알 수 있었다.

상황은 빠르게 파국으로 치닫고 있었다. 로베르토는 눈을 감고 억지로 숨을 쉬었다. 아직까지는 괜찮았다. 총도 없을뿐더러 깔끔한 노란색의 렌터카 계약서 덮개까지 보였다. 꼭 있어야 할 자리에 렌터카 계약 서류가 들어 있었던 것이다. 로베르토는 그 서류를 집어 고개를 돌린 다음 창밖에 있는 경찰에게 건넸다.

"렌터카 등록증입니다."

경찰이 서류를 받아들었다.

"면허증은요?"

"재킷 안에 있는데요."

로베르토가 재킷 바로 바깥쪽으로 손을 들어 올렸다. '손을 집어넣어도 될까요?'라고 물어보는 것처럼 말이다.

"꺼내세요."

로베르토는 재킷 안으로 손을 넣어 지갑을 꺼낸 뒤 면허증을 빼내 다시 창밖으로 건넸다. 경찰이 면허증을 받아들었다.

경찰이 서류를 점검하는 동안 로베르토는 기다렸다. 트리니가 본인 이름으로 그 미니밴을 빌렸다면 로베르토가 몇 가지 설명을 해야 할 테지만 그 순간에 그 정도 문제는 가장 하찮은 축에 들었다. 그 정도 곤경은 그가 변명으로 모면할 수 있었다. 계기판에 있는 시계를 봤더니 벌써 3분을 허비했다. 로베르토는 2분 후에 도로를 달리고 있어야 했다. 그렇지 않으면 앞서 아무 근거 없이 애비게일이 열 수 있을 것이라고 생각하고 부탁해 둔 인공위성 창이 그가 정작 필요한 시간에는 닫히게 될 터였다.

어떻게 불과 180초 만에 모든 상황이 급격하게 나빠질 수 있을까?

"감사합니다, 디아즈 씨."

로베르토는 경찰이 그의 이름을 부를 때 살짝 멈칫했다가 아주 조금 늘어뜨려 발음하는 것을 알아챘다. 그래서 그와 같이 무심코 저지르는 인종차별이 그 상황에 도움이 될지 혹은 해가 될지 따져봤지만 아무런 차이가 없다는 결론에 도달했다. 경찰은 로베르토에게 서류를 돌려주면서 렌터카 등록증에 대해서는 아무 말도 하지 않았다. 역시, 트리니는 최고였다. 그녀는 로베르토의 이름으로 자동차를 빌릴 정도로 치밀했다. 로베르토는 서류를 받아들었다.

이제 경찰의 관심사는 서류에서 자동차 실내로 바뀌었는데 별안간 그 시선이 뒷자리에 멈췄다. 트리니가 군용 상자들에 덮어씌운 방수포는 그것들을 완전히 가릴 만큼 크지 않아서 반쪽짜리 물통처럼 생긴 티포티원까지 덮을 여유가 없었다. 조금이라도 무기를 다뤄 본 경험이 있거나 심지어 제대로 만든 텔레비전 프로그램이라도 본 사람이라면 뒷자리에 있는 그 물건의 모양새가 영락없이 상자에 담긴 무기처럼 보인다는 것쯤은 알 터였다.

경찰은 허리띠에서 손전등을 빼내 딸깍 하고 불을 켰다. 허가나 명분 없이 트렁크를 들여다볼 수는 없었지만 열린 창문으로 자동차 내부는 확실히 볼 수 있었다. 로베르토는 경찰을 흘끗 올려다봤다. 순간적으로 방심한 틈을 이용해 상대를 파악하기 위해서였다. 잠깐이긴 하지만 운전석을 활짝 열어젖혀 경찰이 자빠지거나 잠시 숨을 쉬기 어려워지거나 행운의 문손잡이가 놈의 고환을 강타할 만큼 문을 힘껏 밀어붙여 볼까도 생각해 봤다. 마음먹은 대로만 된다면 가속도를 계속 살려 문 밖으로 돌진해 경찰을 무장해제 시킨 뒤 빼앗은 총으로 머리를 두 번 때리면 될 터였다. 이렇게 되려면 많은 가정들이 들어맞아야 하는데, 아마 결국 로베르토는 길가에서 죽거나 캔자스 감옥에 갇히고 그사이 역병 같은 곰팡이가 국토를 유린하게 될 것이다.

따라서 그 방법은 별로였다.

하지만 그때 로베르토는 그 문신을 봤다. 경찰관은 항시 오른손을 총 가까이에 두어야 했기 때문에 왼손으로 손전등을 빼낸 뒤 차량 뒷자리를 비춰 보려면 로베르토의 몸 너머로 손전등을 내밀어야 했다. 따뜻한 날씨라서 경찰은 여름 제복을 입고 있었는데 상의는 옅은 파란색에 이두박근 바로 아래에서 절개된 반팔이었다. 그의 팔뚝은 운동으로 다져져 굵었다. 손전등을 이리저리 비추느라 팔을 움직일 때 반팔 소매가 굽이 진 근육 위로 스르르 올라가면서 맨살이 10센티미터쯤 추가로 드러났다.

로베르토는 거기서 새카만 X자를 봤다. 제복 선 바로 위까지만 내려오게 새겨 옷 속에 용의주도하게 가려져 있던 모양이었다. 하지만 오늘 밤 그 순간에 그 자세에서 문신이 드러났고 경찰차에 달린 번쩍거리는 경광등의 빨간색 불빛이 그 문신을 환히 밝혀 주었다.

X자는 그저 두 개의 두꺼운 막대기로 이루어졌고 막대기 끝부분은 뾰족하게 마무리해 막대기의 양쪽 끝이 삼각형 모양이었다. 장식도 없고 색깔도 전혀 화려하지 않은 그저 검정색 잉크로 새긴 문신이었지만 로베르토는 꽤 확실하게 그것이 남부 민족주의 깃발의 상징임을 알아봤다. 두 개의 막대기에는 성 안드레아의 십자가와 남부연합기의 파란색 별들이 박힌 X자를 떠올리게 하려는 의도가 숨어 있었다. 하지만 특정한 상황에서 자신의 극우적 정치 성향을 숨기기 원하거나 그럴 필요가 있는 사람들을 위해 색깔과 별을 없앴다. 경찰관이 근무할 때와 같은 상황을 대비해서 말이다.

경찰은 손전등을 옮겨 앞자리의 뒤편을 비춰 본 뒤 손전등

을 거둬들이는 과정에서 순간적으로 로베르토의 얼굴을 정면
으로 비추었다.

"디……아즈 씨, 저 뒤에 있는 건 뭡니까?"

아하! 이번에는 더 길게 쉬었다가 말하고 로베르토의 성을
아주 살짝 강조함에 따라 긴가민가했던 의심이 확신이 되었다.

'아하, 이 인종차별주의자 개새끼야, 이제야 네놈의 정체를
알았구나. 네놈은 백인우월주의자구나.'

괜찮았다. 큰일이긴 한데 그 정도는 로베르토가 해치울 수
있었다.

"형씨한테 들켰네."

경찰이 그를 쳐다봤다. 형씨? 로베르토는 시작부터 엄청 세
게 나갔다. 하지만 카드가 하나밖에 없을 때는 전력을 다해 그
카드를 써먹어야 하는 법이다.

"디아즈 씨, 뭘 하다가 들켰다는 겁니까?"

경찰의 표정은 읽을 수 없었다. 그는 전혀 티를 내지 않았다.

"준비하다가요."

"뭘 준비하셨는데요?"

"그날이 올 때를요."

경찰이 오랫동안 로베르토를 빤히 쳐다봤다. 그가 로베르토
에게 용기를 줄 이유는 없었지만 차 밖으로 불러내지도 않았
다. 로베르토는 그 점을 계속해도 된다는 신호로 받아들였다.
로베르토는 마지막 남은 칩들을 테이블 한가운데로 떠밀었다.

"당신 문신을 봤어요. 우리가 자유 국가에 산다면 거기에 3퍼센트(III%)를 새겼겠죠, 안 그렇습니까?"

경찰은 그저 눈만 마주친 채 생각을 정리하고 있었다.

로베르토가 지난 7~8년 동안 방위위협감소국에 근무할 때 잘 무장한 국내 민병대의 무기 취득에 관한 보고 사례가 급격하게 증가했더랬다. 당시 매일 열리는 간략한 안보 보고회 때 그는 거의 해외만 독점적으로 맡았기 때문에 해당 내용을 그저 건성으로 읽곤 했다. 하지만 쓰리 퍼센터스(Three Percenters)를 비롯해 몇몇 유명한 국수주의 단체들의 이름 정도는 충분히 알고 있었다. 미국의 불법 무장 단체와 그 회원들은 압제적인 정부가 개인의 총기 소유를 제한하려는 어떠한 시도에도 무력으로 저항할 것을 맹세했다. 쓰리 퍼센터스라는 단체의 이름은 독립전쟁 때 13개 식민지의 미국민들 가운데 오직 3퍼센트만이 대영 제국에 맞서 싸워서 그들을 격퇴했다는 주장에서 따왔다. 사실 실제 수치는 15퍼센트에 더 가깝지만 이미 과장한 효과를 다 본 마당에 수치가 얼마인들 무슨 상관이겠는가.

쓰리 퍼센터스에는 유독 법을 집행하는 일을 하는 이들이 많이 가입돼 있어서 실제로 2013년에는 한 무리의 저지시티 경찰관들이 '3퍼센트 가운데 한 명'이라는 문구가 새겨진 패치를 달았다가 정직당했다. 그 이후부터 공공 기관에 근무하는 회원들은 머리를 써서 자신들의 신념을 밖으로 드러내지 않았다. 남부 민족주의 깃발 문신은 대중적이며 교묘한 표식이었다.

로베르토는 이 경찰관도 그 단체 소속임을 확신했다. 다만 문제는 얼마나 열성적인 회원이냐는 것이었다.

경찰은 로베르토와 10초는 족히 눈을 마주쳤다. 로베르토도 흔들림 없이 맞받아 쳐다봤다.

"형제여, 그날이 오고 있어요. 우리가 사랑하고 숭배하는 나라가 우리에게 준비하라고 요구하고 있고."

경찰은 다시 손전등을 켜서 뒷자리에 있는 군용 상자들을 비추고 한 번 더 훑어봤다.

이어 그는 다시 로베르토를 쳐다봤다. 여기서 딱 하나 남은 문제는 그 재수 없는 놈에게 로베르토가 성씨의 편견을 극복할 만큼 충분히 백인처럼 보이느냐는 것이었다. 경찰은 한참 동안 생각했다.

"애국자님, 안전 운전 하십시오."

아무래도 로베르토가 백인처럼 보인 모양이었다. 경찰은 손전등을 끄고 돌아서서 저벅저벅 자갈 밟는 소리를 내면서 순찰차로 돌아갔다.

로베르토는 확인하느라 가지 않고 있는 짓 따위는 하지 않았다. 미니밴의 시동을 걸고 너무 빠르지도 너무 느리지도 않게 출발하여 그와 멀어졌을 때 순찰차의 전조등 불빛에 대고 손을 들어 올려 작게나마 감사의 뜻을 전했다.

로베르토는 다시 원래의 모습으로 돌아온 뒤 속으로 생각했다.

'난 내가 맡은 일을 정말 잘해.'

로베르토는 7분 후면 애치슨에 도착할 터였다.

27

메리 루니는 터져 버린 괴상한 남자의 가슴팍에 총 여섯 발을 발사하고 채 30초도 지나지 않아 자신이 방금 사람을 죽였다는 것을 깨달았다. 메리한테는 그자가 폭발해서 찐득찐득한 초록색 안개로 흩어졌다는 비현실적인 사실보다 그녀가 처한 상황의 객관적 실체가 더 의미 있게 다가왔다. 그녀는 살인을 저질렀다. 물론 어떻게 보느냐에 따라 우발적 살인일 수도 있었다. 총을 쏠 때 그자가 두 사람에게 달려들고 있었기 때문이다. 하지만 그 사람 또한 확실히 비무장 상태였고 그녀는 법의 눈으로 볼 때 캔자스 주에서 훔친 총을 들고 있었다. 법학자가 아니어도 그런 정황이 법정에서 불리하게 작용하리라는 것쯤은 누구나 알 수 있었다.

나오미는 몸을 구부린 채 양손으로 아픈 귀를 막고 있었고 손가락 사이로 피가 새어 나오고 있었다. 티케이크는 휘둥그레진 눈으로 루니 여사를 쳐다봤다.

"루니 여사님, 맙소사, 고마워요, 세상에, 그건 대체 어디서 났어요?"

티케이크는 연기가 피어오르는 권총에서 눈을 떼지 못한 채

한꺼번에 주절거렸다.

"난 여기서 나가야 해요."

루니가 말했다.

"아뇨, 아뇨, 그러지 않아도 돼요, 괜찮아요, 잘했어요, 할 일을 한 거예요, 이자는, 그는 감염됐어요. 뭐냐, 이건 무시무시한 좀비 영화 같은 거예요. 저쪽에는 터져 버린 사슴도 있고요, 지하실에는 기괴한 똥덩어리 같은 것도 있고요. 그가 말이죠, 그가 우리한테 토하려고 했답니다, 그리고요……."

루니는 그저 티케이크를 빤히 쳐다보고만 있었다. 그제야 티케이크는 자기 말이 어떻게 들리는지 깨닫고 말꼬리를 흐렸다.

"그 말씀이 맞아요. 어서 여기서 나가셔야 돼요."

앞쪽의 모퉁이 너머에서 낮게 중얼거리는 소리들이 들려왔다. 티케이크가 익히 들어온 그리핀의 거칠고 그렁거리는 목소리 같았다. 그는 다시 루니를 보며 그녀의 양어깨를 잡고 빠르게 말했다.

"정문 쪽은 가면 안 되니까 저쪽으로 다시 가서 오른쪽으로 두 번 돈 다음에 옆문으로 나가세요."

티케이크는 루니가 아직도 들고 있는 권총을 가리키며 이어 말했다.

"그건 강에 버리세요."

루니는 움직이지 않았다.

모퉁이 너머에서 그리핀이 목소리를 높였다.

"내겐 무기가 있다, 썹새야!"

그는 잔뜩 허세를 부렸지만 티케이크는 그의 목소리가 떨리는 것을 들을 수 있었다.

티케이크는 다시 루니를 보고 말했다.

"어서 가요!"

"고마워요."

루니는 그렇게 말한 뒤 티케이크가 가리켜 준 방향으로 출발했다.

"내 말 듣고 있냐?"

그리핀이 다시 소리쳤다.

"난 총알을 다 장전했다! 탄띠까지 매고 간다!"

티케이크도 맞받아 소리쳤다.

"그리핀! 어이, 멋진걸. 나야! 티케이크!"

그리핀이 고래고래 외쳤다.

"나한테는 총이 있다고, 빌어먹을 놈아!"

티케이크는 나오미 옆으로 가서 허리를 숙이고 그녀의 귀에서 두 손을 조심스럽게 떼어 냈다. 나오미가 그를 올려다봤다. 그녀는 머리 전체를 다쳤지만 이상하게도 왼쪽에 감각이 없으면서 부담스러울 정도로 완전하고 혼란스러운 정적이 감돌았다. 오른쪽 귀에서 크고 날카롭게 울려 퍼지는 소리는 왼쪽 귀의 정적에 따른 진정 효과를 상쇄하고도 남아 머리 전체가 욱신거렸다. 시력은 괜찮아서 바로 앞에서 걱정 가득한 눈으로 자신을 바라보고 있는 티케이크를 볼 수 있었다. 그의 입이 움직이고 있는 것으로 보아, 티케이크가 자신에게 무슨 말을 하고 있는 듯했다. 한 마디도 들리지 않았지만 그의 얼굴 표정을 읽을 수 있었다. 모든 표정을 과장해서 지어 줄 때마다 집중해서 주의 깊게 관찰하니 훨씬 쉽게 이해할 수 있었다.

어쩌면 그 순간에 그의 목소리가 들리지 않는 것이 오히려 그녀에게 딱 맞을 수도 있었다. 나오미는 그의 입술을 유심히 쳐다봤다. 그의 눈을 들여다보고 눈빛이 바뀔 때마다 놓치지 않고 알아챘다. 그가 무슨 말을 하고 있는지 몰랐지만, 말하고자 하는 뜻을 알 수 있어서 더 좋았다. 그 뜻대로라면 그녀는 괜찮을 것이며 그는 그녀의 기대를 저버리지 않을 터였다.

나오미는 티케이크가 고개를 돌려 어깨 너머로 모퉁이 뒤에 있는 누군가에게 불같이 되받아 소리치는 모습을 보았다. 혹시 경찰이 오고 있었나? 바닥은 마이크의 찐득한 잔해로 더러워졌고 그 잔해는 마치 아직 살아 있는 것처럼 움직이면서 부글거렸다. 그리고 서서히 그들 앞으로 다가오고 있었다.

이제 티케이크는 그녀를 일으켜 세워 무언가를 하라고 재촉하고 있었다. 거기서 나가라고? 그렇다, 티케이크는 나오미가 반대 방향으로 나가길 원했다. 어떤 위험이 닥쳤든, 어떤 일을 해야 하든, 티케이크는 그녀가 끼지 않기를 바랐다. 어쩌면 오직 느낌으로만 그의 의도를 헤아릴 수 있어서 그랬는지는 몰라도 나오미는 감동했다. 티케이크의 감정은 너무나 강렬했다. 그는 한 가지 말을 계속 되풀이해서 외쳐 댔다. 나오미는 입술 모양을 보고 상대방의 말을 이해하는 사람은 아니었지만 자신의 딸 이름만큼은 알아들을 수 있었다. 티케이크는 지금 당장 거기서 나가라고 말하고 있었다. 설령 그 자신과 나오미는 중요하지 않을지 몰라도 그녀의 딸은 중요하기 때문에 그녀가 나가서 보살펴 줘야 한다고 말했다.

티케이크는 고개를 돌려 어깨 너머로 또다시 뭐라고 외쳐 댔다. 나오미는 알아들을 수 없었지만 복도 맞은편 끝에서 누군가가 그들이 있는 쪽으로 오고 있으며 위험한 상황임을 알수 있었다. 티케이크는 몸을 돌려 나오미를 자신의 등 뒤로 힘껏 떠민 뒤 반대 방향으로 밀쳐 냈다. 나오미는 세게 떠미는 힘으로 판단하건대 그에게 실랑이할 여유가 없음을 알 수 있었다. 그녀는 비틀거리며 뒷걸음질로 모퉁이를 돌아서 복도를 따라 그들에게 다가오고 있던 사람의 시야에서 겨우 보이지 않게 되었다.

나오미는 그곳에 숨어서 그다음에는 무엇을 해야 할지 잘 몰라 잠시 더 머뭇거렸다. 아무 소리도 들리지 않았고 머릿속에서 통증이 뒹굴뒹굴 굴러다녀 마치 머리가 반쪽으로 쪼개지는 듯했다. 그쪽으로 다가오고 있는 이가 누구인지 모르는 상황에서 그 정체를 말해 줄 수 있는 유일한 사람은 그저 그녀에게 거기서 당장 나가라고 단호하게 말했다. 나오미는 그 자리에서 꼼짝도 할 수 없었다.

잠시 후 그리핀은 총을 앞으로 겨눈 채 티케이크의 맞은편 끝에 있는 모퉁이를 돌아 나왔다. 그리핀은 특별 기동대가 쭈그려 앉은 자세로 전진하듯 몸을 둥글게 말아 웅크린 채 다가왔다. 그러면서 누군가 보관소에서 튀어나와 자신을 뒤쫓아오기라도 할까 봐 총을 좌우로 획획 움직였다.

티케이크는 복도 끝에서 그리핀에게 소리쳤다.

"그리핀, 이 등신아, 그 망할 총 좀 치워라!"

그리핀은 총을 치우기는커녕 양손으로 손잡이를 그러잡고 총을 앞으로 쭉 내밀고 다가오면서 티케이크의 머리를 겨눴다.

"손 들어!"

티케이크는 양손을 들어 올렸다.

"나라고 나, 알겠어?"

그리핀은 계속해서 다가왔다. 다리를 구부린 채 양손으로 총을 쥐고 자신이 복사한「스쿨 슈터」게임 속 아바타의 움직임과 자세를 무의식적으로 흉내 내고 있었다.

"총 내려 놔!"

티케이크는 자신의 손을 올려다봤지만 양손 다 비어 있었다.

"무슨 총?"

"내려놓으라고!"

"그리핀, 난 총 없다고, 알아들었어?"

그리핀의 뒤편에서 닥터 프리드먼이 엿보며 상황을 파악하고 있었다.

"대릴, 진짜야, 저자한테는 총이 없는 거 같아."

티케이크는 계속해서 손을 들고 있으려고 애쓰면서 조금 전에 마이크였던 바닥의 오염물을 가리켰다.

"어이, 그쪽에는 더 이상 가까이 가지 마."

그리핀이 걸음을 멈추고 잔해를 빤히 내려다봤다. 그러더니 메스꺼운 듯 다시 티케이크를 쳐다보고 총을 겨누면서 말했다.

"바닥에 엎드려!"

"왜?"

"벽에 붙어!"

바닥에 엎드리려던 티케이크는 동작을 멈췄다.

"어떤 걸 하라는 거야?"

"그거 하라고!

"진짜로 내가 바닥에 엎드리길 원하는 거야, 아니면 벽에 붙어 서라는 거야?"

그리핀은 뒤쪽에서 무슨 소리가 들리자 총을 들고 빙글 돌아섰다. 오른발로 바닥을 밟아 빠드득 소리를 냈던 닥터 프리드먼이 총구가 자신을 향하자 간신히 머리를 피했다. 그리핀은 총을 겨눈 채 텅 빈 복도를 거칠게 둘러보고 나서 총구를 휙 돌려 다시 티케이크를 겨눴다.

"총격범은 어디 있어?!"

"그는 가 버렸어."

티케이크는 틀린 인칭대명사를 썼다는 점에서만 거짓말을

하고 있었다.

"총을 쏘고 곧바로 떠났어."

그리핀은 또 한 번 마이크의 잔해를 다시 내려다봤다.

"저건 누구냐?"

"내가 바로 그 얘기를 해 주려던 거라고."

티케이크가 그렇게 말하고 앞으로 한 걸음 다가섰다.

"더 이상 가까이 오지 마."

티케이크는 한숨을 내쉬고 멈춰 섰다. 그날 밤은 기이했다가 그다음에는 흥미진진했다가 이후에는 무시무시해졌는데 이제 는 그리핀까지 끼어들어 그저 짜증 나는 밤이 되고 말았다.

"나도 몰라. 뭔 병 같은 거에 걸렸어. 전염되는 병 말이지. 그 거 걸리면 너도 죽어. 빌어먹을 군대가 오고 있거나 적어도 그 런 군대를 알고 있는 어떤 사내가 오는 중이야……. 그나저나 손 좀 내리면 안 될까?"

"경찰을 불렀다고?"

"어. 그 비슷한 거. 디트라."

"그게 대체 뭔데?"

티케이크가 대답하려는데 오른쪽에서 맹렬하게 쾅쾅 치는 소리가 나자 화들짝 놀란 그리핀이 다시 총구를 홱 돌렸다. 이 번에는 닥터 프리드먼도 더 빨리 피해 머리를 겨냥한 총구를 훌륭하게 따돌렸고 그리핀은 바로 옆에 있는 물품 보관소에 총을 겨눴다.

"저건 뭐야?!"

보관소 안쪽에서 목소리들이 악을 쓰면서 더 많은 주먹들이 문을 팡팡 쳐 댔다. 그리핀은 그 목소리들을 알아들었다.

"아이언헤드?! 야, 너 거기서 대체 뭐하냐?"

목소리들은 더욱 악을 써 댔고 문은 덜컹거리고 탕탕거렸다. 그리핀은 걸쇠에 잠기지 않은 채 매달려 있는 자물쇠에 눈이 갔다. 그 상태로도 충분히 문이 닫히긴 했지만 철커덕 잠긴 게 아니라서 한참 더 덜컹거렸다가는 분명 문이 뜯길 터였다.

그리핀이 다시 티케이크에게 총을 겨누면서 물었다.

"왜 쟤들을 저기에 가둔 거냐?!"

"내가 안 그랬어. 저자가 그랬지."

티케이크가 마이크의 잔해를 가리켰다. 그리핀은 눈살을 찌푸린 채 파충류 같은 뇌로 지금까지의 상황을 정리해 보려 했다. 그는 총구를 계속 티케이크에게 겨눈 채 보관소 쪽으로 다가갔다.

티케이크가 한 걸음 앞으로 나섰다.

"워, 그러지 마."

그리핀이 멈추더니 다시 총을 홱 들이대며 물었다.

"왜?"

"저자들은 감염됐어."

닥터 프리드먼이 그리핀의 그림자 밖으로 나왔다. 그는 결국 그 대화에서 자신이 어느 정도의 역할을 할 수도 있겠다는 것을 알았다.

"감염됐다고? 뭐에?"

"나도 젠장 모른다고!"

인내심이 거의 바닥난 티케이크가 말했다.

"위험한 거라고! 마지막으로, 이제 그만 그 빌어먹을 총 좀 치우지?!"

그리핀이 그를 째려봤다. 바닥에는 어떤 놈이 죽어 있고 친구들은 모두 물품 보관소에 갇혀 버린 상태에서 티케이크만 유일하게 복도에 있었다. 아니 될 말이었다. 그리핀은 절대 그 빌어먹을 총을 내려놓지 않을 셈이었다. 그는 물품 보관소에서 두 걸음 물러서서 총으로 티케이크를 가리켰다가 다시 문을 가리켰다.

"네가 열어."

티케이크가 그를 쳐다봤다. 이 멍청이에게는 이성이라는 게 전혀 없었다. 티케이크는 보관소 문을 쭉 훑어봤다. 보관소 안쪽에서 사람들이 꺼내 달라며 계속 문을 쾅쾅 두드리자 걸쇠에 매달려 있는 자물쇠가 쇠고리에 부딪쳐 딸각거렸다.

"절대 못 해."

"어서!"

그리핀이 소리를 지르며 총을 들고 한 걸음 앞으로 나왔다. 그가 움직이자 최대 감도로 조정해 뒀던 방아쇠 위에서 땀에 젖어 있던 검지가 긴장되었다. 그 바람에 그리핀은 무심코 총을 한 방 쐈고 총구에서 튀어 나간 총알이 티케이크의 왼쪽 귀의 바로 바깥 가장자리를 갈라 피를 뿜겨져 나오게 한 뒤 복도를 따라 날아가다가 철제문 두 개를 스치고 튀어 나가서 마침내 시멘트 벽에 박혀 버렸다.

티케이크는 비명을 지르며 아픈 귀를 감싸 쥐었다.

"이런 씨, 뭐하는 거야?"

놀라서 소리를 지른 티케이크가 손을 거둬들이자 그제야 피로 얼룩진 손이 눈에 들어왔다. 면도날에 베인 듯한 게 총상치고는 심각한 상처는 아니었지만 어쨌든 그 피는 '총상'에서 나온 것이었고 그리핀이 그에게 총을 쏜 것 또한 분명했다. 그 얼간이가 티케이크에게 '총을 쐈다'.

"날 쏘다니!"

티케이크가 꼬집듯 말했다.

"저자를 쏘다니!"

닥터 프리드먼이 확인해 줬다.

그리핀은 그럴 의도가 전혀 없었다는 사실을 감추기 위해 온갖 짓을 다했다. 잠시 놀란 얼굴이었지만 곧 굳은 표정으로 바꾼 뒤 티케이크에게 다시 총을 겨눴다.

"네놈이 저 빌어먹을 문을 열지 않으면 또 쏠 테다. 저 안에 있는 사람들은 내 친구들이란 말이다."

그들 또한 그의 고객들이었지만 그리핀은 그런 세세한 사정을 신경 쓰지 않았다. 생각은 온통 한 가지 가능성에 쏠려 있었다. 분명 실낱 같은 가능성이긴 하지만 경찰이든 군대든 다른 누가 됐든 그들이 나타나기 전에 남아 있는 훔친 티브이들을 거기서 가지고 나갈 수 있는 가능성이 아직 남아 있었다. 450달 러가 여전히 눈앞에 있으니 집에 가져가야 했다.

티케이크는 생각할 시간이 필요했다. 귀에서 묻은 피를 바지에 문질러 닦고 최대한 천천히 문을 향해 앞으로 걸어갔다. 그러면서 그리핀에게서도 눈을 떼지 않았다. 총을 들고 뒤따라오고 있는 그리핀의 표정이 점점 불안해 보였다. 그럴 수밖에 없는 게 그는 그전까지 누구에게도 총을 쏴 본 적이 없었다. 그리핀과 좀 더 거리를 둔 채 뒤따르고 있는 닥터 스티븐 프리드먼의 표정도 다르지 않았다. 티케이크는 잠기지 않은 채 매달려 있는 자물쇠를 쳐다봤다. 보관소 안쪽에서는 총소리에 잠시 멈췄던 소리들이 다시 들렸다. 사람들이 미친 듯이 누군가를 부르면서 손으로 문을 쾅쾅 두드리며 꺼내 달라고 요구하고 있었다. 극심한 공포에 짓눌린 목소리들이 점점 커져 갔다.

티케이크는 문 앞에 다가갔다. 그리고 자물쇠에 손을 뻗어 손가락으로 꽉 그러잡았다.

바로 그때 복도 맞은편에서 여자 목소리가 크게 말했다.

"어이, 그리핀."

그리핀이 고개를 돌렸다. 그러고 나서 모든 일이 한꺼번에 벌어졌다. 9미터쯤 떨어진 곳에서 나오미가 들고 있던 소화기 주둥이에서 포말이 분사되어 그리핀과 닥터 프리드먼의 얼굴에 흩뿌려지면서 순간적으로 두 사람은 앞이 안 보이게 되었다. 그리핀은 미친 듯이 총을 휘두르다가 또다시 우발적으로 한 발을 발사하고 말았다.

티케이크는 자물쇠에 손을 뻗어 철커덕 잠갔다. 그리핀의 앞뒤 가리지 않는 헛소리에 신물이 났던 닥터 프리드먼은 총을 든 그리핀의 손을 그러잡아 그가 정말로 사람을 죽이기 전에 그 물건을 빼앗으려고 했다.

티케이크에게 필요했던 절호의 기회가 찾아왔다. 그는 몸을 돌려 그 자리를 벗어나 나오미를 향해 복도를 내달렸다. 티케이크가 그녀에게 다다르자 나오미도 몸을 돌리면서 시끄러운 땡그랑 소리를 내며 소화기를 떨어트린 뒤 그의 손을 잡았고 두 사람은 반대편 복도로 서둘러 떠났다. 티케이크와 나오미는 메리 루니가 방금 빠져나간 옆문으로 달려갔다.

물품 보관소에서는 총을 잡은 손을 빼낸 그리핀이 닥터 프리드먼을 사납게 밀쳐 낸 뒤 그의 엉덩이를 걷어차고 있었다.

"넌 또 뭔 개지랄이야?!"

그리핀은 치과의사에게 소리를 지르고 눈에 묻은 포말을 닦아 냈다. 그리고 다시 보관소 문으로 돌아가서 자물쇠를 건드려보았다. 보관소 안쪽에서 이제는 미친 듯이 문을 쾅쾅 두드렸고 목소리들도 바뀌어서 소리의 높이와 강도가 더 세지고 있었다. 보관소 안쪽은 난리가 난 상태였는데 거기 상황도 변하고 있었다. 무언가 일어나고 있었는데 좋지 않은 일인 듯했다.

그리핀이 문에 대고 소리쳤다.

"아이언헤드! 너한테 내 열쇠가 있어! 멍청아, 네가 내 열쇠를 갖고 있다고!"

보관소 안쪽에서 싸우는 소리와 몸을 문에 쾅 하고 세게 부딪치는 소리가 들렸다. 그리핀은 휘청거리며 뒤로 밀려 버렸다. 다른 무언가가 문에 부딪쳤다. 또 다른 몸이 아닌가 싶은 육중한 무언가가 쾅 부딪치자 문이 밖으로 움푹 찌그러졌다. 싸움이 더 심해진 듯 아우성과 비명이 폭발한 가운데 낯선 소리들도 들렸다. 낮게 꾸르륵거리는 소리와 축축한 게 철썩 떨어지는 소리와 함께 삼성 프리미엄 울트라 티브이가 깨져서 산산이 부서지는 소리가 들렸다.

그러고 나서 갑자기 조용해졌다.

그리핀과 닥터 프리드먼은 한참 동안 문을 뚫어져라 쳐다보기만 했다.

"아이언헤드?"

그리핀이 낮은 목소리로 물었다.

아무런 대답이 없었다.

"세드릭?"

역시 아무 소리도 들리지 않았다.

그러다가 어느 순간 차고 문이 조금 들렸다. 안쪽에서 그림자 하나가 움직였다. 그러고 나서 시멘트 바닥에 부드럽게 긁히는 금속성의 소리가 들리더니 안쪽에서 열쇠가 미끄러져 나왔다.

문 반대쪽에서 이제 차분해진 아이언헤드의 목소리가 들렸다.

"그리핀?"

그리핀은 대답하지 않았다.

"거기 있는 거지, 그리핀?"

그리핀은 열쇠를 집어 든 뒤 닥터 프리드먼을 쳐다봤다.

문 건너편에서 또다시 아이언헤드의 목소리가 낮게 킬킬거리며 말했다.

"어이, 다들 괜찮아. 잠시 조금 힘들어서 그런 것뿐이야."

두 사람은 대답하지 않았다.

"이봐? 그리핀?"

그리핀은 망설였다.

"너 거기 있지?"

그리핀과 닥터 프리드먼은 그저 서로를 쳐다볼 뿐 어찌할 바를 몰랐다.

아이언헤드가 다시 말했다.

"그리핀? 그리프?"

그리핀이 다시 문을 쳐다봤다. 31년 동안이나 누군가 자신이 직접 고른 별명을 불러 주기만 기다려 왔더랬다. 마침내 그 별명을 듣자 영혼이 위로받는 것 같았다.

그리핀은 자물쇠에 열쇠를 꽂았다.

28

로베르토는 신호음이 울리자마자 전화를 받았다.

"내가 1분 30초를 날려 먹었어요."

애비게일이 당황해하며 대답했다.

"저랑 6분 전에 통화했잖아요."

"약간의 문제가 있었어요. 해결은 했어요. 지금 막 미주리 강 서쪽에서 화이트클레이 로드로 빠지려고 하던 참이에요. 그래 뭐 좀 알아냈나요?"

"스테파니와 연락이 됐어요."

"그리고요?"

"항공우주자료시설에 다니는 남자 이름은 오즈구르 온더예요. 지금 현재 근무 중이 아니고요."

"제길."

그러나 애비게일의 말은 끝난 게 아니었다.

"더 잘된 거예요. 지금 스테파니와 걔네 집 침대에 있대요. 그리고 노트북으로 키홀 일레븐을 다른 방향으로 돌릴 수 있대요."

로베르토는 두 눈을 감고 신께 약속했다. 이번 일만 성공한다면 두 번 다시 신의 이름을 함부로 들먹이지 않겠다고 말이다.

"갓뎀(God damn)!"

오늘 밤 지나고부터 그러겠다는 말이었다.

"잘 됐군. 그래 그가 그렇게 하겠대요?"

"내켜하진 않았지만 할 거예요. 아무래도 전에 그런 걸 했나 보더라고요, 스테파니한테 잘 보이려고. 세 번째 데이트 때 게네 집 앞에서 그 남자가 두 사람의 비디오를 찍고는 하늘에 대고 신호를 보내더래요."

"우리나라 안보는 걱정 없겠군. 그 친구가 원하는 바를 이뤘기를 빌어 주고 싶군요."

"이룰 것 같아요."

로베르토가 속도를 늦추자 전조등 불빛에 저 앞쪽의 가로수 사이로 자갈이 깔린 기다란 진입로가 드러났다.

"지금 우리 쪽 영상 찍는 거죠?"

"네. 현재 하방 감시는 9분 남았고요, 그 후에 우리는 궤도 조망권에서 벗어나고 통제권은 캔버라 기지국으로 넘어가요."

"거기에서 나온 사람이 있나요?"

"한 명 있어요, 나온 지 1분 조금 넘었어요. 육십 대 후반 여성인데 신형 스바루 아웃백을 몰고 갔어요. 번호판 조회해 드려요?"

"자동차를 운전할 수 있는 상태라면 걱정 안 해도 돼요. 그 건은 놔둬요. 걸어 나가는 사람이 있으면 즉시 알려 줘야 해요."

로베르토는 진입로로 들어서서 언덕배기로 다가가자 고지대 바로 위쪽으로 보관소 시설의 불빛이 보였다. 그는 속도를 줄였다.

"지금 진입로로 들어가고 있어요. 오즈구르 연줄은 살려 둔 거죠?"

"네, 선배님."

"그 사람과 계속 연락해요. 귀관이 아는 건 뭐든 즉시 나한테 알려 줘요."

로베르토는 통화를 마치려고 이어폰을 빼려다가 다른 게 또 생각나 이어 말했다.

"저기, 애비게일?"

"네, 선배님?"

"내가 뭘 해야 하는지 알고 있는 거 맞죠?"

"네, 알고 있습니다, 선배님."

"그래도 귀관은 괜찮겠어요?"

애비게일은 잠시 아무 말도 하지 않았다.

"백서를 읽어 봤습니다, 선배님."

현명한 젊은이들이 있어서 다행이었다. 로베르토는 그들이 그대로 훌륭한 기성세대가 되면 좋겠다고 생각했다. 나이를 먹는 것은 나쁘지 않았다. 제대로 된 사람들과 함께한다면 말이다. 하지만 지금 당장은 애니 생각을 하지 않는 게 나았다. 괜히 아내를 떠올렸다가 걷잡을 수 없이 생각이 많아지면 반드시 처리해야 할 일을 안 하게 될 테니까.

"건물 안에 있는 사람들에 대해 알아낸 게 있으면 빨리 알려 줘요."

로베르토의 말에 애비게일이 알고 있는 것들을 말해 줬다. 로베르토는 기억할 수 있는 내용들을 외워서 요약해 뒀다.

　　"이제부터는 내 휴대전화를 써야 돼요. 그러면 제러벡이 내가 여기 온 걸 알고 궁금해할 수도 있어요. 그러니 뒤를 조심해요."

　　"항상 그리하고 있습니다, 선배님."

　　로베르토는 전화를 끊었다. 고지대 꼭대기 위로 물품 보관소 건물의 현관이 보였다. 산비탈에서 튀어나온 모습이 마치 부어오른 입술 같았다. 언덕 꼭대기로 올라가자 바로 오른쪽으로 보이는 도로가에 자동차 한 대가 트렁크가 열린 채 세워져 있었다. 좋은 징조는 아니었다. 그 차 트렁크에서 언뜻 약간 푸르스름한 빛이 보이는 것 같더니 트렁크 뒤쪽의 비탈에는 더 많은 푸르스름한 빛의 자국들이 흩어져 있는 듯했다. 그 빛은 아주 희미했기 때문에 로베르토가 분명 잘못 봤을 수도 있었을 테지만 왠지 느낌상 잘못 본 것 같지 않았다.

　　차도 맨 아래로 내려오자 중앙 출입구 앞에 혼다 시빅 한 대와 할리데이비슨 여섯 대가 주차돼 있었다. 전조등을 끈 로베르토는 거기서 30미터가 될까 말까 한 지점에 차를 세웠다. 로베르토의 차는 출입구와 트렁크가 열려있는 자동차의 중간쯤에 자리하게 된 셈이었다.

　　그는 숨을 들이마신 뒤 천천히 내쉬고 나서 미니밴에서 내렸다.

29

티케이크와 나오미는 부서진 쪽문을 후다닥 빠져나와 급하게 우회전한 뒤 주차장 쪽으로 달려갔다.

"바로 저기 내 차로요!"

티케이크가 외쳤다.

나오미는 오른쪽 귀에서 울려 대는 소리 너머로 가까스로 그의 목소리를 들을 수 있었지만 왼쪽 귀는 여전히 전혀 들리지 않았다. 두 사람은 건물 측면을 따라 달리고 있었기 때문에 이들이 뛰는 내내 외벽 윗부분에 설치된 동작 감지등들이 연달아 켜졌다. 마침내 건물 앞면을 돈 두 사람은 할리데이비슨을 지나서 티케이크의 혼다가 있는 곳에 막 도착했을 때 할로겐 전등이 탁 켜지더니 15미터쯤 떨어진 곳에서 누군가 명령조로 크게 말했다.

"정지."

명확한 지시와 반박하기 어려운 목소리 때문에 미처 생각해 볼 겨를도 없이 두 사람은 정지하고 말았다. 소리가 나는 쪽으로 돌아선 두 사람은 양손을 높이 들어 올렸다.

손전등 불빛은 꿰뚫어 보듯 눈부시게 밝아서 두 사람 모두 움찔했으며 그 뒤에 있는 사람을 볼 수 없었다. 같은 곳에서 또 다른 불빛이 나왔는데 이번에는 선명한 붉은색 광선이었다. 티케이크는 고개를 숙여 심장 바로 위쪽에서 아른거리고 있는 레이저 점을 보았다. 그가 그 점을 지켜보자 갑자기 그 점이 나오미에게로 옮겨 가 그녀의 가슴 한가운데에 자리 잡았다.

불빛을 쏜 사람이 조심스럽게 두 사람을 향해 걸어오면서 신발에 밟힌 자갈이 으드득거렸다. 가까이 다가와 밝은 데로 들어온 그 남자는 손전등을 허리춤에 밀어 넣었지만 총은 여전히 그들을 겨냥하고 있었다. 그는 올빼미처럼 생긴 초록색 고글을 눈이 아니라 머리에 쓰고 있었다. 또한 레이저 조준경이 장착된 엠식스틴(M16)을 쥐고 있었다.

나오미가 먼저 입을 뗐다. 그녀는 귀가 거의 들리지 않았기 때문에 고함치듯 말했다.

"로베르토 씨?"

로베르토가 그 자리에 멈춰 섰다.

"나오미 양?"

티케이크는 부상당한 귀에서 점점 더 많이 떨어지고 있는 피를 닦아 냈다.

"그거부터 좀 치워 주시지?"

방금 전에 심장 위쪽에 붉은 점이 찍혔던 그가 가슴을 아래쪽으로 내리라는 손짓을 하면서 말했다.

"날 겨누는 총부리라면 신물이 난단 말이야, 응, 이 양반아?!"

로베르토가 소총을 내렸다.

"당신이 바로 그 남자로군."

티케이크가 주차장과 진입로와 산비탈을 휘둘러 살폈다.

"나머지 요원들은 어디 있는 겁니까?"

로베르토가 잠시 뜸을 들였다가 말했다.

"나 혼자요."

"당신 '혼자'라고요?"

나오미가 소리쳤다.

로베르토가 티케이크를 쳐다봤다.

"왜 저렇게 고함치는 거죠?"

"총소리 때문에 그래요. 45구경요, 귀 옆에서요. 오른쪽은 살짝 들리는 거 같아요."

로베르토는 건물을 바라봤다.

"저 안에 누가 총을 갖고 있죠?"

"지금까지는 우리만 빼고 전부 다요."

로베르토는 고개를 끄덕이고 트리니가 짐 싸는 법을 잊지 않았기를 바랐다.

트리니가 빌린 미니밴에서 특히 매력적인 부분은 양쪽 문을 전자장치로 열 수 있으며 뒷문 또한 위로 열린다는 점이었다. 로베르토가 처음 두 사람을 미니밴으로 데려갔을 때 티케이크는 하얀색 마쓰다를 보고 몹시 못마땅해했다.

"이 양반이 지금 장난하나, 달랑 한 명만 온 것도 모자라 빌어먹을 현대 차인지 뭔지를 타고 왔다고?"

하지만 문이 열리고 뒷자리에 죽 늘어놓은 군용 상자들을 보자마자 반색했다. 로베르토가 첫 번째 상자를 열자 위험물질 방호복 한 벌이 깔끔하게 접혀 있었고 죽은 사람의 얼굴 같은 보호구가 영화 「스크림」에 나오는 가면처럼 그들을 올려다보고 있었다. 그다음에 연 상자들에는 해군 특수부대의 표준장비들이 들어 있었다. 전술 조끼, 카바 나이프, 헤클러운트코흐 자동권총, 저격 소총, 걸림돌이 될 수 있는 철문 제거용 폭파장치 여섯 개, 그리고 놀라울 만큼 많고 다양한 전투 식량 등이었다. 트리니는 엄마라서 사람들이 배고플까 봐 걱정이 됐던 모양이다.

하지만 핵무기만큼 큰 관심을 끈 것은 없었다. 나오미는 반쪽짜리 물통만 한 배낭을 보자마자 눈을 떼지 못했다. 한눈에도 연식이 오래되고 군사용으로 보일 뿐만 아니라 모양까지 이상해서 특이하고 알 수 없는 물건인 게 확 드러났다.

"저게 대체 뭐예요?"

나오미가 물었지만 로베르토는 곧장 대답하길 주저하며 대신 장비들을 만지작거렸다.

지난 네다섯 시간 동안 온갖 일들을 겪었기 때문에 나오미와 티케이크에게 따로 상황을 이해시킬 필요는 없었다. 로베르토는 문제의 그 진균에 대해 자신이 알고 있는 내용을 두 사람에게 말해 줬다. 그들도 이미 진균의 치명성을 완벽히 알고 있었다. 로베르토는 두 사람 모두 감염되지 않아 한시름 놓은 뒤 그들과 짧게 논쟁을 벌이는 과정에서 납득하기 어렵게도

두 사람에게 그곳을 떠날 기회를 줬다. 하지만 떠나라는 주장
은 이제 보관소 건물 안에 감염된 사람이 일곱 명이나 된다는
현실의 무게에 눌려 설득력을 잃고 말았다. 건물 밖에 있는 세
사람은 지구상에서 신종 코르디셉스가 활동하는 것을 직접 본
유일한 목격자들 중 세 명인 데다가 그 진균을 거기서 당장 없
애버려야 한다는 점을 진정으로 이해하고 있는 사람들이었다.
더구나 로베르트는 동시에 두 장소에 갈 수는 없었다. 그가 세
운 계획을 성사시키려면 누군가 위층에 있으면서 감염된 이들
이 건물을 빠져나가지 못하게 하고 그동안 다른 사람들은 다
시 지하 5층으로 내려가야만 했다.

"'다시' 지하로 내려간다고요? 미쳤어요? 대체 뭐 하려요?"

티케이크가 물었다.

로베르토는 뒷자리로 팔을 뻗어 핵배낭을 앞으로 끌어당겼
다. 그때 또 등에 찌릿한 통증이 밀려왔다. 정형외과적 관점에
서 그렇게 기괴한 각도로 몸을 기울여 무거운 물건을 옮기려
고 하면 안 좋다는 것을 대체 몇 살이 되어서야 알려고 그러나
싶었다. 이번에는 엉치엉덩 관절에서 통증이 불쑥 시작되어
오른쪽 다리까지 쭉 퍼지더니 화끈거리고 타는 듯한 느낌이
엄지발가락까지 이어졌다. 처음부터 무거운 물건을 들지 말라
고 외쳐 왔던 등 아랫부분의 근육들은 몇 초 후에 척추를 잡고
있던 손을 놓아 버렸다. 결국 근육들의 주장이 관철되었다. 로
베르토가 무릎을 구부려 조심스럽게 핵배낭을 짐칸 끝으로 끌

어당겼다. 잠시 후 동작을 멈춘 그는 한참 동안 생각해 봤다. 마주한 현실에서 벗어날 길이 없었다. 원하는 만큼 오래오래 위아래로 좌우로 흔들 수 있었지만 그러다 결국 배낭에 얼굴을 얻어맞을 게 뻔했다. 로베르토는 핵배낭과 춤추는 짓을 그만두기로 했다.

로베르토가 몸을 돌려 티케이크와 나오미를 쳐다봤다.

"여러분이 저 폭발물을 설치해야 할 겁니다."

오른쪽 귀 깊숙한 곳으로만 들을 수 있는 나오미는 그 부분을 정확히 알아들었다. 그녀가 반쪽짜리 물통처럼 생긴 그것을 내려다보며 물었다.

"어떤 폭발물인데요?"

"큰 폭탄이라고 생각하면 됩니다."

"얼마나 센 폭탄인데요?"

티케이크가 물었다.

로베르토는 두 사람에게 솔직하게 말해 줬다.

"0.3킬로톤이나 5킬로톤이나 10킬로톤 혹은 80킬로톤요. 폭발력을 선택할 수 있는 폭탄이랍니다."

막연했던 두려움이 더 분명해지자 나오미는 눈을 감았지만 티케이크는 그런 일은 예상하지 못한 시늉을 했다.

"그거 '핵무기'군요?! 헐, '여행가방' 폭탄?"

"아뇨, 여행가방 폭탄 아닙니다."

로베르토가 전술 조끼를 걸치면서 짜증 섞인 말투로 대답했다.

"여행가방 폭탄 같은 건 없어요. 대체 어떤 지상군이 침투하면서 여행 가방을 가져가요?"

"이보세요, 무슨 말인지 아시잖아요. 그건…….."

"맞아요, 그거."

티케이크의 말허리를 자른 로베르토가 이번에는 나오미에게 말했다.

"우리에게 사전 대책이 있는지 물었죠? 이게 바로 그겁니다. 그 곰팡이가 어떻게 퍼져 나가는지 봤지요? 얼마나 빨리 멀리 치명적으로 퍼지는지. 우리 요원들은 30년 동안 이 문제를 생각해 왔어요. 예방 조치를 취하고 대비책을 세웠지. 이게 유일한 방법입니다."

티케이크는 나오미를 쳐다봤다. 그녀는 침착해 보였지만 그는 듣고 있어도 믿기지 않았다.

"캔자스 동부에 사는 모든 사람을 죽일 작정입니까?"

"우리는 누구도 죽이지 않을 겁니다. 폭파는 수십 미터 떨어진 지하에서 일어날 테니까요. 여기 인접 지역에 방사능이 유출돼 향후 20년 동안 이 근방에서 생수가 많이 팔리겠지만 방사능 낙진은 전혀 없을 테니 그 문제는 해결될 겁니다. 모든 게 처리되면 우리 모두 상을 받게 될 거고요. 사후에 받는 상이 아니기를 바랄밖에요."

"젠장, 당신 진짜 제정신이 아니군요."

티케이크가 말했다.

"아뇨. 이분 말씀이 맞아요."

그러자 로베르토는 허벅지에 카바 나이프를 차면서 나오미를 보고 미소를 지었다. 전화로 통화할 때 똑똑한 여성 같더니 진짜 그런 사람이라서 기뻤다. 로베르토는 티케이크에게로 시선을 돌려 위아래로 그를 훑어봤다.

"데드리프트 몇 킬로그램까지 들 수 있어요?"

"모르겠는데요. 한 90킬로그램?"

로베르토가 미심쩍은 표정을 지었다.

"왜요? 너무 많이 부른 거 같아요?"

"곧 알게 되겠죠."

로베르토가 말했다.

"두 사람은 이걸 들고 지하 5층까지 내려가서 기폭장치를 작동시키게 될 겁니다. 난 1층에 남아서 폭파 전에 여기를 빠져나가려는 감염된 생명체들이 있으면 제거하는 일을 할 겁니다."

"제거요?"

나오미는 무슨 뜻인지 알면서도 어쨌든 물어보았다.

"놈들을 죽일 거라고요."

로베르토가 대답했다.

"딱 하나 죄가 있다면 치명적인 곰팡이에 노출된 것뿐인 사람들을 죽일 겁니다. 차라리 당신 둘이 내가 맡은 일을 할래요, 아니면 당신들이 맡은 일을 할래요?"

두 사람은 대답하지 않았다. 로베르토는 이어 말했다.

"타이머를 누르고 8분에서 13분 사이에 여기로 다시 올라와서 밴을 타고 최소한 800미터 이상 떨어진 곳에 가 있어야 해요."

"8분에서 13분 사이에 말이죠?"

나오미가 물었다.

"기계 연결선이 없으면 타이머 지속 시간이 불안정해요."

티케이크는 소스라치게 놀랐다.

"그럼 젠장, 언제라도 터질 수 있다는 거잖아요?"

로베르토가 그를 쳐다보고 감정이 드러나지 않은 말투로 같은 말을 되풀이했다.

"타이머 지속 시간이 불안정하다고요."

티케이크는 못 믿겠다는 듯 핵배낭을 쳐다봤다.

"아니, 예전에는 불쌍한 졸병들에게 이런 걸 들려 출동시키면서 뭐라고 했답니까?"

"부모님께 사랑한다는 말을 전하라고 했지요."

"그런 임무인데도 했다고요? 자폭을요?"

"아뇨, 트래비스, 그런 건 누구도 안 했어요. 이 폭탄은 한 번도 사용된 적 없어요. 학교에서는 그렇다고 배웠을 거예요. 하지만 사람들은 인류의 미래가 달렸다고 생각했기 때문에 기꺼이 그런 일을 한 거예요. 그게 무슨 일이든 말이지요. 지금처럼요."

로베르토는 헤클러운트코흐를 집어 들어 새 탄창을 끼우고 똑바로 세운 뒤 티케이크보다 큰 키의 장점을 골고루 이용해 그를 자극했다.

"미챔 일등수병, 귀관은 지금 이 순간부터 내 휘하 장병이다. 귀관은 솔직히 기대 이상이다. 탄도미사일 잠수함에서 복무했으니 멍청이는 아니란 거고 신병 훈련소에서 완전히 취해 있던 게 아니라면 최소한 기본 원칙들은 알 테지. 난 귀관이 위에서 판정한 '일반제대, 준명예제대' 군인보다 훨씬 뛰어난 군인이라고 생각하네. 자, 괴짜 수병, 오늘 밤에 그걸 증명해 보지 않겠나?"

트래비스는 어안이 벙벙해 로베르토를 쳐다봤다.

"어떻게 그걸 알죠……?"

"댁들 이름이랑 직장을 알고 있는데 이런 건 국가 기밀이 아니지."

로베르토가 이번에는 나오미에게 말했다.

"윌리엄스 씨, 당신한테 아이가 있다는 걸 알아요. 하지만 그 배낭은 26킬로그램짜리라서 트래비스 혼자서는 원형 사다리로 그걸 가지고 내려갈 수 없어요. 안전하지 않아요. 총 쏠 줄 알아요?"

나오미가 고개를 끄덕이는 듯했다. 로베르토가 열어 놓은 상자에서 글록 나인틴(Glock19)을 집어 장전한 뒤 빙그르르 돌려서 나오미가 손잡이를 잡을 수 있게 건넸다.

"트래비스는 양손 다 쓰지 못할 테니 당신이 저 친구 뒤까지 지켜야 해요. 열두 발이 장전돼 있고 여기가 방아쇠 안전장치고 저쪽이 엄지손가락 안전장치예요. 방아쇠를 당기려면 두 개 다 탁 눌러야 해요. 일단 방아쇠를 당기면 총을 쏠 때마다 또다시 당겨야 하지만 방아쇠에서 손가락을 떼지 않으면 안전장치들이 다시 채워지지 않을 겁니다. 알겠어요?"

나오미는 총을 받아들면서 고개를 끄덕였다. 그녀는 그때까지 한 번도 총을 잡아 본 적이 없을뿐더러 원칙에 따라 항상 총기를 싫어했더랬다. 그리고 그런 태도는 여전히 변함없었다.

"난 쏘지는 않을 거예요."

"필요하면 쏠 겁니다."

로베르토가 말했다.

"안 그럴걸요."

나오미의 대답에 로베르토가 이어 말했다.

"누군가를 쓰러트릴 때 가슴을 겨냥해요. 거기가 가장 큰 표적이니까. 상대가 충분히 가까이 접근할 때까지 기다려요. 그러면 놓치지 않을 겁니다. 가슴에 두 발을 쏘고 나서 바닥에 쓰러지면 머리에 한 발을 더 쏴요. 그 이상은 쏘지 말고요. 클립(장전된 총알 한 세트)당 네 사람까지니 몇 발을 쐈는지 기억해야 해요. 총알이 세 발 미만으로 남으면 클립을 바꿔요. 알겠어요?"

나오미가 고개를 끄덕였다.

로베르토는 두 사람을 쳐다봤다.

"두 사람은 오늘 밤을 최저임금 경비원으로 시작했을지 몰라도 그 마무리는 그린라이트 팀으로 하게 될 겁니다. 미국의 최정예 부대로 말이죠. 자 이제 방호복을 입어요."

30

그 순간에 지구상에는 저마다 다른 염색체 특성과 생장률과 팽창 의욕을 지닌 뚜렷이 구별되는 네 개의 신종 코르디셉스 군락이 존재했다. 깊은 땅속 지하 5층에 있는 최초의 군락지, 아니 더 정확히 말해서 미국 내 최초의 군락지는 증식 단계에 머물러 있었다. 물론 처음 바이오튜브에서 탈출한 뒤 밀폐된 방에서 나가 복도로 퍼져 나간 후 안정적으로 생장해 왔지만 말이다. 유기 영양소 면에서는 진균에 감염되어 하나로 합쳐진 쥐들이 단연코 가장 풍부한 공급원이었지만 다 떨어지고 말았다. 대왕 쥐 덩어리는 이미 정체 상태에 들어서 곧 부패되어 분해될 일만 남았다. 한 가닥의 곰팡이가 메마른 시멘트 바닥을 가로질러 냉방장치의 일부로써 높이 설치된 축축한 송수관을 향해 열심히 퍼져 나가고 있었지만 아직 그곳에 도달하지는 않았다. 송수관에 도달한대도 곰팡이의 반응을 예측하기는 어려웠다. 그전까지는 오직 인간의 몸이라는 성분으로 접했지 곰팡이 본연의 순수한 상태로 물을 접한 적이 없었기 때문이다. 틀림없이 이 곰팡이는 물을 좋아할 테지만 아직 물 있는 데까지 가지 못했다.

신종 코르디셉스의 지하 군락지는 네바다 주의 서부 도시 리노와 약간 비슷했다. 한때는 인기 있는 지역이었지만 위치와 기후의 한계 때문에 생각이 있는 사람이라면 별로 가고 싶어 하지 않는 그런 곳 말이다.

두 번째 군락지는 지상으로, 다름 아닌 로베르토의 미니밴 뒤쪽에 자리한 산비탈이었다. 신종 곰팡이바퀴 1호가 15분 남짓 전에 발견한 이 군락지의 발원지는 마이크의 자동차 트렁크였다. 따라서 신종 곰팡이는 그 트렁크 안에서 여전히 강력한 존재감을 뽐내고 있었지만 사슴과 미스터 스크로긴스가 죽은 후에는 낡은 수건이나 강철 같은 맛대가리 없는 에너지원을 섭취하는 데 만족해야 했다.

미스터 스크로긴스가 나무 꼭대기에서 폭발하면서 아주 성공적으로 군락지가 조성되었다. 스크로긴스의 잔해가 사방으로 흩어져 나무에서 23미터나 멀리 떨어진 땅까지 떨어졌다. 그렇게 후드득 흩어져 떨어진 진균은 현재 촉촉하고 습한 숲 바닥에서 잘 자라 시간당 0.9~1.2미터의 속도로 퍼져 나가고 있었다. 숲은 곰팡이에게 이상적인 환경에 가까웠지만 빠르고 독립적인 이동 능력을 갖춘 매개체가 부족한 탓에 확산은 잘 되지 않았다. 그곳 산비탈 일대에는 길 잃은 코요테나 신흥 도시의 환경을 피해 다니는 불행한 운명의 다람쥐 한 마리밖에 없었지만, 당장은 신종 곰팡이도 거기서 느리지만 계속해서 생장하는 데 만족해야만 했다. 아주 많은 시간이 흐르면 그렇게 마구 뻗어 나가는 곰팡이가 얼마나 멀리까지 퍼져 나갈지 알 수 없었기 때문이다.

이 산비탈 군락지는 활기가 없고 한결같아 누구에게도 최선의 선택지가 안 되는 로스앤젤레스와 비슷했다.

물품 보관소 건물의 1층에 자리한 세 번째 군락지는 번식 성공률이 가장 떨어지는 곳이었다. 시멘트 재질의 벽과 바닥에 한때 마이크 스나이더였던 잔해가 최소한 인간의 시간 기준으로 볼 때 이제는 거의 비활성 상태로 잭슨 폴락의 그림처럼 펼쳐져 있었다. 사실 마이크의 잔해는 진균이었으며 그것들은 죽기는커녕 활동을 중단한 상태조차 아니었지만 생장 속도는 거의 인지할 수 없을 정도로 느렸다. 그곳의 바닥과 벽은 산업 표준에 따라 주로 석회와 규토와 산화알루미늄 등으로 구성된 포틀랜드 시멘트로 만들어졌다. 이와 같은 시멘트 구성 요소들은 생장하는 진균에게 모래 샌드위치만큼의 영양가밖에 없었다. 그런데 신종 코르디셉스는 불리한 조건에도 익숙했다. 오래 걸리긴 했지만 바이오튜브에서도 빠져나왔으니 복도도 분명 처리할 수 있었다. 신종 곰팡이는 최선을 다해 썩고 파고 들고 옮겨 다녔지만 처음 마이크의 살아 있는 인체에 들어갔을 때 경험했던 것 같은 폭발적인 생장은 끝난 지 오래였다. 어쩌면 운이 좋아 10년 후쯤에 시멘트 바닥 어딘가에서 철광석 맥에 이르게 되면 다시 부흥을 누리게 될 테지만 그런 날이 올 때까지는 어느 곳으로도 빨리 가지 못할 터였다.

도시에 비유하면 세 번째 군락지는 애틀랜틱시티와 비슷했다. 과거 한때는 잘나갔지만 지금은 지쳐 주저앉은 신세가 되어 버렸기 때문이다.

네 번째 군락지는 앞선 군락지들과 사정이 달랐다.

1950년에 중국 심천은 주민 3000명이 살고 있는 어촌이었다. 2025년경에는 그곳에 1200만 명이 거주하게 될 것이다. 억제하지 않고 놔둬 걷잡을 수 없이 자라서 위험할 정도로 성장한다는 면에서 지구상에 이 도시만 한 데가 없다. 애치슨 물품 보관소 건물 1층에 있는 413호 보관소 안에서 벌어지고 있던 일을 제외하면 말이다.

열린 출입구에서 마이크의 토사물이 발사되어 사방팔방으로 뻗어 나간 순간부터 신종 곰팡이는 풍부한 유기 영양소를 발견했더랬다. 마이크의 토사물 비말이 보관소 안에 있던 다섯 명 모두에게 떨어졌지만 세드릭과 와이노와 가비지는 입을 벌린 채로 떨어지는 비말들을 받았다. 이에 이들 세 사람은 즉시 감염되었고 곰팡이는 이들의 생체계의 복잡한 기질(基質)을 열심히 적성을 살려 뚫고 들어간 다음 즉각적이고 급격하게 생장했다. 곰팡이 분자들이 거저 들어갈 수 있는 베인 자국이나 틈이나 구멍 같은 게 전혀 없었던 아이언헤드와 쿠바에게는 몇 분 후에 침투했다. 신종 코르디셉스는 태워서 털구멍으로 들어가는 길을 내기 위해 벤젠엑스를 배치해야만 했는데 이 작업은 좀 더 오래 걸렸다.

그러나 곧 다섯 명 모두의 생체계 안에서 어떤 것도 막을 수 없는 진균 무리가 걷잡을 수 없이 퍼져 나갔다. 신종 코르디셉스는 진균 역사상 가장 생산적인 단계로 진입해 12대1로 완벽하게 균형을 이루고 있는 인간의 탄소 대 질소 비율을 통해 기쁘게 생물량을 늘려 갔다. 혈중 알코올 농도 덕분에 추가로 포도당까지 공급되는 와이노의 몸속에서는 속도가 빨라서 그렇지 성장-팽창-배출 순으로 이어지는 익숙한 양식으로 시작했다. 그리핀이 보관소 문 밖에서 티케이크에게 자물쇠를 열라고 지시하는 사이, 와이노는 보관소 안에서 부풀어 오르고 비명을 지르다가 터져 버려 다른 사람들을 소스라치게 깜짝 놀라게 했다. 이어 30초 후에는 세드릭과 가비지가 연달아 부어올랐다가 폭발해 버렸다. 생체계가 이들보다 뒤떨어졌던 아이언헤드와 쿠바는 곁에서 이 광경을 보고 무서워서 비명을 질러 댔다.

하지만 그러고 나서 기이한 일이 벌어졌다. 마지막 남은 두 인간 숙주에 있던 곰팡이의 생장 속도가 '느려졌다'. 다분히 의도적이었다. 어쩌면 신종 곰팡이가 인간의 생체 조직이 제한된 공급원이며 물품 보관소가 사방이 막힌 공간이라는 것을 알아차렸거나 이제 대부분 곰팡이로 덮여 있어서 보관소의 벽에 양분이 한정돼 있음을 눈치 챘을 수도 있었다. 아니면 마이크 때 써먹었던 천천히 부풀려서 터트리기의 성공적인 결과를 세포 같은 데에 기억해 둬서 그럴 수도 있었다. 이유가 뭐든 간에 신종 곰팡이는 이전처럼 걷잡을 수 없이 들끓는 생장 욕구를 꾹꾹 억눌렀다. 보관소 안에 마지막 남은 인간들인 쿠바와 아이언헤드의 신체와 정신을 소비하는 과정은 실제로 더디게 진행되었다. 이는 자유의지가 아니라면 적어도 공기를 타고 내분비의 신호가 전달되고 있다는 뜻이었다. 내분비의 신호 전달은 세포가 세포벽 너머로 정보와 지시를 전달할 수 있는 능력이었다. 신종 코르디셉스는 호주 오지에서 처음으로 인간과 접촉한 이후 통제 기제를 변경해 왔더랬다.

아이언헤드와 쿠바의 뇌를 거침없이 뚫고 들어간 신종 곰팡이는 통제하라는 뜻을 알아채고 성장을 억제했다. 두 사람의 뇌는 어느 정도 자율적으로 통제할 수 있었으나 신종 곰팡이는 두려움과 공포의 중추인 편도체의 상당 부분을 완전히 파괴해 버렸다. 그 결과 아이언헤드와 쿠바는 모든 게 다 괜찮으며 자신들이 여전히 지휘하는 입장에 있다고 생각했다.

"이봐, 다들 괜찮아."

아이언헤드는 문밖에 있는 그리핀에게 말했다.

"잠시 조금 힘들어서 그런 것뿐이야."

그리핀은 자물쇠에 넣은 열쇠를 돌려 보관소의 문을 열었다.

31

약 4.5킬로그램에 달하는 방호복을 전부 갖춰 입고 추가로 9.5킬로그램 정도의 산소 탱크와 호흡장치를 장착한 티케이크는 등에 27킬로그램이 넘는 티포티원까지 끈으로 묶어 짊어지게 되었다. 그 말은 그가 한 걸음을 내디딜 때마다 자신의 몸무게 외에 추가로 약 40킬로그램을 더 실어 나르고 있었다는 뜻이다. 티케이크는 방호복을 입은 어깨에 끈을 걸자마자 어깨가 쑤셨고 처음 열두 걸음을 떼고 나자 양쪽 허벅지가 화끈거리기 시작했으며 건물 정문에 이르자 땀이 목을 타고 내려가 방호복 안에까지 들어갔다. 나오미가 등에 진 짐은 그것보다 가벼웠지만 혼자서 망을 보고 뒤를 지켜야 한다는 부담감에 더해 부피가 큰 방호복을 입고 계속해서 몸을 양쪽으로 돌려가면서 경계해야 하느라 티케이크만큼 큰 고생을 하고 있었다. 손에 쥔 총은 돌덩이처럼 느껴졌다.

두 사람은 로베르토의 도움을 받아 아주 신속하게 방호복을 입었더랬다. 부피가 커서 거추장스러운 방호복을 입은 채 사다리를 타고 캄캄한 곳으로 내려간다는 것은 상상하기 어려운 일이었지만 그들은 애써 너무 멀리까지 생각하지 않았다. 로베르토는 두 사람의 손목, 발목, 얼굴, 목, 그리고 허리의 둘레들을 빈틈없이 여며 주고 난 뒤 헤드셋에 장착된 무선 송수신기의 사용법을 가르쳐 주었다. 그러면서 잠깐이나마 장난 삼아 블루투스로 자신의 휴대전화를 그들의 헤드셋에 연결시켜 볼까 생각했다가 그만두었다. 어쨌든 그 시점에 로베르토가 그들을 도울 수 있는 일들이 별로 없었다. 앞서 두 사람에게 티포티원의 안전장치를 풀고 작동시키는 법을 꽤 직설적으로 가르쳐주었다. 핵배낭은 현장에서 압박을 받으며 작전을 수행하는 군인들이 사용하는 무기였기에 간단명료한 작동법이야말로 가장 중요했다. 그와 더불어 핵 연쇄 반응을 견딜 수 있는 핵분열성 연료도 중요했다.

로베르토에게는 세 번째 방호복이 없었다. 티케이크가 애초에 왜 두 개만 가져왔는지 물었을 때 로베르토는 그저 그를 멍하니 쳐다보며 이렇게 말했더랬다.

"다른 것들도 전부 두 개만 가져온 이유와 같죠. 하나가 고장 날 경우를 대비한 거죠."

로베르토는 도통 이해가 안 가는 사람들도 있구나 싶었다.

로베르토는 나오미와 티케이크에게 행운을 빌어 주고 서두르라고 말한 뒤 건물 안으로 들여보냈다. 그는 자식이 처음으로 신입생 기숙사로 걸어 들어가는 모습을 지켜보는 부모처럼 정문으로 향하는 두 사람을 바라봤다. 일러 뒀어야 하는 수천 가지의 말들과 해 줄 수 있었던 오만 가지의 충고들이 떠올랐지만 이미 늦었음을 그도 알고 있었다. 트리니와 고든과 자신이 30년 전에 계획하고 논의했던 대로 자신이 직접 티포티원을 짊어지고 지하 5층으로 내려가서 필요하다면 거기서 대기

하면서 성공적으로 폭파되도록 확인해야 한다는 것도 알고 있었다. 그리고 또한 자신이 할 수 없다는 것도 전적으로 정확하게 알고 있었다. 그런 현실을 받아들이고 15분 전에 만난 이십대 애송이 두 명을 믿는 일은 로베르토 평생에서 가장 어려운 결정이었다. 하지만 선택의 여지가 없었다.

물론 직접 안전장치도 마련해 뒀다. 만일의 사태에 대비한 비상 대책. 티케이크와 나오미에게는 그 부분에 대해서는 말해 주지 않았다. 두 사람은 이미 그들이 처리할 수 있는 한계를 넘어설 만큼 많은 정보를 알고 있기에 나머지는 꼭 필요한 시점에 밝힐 작정이었다.

로베르토는 두 사람이 문을 열고 건물 안으로 들어가는 모습을 확인하고 나서 정면의 주차장으로 관심을 돌렸다. 다음 과제는 사방에 아무도 없는 것을 확인하는 일이었다. 허벅지 토시에서 카바 나이프를 뽑아 든 로베르토는 맨 오른쪽 끝에 주차돼있는 티케이크의 혼다 시빅부터 시작했다. 오른쪽 뒷바퀴 가장자리에 칼을 깊숙이 찔러 넣어서 15센티미터쯤 앞쪽으로 홱 잡아당겨 뽑았다. 구멍이 너무 길게 나면 공기가 빠지지 않아 차를 완전히 못 움직이게 할 수 없겠지만 깊이 베었더니 곧바로 효과가 나타났다. 공기가 빠져 타이어가 오므라들자 다른 쪽 뒷바퀴에도 똑같은 상처를 냈다. 그러자 자동차 차대가 몇 센티미터쯤 주저앉았다. 이제 누군가 그 차를 운전하려고 했다가는 바퀴를 돌릴 때쯤이면 테만 남아서 진입로에 들어서기도 전에 바퀴 축이 툭 부러질 터였다.

할리데이비슨은 작업하기가 더 쉬웠다. 바이크마다 한쪽 타이어에만 칼을 찔러 슥 베어야만 했다. 뒷바퀴에서 공기가 빠져도 천천히 주차장을 빠져나갈 수 있을 것 같았지만 앞바퀴의 공기가 빠지면 포크가 부러질 터였다. 이제 로베르토가 타고 온 마쓰다 없이는 누구도 그곳에서 탈것을 타고 빠져나가지 못하게 됐으니, 감염된 자들은 로베르토를 죽이고 그의 차가운 손에서 미니밴 열쇠를 뺏어 가야만 할 터였다.

할리데이비슨을 네 대째 작업하고 세 대가 남았을 때 로베르토의 휴대전화가 울렸다. 그는 귀에 낀 블루투스 이어폰을 건드려 전화를 받았다.

"새로 나타난 사람이 있어요."

애비게일의 말에 로베르토는 재빨리 몸을 바로 세워 두리번거렸다.

"어디서요?"

"건물 모퉁이 너머에서요. 10초 됐어요. 남잔데 빠르게 이동하고 있고 열이 많은 게 특징이에요."

로베르토는 돌아서서 정문을 향해 왼쪽으로 빠르게 몇 걸음을 옮겨 건물에서 멀찍이 떨어져 동쪽 끝이 잘 보이는 곳에 자리를 잡았다. 그리고 엉덩이에 찬 권총집에서 자동권총을 뽑아 들고 오른쪽 검지로 안전장치를 풀었다. 이어 왼손을 들어 올려 열 영상 고글을 끌어내려 쓰자 윙 하고 씽 하는 소리를 내며 작동되면서 주변 풍경이 강렬한 보라색과 오렌지색의 영상으로 보였다. 로베르토에게 빛을 위한 고글은 필요 없었다. 불빛이 많아 잘 보였고 누군가 그를 향해 달려오면서 동작 감지등이 계속해서 작동되어 건물 모퉁이는 더욱 환히 보였다.

그 순간 로베르토에게 필요한 것은 열 감지기였다. 고글을 끼자마자 산비탈을 바라봤을 때 그곳에 흩뿌려진 곰팡이 파편들이 열띤 붉은색으로 빛났고 같은 붉은색 자국들이 마이크의 버려진 자동차의 열린 트렁크에서도 보였다. 이런 구역들에서는 생장이 일어나고 있어서 한창 자라는 진균들이 화학 반응을 일으키면서 열이 발산되었다. 로베르토가 그와 같은 열기를 볼 수 있다면 곰팡이와의 접촉을 피하고 사람의 감염 여부를 빠르게 파악할 수 있을 터였다. 무고한 사람을 죽이지 않는다면 좋을 터였다. 가급적이라도 말이다.

로베르토의 고글 안쪽에서 느닷없이 거슬리는 노란빛이 터지면서 눈을 찌르는 듯한 통증이 밀려오며 망막의 마지막 추상체까지 정확히 동시에 깨어나는 것 같았다. 문제의 인물이 건물 모퉁이를 쏜살같이 돌아 나올 때 고글을 완전히 조정하지 못한 탓에 고글을 통해 보이는 것은 사람이 아니라 활활 불타고 있는 백열의 녹은 철 덩어리 같았다.

굳이 감염 여부를 물어볼 필요도 없었다.

"이 빌어먹을 것 좀 떼어 줘요!"

철 덩어리 같은 그 사람이 외쳤다.

로베르토는 오토바이용 가죽옷을 입은 그 남자가 어떻게 앞 뒤가 온통 돌연변이 중인 곰팡이 천지가 됐는데도 여전히 제 기능을 하고 있는지 궁금했지만 잠시도 머뭇거리지 않았다. 그저 자동권총을 겨냥하고 방아쇠를 당겨 닥터 스티븐 프리드 먼의 가슴 한가운데에 다섯 발을 박아 넣었다.

헤클러운트코흐 자동권총은 단주퇴 작동방식이라서 총신이 뒤로 급격하게 움직여 링크를 회전시켜 총신의 뒤쪽이 밑으 로 꺼지면서 슬라이드에서 떨어지게 된다. 그러한 반동은 맹 렬하고 급격한 움직임이라서 사격수는 그 여파를 줄이기 위해 손잡이 앞부분에 손을 고정시킨다. 로베르토는 반응할 시간이 너무 없어서 왼손으로 고글을 끌어내려서 쓰고 작동시켜야 했 기 때문에 한 손으로 총을 쏠 수밖에 없었다. 그것 자체는 별 일이 아니었고 다만 제멋대로 움직이는 것을 최소화하기 위해 오른쪽 팔꿈치를 오른쪽 엉덩이에 딱 대고 있어야 했다. 그는 그와 같은 사격 동작을 전투 현장에서뿐만 아니라 사격장에서 수십 번이나 해 봤더랬다.

하지만 예순여덟 살 때에는 한 번도 해 보지 않았다.

첫 세 번의 반동은 그의 몸이 무사히 흡수했지만 네 번째 반 동 때 등이 저항했다. 등에 갑작스럽게 심한 경련이 일어나자 허리의 신경 조직들이 말을 안 들으면서 신경계 전체로 적색 경보를 보냈다. 로베르토의 뇌가 이미 지시한 터라서 철회할 수도 없고 방아쇠에서 손가락을 뗄 수도 없는 상황에서 다섯 번째 반동이 일어나면서 사격은 모두 끝났다.

등과 하체에 눈을 뜰 수 없을 정도의 통증이 휘몰아치면서 로베르토의 양쪽 다리가 푹 꺾여 버렸다. 그대로 주저앉아 버린 그는 닥터 프리드먼이 고꾸라진 직후 바닥에 쓰러지고 말았다. 서로 다른 게 있다면 그 치과의사의 문제는 영원히 끝이 났고 로베르토의 문제는 이제 막 시작이라는 점이었다. 옆으로 쓰러져 있던 로베르토는 맥없이 굴러 등을 대고 벌렁 자빠져서 하늘 높이 떠 있는 별들을 올려다보았다. 그 순간 퍼뜩 자신이 무언가를 잡아당기지 않아서 그것을 반으로 찢어 버렸다는 것을 알아차렸다. 인대거나 힘줄일 수도 있었고, 아니면 디스크가 파열됐는지도 몰랐다. 어느 쪽이든 그게 중요한 게 아니었다.

정말 문제는 그가 움직일 수 없다는 것이었다.

32

몇 분 전, 1층 413호 보관소 밖에서 그리핀이 문에 달린 걸쇠에서 자물쇠를 빼내고 손잡이를 돌려 차고 문을 열었다. 그리핀과 닥터 프리드먼은 흠칫 놀라 자기도 모르게 몇 걸음 물러났다. 눈앞에 펼쳐진 광경(보관소 안에는 세 구의 시신 혹은 가까스로 시신임을 알아볼 수 있는 잔해가 있었다.)은 처참했지만 그보다 더 심한 것은 악취였다. 화학반응이 맹렬하게 일어나면서 심한 악취가 풍겼고 빽빽이 밀집된 악취 분자 무리가 비강으로 침투해 후각 기관들에 달라붙었다. 물품 보관소에서 넘실넘실 흘러나온 냄새는 코를 찌를 듯이 짙고 생생했다. 잠시 동안 다른 감각들을 모조리 압도해 버렸다.

이제 고도의 기동력을 갖춘 신종 코르디셉스는 한때 아이언헤드와 쿠바로 알려진 사람들의 몸통에 공짜로 올라탄 뒤 침착하게 보관소에서 나와 미소를 지었다.

"그리프, 무슨 일 있어?"

아이언헤드가 물었다.

쿠바는 닥터 프리드먼에게 윙크했다.

감염되지 않은 두 사람은 기겁한 채 감염된 이들을 빤히 쳐다봤다. 아이언헤드와 쿠바의 표정은 침착하다 못해 다정하기까지 했지만 아픈 게 틀림없었다. 낯빛이 이상했고, 신종 곰팡이가 장악 방법을 변경해 비록 속도는 느려지고 규모도 작아졌지만 배가 눈에 띄게 부풀어 오르기 시작했다. 희생자들 몸의 화학적 성질이 광범위하고 빠르게 바뀌고 있어서 두 사람의 얼굴과 목과 손의 살갗 밑이 용솟음치듯 움직였고 맨눈에도 혈관이 소용돌이치는 게 보였다.

살면서 문드러진 잇몸과 썩은 어금니를 숱하게 봐 온 닥터 프리드먼도 그런 꼴은 처음 본 터라 비명을 지르며 뒤로 휘청했다. 그는 아이언헤드와 쿠바에게 등을 돌리는 게 두려웠던 탓에 자신이 곧장 마이크 스나이더의 잔해가 있는 곳으로 가고 있다는 것도 몰랐다. 그즈음 마이크의 잔해는 악의에 차서 미끈거리며 복도 바닥과 벽에 칠갑돼 있었다. 닥터 프리드먼이 미끄러운 잔해의 끝을 밟는 순간, 그의 양발이 쭉 밀리면서 그의 몸이 휙 돌아 쓰러져 초록색 물질이 짙게 깔린 바닥으로 엎어져 버렸다. 그는 양손을 쳐들고 또다시 비명을 지르면서 공포에 휩싸인 눈으로 그곳에 펼쳐진 흉분한 곰팡이 잔류물을 쳐다봤다. 양손을 휘저으며 끈적끈적하게 달라붙은 물질을 털어내려 했지만 곰팡이는 찰싹 달라붙어 떨어지지 않았다. 한창 그러던 중에 갑자기 그가 양손을 다시 내려 바닥을 짚고 일어서려 했다. 그러나 오른손이 아래로 쭉 미끄러져 다시 옆으로 넘어지면서 뒹굴어 등을 대고 벌렁 자빠졌다가 다시 간신히 일어섰다.

이제 앞뒤에 곰팡이를 뒤집어쓴 닥터 프리드먼이 말문이 막혀 입을 떡 벌린 채 휘둥그레진 눈으로 그리핀과 다른 동료들을 쳐다봤다.

아직도 오른손에 총을 쥐고 있던 그리핀이 총부리를 휙 돌려 닥터 프리드먼을 겨눴다가 자신이 아이언헤드와 쿠바를 무방비 상태로 내버려 뒀음을 깨닫고 화들짝 놀라 다시 그들에게 총구를 겨눴다. 그리고 다음과 같은 말만 내뱉었다.

"이런 젠장, 이게 대체 뭔 일이람, 뭔 지랄이냐고?"

공포감에 정신이 나간 닥터 프리드먼이 돌아서서 냅다 달렸다. 감염된 동료들이 주 출입구를 떡하니 막고 서 있었지만 티케이크와 나오미가 반대 방향으로 내달리는 것을 봤던 터라 어딘가에 쪽문 같은 게 있을 것 같았다. 닥터 프리드먼이 복도를 쏜살같이 내달려 모퉁이를 돌자 저쪽 끝에 빨간색 비상구 표시가 보였다. 그는 최대한 빠르게 그쪽으로 달려갔다. 달릴 때 오른손을 들어 올리다가 곰팡이를 보았다. 곰팡이 또한 움직이면서 손가락들을 휘감고 털구멍을 뚫고 들어갔고 그의 살갗에 있는 구멍들을 더 활짝 밀어젖히면서 전신으로 헤치고 나아갔다.

흔들리는 시야 너머로 저 앞에 있는 문이 보였다. 그 문에는 마이크가 앞서 충돌하면서 유리에 구멍이 나 있었다. 문으로 내달리는 닥터 프리드먼의 머릿속에는 자신의 오토바이를 탈 수 있다면 안전한 곳으로 가서 찐득거리는 것들을 씻어 내고 대체 무슨 일이 벌어지고 있는지 알아낼 수 있다는 생각밖에 없었다. 어쩌면 그는 곧장 병원으로 갈지도 몰랐다.

문을 후다닥 빠져나와 밤공기를 접하자 기분이 조금 좋아졌다. 여전히 있는 힘껏 빨리 달리고 있던 그는 오른쪽으로 돌진해 건물의 바깥쪽 가장자리를 따라서 내달렸다. 그가 지나가자 동작 감지 등이 탁탁 켜졌다. 닥터 프리드먼의 가슴에서 이상한 온기가 퍼지고 있었다. 그저 많이 뛰어서 그럴 것이라고 생각했지만 두피가 근질근질한 뚜렷하고 불편한 느낌이 들었다. 마치 부분 가발을 썼는데 그 가발이 살아나서 제멋대로 머리에서 돌아다니는 것 같았다. 닥터 프리드먼은 건물 모퉁이에 거의 다 왔을 때 이렇게 혼잣말을 했다.

'그래, 확실히 병원에 가 봐야 돼. 난 분명 병원에 갈 거야, 그런데 여기가 어디더라? 어느 병원이 제일 가깝지? 아, 그래, 18번 간선로에 워키쇼 메모리얼 병원이 있지, 바로 거기다, 곧장 거기로 갈 거야. 하지만 젠장, 오토바이를 탈 수 있을지 걱정이네.'

닥터 프리드먼의 뇌에 현기증을 일으키는 안개가 내려앉기 시작했다.

건물 모퉁이를 돌아 나온 닥터 프리드먼은 그제야 자신이 그런 상태로는 오토바이를 탈 수 없다고 확신했다. 제기랄, 모든 능력이 온전할 때도 오토바이를 겨우 탈 수 있었기 때문이다. 그래서 그곳에 웬 남자가 우스운 고글을 끼고 오른손에 무언가를 들고 서 있는 것을 봤을 때 안심이 됐다.

'저 사람이 날 도와줄 수 있을 거야. 저 사람이 뭔가 해 줄 수 있을 거야.'

"이 빌어먹을 것 좀 떼어내 줘요.!"

닥터 프리드먼이 고글을 쓴 남자에게 소리쳤다.

그 순간 그 남자의 오른손에 있던 그것이 몇 번 불을 뿜었고 묵직하고 뜨거운 무언가가 치과의사의 가슴에 팍 하고 꽂히자 그가 쓰러지기 시작했다. 닥터 프리드먼은 땅이 눈앞에 불쑥 나타나자 '그것참 이상하네.'라고 생각했다.

'난 방금 총을 맞아서 그렇다 치지만 총을 든 저 남자는 왜 쓰러지는 거지?'

닥터 프리드먼은 땅바닥에 쓰러지고도 몇 초 더 살아서 자신의 오른손이 폭발하여 초록색 버섯처럼 생긴 것들이 돼 버리는 광경을 보았다. 그는 자신이 죽어 가고 있다는 것을 알았다.

닥터 프리드먼은 생각했다.

'어쩌면 오히려 잘된 건지도 몰라.'

33

티케이크는 나오미와 함께 원형 사다리를 절반쯤 내려갔을 때 자신이 나머지 절반을 거의 앞이 안 보이는 채로 내려가야 한다는 것을 깨달았다. 건물 안으로 들어와서 승강기로 이동할 때까지 예상보다 순조롭게 해냈기 때문에 더욱 아쉬웠다. 그리핀의 물품 보관소 근처에 있는 복도에서 고함이 들려와서 두 사람은 급히 왼쪽으로 방향을 바꿔 나란히 이어진 복도를 지나 무사히 승강기에 도착했다.

티케이크는 등에 진 우라질 티포티원 때문에 젖산이 쌓여 첫 번째 단을 밟기도 전에 양쪽 다리가 후들거렸다. 그 상태로 미끄러지거나 떨어지지 않고 끝까지 내려갈 수 있을지 전혀 확신이 서지 않을뿐더러 핵배낭이 너무 커서 원형 사다리 벽에 막무가내로 닿았다. 만약 나오미가 먼저 내려가고 그가 뒤이어 내려가다가 떨어진다면 나오미까지 바닥에 떨어지고 말텐데 그런 일이 일어나게 할 수는 없었다.

방호복의 모든 것들도 내려가는 일을 힘들게 했다. 장갑이 투박해서 손이 그 안에서 움직이는 통에 사다리를 꽉 움켜잡기 어려웠다. 한 단에서 다음 단으로 체중을 옮길 때 전적으로 집중해야했고 약간의 운도 따라 줘야 했다. 내려가는 내내 핵배낭이 벽을 긁어 대 마찰이 생기면서 속도가 느려졌고 이동할 때마다 필요 이상으로 힘에 부쳤다. 하지만 최악은 흐릿하게 보이는 안면 보호구였다.

티케이크는 40킬로그램이 추가된 몸을 이끌고 거기까지 온 것만으로도 기진맥진했던 터라 두 사람이 사다리를 내려가기 시작할 때쯤에는 땀을 뻘뻘 흘리고 있었다. 땀 자체는 그저 불편할 뿐 문제될 게 없었지만 그의 거친 호흡 때문에 플라스틱 보호구 안쪽에 김이 서리고 있었다. 어느 정도 물방울이 생길 것을 감안해 방호복에 산소 재순환장치를 장착해 뒀지만 그렇게 많은 양의 물방울에는 소용이 없었다. 그 장치를 고안한 이들은 방호복을 입고 전신 운동을 할 수도 있다는 예측은 전혀 못 한 모양이었다. 티케이크가 내뿜는 열기와 이산화탄소는 산소 재순환장치가 감당할 수 있는 수준을 넘어섰다.

"앞이 안 보여요."

티케이크가 무선장치로 나오미에게 말했다.

"뭐라고요?"

나오미가 되물었다.

"앞이 안 보인다고요!"

티케이크가 안면 보호구에 대고 소리를 질렀다. 그러면서 이런 생각이 들었다.

'헐, 한 명은 앞이 안 보이고 나머지 한 명은 귀가 안 들리네. 결과는 보나마나겠군.'

사실 나오미에게도 나름의 문제가 있었다. 방호복을 안 입었을 때도 양손으로 사다리를 잡고 내려가는 게 무척 힘들었는데 지금은 티케이크가 겪는 문제들과 똑같은 장해물들을 모두 맞닥뜨린 것도 모자라 완전히 장전된 글록나인틴까지 꽉 움켜쥐고 있었다. 오른손으로 권총을 안전하게 쥐고 있으려면 계단을 내려가는 내내 왼손으로만 사다리를 잡아야 했다. 상대적으로 힘이 약한 왼쪽 팔로 모든 일들을 처리하다 보니 벌써 왼쪽 팔이 아주 심하게 화끈거려 거의 감각이 없었다.

또한 청력도 문제였다. 여전히 왼쪽 귀가 안 들렸고 오른쪽 귀에서는 이명이 들렸다. 강도가 조금 약해졌던 이명은 고주파가 작동될 때마다 심해졌다. 마치 방호복이 일부러 티케이크가 말할 때마다 못 듣게 방해하려는 것 같았다. 그가 말하면 이명이 심해져 목소리가 흐릿하게 들리다가 그가 조용하면 다시 이명이 약해졌다.

하지만 티케이크가 두 번째 외친 "앞이 안 보인다고요!"는 끝까지 전달되어 그런 대로 똑똑히 들려서 나오미도 되받아 소리쳤다.

"왜 안 보이는데요?"

"땀 때문에요. 김이 서려서. 당신은 보여요?"

"네. 대체로요."

"얼마나 더 내려가야 해요?"

로베르토의 물음에 나오미가 잠시 아무 말이 없었다. 그녀는 왼팔을 단 사이에 넣어 사다리를 감싸 잡은 뒤 몸통을 오른쪽으로 최대한 젖혀 안면 보호구 끝까지 눈을 크게 뜨고 내려다봤다.

"단이 쉰 개 정도 남았어요. 어쩌면 더 적을 수도 있고요."

"알았어요."

티케이크는 계속 내려갔다.

나오미는 왼쪽 팔이 격렬하게 흔들리자 총을 쥘 손을 바꿔야 할 기회가 왔음을 알았다. 그녀는 오른팔을 끌어올려 단 뒤로 넣은 뒤 왼쪽 손에 총을 넘겼다. 그러다가 총이 단에 철커덕 소리를 내며 부딪치면서 손에서 총이 빠지려는 찰나 그녀의 손이 재빨리 총을 벽에 밀어붙여 꼼짝 못 하게 만들었다. 나오미는 더 이상 총을 쥐고 있지 않았다. 그저 손의 압력으로 총을 벽에 가둬 뒀을 뿐이었다.

티케이크도 철커덕 소리를 들을 수밖에 없었기에 헤드셋으로 무슨 일인지 물었지만 이명 때문에 그녀에게 전달되지 못했다. 나오미는 아랑곳없이 여전히 시멘트벽에 간신히 붙어 있는 총만 뚫어져라 쳐다봤다. 곧이어 왼쪽 손가락들을 쫙 펼친 뒤 그중 한 손가락을 방아쇠울에 끼우고 오른팔을 자유롭게 빼냈다. 권총은 빙그르르 돌아 거꾸로 뒤집힌 채 왼쪽 검지로만 지탱되고 있었다. 나오미는 이제 자유로워진 오른쪽 팔로 사다리를 다시 단단히 잡은 뒤 사다리 뒤쪽에서 왼팔을 천천히 빼냈다.

나오미는 왼손으로 권총 손잡이를 그러잡고 왼팔을 사다리에서 완전히 빼냈다. 왼쪽 이두박근에 다시 피가 돌면서 쌓여 있던 젖산이 말끔히 씻겨 내려가 어느 정도 편안해졌다. 나오미는 감사하는 마음에 눈을 감았다. 잠시 후 다시 눈을 뜨고 아래를 내려다보니 티케이크가 열 단 밑쯤에서 내려가고 있었다. 나오미도 계속해서 계단을 내려갔다.

34

꼼짝없이 누워 버린 로베르토는 하늘을 올려다보며 생각했다.

'이래서 그런 거야. 이래서 내가 핵배낭을 메지 않은 거라고. 이런 일이 벌어질까 봐. 제길, 불길한 예감은 늘 틀린 적이 없다니까.'

전만큼 별들이 많이 보이지 않았다. 짙은 구름이 몰려와 별들을 가리면서 밤은 더 캄캄해졌다. 로베르토는 하늘을 올려다보며 위성의 아래 방향 창이 아직 열려 있을지, 지금 현재 하늘 위 어딘가에 위성이 떠 있을지 궁금해했다. 오즈구르 온더와 그의 여자친구 스테파니는 바로 그 순간에 침대에 걸터앉아 오즈구르의 노트북으로 로베르토를 지켜보면서 대체 왜 저 인간이 총을 쏘고 나서 저기에 그냥 누워서 아무것도 하지 않고 있는지 의아해하고 있을까?

현재의 자세를 생각하면 예감이 맞았다고 안도하기도 뭐했다. 처음에는 허리 아래쪽부터 마비가 왔다고 생각했지만 1~2분 후 저림 증상이 조금 호전되자 하반신을 꼼짝 못 할 만큼 극심한 통증이 밀려왔다. 못 일어나는 것은 물론이고 기거나 구르는 등의 다른 동작들도 전혀 할 수가 없었다. 로베르토는 건물 정문 가까이에 머리를 두고 누운 상태라서 기절할 만큼 쑤시듯 아픈 통증을 견딜 수만 있다면 고개를 왼쪽으로 돌려 2미터가량 떨어진 바닥에 쓰러져 있는 닥터 프리드먼의 시체를 볼 수 있었다.

'좋아, 괜찮아.'

로베르토는 정신을 가다듬기 위해 숨을 골랐다.

'나는 지금 여기에 있다. 나는 지금 여기에 있다.'

그는 아직도 열화상 고글을 끼고 있어서 죽은 사내의 몸에 두껍게 칠갑된 곰팡이가 팔팔하게 살아있으며 꽤 부지런하다는 것을 알 수 있었다. 부글거리는 걸쭉한 곰팡이들은 벌써 시체에서 떨어져 나와 주변 환경을 탐색하고 있었지만 죽은 사내가 쓰러져있는 바닥에서 자갈을 접하자마자 속도를 줄이는 것 같았다. 느려졌지만 이동을 멈추지는 않았다.

로베르토는 근처에서 찍찍거리는 소리를 듣고 눈으로 주변을 자세히 훑어봤다. 바닥으로 쓰러질 때 이어폰이 떨어져 나가 1.5미터쯤 떨어진 곳에 놓여 있었는데 신호음이 울리면서 하늘색 불빛이 반짝였다. 애비게일이 "지금 뭐하고 있는 거예요? 왜 안 일어나는데요?"라고 말하려고 전화했을 터였다. 하지만 그에게 자갈길을 1.5미터나 가로질러 가서 전화를 받기란 힘겨워 보였다.

로베르토는 고개를 다시 돌렸다. 이번에는 목을 뒤로 길게 빼고 머리 뒤쪽을 있는 힘껏 자갈 속으로 쑤셔 넣은 뒤 눈을 치켜떠서 건물 출입구를 쳐다보았다. 거꾸로 뒤집힌 모습이었지만 출입구가 보였다. 건물 안쪽에 불이 켜져 있었고 비명과 고함도 들렸다. 적어도 아직까지는 밖으로 나오는 사람은 없는 것 같았지만 만약 나오는 이들이 있다면 자신이 어떻게 할지는 로베르토도 몰랐다.

바닥을 내려다보니 오른손에서 30센티미터 거리에 자동권총이 있었다. 30센티미터. 12인치. 그 정도면 가능할 수도 있었다. 그는 양손가락들을 자갈 속에 박아 넣다시피하며 사력을 다해 총이 있는 곳으로 움직였다. 상체가 4센티미터 정도 이동하자 고통스러워 비명이 절로 나왔다. 로베르토는 시야가 흐릿해지고 두 개로 겹쳐 보이기까지 하자 이제 기절하는구나 싶었다.

그런데 다시 시야가 맑아졌고 그는 4센티미터나 가까워진 곳에 있었다.

로베르토는 눈을 치떠서 받침대를 내린 채 주인을 기다리고 있는 아직 멀쩡한 세 대의 할리데이비슨을 바라봤다.

'여기서 아무도 못 떠나.'

로베르토는 다시 손가락을 자갈에 박아 넣어 몸을 움직였고 다시 비명을 질렀으며 눈앞이 캄캄해졌다.

거의 다 왔나? 아직 아니었다. 23센티미터쯤 더 가야 했다.

로베르토는 결국 총을 손에 넣거나 아니면 애만 쓰다가 기절할 터였다.

다시 1층 413호 보관소 밖의 복도 상황을 보면, 그리핀은 닥터 프리드먼이 모퉁이를 돌아서 사라지자마자 홱 돌아섰다. 그리고 아이언헤드와 쿠바에게 번갈아 가며 거칠게 총을 겨눴다.

"썅 가까이 오지 마 썅 가까이 오지 마 썅!"

그리핀은 그들이 다가오려고 하지도 않는데 가까스로 이런 말만 내뱉었다.

쿠바가 손을 들고 먼저 말했다.

"이봐, 진정해."

"그래, 자, 그리프, 우리 모두 여기서 한 배를 탄 처지잖아."

아이언헤드가 달래듯 맞장구를 쳤다.

그리핀은 두 사람 뒤편에 있는 보관소 공간을 쳐다봤다. 벽과 천장과 바닥과 티브이 상자들은 고동치는 곰팡이 덩어리들에 뒤덮여 있었다.

"무슨 배, 어떤 우라질 배, 넌 쌍 무슨 우라질 배를 말하는 거야?! 쌍 이게 다 뭔 지랄이냐고?"

아이언헤드가 한 걸음 다가와 손을 들더니 손바닥을 펴 보이며 침착한 말투로 말했다.

"당연히 여기 꼴이 조금 이상해 보일 거네, 친구, 암 그렇고말고. 자넨 여기 있지도 않았으니까 더 그렇겠지."

"정말 끔찍했어."

쿠바가 거들었다. 그 말은 진심이었다.

쿠바의 뇌가 그녀에게 말했다.

'괜찮아. 다 괜찮아. 다들 여기서 나가기만 하면 더 좋을 거야.'

"우리 모두 여기서 나가는 게 어떨까?"

쿠바가 넌지시 말했다.

"그러자고, 젠장 여기서 나가자고! 늬들 먼저 가!"

그리핀이 총으로 두 사람을 가리키면서 말했다.

"늬들이 앞장서!"

"좋아, 친구, 그러지."

아이언헤드가 그렇게 말한 뒤 고개를 돌려 쿠바를 쳐다보면서 출입구를 향해 고개를 끄덕여 보이고 그쪽으로 걸어가기 시작했다. 쿠바도 그와 보조를 맞춰 성큼성큼 걸어갔다.

아이언헤드는 침착했다. 그렇게 날아갈 듯한 기분은 오랜만이었다. 그의 뇌가 그에게 말했다.

'네 뒤에 오는 놈은 제정신이 아니야. 거슬리는 짓은 아무것도 하지 마. 놈은 너무 당황해서 무슨 말을 해도 못 알아들어. 그러니 그냥 가자고.'

그들은 계속 걸었다. 모퉁이에 이르렀을 때 그리핀이 어깨 너머로 엉망이 된 뒤쪽 복도와 물품 보관소에서 흘러나온 더 징그러운 것들을 뒤돌아봤다. 이제 무슨 일이 있었는지 알아볼 생각도 하지 않았다. 알아봤자 이해도 안 갈 텐데 그저 얼른 거기서 나가고 싶을 뿐이었다. 그리핀은 다시 고개를 앞으로 돌려 앞장서 걸어가는 아이언헤드와 쿠바를 지켜봤다. 두 사람의 뒷목에, 아니 어쩌면 뒷목 안쪽에 무언가가 있었다. 얼룩덜룩 반점이 생긴 살갗이 속에서부터 고동치듯 움직이고 있었다. 그리핀은 두 사람이 밖으로 나가자마자 무엇을 하든 관심이 없었다. 자신은 그저 팻보이에 올라타고 그곳에서 최대한 먼 곳으로 떠날 작정이었다. 그러지 못하게 방해하는 이가 있다면 누구든 처치해 버릴 셈이었다.

앞에서 걸어가는 아이언헤드와 쿠바는 침착했다. 그들은 별다른 생각을 하지 않았지만 선명하면서도 가장 중요한 생각을 품고 있었다. 신종 코르디셉스는 뭐든 빨리 배우는 터라 지난 스물네 시간 동안 굉장히 성공적으로 생장 기술을 조정해 왔다. 지하 5층에서 탈출할 때 효과적으로 써먹었던 기어오르고 싶은 충동은 희한하기는 했지만 미스터 스크로긴스 때에는 별 쓸모가 없는 것으로 드러났다. 당시 미스터 스크로긴스는 나무 꼭대기에 올라가서 내장을 날려 보냈지만 상대적으로 결실을 거둔 게 거의 없었다. 반면에 마이크 스나이더는 측면 운동으로 엄청나게 확산시킬 수 있음을 몸소 입증해 준 덕분에 인간의 몸에서 쑥쑥 생겨난 소규모의 곰팡이 군락지들은 최대한으로 확산하고 번식하기 위해서 비슷한 다른 군락지들만 찾아내면 그만이었다.

비록 진균이 그와 같은 조건에서 생각할 수 없고 생각 자체를 전혀 못 한다 하더라도 무엇이 효과가 있고 없는지를 알기 때문에 효과가 있는 쪽을 열렬하고 완벽하게 따라가는 반면 효과가 없는 쪽은 과감히 무시해 버렸다. 그 결과 지붕과 나무를 기어오르는 방식을 버리고 인간 무리에게 더 많이 퍼트리는 방식을 취했다.

아이언헤드와 쿠바는 더없이 편안한 마음으로 '떠나'라는 한 가지 목표에만 집중했다.

그들의 뇌가 그들에게 말했다.

'시내로 가. 오토바이를 타고 여길 떠나서 시내로 가. 더 많은 사람들이 있는 거기로.'

아이언헤드와 쿠바는 또 다른 모퉁이를 돌았다. 저 앞에 로비의 형광등 불빛이 보였다. 두 사람은 그쪽으로 걸어갔다.

35

티케이크가 신고 있는 장화 밑창이 지하 5층 바닥에 닿으며 탁 하는 소리가 났다. 마지막 발을 디딜 때도 여전히 앞은 보이지 않았다. 티케이크는 사다리에서 내리자마자 최대한 멀리 떨어지도록 몸을 억지로 벽에 붙이려 했지만 나오미와 함께 설 만큼 충분한 공간을 마련하지 못했다.

"잠깐만 기다려요."

티케이크가 안면 보호구에 대고 말했다.

나오미는 귀에서 끼익 하고 치직 하는 소리에 움찔하고 무슨 말인지 알아듣지 못했지만 왜 그러는지 알아채고 동작을 멈춘 뒤 고개를 돌려 아래를 내려다봤다. 바닥에 내려가 있는 티케이크가 보였지만 반쪽짜리 물통처럼 생긴 배낭이 너무 커서 그가 몸을 돌릴 수 없는 상황에서 자신이 내려설 공간을 마련하기란 더더욱 힘들어 보였다. 그렇게 비좁은 공간에서 배낭을 열고 폭파장치를 작동해야 한다니 말도 안 된다 싶었다.

"문 열어야 하잖아요."

나오미가 마이크에 대고 소리쳤다.

티케이크의 대답이 격앙되고 불분명한 끼익 하는 소리로 들렸지만 무슨 뜻인지 완벽하게 이해했다. 어떠한 일이 있어도 그 문을 열고 말 것이라는 뜻이었다. 나오미는 그렇게 짐작한 뜻을 바탕으로 이어 말했다.

"배낭 내려놓을 자리가 없잖아요."

티케이크가 두껍게 김이 서려 있어 희미한 안면 보호구 너머로 그녀를 올려다봤다. 나오미가 입고 있는 하얀색 방호복과 쭉 뻗어 육중한 철문을 가리키고 있는 그녀의 팔이 흐릿하게 보였다. 티케이크는 고개를 내리고 얼굴에서 땀방울이 조금이라도 날아가서 안면 보호구를 때려 수증기 사이로 길을 내주길 바라면서 머리를 흔들어 보았다. 그게 조금 효과가 있었는지 아주 작은 띠 모양만큼 깨끗하게 닦여 문의 기계장치를 풀 커다란 손잡이가 어디에 있는지 겨우 감을 잡을 수 있었다. 티케이크는 손을 뻗어 손잡이를 잡았다. 위험물질 차단 장갑을 끼고 있지 않았다면 곧바로 열기를 느꼈을 테니 절대 그 문을 여는 일은 없었을 터였다. 하지만 몇 겹으로 된 두꺼운 플라스틱 장갑을 낀 채로는 다른 점을 알아챌 수 없었다.

문 반대쪽에서는 지난 10분 동안 상황이 급변했다. 대폭 줄어든 대왕 쥐 덩어리에서 출발해 자국을 남기며 아주 천천히 바닥을 건너가고 있던 곰팡이들은 축축한 냉각관 중 하나의 아래쪽 바닥에 형성된 작은 물웅덩이에 도착했다. 신종 코르디셉스는 온갖 형태로 돌연변이를 하는 과정에서도 순수한 물은 한 번도 마주친 적이 없었다. 밀봉된 산소 탱크 안에서 태어나서 아주 건조한 호주의 오지에서 짧은 유년기를 보내고 최근에 인간의 혈류 속을 체험할 때조차도 물은 희귀하고 아주 많이 희석된 물질이었다. 포유류 몸속처럼 물이 풍부한 곳에서도 물은 다른 성분들에 오염되어서 본질적인 힘이 제한되었다.

신종 곰팡이는 웅덩이 가장자리에서 물 분자의 표면 장력을 깨자마자 엄청나고 극적인 개화를 겪었다. 곰팡이는 마치 봄철에 저속 촬영한 꽃처럼 웅덩이 크기만큼 활짝 피어나 벽으로 흘러내리는 가느다란 물줄기를 순식간에 초토화시킨 뒤 높은 곳에 있는 축축한 냉관의 외관을 맹렬히 공격했다. 이어 곰팡이는 기다란 냉관을 따라 양방향으로 자라고 쑥쑥 돋아나면서 바닥으로 살아있는 유기체가 뭉텅뭉텅 떨어졌다. 사방에서 곰팡이가 냉수관에 달라붙어 아주 부지런하게 일하기 시작해 엄청난 양의 벤젠엑스를 효율적으로 사용하다가 이제는 강철을 부식시키는 산성 물질을 이용해 냉관을 뚫어 그 안에서 흐르고 있는 물을 빼낼 작정이었다. 일단 냉관을 뚫으면 곰팡이가 냉관을 타고 들불처럼 퍼져 지하수로 들어간 다음, 저 너머에 있는 미주리 강까지 진입할 수 있는 길을 열어 주게 될 터였다.

화학 반응이 폭발적으로 일어나자 복도의 온도가 올라갔다. 그래서 티케이크가 문손잡이를 돌릴 때 80도가 넘었다. 서로 맞물리는 금속 볼트들이 가이드 트랙에서 미끄러지듯 움직이면서 문이 안쪽으로 열렸다.

"어이쿠 맙소사!"

티케이크는 온실이나 다름없는 복도를 들여다보고 깜짝 놀랐다. 한눈에도 왕성하게 퍼진 곰팡이들이 빽빽하게 복도에 들어차 있었다. 주변에 온통 안개처럼 분산된 미세한 곰팡이 입자들과 포자들이 공기 중에 매달려 세차게 소용돌이치고 있었다.

나오미가 헤드셋을 통해 들은 티케이크의 목소리는 이가 갈리는 듯한 비명뿐이었다. 하지만 나오미도 그가 본 것을 봤고 짬을 내 감탄할 경황이 없었다. 그녀는 티케이크 뒤로 획 돌아가서 마이크에 대고 소리쳤다.

"앞쪽 끈들을 풀어요!"

티케이크는 어서 빨리 그 폭탄을 작동시키고 그곳을 빠져나갈 수 있게 더듬거리는 손으로 가죽 끈을 풀고 티포티원을 등에서 내리기 시작했다. 맨 밑에 있는 버클은 아주 쉽게 풀렸고 나오미가 뒤에서 그 무거운 물건을 들어 주자 어깨가 떠오르는 것 같았다. 앞으로 쓰러지면서 상체에 안도감이 밀려들자 잠깐 동안 날아가는 듯한 기분이 들었다. 핵배낭이 뒤쪽 시멘트 바닥에 쿵 하고 떨어지는 소리가 들리자 티케이크는 원형 사다리 벽의 반대 방향으로 비틀거리며 가다가 쐐 하는 소리를 내면서 복도 벽과 바닥을 뒤덮고 있는 곰팡이 덩어리를 보고 두 눈을 의심했다. 나오미가 로베르토가 가르쳐 준 대로 배낭을 열자 가죽이 툭 끊어지는 소리와 캔버스 천이 바스락대는 소리가 들렸다.

"개자식!"

나오미가 외쳤다.

티케이크는 몸을 벽에 밀어붙여서 돌아섰다. 나오미가 무릎을 꿇은 채 핵배낭 위로 몸을 숙이고 있었다. 배낭의 맨 위를 연 상태라서 얽힌 벨트와 밧줄과 버클들이 가장자리에 늘어뜨려져 있었다. 뚜껑 안쪽에는 가장 헌신적인 자살특공대원이 아니면 다들 놀라 줄행랑을 칠 만큼 섬뜩한 경고 스티커들이 붙어 있었다. 푹신한 배낭의 맨 밑바닥에는 어처구니없을 정도로 케케묵어 보이는 두 개의 금속관이 나란히 자리 잡고 있었다. 그리고 각각의 관 옆에는 중성자 발생장치인 네모반듯한 작은 상자가 놓여 있었고 그 장치의 한쪽 끝에는 빨간색의 동그란 마개가 부착돼 있었다. 그 마개를 누르면 금속관의 핵분열이 일어나는 중심부로 '총알'을 발사하는 셈이 될 터였다. 뒤엉킨 선들이 폭파장치 마개부터 켜짐/꺼짐 스위치처럼 수상하게 생긴 장치까지 이어져 있었다. 필요할 때 손으로 작동시킬 수 있는 장치처럼 보였지만 그 장치 또한 작은 사각형 디지털 타이머에 얽히고설킨 선들로 연결돼 있었다.

그 타이머가 문제의 그 타이머였다. 그것은 4분 40초에 맞춰져 있었다.

그리고 이미 초읽기가 진행되고 있었다.

나오미는 티케이크를 올려다봤다.

"그 개자식이 타이머를 '작동'시켰어요!"

36

위층에서는 그 개자식이 지금쯤 두 사람이 맨 밑에 도착해 배낭을 열고 타이머를 보기를 간절히 바라고 있었다. 그들에게 그런 짓을 하기 싫었지만 정말이지 어쩔 수 없었다. 로베르토는 둘 다 강하고 탄탄해 보인 데다가 그날 밤 죽지 않고 지금까지 버틴 것을 보면 그들이 제시간에 지하를 빠져나올 수 있을 만큼 수완이 좋은 사람들이라고 생각하는 게 무리는 아니라고 봤다. 그는 진심으로 그렇게 믿었다.

아니 어쩌면 그냥 그렇게 믿기로 '마음먹었을지도' 모른다.

로베르토 본인의 상황은 나아질 것 같지 않았다. 마침내 권총 개머리에 손가락이 닿았지만 그가 움직일 때마다 계속해서 의식이 가물거렸다. 자갈길에서 몸을 움직여 30센티미터를 이동하면서 경험한 통증은 완전히 새로운 것으로 상상도 못 할 만큼 심하게 불편했다. 그래도 간신히 총에 손이 닿자 마지막으로 젖 먹던 힘까지 짜내서 총을 땅에서 집어 올려 마지막 남은 세 대의 오토바이에 불안정하게나마 총을 겨눠 방아쇠를 쥐어짜듯 당겼다. 헤클러운트코흐의 탄창은 열다섯 발짜리나 서른 발짜리 또는 마흔 발짜리가 있지만 로베르토는 그 순간 어떤 탄창을 끼웠는지 생각이 나지 않았다. 트리니가 고작 열다섯 발짜리 탄창을 끼워 뒀을 리는 없을 테고 마흔 발짜리라면 몇 센티미터가 추가돼 총을 다루기가 더 힘들 테니 분명 서른 발짜리일 것이라고 생각했다.

첫 두 발을 발사해 첫 번째 오토바이의 앞쪽 끝부분을 주저 앉히자 그 오토바이가 두 번째 오토바이로 쓰러졌다. 그러면서 두 번째 오토바이가 먼 쪽으로 넘어지자 로베르토는 한쪽 눈을 감고 뒷바퀴를 겨눴지만 오토바이가 옆으로 넘어진 탓에 각도가 더 빠듯했다. 그래서 그 오토바이를 확실히 못 쓰게 만드는 데 세 발이나 필요했지만 두 번째 오토바이가 넘어지면서 세 번째 오토바이 앞에 장해물이 없어지게 되었다. 세 번째 오토바이는 가장 멀리 떨어져 있었는데 거기서 열이 발산되지 않으니 열화상 고글도 무용지물이라서 확실하게 고장 내기 위해 오토바이 전체에 네 발을 난사했다. 이제 로베르토의 총에는 건물에서 나오는 이들을 막기 위한 열여섯 발의 총알이 남아 있었다.

그때 뒤쪽에서 사람들의 목소리가 들렸다. 다시 고개를 뒤로 둥글게 꺾어 뒤통수를 자갈길에 쑤셔 넣어서 열화상 고글을 통해 거꾸로 보이는 로비 문을 쳐다봤다. 눈에서 흐른 땀을 깜작거려 털어내자 건물 밖으로 나오는 사람들이 보였다. 맨 앞에 남자 한 명과 여자 한 명이 있었고 그 뒤를 누군가가 따라오고 있었다. 그들은 총소리를 듣고 뛰어나오고 있었다.

앞에 있던 남자와 여자는 감염된 상태였다. 그 둘은 닥터 프리드먼만큼 아주 강렬한 정도는 아니었지만 새빨갛게 이글거렸다. 뒤따라 나온 사람은 정상이었지만 팔의 각도로 보아 총을 들고 있는 것 같았다. 로베르토는 숨을 들이마신 뒤 고통스러운 신음을 거칠게 내뱉으며 자동권총을 가슴 위에 털썩 올려놓았다. 이어 어금니가 깨지는 게 아닐까 싶을 정도로 이를 꽉 악문 채 총을 살살 움직여 자신의 키 높이까지 이동시켜 왼쪽 어깨 너머로 가져다 놓은 뒤 총신을 귀에서 최대한 멀리 떨어트려 놓으려고 했다.

그래 봤자 기껏해야 15센티미터 정도 멀어진 게 다였다.

로비의 문이 안쪽으로 홱 열렸다. 감염된 남자가 맨 앞에 있고 바로 뒤에 여자가 있었다. 열화상 고글을 통해 가물거리는 새빨간 목표물로 보이는 그 남자를 로베르토가 놓칠 가능성은 거의 없었다. 그 남자를 쏘자마자 나머지 사람들은 흩어지기 시작할 테니 공들여 조준해 한 발을 쏘는 것보다 아주 짧은 간격으로 세 발을 정확하게 발사해야 했다. 첫 번째 남자가 문밖으로 나오자 로베르토가 방아쇠를 당겼다.

가슴을 정통으로 맞은 아이언헤드가 뒤로 휘청하면서 쿠바에게로 쓰러졌다. 로베르토에게 운이 조금 안 따라 줬다. 아이언헤드가 다음 목표물을 가리는 바람에 목표물이 다시 사정권 안에 들어올 때까지 잠시 기다려야 했기 때문이다. 잠시 후 목숨이 끊겨 쓰러진 아이언헤드의 무게에 떠밀린 그녀가 옆으로 삐져나와 문틀에 부딪치자 로베르토가 그 순간을 재빨리 포착했다. 세 발을 쏴서 아이언헤드를 처치했으니 쿠바를 빨리 쓰러뜨리려면 네 발을 쏴야 했다.

하지만 그녀에게 두 발째 쏘고 나자 총의 반동 때문에 로베르토의 등에 갑자기 끔찍한 통증이 덮쳤다. 그 때문에 로베르토의 손에 경련이 일어나면서 총이 옆으로 툭 떨어졌다. 순간 나머지 두 발이 문설주를 강타해 아래쪽 금속성 경첩이 산산조각 나면서 불꽃이 튀었다. 설상가상으로 총알 한 발이 뒤로 튕겨 나와서 로베르토의 얼굴에서 겨우 몇 센티미터밖에 떨어지지 않은 흙 속에 처박혔다.

아이언헤드와 쿠바가 뒤로 쓰러지면서 사정거리를 벗어나 로베르토가 몇 초 동안 다시 조준하는 사이, 세 번째 남자가 도망쳤다. 접수대 쪽으로 도망친 그리핀은 이미 그곳에 거의 다 간 상태였다. 로베르토는 숨을 들이마셨다가 그대로 숨을 멈춘 채 접수대 위를 뛰어 넘어가는 그리핀을 향해 흔들리는 자세로 총을 발사했다. 일곱 발을 쐈지만 전부 목표물을 크게 벗어나 접수대 뒤쪽의 부서진 석고벽을 뚫고 들어가면서 그리핀을 맞히지 못했다. 어쩌다 그런 운을 타고났는지 놈은 그 험한 상황에서도 다치지 않고 접수대를 무사히 넘어가서 안전한 건너편에 도착했다.

제기랄. 로베르토가 알기로는 이제까지 스물여덟 발을 썼으니 딱 두 발밖에 남지 않았다. 무장한 남자가 나무로 된 접수대 뒤에 숨어서 머리칼 한 올도 드러내지 않았다. 더구나 로베르토는 아직도 땅바닥을 벗어나지 못하고 있었다.

상황은 꼬여만 갔다.

고글 렌즈에 무언가 후두두 떨어져서 로베르토는 눈을 깜박였다. 하늘을 올려다보니 시야에 물이 몇 방울 보이면서 저 멀리 어딘가에서 낮게 우르릉거리는 소리가 들렸다.

비가 내리고 있었다.

왼편에서 무슨 소리가 들리자 로베르토는 고개를 돌려 닥터 스티븐 프리드먼을 건너다봤다. 그의 사체에서 초록색의 작은 곰팡이 덩어리들이 불룩불룩 솟아 나오더니 빗방울을 맞자마자 마치 활성화되듯 부풀어 올랐다. 신종 코르디셉스는 노골적으로 기뻐하며 비를 맞이했다. 원기를 회복한 곰팡이 덩어리들은 치과의사의 사체에서 떨어져 나와 비가 깔아 주는 얇은 물 양탄자를 타고 자갈이 깔린 진입로 전역으로 퍼져 나갔다.

그러면서 점점 로베르토에게 다가왔다.

37

티케이크와 나오미가 지하 5층의 중앙 복도에 들어서는 순간 둘 다 왕성한 곰팡이 군락지의 얼룩덜룩한 자국을 밟고 말았다. 설령 그들이 벤젠엑스에 장화의 두꺼운 고무 밑창을 파고들어갈 수 있는 적응력이 있다는 사실을 알았다 하더라도 밟지 않을 수 없었을 것이다. 두 사람이 원형 사다리를 미친 듯이 다시 올라갈 때도 네 짝의 장화는 지금까지 그런 과정을 겪으면서도 모두 멀쩡했다. 나오미와 티케이크는 그 사실을 몰랐지만 벤젠엑스가 작업을 마쳐 곰팡이가 밑창을 뚫고 들어가 그들의 살을 접촉할 수 있기 전에 방호복을 벗으려면 시간이 채 1분도 안 남은 셈이었다.

그들을 옥죄는 시간은 그것뿐만이 아니었다. 티포티원의 타이머가 이미 작동된 상태임을 보자마자 두 사람이 할 수 있는 일은 미친 듯이 다시 위층으로 올라가 빠져나가는 것뿐이었다. 티케이크는 노발대발하며 걷는 내내 로베르토를 욕했지만 나오미는 그가 그럴 수밖에 없었다는 점을 간파했다. 그들은 제한된 시간 안에 성공해야 했고 로베르토 입장에서는 그들이 제대로 폭탄을 작동시키지 못할 수도 있으니 개인적으로 판단을 내릴 수밖에 없었을 터였다. 그에게 두 사람이 필요했던 진짜 이유는 폭탄을 가지고 내려가서 어떻게든 설치해야 했기 때문이다. 그런데 로베르토는 본인보다 나오미와 티케이크가 더 빨리 그곳에 폭탄을 가져다 둘 수 있다고 확신했을 터였다. 더구나 그들이 다시 올라올 때는 훨씬 빠르게 움직일 수 있을 테고.

자세히 따져보면 이치에 맞는 판단이었던 셈이다.

티케이크는 내려올 때보다 26킬로그램 정도도 가벼워졌으니 날다시피 사다리를 올라갔다. 나오미는 여전히 한 손에 총을 쥐고 있던 터라 티케이크보다는 조금 느렸지만 고작 열두 단 뒤에서 올라갔을 뿐이다. 그녀가 위를 올려다보자 맨홀 뚜경을 치워 놓은 틈으로 동그랗게 작은 불빛이 보였다. 두 사람 다 빠르게 올라갔다. 머릿속에서 째깍째깍 작동되고 있는 타이머가 지하에서 폭탄이 터질 때 살아남을 수 있는 데까지 차를 몰고 멀리 가려면 아무리 많이 잡아도 3분밖에 남지 않았다고 말해 줬다.

'폭탄이 터지면' 어떤 광경이 펼쳐지든 말이다.

티케이크는 사다리 맨 위에 도착해 수영장에서 기어 나오는 강아지처럼 최대한 기품 있게 맨홀 구멍을 빠져 나갔다. 육중한 몸을 바닥 위로 끌어올리자마자 등 대고 벌렁 누워 버린 티케이크는 방호복의 목 부분부터 지퍼를 열어서 머리에서 안면 보호구를 벗겨 냈다. 한바탕 신선한 공기를 쐬어서도 좋았지만 다시 시야가 탁 트이자 진짜 살 것 같았다. 미끄러지듯 몸을 움직여 나오미가 나올 공간을 열어 준 뒤 몸을 비비 꼬면서 방호복을 마저 벗기 시작해 몸통과 엉덩이 위까지 방호복을 끌어내렸다.

몇 초 뒤에 맨홀 구멍을 빠져나온 나오미가 제일 먼저 본 것은 티케이크의 장화 밑창에서 움직이고 있는 초록색 물질이었다. 너무 놀란 그녀가 숨이 넘어갈 듯 소리를 질러 댔지만 티케이크는 안면 보호구 안쪽에서 나는 소리를 들을 수 없었다. 다행히 자신의 장화에 무언가가 있다는 핵심을 파악한 티케이크는 굳이 내려다볼 필요도 없이 훨씬 더 빨리 몸을 놀려 필사적으로 방호복과 장화를 벗었다. 그러자 나오미가 안면 보호구 안쪽에서 더 크게 소리를 질렀다. 이번에는 티케이크도 무슨 말인지 알아들을 수 있었다.

"지금 뭐 하는 거예요? 그거 벗으면 안 되잖아요!"

"이런 걸 걸친 채로는 여기서 절대 빠져나가지 못해요! 당신도 당장 벗어요!"

나오미도 티케이크의 의중을 알아차렸다. 그들은 지금까지 걷는 것도 몹시 힘들었다, 뛰는 것을 잊어버릴 만큼 말이다. 나오미는 마저 바닥으로 올라선 뒤 안면 보호구부터 벗어 던졌다. 마침내 방호복을 다 벗어 버린 티케이크는 부리나케 방호복과 오염물질을 벗어나 나오미에게 다가갔다. 그리고 그녀의 장화를 건드리지 않으면서 함께 힘을 합쳐 최대한 빨리 그녀의 방호복을 벗겨 냈다. 나오미가 방호복을 발로 차 버리고 일어서자 두 사람은 양말만 신은 채로 복도를 내달렸다.

한편 아래층에서는 타이머에 표시된 시간이 채 2분도 남지 않았다.

하지만 뛰어가는 나오미의 머릿속에 로베르토의 목소리가 떠올랐다.

"타이머 지속시간은 불안정해요."

38

물품 보관소 건물 앞에서는 비가 더 세차게 내리고 있었고 느릿느릿 움직이는 곰팡이들은 로베르토와 불과 30~60센티미터밖에 떨어지지 않은 자갈길 전역에서 생기 넘치게 들끓고 있었다. 열화상 고글로 보니 이글이글 타오르는 하얀색 거품이 곧장 그를 향해 다가오고 있었다. 로베르토는 고개를 돌려 다시 로비 입구 쪽을 쳐다봤다. 총을 든 남자는 접수대 뒤쪽 어딘가에 숨어서 여전히 보이지 않았지만 로베르토에게는 더 시급한 걱정거리가 있었다. 그러면서 한 가지 묘안이 떠올랐다. 정문을 보니 앞서 쿠바에게 잘못 쐈던 총알에 아래쪽 경첩이 떨어져 나간 모습이 눈에 들어왔다. 이제 위쪽 경첩만이 문틀을 지탱한 채 유리문이 비스듬히 매달려 있었다. 정문은 안쪽으로 열리는 구조였고 로베르토는 정문 바로 앞에 누워 있었다. 아니 최소한 그 앞에 누워 있으면 좋겠다고 생각했다.

로베르토는 다가오고 있는 곰팡이들을 죽 훑어봤다. 그것들은 내리는 빗줄기를 맞으며 열광적으로 춤을 추고 있는 것 같았다. 이제 곰팡이들이 왼손에서 30센티미터밖에 떨어져 있지 않은 터라 로베르토는 팔을 몸통에 더 바짝 붙였다. 그 정도 움직임으로도 찌르는 듯한 통증이 몰려와 왼쪽 다리까지 쑤시더니 발에 경련이 일면서 또 한 차례 새로운 통증이 덮쳐 왔다. 하지만 덕분에 몇 초를 더 벌었다.

로베르토는 다시 정문 맨 위에 있는 경첩을 올려다보면서 권총의 총신을 위쪽으로 기울이고 최대한 흔들리지 않게 경첩을 겨눈 뒤 자신이 총알을 정확하게 세웠기를 빌었다.

로베르토는 총알을 정확히 셌다.

남아 있던 두 발이 경첩의 금속 표면을 강타하면서 파손된 경첩이 문틀에서 떨어져 나가자 유리문이 도미노처럼 똑바로 그에게 엎어졌다. 육중한 문이 휙 아래로 쓰러져 그의 몸에 쾅 하고 세게 부딪칠 때 로베르토는 눈을 감았다. 무겁게 내리누르는 유리문 밑에서 몸이 부자연스럽게 비틀리면서 비명이 절로 나왔다. 하지만 그는 그렇게 극도로 고통스러운 순간을 이용해 자신의 몸 위에 유리문이 비스듬하게 자리 잡도록 최대한 오른쪽으로 몸을 끌어당겼다.

문의 왼쪽 끝이 자갈을 파고들면서 문이 그의 왼쪽 팔과 엉덩이와 다리를 덮으며 비스듬하게 올라가 마치 한쪽만 이은 지붕처럼 문의 맨 위쪽 단면이 기울어지게 되었다. 그러자 이제 문이 다가오고 있는 곰팡이와 로베르토 사이에 방패처럼 놓였다.

그것도 제때 딱 맞춰서 말이다. 곰팡이들은 문틀을 타고 올라가 로베르토 바로 위쪽에 있는 유리 위로 슬금슬금 퍼져 나갔다. 벤젠엑스는 곧바로 작업에 들어가 기본 성분이 실리콘인 이 새로운 장벽을 해독하여 그것을 뚫고 들어갈 방법을 모색하고 있었다.

로베르토는 많은 시간을 벌지는 못했지만 아무것도 안 하고 있는 것보다 조금이라도 시간을 버는 게 낫다고 생각했다.

로비 안쪽에서는 그리핀이 접수대 위로 머리를 쑥 내밀었다. 밖에서 자신에게 총을 쏜 자가 누구든 잇달아 부드럽게 딸깍 하는 소리가 들리는 것으로 비춰 볼 때 총알이 다 떨어졌음을 알았다. 그리핀은 그 사람이 살았든 죽었든 별로 관심이 없었다. 그저 다른 사람들처럼 죽기 전에 거기서 나가고 싶을 뿐이었다. 그는 할리데이비슨 오토바이들이 부서져서 포개져 있는 모습을 봤던 터라 오토바이를 타고 떠나기는 글렀다는 것을 알았다. 하지만 밖에 누워 있는 사람이 누구든 어떻게든 여기까지 와야만 했다면 그자에게 자동차 열쇠가 있을 터였다.

그리핀은 총을 앞으로 겨눈 채 똑바로 서서 정문이 있던 공간으로 걸어갔다. 도중에 아이언헤드와 쿠바의 시신을 넘어갈 때는 그들을 쳐다보지 않으려 하면서 대신 유리문 밑에 있는 사람에게 계속해서 총을 겨눴다. 어쩌다가 그 멍청한 놈은 자동권총을 갖고도 자신을 맞히지 못한 채 마지막으로 죽기 살기로 한 짓이 문에다 총질을 해 경첩을 떨어뜨려서 문짝에 깔린 신세가 되었을까 싶었다.

'씹새야, 참 꼴좋다.'

그리핀은 정문을 나서 오른쪽 왼쪽을 살피며 밖에 다른 사람은 더 없는지 확인했다. 닥터 프리드먼의 시체를 보니 물품 보관소 안쪽에 온통 흩뿌려져 있던 것과 똑같은 기괴한 거품이 온몸을 뒤덮고 있었다. 그리핀은 몸서리쳤다. 티케이크의 말이 맞았다. 거기서 좀비 영화 같은 일이 벌어지고 있었다. 그러니 빨리 그곳을 빠져나가야 했다. 그리핀은 오토바이들을 다시 한 번 살펴봤으나 전부 다 주저앉고 못 쓰게 됐다는 사실만 확인했을 뿐이다. 그러다가 언덕으로 조금 올라가는 길에 주차돼 있는 미니밴이 눈에 들어왔다. 문짝 밑에 갇힌 사격범의 것인 게 틀림없었다.

"야, 이 새끼야!"

그리핀이 부르는 소리에 로베르토가 꿈틀대면서 고개를 살짝 돌려 그를 올려다봤다. 그리핀이 바짝 다가와 눈앞에서 총을 흔들었다. 그는 필요하다면 로베르토를 죽일 터였다. 이제부터 자신의 앞길을 막는 이는 누구라도 죽일 셈이었다. 그리핀은 옆으로 돌아가서 남자의 얼굴 바로 위쪽의 유리 위에서 움직이고 있는 초록색의 걸쭉한 물질을 경계의 눈초리로 빤히 쳐다봤다.

로베르토는 그리핀을 올려다봤다. 로베르토의 눈은 도움을 청하고 있었지만 정작 그는 그런 말을 하지 않았다. 그리핀은 생각했다.

'이 자식이 도와 달라고 말해도 상관없어. 내가 널 도와줄 거 같아? 좆까라 그래. 지금 이 상황에서는 각자 알아서 제 살 길을 찾아야 한다고.'

그리핀은 웅크리고 앉아 남자의 오른쪽 바지 주머니에 손을 찔러 넣고 자동차 열쇠를 찾아 더듬거렸다.

로베르토가 그의 그런 행동에 아파서 비명을 질렀다. 그리핀은 신경 쓰지 않았다. 다른 동료들은 모두 죽었지만 자신은 거기에 동참할 생각이 없었다. 자동차 열쇠의 고리가 만져지자 확 잡아당겨 꺼냈다. 여전히 쪼그려 앉은 자세로 몸을 돌린 그리핀이 로베르토의 머리에 총을 겨눴다. 기적이 일어나 그자가 그날 밤에 살아남아 법정에서 자신을 가리키며 '재판장님, 바로 저 사람이 절 죽게 내버려 뒀습니다.'라고 말하는 일은 절대 일어나지 말아야 했다. 그리핀은 그렇게 놔두는 게 정확히 무슨 죄인지 몰랐지만 위험을 자초할 이유가 없었다.

"날 쳐다보지 마!"

그리핀이 소리친 뒤 팔에 잔뜩 힘을 주고 로베르토의 이마 한가운데에 총을 겨눴다.

"그리핀!"

그때 뒤에서 여자 목소리가 그를 부르자 그리핀이 뒤돌아봤다. 바로 그녀였다. 섹시한 그녀가 여차저차 돌아온 모양이었다. 총까지 들고 있었지만 그를 겨눌 생각조차 없는지 총이 그녀 옆에 매달려 있는 꼴이었다.

"우리 여기서 나가야 해요."

그리핀이 나오미를 차갑게 쳐다봤다.

음, 그거 알아? 너 역시도 떠나 줘야만 할 것 같은데 저 좆만이 티케이크 자식도 함께 말이지. 왜냐면 더 이상 반쯤 감염된 염병할 인간들과 어떤 위험도 감수할 생각이 없으니까. 일단 생사가 갈리는 상황이 벌어지면 철저하게 끝맺음을 지어야 한다. 그런데 그녀가 총을 들고 그에게 다가올지 아닐지 모른다면? 그 두 사람은 세상에서 사라져야만 했다. 그것 때문에 그가 천하의 몹쓸 놈이 된다 한들 어쩔 수 없었다.

쭈그리고 앉아 있던 그리핀이 일어섰다. 그런데 방금까지 유리문 가장자리 밑을 겨누었던 총의 총신이 2.5센티미터 정도 아주 잠깐 거기에 끼어 있던 데다가 그가 갑자기 일어서는 힘까지 보태지자 총신의 조준 방향이 아래쪽으로 팍 기울면서 곧바로 땅바닥을 겨누게 되었다. 갑자기 손이 전혀 예상하지 못한 쪽으로 움직이자 그리핀이 총을 꽉 그러잡으면서 일어설 때 총알이 한 발 발사되었다.

그의 발에 정통으로.

성난 총알이 발을 강타하자 비명을 지르던 그리핀은 총 맞은 발의 하중을 덜기 위해 그 발을 들고 다른 한 발로만 섰다. 그러다가 균형을 잃은 그는 양팔을 풍차처럼 돌리다가 오른편으로 넘어졌다. 그러면서 총을 쥐고 있던 손이 몸 밑에 깔리면서 총신이 가슴팍에 눌렸고 두툼하고 투실투실 살찐 몸통의 무게에 손가락들이 뭉개지는 바람에 총이 다시 발사됐다. 이번에는 총알이 그의 심장으로 들어갔다.

이렇게 대릴 그리핀은 몹쓸 놈이었기 '때문'이 아니라 몹쓸 놈이 '되려다가' 죽은 수많은 인간들의 대열에 맨 마지막으로 합류하게 되었다.

티케이크가 고개를 돌리자 로베르토의 얼굴 바로 위쪽의 유리문 위에서 초록색 거품이 들끓고 있는 게 보였다. 그는 곧장 쓰러진 문으로 달려가 가장자리 밑으로 손가락을 밀어 넣어 문을 홱 젖혀 로베르토를 구했다.

로베르토가 나오미와 티케이크에게 소리쳤다.

"자동차 열쇠가 저자 손에 있어요."

나오미가 그리핀의 드러나 있는 왼손에서 자동차 열쇠를 움켜잡은 뒤 로베르토를 돌아봤다.

"어서 일어나요!"

"못 일어나요. 그냥 끌고 가요."

그리핀이 총에 맞았지만 거기서 미적거릴 시간이 없었기에 나오미와 티케이크는 각자 한 팔씩 잡고 비명을 지르는 로베르토를 끌고서 짧은 진입로를 지나 미니밴까지 갔다. 로베르토의 머리에서 열화상 고글이 빠졌지만 더 이상 곰팡이의 생장 모습을 볼 필요가 없었다. 나오미와 티케이크가 그를 끌고 언덕배기를 올라가자 폭우로 곰팡이들이 급속히 퍼져 숲 바닥이 반짝이는 초록색 덩굴손들로 환하게 빛나고 있었다.

티케이크와 나오미가 미니밴에 도착해서 로베르토를 뒷자리에 밀어 넣자 더 많이 비명이 새어 나왔다. 티케이크가 로베르토의 옆자리로 올라타자 나오미가 운전석에 올라앉아 시동을 걸었다.

티케이크가 로베르토에게 악을 쓰며 말했다.

"우리도 모르게 타이머를 켜 놓다니요!"

"두 사람이 나올 수 있을 줄 알았으니까."

"나올 줄 '몰라서' 그런 거잖아, 이 양반아."

"하지만 나왔잖아."

"하지만 당신은 우리가 나올 줄 몰랐잖아."

"하지만 나왔잖아."

나오미는 후진 기어를 넣고 한 팔을 조수석에 걸친 다음 가속 페달을 힘껏 밟아 전속력으로 후진했다.

"둘 다 닥쳐요."

차가 진입로 상단에 다다르자 나오미가 핸들을 빠르게 돌렸고 미니밴이 밀리며 빙그르르 돌면서 아직 열려 있는 옆문 밖으로 로베르토와 티케이크가 나가떨어질 뻔했다.

"시간이 얼마나 남았죠?"

나오미가 로베르토에게 물었다.

로베르토는 아주 힘들게 고개를 돌려 처음에 폭탄을 작동시킬 때 손목시계에 설정해 둔 타이머를 들여다봤다. 타이머는 '-1:07'로 표시된 채 계속 돌아가고 있었다.

"1분 전에 폭발했어야 하는데."

나오미는 기어를 드라이브에 놓고 출발한 뒤 화이트 클레이 로드를 달려 고속도로로 향했다. 잠시 아무도 입을 열지 않았다.

결국 나오미가 말했다.

"음. 타이머가 불안정하군요. 말씀하신 대로."

"넵."

로베르토가 대답했다.

그들은 도로를 달렸다. 여전히 아무 일도 일어나지 않았다. 밝은 빛도 보이지 않았고, 땅이 흔들리지도 않았으며, 불과 유황도 없었다. 아무 일도 없었다.

"폭탄이 터진 걸 어떻게 알죠?"

티케이크가 물었다.

"그냥 알게 될 겁니다."

로베르토가 그렇게 말하고서는 시계를 다시 들여다보았다. -1:49.

나오미는 더욱 속도를 높였다. 세 사람은 말없이 차를 타고 가면서 기다렸다.

1초 1초가 영원처럼 느껴지면서 티케이크의 생생한 상상력이 발동됐다. 세 가지 가능한 시나리오를 상상해 보았다. 첫 번째 시나리오는 티포티원이 터지지 않았을 때 벌어질 일들이었다. 지하 5층의 냉관들이 신종 코르디셉스의 공격을 받아 몇 분도 못 버티고 휘어진 탓에 곰팡이들이 폭발적으로 늘어나 냉관의 물을 헤치고 밀려 들어가서 지하수로 흘러들어 간 다음 결국 미주리 강으로 쏟아져 들어갈 것이다. 그러면 수일 내에 거대한 미주리 강의 수로가 초록색의 두툼한 곰팡이 물질로 뒤덮이게 될 테고, 그 곰팡이들은 주변 토양으로 걷잡을 수 없이 빠르게 퍼져 나가서 지구상에서의 생존 규칙이 바뀌고 여섯 번째 대멸종이 시작될 텐데, 이번 멸종 때에는 지구상의 모든 인간과 동물이 사라지게 될 것이다.

따라서 이 시나리오는 무척 암울한 내용이었다.

두 번째 시나리오는 뇌관이 터지면서 계획대로 폭탄이 폭발했을 때를 상상한 내용이었다. 하지만 수십 미터 아래의 지하 공간은 핵폭발을 덮기에 턱없이 얕아서 이 시나리오대로라면 핵폭탄이 터지는 순간 땅이 폭삭 주저앉으면서 영화나 티브이에서 봤던 거대한 버섯구름이 하늘로 솟구쳐 올라갈 것이다. 이어 유독한 방사능 구름이 우세풍을 타고 동쪽으로 흘러가 미국의 동부 지역에 죽음과 질병이 퍼질 것이다.

솔직히 이 시나리오는 첫 번째 것보다 나쁘지 않았지만 아주 유쾌하지도 않았다.

세 번째 시나리오는 티케이크가 가장 바라는 내용으로 믿지도 않는 신에게 부디 그대로 이루어지게 해 달라고 기도하고 있었다. 이 시나리오에서는 늦더라도 뇌관이 터져서 금속성 냉관이 설치된 안쪽에서 폭발하여 핵압축 과정이 시작될 터였다. 이어 연쇄 반응이 일어나면서 섭씨 3000만~8000만 도의 열이 유출될 것이다. 핵배낭과 가장 가까운 지하 공간과 암석 층들은 곧바로 기화될 테고 분화구가 형성되면서 보관소 시설 전체가 그 속으로 무너져 내릴 것이다.

필요 없는 가구와 다시 들여 놓을 일 없을 가정 집기들과 천 명의 불행한 이들이 버리지 못하고 쌓아 둔 잡동사니들, 홈친 삼성 티브이들, 자식들의 성적표와 각종 축일 카드가 가득 들어 있는 루니 여사의 은행용 서류 상자 스물일곱 개, 1995~2008년 사이에 포터리포펀에서 제작된 마흔두 개의 도자기 커피 잔과 연필꽂이, 세계사의 굵직한 사건들이 실린 신문들이 빽빽하게 들어 있는 일곱 개의 나일론 더플백, 은행이 진짜로 파산할 때를 대비해 모으는 중인 현금 6500달러가 들어있는 비닐 소재의 베이워치 연필통(이것들은 전부 다 쓸모없는 물건들로 전부 밀봉된 상자에 담겨 물품 보관소에 보관되는데 일부는 오랫동안 잊힌 채 처박혀 있다. 전부 다 쓸모없는 것들이다. 다 쓰레기다.)까지도 전부 녹아내려 저 아래 커다란 구멍으로 사라지고 돌멩이 파편들이 위쪽으로 부풀어 오르는 굴뚝 모양을 만들어 낼 것이다.

티케이크는 지상에 완전히 둥글고 커다란 구멍이 생기며 보관소 시설 전체와 언덕과 주변의 모든 평지까지 마치 둥근 모양의 거대한 승강기를 타거나 신이 모양을 바꾸고 다른 용도에 맞게 고쳐 훗날 더 큰 목적에 쓰기 위해 내림 버튼을 눌러 만물을 대지 속으로 다시 불러들인 것처럼 순식간에 그 구멍으로 빨려 들어가는 광경을 상상했다. 그렇게 되면 곰팡이들도 타 버려서 지구 표면에서 영원히 사라질 테고 폭발이 끝나면 무해한 먼지 구름이 솟아오를 것이다. 그렇게 애치슨 보관 시설과 파란만장한 그날 밤은 흔적도 없이 사라지고 먼지 구름만 남게 될 터였다.

그리고 결국 예정보다 2분 26초 늦게 상상했던 일이 그대로 현실이 되었다.

그 후

<u>39</u>

스노글로브는 다시 진열장에 들어갔다. 로베르토는 비상 휴대전화를 성능이 좋은 것으로 바꾼 뒤 만일을 대비해 새 충전기를 끼워 뒀다. 비상 휴대전화를 은밀한 부엌 찬장에 안전하게 넣어 두면서 평상시에 다시 꺼낼 일이 없기를 바랐다. 그러다가 이따금 특별히 자부심을 느끼고 싶을 때 꺼내서 자신이 결국 맡은 일을 얼마나 기가 막히게 잘 해냈으며 그와 같은 능력을 영원히 썩히는 게 얼마나 애석한 일인지를 곱씹을 것이다.

이제 애치슨 사건이 대중매체를 통해 널리 알려지게 되면서 정부도 직접적인 영향에 편승해 해당 사건에 관심을 기울였다. 폭탄이 터지고 처음 몇 시간이 지날 때까지 제러벡은 반역

자나 테러리스트 혹은 독자적으로 행동한 요원의 소행으로 포
장하려고 무던히 애를 썼지만 로베르토가 워낙 노련해서 속아
넘어가지 않았다. 처음에 그가 작성한 해당 진균 백서는 두루
다 찾아서 읽지 않으면 절대 없앨 수 없도록 각각 다른 세 개
의 백업 파일에 나뉘어 기록 보관소에 보관돼 있었고 예상대
로 언론에도 흘러들어 갔다. 실제로 애비게일의 진짜 이름도
애비게일이었다.(흥, 로베르토라고 다 아는 게 아니었다.) 알고 보니
그녀는 결연한 진실의 입이자 나랏일에 제격인 영리한 일꾼이
었다. 채 스물네 시간도 안 돼서 진실이 드러났고 그들은 영웅
이 되었다. 숨은 권력 집단의 변절자들의 짓이라고 떠들어 대
던 분위기가 순식간에 바뀌어 미래에 일어날 수 있는 적대적
생물체의 침공을 두고 진지한 대화들이 오갔고 미주리 강가에
자리한 절벽 일대의 부동산 가치를 두고 활발한 논쟁이 벌어
졌다. 그리고 뒤이어 투기가 일어났다.

로베르토는 노스캐롤라이나의 집 뒷베란다에서 등이 편안
한 흔들의자에 앉아 있었다. 완전히 회복되려면 아직 멀었지
만 최소한 수술은 다 끝난 상태였다. 더구나 그날 두 번째 진통
제를 먹고 약효가 나타나는 시점이어서 그 순간에 통증은 골
칫거리가 아니었다. 로베르토는 정원에서 일하고 있는 애니를
지켜보고 있었다. 그는 애니가 하버 아일랜드로 여행을 갔을
때 사 뒀다가 햇볕에 쓰고 나가는 챙이 넓은 모자를 좋아했다.
또한 그녀가 2005년도에 켄싱턴 하이스트리트의 클락스에서

구입한 파란색 고무장화를 신고 쿵쾅거리며 돌아다니는 풍경
도 사랑했다. 애니가 특정 구역에서 잔가지를 다듬거나 잡초
를 뽑은 후에 뒤로 물러나는 자태와 일을 마치고 요리조리 살
펴보면서 잘 됐는지 아니면 손길이 더 필요한 데가 없는지 생
각하는 모습도 사랑했다. 애니는 으레 가지치기를 좀 더 해 주
고 모양을 약간 더 다듬어 줘야 한다고 여기고 일을 계속 할 터
였다. 로베르토는 아내의 자태를 지켜보는 게 무척 좋았다. 그
에게는 아내의 모습이 가정의 모습이었기에 아내를 아무리 감
탄하며 바라보아도 결코 싫증이 나지 않았다.

　로베르토 옆에서 그의 휴대전화가 윙윙거렸다. 휴대전화를
쳐다보는 그의 얼굴에 미소가 번졌다. 아는 전화번호였다. 로
베르토가 전화를 받았다.

"티브이 화면발은 여전히 꽝이더군."

"음, 그렇죠?"

티케이크가 대답했다.

"나도 왜 그런 뻘짓을 하는지 모르겠다니까요."

"내 말이. 얼마나 받는데?"

티케이크가 하하 웃었다.

"5000달러요."

"자신을 헐값에 팔고 있군."

"그거 때문에 전화한 거 아니거든요. 미친 영감탱이, 이게 대
체 뭐예요?"

"좀 더 구체적으로 말해 봐."

"고지 삭제요. 우편으로 받았어요. 영감님, 이게 대체 뭐냐고요?"

"말 그대로일세, 트래비스."

이제 더 이상 누구도 그를 티케이크라고 부르지 않았다. 로베르토가 이어 말했다.

"자네의 유죄 평결은 파기되었고 전과 기록은 영구히 봉인되었네. 결코 없었던 일처럼 말일세."

"대체 어떻게 그리 한 거죠?"

"뭐, 별로 어려운 일도 아니라네."

"네네, 대박, 고마워요! 대박!

"자네는 다른 단어 좀 배워야겠네. 거 왜 있잖은가, 무언가 힘주어 말하고 싶을 때를 대비해서."

"아, 나도 다른 말을 생각해 봤거든요. 그런데 그 맛이 안 살더라고요. 어쨌든, 고마워요."

"천만에."

"근데요 영감님, 진통제를 너무 많이 쓰지는 마쇼. 목소리가 딱 그런데요. 비꼬는 말투도 돌아왔고요."

로베르토가 씩 웃었다.

"그렇게."

"중독되면 끝장나요. 제가 봐서 알거든요."

"나도 알고 있다네, 친구."

"그럼 나중에 봬요."

"그래 또 보세, 트래비스."

로베르토는 전화를 끊었다.

그는 아내가 정원에서 일하는 모습을 지켜봤다.

'나는 지금 여기에 있다.'

트래비스는 주머니에 휴대전화를 집어넣고 다시 나오미의 손을 잡았다. 사라가 앞에서 뛰어갔다. 그들은 놀이터로 가고 있었다. 트래비스는 나오미를 힐끗 건너다본 뒤 지금이 제일 좋은 때라고 판단했다. 처음에는 매가리 없이 멈칫대다가 마음을 다잡고 용기를 냈다.

"저기, 뭐냐, 내가 그거에 대해 많이 생각해 봤는데요, 그게 내가 많이 하거나 했던 말이 아니긴 한데, 그렇다고 '하하, 난 당신의 사정을 속속들이 다 알고 있는 그런 남자입니다.'라고 시작하고 싶지는 않네요. 허나 알다시피 무슨 일인지 그리고 어떻게 될지를 감안하면, 그러니까 내말은, 당신이 내가 무슨 말을 할지 아마 알 거다, 그거죠. 그런데 솔직히 내가 전에 이 말을 했다고는 못 하겠는데, 거 왜 있잖아요. 뭐 어쨌든, 사실은, 당신을 사랑해요."

나오미는 아무런 반응을 보이지 않았다. 계속 걸어가면서 그저 똑바로 앞만 보며 딸이 인도에서 마지막 15미터가량을 뛰어가 놀이터의 모래사장에서 오른쪽으로 꺾어 들어가 중앙에 있는 커다란 놀이 공간으로 향하는 모습을 지켜봤다.

트래비스는 미간을 찡그리며 나오미를 빤히 쳐다봤다. "나도 사랑해요."라는 대답을 기대하지 않았지만 그런 반응 또한 기대 밖이었다. 트래비스를 무시하는 걸까? 앞만 똑바로 쳐다보는데? 이게 무슨 자다가 봉창 두드리는 소린가 싶은 건가? 내가 그렇게 정떨어지게 굴었나? 트래비스는 그제야 기억이 났다.

그는 나오미의 손을 놓고 자리를 옮겨 반대쪽 옆에 섰다. 잘 들리는 귀가 있는 쪽으로 가서 그녀가 실제로 그의 말을 들을 수 있도록 말이다. 트래비스가 나오미를 바라봤다.

"사랑해요."

나오미가 그제야 그 말을 듣고 고개를 돌려 그를 돌아봤다.

"나도 사랑해요."

나오미는 그렇게 말한 뒤 그에게 키스했다.

트래비스는 '아, 맑은 정신으로 키스하는 게 이렇게나 좋은 거구나.'라고 생각했다.

더구나 상대가 그녀라니!

〈끝〉

441

감사의 글

이 책이 내 머릿속에서 나와 독자들 손에 들어가도록 도와 준 모든 이들에게 깊이 감사드린다. 브라이언 머리, 재커리 왜그먼, 댄 핼펀, 로라 체르카스, 미리엄 파커, 소냐 슈즈, 메건 딘즈, 앨리슨 살츠먼, 에코 출판사의 윌 스테일, 몰리 글릭, 브라이언 켄드, 리처드 러벳, 민간항공관리국의 대니얼 몬대니푸어, 데이비드 폭스, 마이크 루피카, 그리고 과학과 관련해 지대한 도움을 준 안드레이 콘스탄티네스쿠 박사께 감사의 말씀을 전한다. 이 책에 지나치게 비현실적인 내용이 있다면 모두 저자 탓이다.

용기를 북돋아 주고 출간에 앞서 읽어 준 멜리사 토머스, 존 캠프스, 하워드 프랭클린, 개빈 폴론, 윌 라이클, 그리고 브라이언 드 팔마에게 감사드린다. 상상력이 넘치는 이야기 감상력과 활기찬 창의력으로 매 순간 함께 한 아들 벤과 열정 전파

자이자 초고의 맨 앞장들을 제일 먼저 봐 준 아들 닉, 그리고 함께 과학 전반에 대한 애정뿐만 아니라 특히 좀비 곰팡이 오피오코르디셉스에 큰 관심을 가져준 아들 헨리와 내게 지구 밖에 완전히 다른 성(性)이 존재하며 그것들이 아주 멋진 생물체일 가능성이 높다는 점을 가르쳐 준 딸 그레이스에게 특별한 감사의 말을 전한다. 아울러 아빠도 공포물을 할 수 있고 여전히 좋은 사람이 될 수 있다는 것을 어떻게든 이해해 준 네 아이들이 고마울 따름이다.

옮긴이 | 이정아

대학과 대학원에서 영문학을 전공했다. 옮긴 책으로는 『문학의 도시, 런던』, 『오만과 편견』, 『서양 철학 산책』, 『스페이스 오페라』, 『와일드 싱』, 『이지 머니』(전2권), 『쌀의 여신』(전2권), 『1984』, 『책은 죽었다』, 『소크라테스와 유대인』, 『촘스키의 아나키즘』 등이 있다.

콜드 스토리지

1판 1쇄 찍음 2021년 1월 22일
1판 1쇄 펴냄 2021년 1월 29일

지은이 | 데이비드 켑
옮긴이 | 이정아
발행인 | 박근섭
편집인 | 김준혁
책임 편집 | 장은진
펴낸곳 | 황금가지

출판등록 | 2009. 10. 8 (제2009-000273호)
주소 | 06027 서울 강남구 도산대로 1길 62 강남출판문화센터 5층
전화 | 영업부 515-2000 **편집부** 3446-8774 **팩시밀리** 515-2007
홈페이지 | www.goldenbough.co.kr

도서 파본 등의 이유로 반송이 필요할 경우에는 구매처에서 교환하시고
출판사 교환이 필요할 경우에는 아래 주소로 반송 사유를 적어 도서와 함께 보내주세요.
06027 서울 강남구 도산대로 1길 62 강남출판문화센터 6층 민음인 마케팅부

한국어판 ⓒ ㈜민음인, 2021. Printed in Seoul, Korea
ISBN 979-11-5888-848-0 03840

㈜민음인은 민음사 출판 그룹의 자회사입니다.
황금가지는 ㈜민음인의 픽션 전문 출간 브랜드입니다.